每天听到黄河的波涛声，感受到浓浓的乡土气息，儿时的感觉似乎又回来了。

回忆是岁月里的一条长河，人们可顺着这条长河去寻找失去的童年、梦想、青春、爱情，还有更多幸福美好的生活。

张忠孝 著

黄河源头赤子情

九州出版社
JIUZHOUPRESS

图书在版编目（CIP）数据

黄河源头赤子情／张忠孝著. -- 北京：九州出版社，2018.4

ISBN 978 - 7 - 5108 - 6982 - 2

Ⅰ.①黄… Ⅱ.①张… Ⅲ.①回忆录—中国—当代 Ⅳ.①I251

中国版本图书馆 CIP 数据核字（2018）第 088322 号

黄河源头赤子情

作　　者	张忠孝　著
出版发行	九州出版社
地　　址	北京市西城区阜外大街甲 35 号（100037）
发行电话	（010）68992190/3/5/6
网　　址	www. jiuzhoupress. com
电子信箱	jiuzhou@ jiuzhoupress. com
印　　刷	三河市华东印刷有限公司
开　　本	710 毫米 × 1000 毫米　16 开
印　　张	21
字　　数	342 千字
版　　次	2018 年 6 月第 1 版
印　　次	2018 年 6 月第 1 次印刷
书　　号	ISBN 978 - 7 - 5108 - 6982 - 2
定　　价	68. 00 元

作者简介

张忠孝，男，1940年10月8日出生于青海省民和县，土族，1965年毕业于北京师范大学地理系。曾任青海师范大学地理系主任、教授、硕士生首席导师。兼任青海地理学会理事长、中华炎黄文化研究会理事、中国区域旅游开发专委会常务理事、中国土族研究会常务理事、青海省江河源文化研究会理事、台湾《桃园观光》大陆撰述委员等。

（大红　摄）

　　长期从事青海地理、青海旅游教学与研究，发表学术论文五十余篇。撰写出版《青海地理》、《青海旅游资源》、《世界屋脊—青海游》、《青藏高原旅游开发研究》、《青海旅游指南》、《青海旅游线路精选》等著作。担任《青海百科全书·地理分编》主编，合著《青海百科大辞典》、《中国自然资源丛书·青海卷》、《图解21世纪简明百科全书》、《青藏铁路旅游指南》等。在台湾《桃园观光》杂志上发表介绍青藏高原自然和人文风光文章六十余篇。

　　曾享受国务院特殊津贴，荣获中国地理学会100周年"第一届全国优秀地理科技工作者"、曾宪梓教育基金会"高等师范院校优秀教师"，以及新疆维吾尔自治区"优秀教师"、新疆石油局"劳动模范"等荣誉称号，并获得北师大100周年校庆"校友荣誉证书"。

回忆是岁月里的一条长河，人们可顺着这条长河去寻找失去的童年、梦想、青春、爱情，还有更多幸福美好的生活。逝去的岁月、欢乐还是痛苦，成功还是失败、幸福还是厌恶，让我们兴奋、激动、或是沉迷、痛不欲生。如今隔着遥远的距离，再回首依然会美丽无比，有时觉得很精彩。尽管甘甜中夹杂着苦涩、痛苦中包裹着欢乐，不思量、自难忘！

　　当我敞开脑细胞，开启记忆的闸门，好像陈酿的酒坛被打开，醇厚的酒香味浓浓的散发出来，令你陶醉、回味悠长。此刻，我决定拿起手中的笔，把一生中发生的那一件件、一桩桩难忘的故事写出来，写出你的情怀、体味、心声，真实再现你生活过的那段历史的画卷，这是一笔留给后人珍贵的精神财富！我的回忆录撰写就是这样拉开了序幕！

作者手迹

自 序

　　我在七十岁时办理了退休手续,在这几十年的时间里,因为上学、工作,忙碌了一辈子。退休了该静下心来欢度晚年、享受夕阳美的人生。考虑到自身健康状况等多种因素,选定来到家乡黄河之畔的官亭镇定居。又开始喝上了黄河水,还能每天听到黄河的波涛声,感受到浓浓的乡土气息,儿时的感觉似乎又回来了。

　　但因长期处于快节奏的工作、学习环境,突然停下来无事可干,心里感到空荡荡的,有一种失控甚至无所适从的感觉。白天的日子还好打发,可到了晚上夜深人静时,躺在床上,睁大眼睛久久难以入眠。从小时候记事起,所经历的往事在脑海中好像放电影似的,一幕幕地展现出来,很有一番感慨。每天晚上几乎都是这样,回忆成为我入睡前地一种常态。

　　回忆是岁月里的一条长河,人们可顺着这条长河去寻找失去的童年、梦想、青春、爱情,还有更多幸福美好的生活。逝去的岁月,欢乐还是痛苦,成功还是失败,幸福还是厌恶,让我们兴奋、激动,或是沉迷、痛不欲生。如今隔着遥远的距离,再回首依然会美丽无比,有时觉得很精彩。尽管甜蜜中夹杂着苦涩,痛苦中包裹着欢乐,不思量,自难忘。

　　回忆我七十多年漫长而复杂的人生历程,跌宕起伏、坎坷不平,饱受酸甜苦辣。一个人的能力、精力很有限,虽然我没有做出惊天动地的大事情,可是我努力了,拼搏过!没有虚度年华,也没有碌碌无为,既无悔恨又无羞耻,回首往事,深感踏实、知足、坦然!

当我敞开胸怀,开启记忆的闸门,好像陈酿的酒坛被打开,醇厚的酒香味浓浓地散发出来,令我陶醉,回味悠长。此刻,我决定拿起手中的笔,把一生中发生的那一件件、一桩桩难忘的故事写出来,写出我的情怀、体味、心声,真实再现我生活过的那段历史的画卷,这是一笔留给后人珍贵的精神财富! 我的回忆录撰写就是这样拉开了序幕。

我生于 1940 年金秋。童年时代,和家乡穿着开裆裤或光着屁股的男孩子们,在蓝天白云下,来到黄河岸畔的沙滩上放牧、嬉戏、撒野,那种无拘无束,甚至少年的放荡,回忆起来仍是那样的甜美,令人有着无限的遐想,经常沉浸在童年的美好回忆之中。

我是经历了新旧两个社会,即新旧两个中国。虽然对旧中国没有更多的亲身经历和体验,但亲眼看见了那个时候农村老百姓过的生活,他们衣不蔽体、食不果腹,住房破烂不堪,个个面黄肌瘦,讨饭的人随时可见,人们过着牛马不如的生活;亲眼看见国民党爪牙保长、甲长到处抓壮丁,残害欺压百姓的场景。解放后老百姓翻身当了国家的主人,如今的农村楼上楼下,电灯电话,道路四通八达,不少农家还有小车,衣食无愁。农村孩子上了大学,当上了国家干部,生活不比城里人差。

我在农村的叔伯老哥、童年时的好友张忠英,以是八十多岁高龄的老人,儿孙满堂,耳不聋、眼不花,骑自行车和年轻人一样轻松自如。他兴奋地给我说:"想过去,看今天,我像是在做梦一样,吃的天天像过年,国家每月还给零花钱,这样的日子过去想都不敢想,做梦都没有梦到过啊。"

今天七十岁以下的人们,他们对旧中国的贫困落后可以说一概不知,特别是我们的年青一代,是在富窝窝、密罐罐里长大的,不愁吃,不愁穿,住房宽敞明亮,享受着现代化的生活条件。今天的幸福,是无数革命先辈用血汗换来的,只有今昔对比,方知今日的香甜,忘记过去就意味着背叛。

我还亲眼看见过：

统治青海四十年军阀马步芳，在兰州战役中被解放军打败后，狼狈溃败的那一幕，宣告了国民党反动统治在西北地区的彻底结束。

1949年秋，我的家乡解放了，人民解放军给我们教唱"解放区的天是明朗的天，解放区的人民好喜欢……"，全村男女老少兴高采烈，自发组织扭起了秧歌舞表示欢迎，喜从天降，人们脸上露出了无比的喜悦，这一幕幕激动人心的场面，让人终生难以忘怀。

解放初家乡闹土改、斗地主、分田地、镇压恶霸土匪，搞互助组、农业合作化。庄稼一年比一年长势良好，丰收在望，喜在心田。

1957年反右派斗争。1958年宗教改革、"大跃进"、人民公社化、农村食堂化、土法大炼钢铁。这些年代，是非同寻常的年代，留给我的记忆也是非同寻常的。

经历1959至1961年三年大饥荒中前两年的悲惨生活，那些伤心、流泪的场景，深深扎在脑海中，永远也无法抹去。

1960年9月，我怀着无比激动喜悦的心情，踏进北京师范大学的校园。入校的两年间，因学习基础较差，也不太适应大学的学习环境，数理化学习感到吃力。后来在老师、同学们的帮助下，较快地赶了上去。如果今生在工作中取得一些成果，与在母校五年的大学学习中打下的坚实基础不无关系。最令人难忘的是，见到了毛主席，使我经常沉浸在无比美好幸福的回忆之中。

1965年大学毕业，年轻人满怀豪情壮志，来到祖国西北边陲的新疆生产建设兵团。在这里亲自经历1966年开始、1976年结束的"无产阶级文化大革命"，并经受了考验，得到了锻炼，但失去了为党和人民工作的十年青春年华。

十一届三中全会，党和国家拨乱反正，全面走向以经济建设为中心的正确轨道。在我人生的不惑之年，为了实现儿时的梦想和对家乡的承诺，义无反顾地从新疆来到了青海，开始了我全新的人生征途，一直到2009年年底退休，为家乡奋力拼搏，在这片沃土上洒下了我的汗水,结出了丰硕的果实,同时也付出了代价。

我是时代的幸运儿,来到家乡正值改革开放,长期封闭的青海大门向外界敞开,国内外游人来青海游览观光。我承担了青海省第一个旅游开发研究项目,在条件极其艰难的情况下,开始了青海旅游资源考察及研究工作,这一项目的完成,为青海旅游业发展提供理论依据。在获得大量第一手资料的基础上,撰写出版了一批青海旅游地理方面的著作,把昔日封闭的青海推向全国,乃至全世界,有力地推动了青海旅游事业的发展。

进入 21 世纪,我国政府实施西部大开发的伟大战略,青海大发展形势的紧迫要求,使更多的建设者对青海要有一个全面准确的认识,作为一名地理工作者,为青海经济大发展提供服务,尽快出版《青海地理》是义不容辞的责任和义务。

在青海旅游研究基础上,我又全力投入《青海地理》的研究和撰写工作,就青海自然地理环境和人文环境研究,为工矿业、农牧业、交通运输业、城镇规划建设、生态环境保护、文化旅游等方面的发展,提供了必要的科学依据,对推动青海经济建设起到了一定的作用。该论著于 2004 年由青海人民出版社出版发行,获得青海省哲学社会科学一等奖的殊荣。

任青海师大地理系主任期间,进行了卓有成效的教学改革。十年后,青海师大获批五个硕士研究生授权点,地理系就占有两个,我担任人文地理研究生首席导师,培养了二十四名硕士研究生,我和我的学生们,共同完成了青藏高原旅游开发研究国家项目。又过了十年,地理系获得自然地理博士学位授权点,这是地理系两代师生共同努力拼搏的结果,是教学改革结出的丰硕成果。

我的著作被省内一些权势高官侵权,为维护个人的合法权益,彰显国家法律的尊严,我同侵权人作了长达五年半之久的斗争,尽管他们利用职权给维权设置了一道道障碍,但最后还是正义战胜了邪恶,开创了省内知识界用法律保护知识产权的先河。

从我呱呱坠地，至今几十年的人生征途中，曾得到过无数人的帮助、提携。爷爷奶奶、父母亲的养育之恩，是难以报答的；学校老师的教诲，同学们朝夕相处，亲如兄妹，生活、学习上无私帮助；工作岗位上领导和同事的关心、支持。这一切使我闯过一道道难关，造就我的今天，令我终生不忘。

我一生工作时间的近一半是在新疆，1965 年入疆至 1985 年初调离，在新疆工作生活了二十个年头，把我一生中最为宝贵的中青年时代，无怨无悔地献给了这片沃土，我对那里的一草一木都是很有感情的，新疆成为我名副其实的第二个故乡。

在新疆的前十三年是在生产建设兵团，生活条件极其艰苦，我在那里经历了基层连队劳动锻炼、中苏边界塔城社教、"文革"前夕教师集训队、"文化大革命"、乌鲁木齐运输公司三支两军、137 团子校任教等。我能有机会同军垦战士、部队指战员、地方上的同志、师生一块工作、生活，从他们身上学到宝贵的经验，使我从一个白面书生逐渐成长为刚强的男子汉。

在生产建设兵团 137 团的日子里，我特别感谢良种队（七连）的农友们，他们像对待自己的亲兄弟一样关照我。"文化大革命"期间，社会治安不好，高怀志、陈锐、彭元发、于笃生等还时刻关心着我的安全。塔城社教时古志光指导员，米振华排长，对我思想和生活上无微不至地关心。齐永贤、杨治中两位大夫关心我的健康。团政治处刘增亮主任对我进行思想上的教诲。子弟学校韩世忠、沈国良老师承受压力，给我工作上的支持。这些人的恩情今生难以报答完，心中默默地祝愿他们"好人一生平安"。

我在新疆的后七年，调入乌鲁木齐石化总厂工作，正值十一届三中全会后，虽然我出身不好，但凭着领导的信任，我和同仁们甩开膀子大干，白手起家创办石化技校，为总厂培养出一批石化优秀人才。我在此期间入了党，获得劳模、优秀教师的殊荣。这是我人生中的又一次转折。

在新疆二十年的工作,练就了我一副健壮的体魄,培养了我敢说敢干的工作风格,让我形成了较为成熟老练的工作能力。到青海师大工作,虽然环境艰难,一道道难关还是被我冲破,我在青海师大二十多年间取得的成果,与在新疆的历练铺垫的坚实基础是分不开的,新疆是让我今生今世魂牵梦绕的一片土地。

撰写回忆录,向与我工作、生活、学习息息相关的这些人物,奉上我最真诚的谢意,告诉他们,你们都是我从来都不曾忘记过的恩人。对他们的回忆、思念,是一封封跨越时空的无言感谢信。感恩是一个人应具备的思想品德。

回忆录也是对已离开人世的亲人、朋友的永久性纪念。如我早逝的母亲、为我呕心沥血的爷爷、胜似母亲的桂花阿姨、北大陈传康教授、北师大卢云亭教授、中山大学黄进教授、深爱我的哥哥堪卓等,我用回忆录的形式寄托对他们的哀思,表达对他们深深的怀念之情。

抚今追昔,对这几十年漫长而复杂的人生历程,自有无限感慨,对人生旅途中的点滴感悟,成为我那份沉淀而厚重的精神财富。有成功的经验,应该发扬光大,有失败的痛苦,应该吸取教训。可以使后代或学习借鉴,或引以为戒,少走弯路,作为后人历史的反顾,对于青少年认识过去,把握未来,或者对研究过去那个时代提供一些参考。

我是党和人民培养出来的新中国第一代知识分子,在我的成长及全部学识中,渗透着党和人民的心血,我对党和人民怀有无比感恩之情。今天,伟大祖国在以习近平同志为核心的党中央领导下,乘风破浪、开拓前进,心中有说不完的喜悦。决心写出一本较高质量的回忆录,献给我亲爱的党、献给我亲爱的祖国,让我们的党永葆青春,让我们的祖国更加繁荣昌盛,永远自立于世界民族之林!中华民族百年梦想即将变成现实,是民心所愿,民族之思,国家之诺。

2017 年 10 月 8 日 · 官亭

目 录
CONTENTS

第一辑

童年的回忆

1. 山环水绕的家乡

家乡风光一角

　　我的家乡位于青海省东南部的黄河之畔,黄河从西向东流淌而过。这片区域自古以来,人们称之为"三川",或称"三川地区",是因源自于拉脊山的赵木川河、大马家河、桑布拉河,由北向南流过这里,汇入黄河,把这个地方从西向东划分为上、中、下三个川,故名三川。

三川概貌

美丽的官亭古镇

三川地区,狭义范围讲,指官亭镇和中川乡,大都是在官亭盆地内。广义范围讲,还包括甘沟、前河、杏儿乡和满坪镇,官亭镇和中川乡是三川的核心区域,面积约600平方公里。清朝时,政府为便于管理,在三川及周边地区设五大堡,故又称"五大堡三川"。

三川地区表现出地形复杂、地貌类型多样的特点,决定了这个区域立体农业和自然景观、人文景观多样性的基础。北倚祁连山脉支脉拉脊山,南面黄河以南是甘肃省境内,远见山峦起伏,属于东昆仑山脉东段的黄南山地。

这一区域的南部沿黄河是官亭盆地,属于黄河谷地内的一个山间小型盆地,东西长约20公里,南北宽约2～3公里,东端是寺沟峡,西端是积石峡,是青海省内地势最低的地方之一,海拔1750～1800米,地势平坦、土地肥沃、灌溉便利。年平均气温7℃～9℃,降水量350～400毫米,属于温带半干旱气候类型,全年日照2500～2700小时,一年中至少有20天是真正意义上的夏天。

官亭盆地温暖的小气候,使其成为省内著名的农耕区,人口密集,小麦、玉米等夏粮作物收割后,还可复种黄豆、马铃薯、青稞、荞麦等秋田作物,农业科技人员曾试种水稻、棉花、花生也取得成功。这里种植有苹果、梨、桃、核桃、西瓜、甜瓜、葡萄等十多种水果,是青海省著名的"瓜果之乡"。河水中生长有天然黄河鲤鱼,黄河鲤鱼体态丰满、肉质肥厚、细嫩鲜美、营养丰富,是餐桌上的佳肴。三川可有望发展成为青海省的"鱼米之乡"。

春季来临,黄河两岸杏、桃、梨花竞相怒放。古籍《秦边纪略》中记载,三川在明嘉靖时就"水溉田畴,枣梨成林,膏腴相望,其地水草大善"。清代诗人吴轼曾作

《三川杏雨》诗歌："曾将烂漫照三川,活色生香谁与怜？柳外青帘堪问酒,水旁红雨自成泉。千家门巷皆铺锦,十里园林尽罩烟。定是中川文杏好,移来还待探怀贤。"诗歌所述,是三川美景的真实写照。

三川的北面是山地和丘陵区。山地地形陡峻,海拔2500～3000米,顶部多为石质山地,植被稀疏,下部及西面斜坡覆盖有较深厚的黄土层,是万余年前世界性气候干冷,从北方吹过来的风沙土沉积形成,属于我国黄土高原西部边缘地带,黄土地貌发育,沟壑纵横,水土流失严重。黄土层下分布有断断续续的砾石层,距河面数百米,这曾是黄河古河道的遗迹,五级河谷阶地清晰可辨。从地质学上讲,这里处在从黄土高原向青藏高原的过渡区,从谷地到山地悬殊的高差,是地质第四纪时期新构造运动激烈活动所造成的。

丘陵区在2500米以下,气候条件比较差,人口相对少,浅山旱作区,农牧结合,畜牧业占有一定地位,靠天吃饭。山地和丘陵之间狭长的沟谷地带,自然条件尚好,以农耕为主,兼有畜牧业,人口相对密集。

砾石层下分布有红色沙砾岩层,从西面的临津渡口,向东官亭镇北,中川乡政府北,甘家村北、峡口卧佛寺、山城寺,一直到民主沟口,断断续续连绵10余公里,犹如盆地北面半山腰系上了一条红色腰带,成为盆地一道亮丽的风景线。

红色沙砾岩层经过漫长的地质时期,在大自然鬼斧神工雕塑下,形成色如渥丹、灿若明霞、奇峰秀美的丹霞地貌。丹霞地貌分布广,类型丰富多样,形体千奇百态,有的奇峰林立,有的呈宫殿式、帷幕式或麦垛式,红色赤壁,高达数十米至百余米不等。黄河南岸甘

壮观、雄险的丹霞地貌

肃境内,绵延数十公里的丹霞地貌更显得壮观无比,为青海境内黄河谷地丹霞地貌最精华地段之一,官亭盆地成为丹霞地貌的艺术画卷长廊。

三川地区分布有土、汉、回、藏等民族,是青海省土族主要聚居地之一,也是青

海省内颇有名气的一片沃土,正如人们所说:"三川物华天宝、人杰地灵,是个有气脉的好地方。"

中华民族的母亲河——黄河,似一条银白色飘带从西向东流淌而过,河水清澈沁凉,养育了三川地区的古代和现代文明,和中下游浑浊的河水比较,形成了完全不同的两个面孔。

从临津渡口至铧尖寺10余公里水程,乘皮筏泛游黄河,河两岸奇峰倒影、碧水青山、聆听阵阵"花儿"歌声、探寻古朴的土乡人家、呼吸清新的空气、享受和煦的阳光,人们沉浸在诗情画意之中,感受犹如广西漓江山水之韵味。

历史悠久

三川地区历史悠久,文化灿烂。据《尚书·禹贡》记载,大禹治水"浮于积石,至于龙门"。《秦边记略》云:"盖黄河入中国,始于河州,禹之导河积石是也。"积石峡是黄河源头一大峡谷,位于官亭盆地西端5公里处,传说这里是西王圣母帮助大禹"导河积石"的地方,是昆仑文化的源头地之一。现建有积石峡水电站,是青海省内黄河上继龙羊峡水电站之后的第五座大型水电站。

喇家遗址,是距今四千多年前的新石器古文物遗址,也是迄今为止我国发现的唯一一座大型灾难遗址。遗址内发现大量遗骸,这些遗骸姿态各异,其中一位母亲倚墙跪坐地上,右手撑地,左手紧紧搂着怀中的婴儿,脸颊紧贴在婴儿头顶,婴儿依偎在母亲怀里,用一双小手紧紧搂住母亲的腰部,在灾难突然降临时,所表现出的大爱精神令人动容。

喇家遗址被称为东方的"庞贝古城",其历史较意大利庞贝古城要早两千多年。遗址内发现了大量陶、石、玉、骨等珍贵文物,"黄河磬王"、玉璧、玉环、大玉刀、玉斧、玉锛等玉器,反映了当时的社会等级和礼仪制度。

遗址上曾出土一碗面条,面条盛在一个直径约20厘米、高10厘米的红陶碗中,因碗倒扣于地面上,面条在缺氧环境下不被风化而得以保存。面条长约50厘米,直径约0.3厘米,和今天人们食用的"拉面"很相似。考古研究认为,这碗面条是世界上最早的面条遗存。

出土的大量文物证实，遗址是齐家文化时期的一个中心聚落，或是部落王国的所在地，充分展现了黄河上游的文明。专家、学者研究认为，这里可能是早期夏朝国都，是大禹故里的所在地。

喇家遗址具有重要的古文化、古地理环境、中华文明起源等多方面的研究价值，2001 年被国务院列入第五批全国

"东方庞贝"——喇家遗址

重点文物保护单位，2002 年评为全国十大考古新发现。2005 年被国家文物局确定，为我国"十一五"期间一百处重要保护的大型遗址之一。

2013 年底，喇家遗址被国家文物局第二批国家考古遗址公园立项获批，成为青海省首个获批立项的考古遗址公园。青海喇家国家考古遗址公园的建设，在国家的大力支持下，正在紧锣密布地实施之中，不久一个全新的 5A 级古文化景区，将以独特的面目吸引国内外游客游览观光。

临津渡位于官亭镇西南约 5 公里处，是黄河上游一个古老的渡口，也称黄河上渡、积石渡。公元 214 年张骞出塞，在此渡河进入湟中。隋大业五年（609 年），隋炀帝杨广从此渡河来青海西巡。古代多有使者、商队或军队在此渡河，进入青海境内，是古代丝绸之路南线道和唐蕃古道的要津。历史上东晋高僧法显、南宋僧人法勇、北魏比丘惠生及宋云等，都曾先后取道于此，或往西域，或往印度。

有专家研究认为，为迎接过往的使者和官员，曾在距临津渡口不远处建"接官厅"，即今天的"官亭镇"，官亭镇名由此而得。她以其悠久的历史、极其丰富深厚的文化底蕴，成为青海省乃至全国著名的历史文化名镇。

丹阳古城，位于中川乡北面旱台上，建于宋代，历经千余年战祸灾害，风雨剥蚀，至今仍然巍然屹立，城池保存完好。民间广泛流传丹阳公主抵抗宋军保护庶民百姓的神奇故事，丹阳公主成为土族百姓敬仰的女神。据说三川土族妇女百褶

裙、绿袄、黑坎肩的填袖、头饰、绣花翘鞋等是丹阳公主留传下来的。

璀璨夺目的土族文化

三川地区生活着五万多善良纯朴、勤劳勇敢、热情好客的土族儿女,人口占全省土族人口的1/4。世世代代主要从事农耕业,兼营畜牧、园艺、酿酒等,形成本民族特有的经济风格。

土族是一个有着悠久历史的民族。西晋末年辽东慕容鲜卑一支吐谷浑部,长途跋涉西迁来到青海高原柴达木盆地、青海湖盆地繁衍生息,建立封建割据吐谷浑王国,历经15代22个王,在强盛时东西辖地4000里,南北2000里,立国350年,成为我国历史上割据时间最长的地方政权,为青海高原文明、开辟丝绸之路青海道作出了重大贡献,距今1700余年。

吐谷浑部在以后的发展过程中,吸收了羌、吐蕃、蒙古、汉民族成分,约于元末明初,形成了一个新的民族共同体土族,在长期的生活实践中,创造了绚丽多彩的土族文化。土族现人口20余万,是我国人口较少民族之一,青海省内主要分布于青海东部河湟谷地区的互助、民和、大通、同仁等县,青海省临近的甘肃永登等县也有零星分布。

三川土族文化丰富多彩,流传众多民间神话故事,土族有语言而无文字,民间文化艺术的传承主要是口头形式代代相传。民间神话故事包含的内容十分广博,有《阳世是怎样形成的》、《河州地地的故事》、《刘伯温斩龙脉的故事》、《大禹治水的故事》、《丹阳

婚礼上的道拉

公主的故事》、《山川传说系列故事》、《卢氏太太降王莽》、《阿丽玛和莫尔干朵》、

《阿里阿甲和霍热情》等。

土族人认为,婚姻是一个人一生中最大的事情,因而婚俗极其繁杂,颇具戏剧性。婚礼是土族文化艺术最具代表性的形式,婚礼以歌伴舞,内容丰富。女方家歌舞有《阿丽玛》《素卜乌拉》《骂媒歌》《切馍头歌》《敬酒歌》《巴央九月》《卡日卡吉盖》《上马歌》《请喜客》《欢乐天地》等多种。男方家特定婚礼歌有《安席歌》《梳头歌》《揭盖头歌》《迎喜歌》《招财进门歌》《致娘舅歌》《致媒公》《致亲翁》等。

上述唱的歌曲土语叫"道拉",即意为"唱","道拉"堪称土族民间文学的"瑰宝",大都是在婚礼、迎接宾客时演唱,曲调优美动听,多种多样。"道拉"形式多种多样,有问有答,人们边唱边舞,是比智慧、比歌喉、比才华的角逐。"道拉"歌词的内容,同青海"花儿"雷同,上至天文,下至地理,无所不包。

土族民俗文化类型多样,主要展示在节庆、宗教、婚俗、饮食、居住、服饰等。节庆较多地受到汉文化的影响,有传统的春节、元宵节、清明节、端阳节、中秋节、腊八节等,还有具有浓郁地方民族特色的花儿会、嘛呢会等。其中最具代表性的是纳顿会,现已列入第一批国家非物质文化遗产名录。

纳顿会每年从农历七月十二日至九月十五日举行,持续六十三天,堪称世界上最长的狂欢节。"纳顿"是土语,意为"玩",农历七八月份,小麦收割入仓,人们吃上了香喷喷的白面馍头,为了欢庆丰收,感谢神灵的保佑,三川大地到处锣鼓喧天、彩旗招展,"大好"声此起彼伏,三川土族儿女沉浸在欢快的节日中,民族风情非常浓郁。从纳顿节傩舞戏的内容、形式、服饰等考证,这个节日起源于元代中期,完善于明代中期。

纳顿会表演的节目,首先是"会手舞",参加人员从白发苍苍的老年人到七八岁的顽童,少则几十人,多则数百人。最前面的是老年人队伍,他们身着古典式服装,虽已年过花甲,银须飘胸,跳起来仍从容自如,姿态优美;中间是中年人组成的锣鼓队,腰系红绸带,扎着裤腿,整齐而有节奏地敲着锣鼓,舞姿热烈而奔放;最后是儿童队,他们认真模仿大人的舞姿,神态憨厚显出几分可爱。

舞剧表演有:《庄稼其》,是土族老人教儿子和儿媳务农的故事,基本上没有对白,以细腻传神的动作表达人物感情,戏剧味很浓;"三将""五将"三国故事舞蹈,显然是受到汉文化影响的结果;最后表演的是《杀虎将》,赞颂土族祖先在同虎狼豺豹搏斗中取得胜利的英雄气概。舞蹈动作原始、质朴、粗犷,具有强烈的艺术魅力和感染力。

土族妇女擅长刺绣,喜欢用刺绣制品把自己装扮起来。刺绣制品有枕套、围裙、钱包、烟袋、被罩、扇套、炕围等。刺绣品的内容有日月星辰、花草雀鹊、山水人物、吉祥八宝、福贵花饰等。较大型的作

世界最长的狂欢节——纳顿会

品挂在屋内墙壁上作为装饰品。绣花枕头是土族姑娘在结婚典礼上展示的主要物品之一,以展示土族姑娘的刺绣技艺。土族刺绣图案新颖、绣法独特,显得美观大方、瑰丽华实,是土族民间文化艺术的又一奇葩。

"库咕笳"是用土语在野外演唱的一情歌,是男女青年向对方倾吐爱慕之情的一种方式。演唱方式有独唱、对唱、合唱。有传统歌词,也有即兴创作,曲调古老、低缓悠扬、婉转流畅、悦耳动听。

三川地区宗教文化气息异常浓厚,是土族文化的重要组成部分,名胜古迹以佛寺占有重要地位,有古刹喀的卡哇寺、崖尔寺、本康寺、朱家寺、文家寺、铧尖寺、卧佛寺、山城喇嘛寺。土族几乎全民信仰藏传佛教和本土道教,寺庙林立是三川土乡的一大人文景观,各佛寺一年中都有多次隆重的佛事活动,届时方圆数十公里的土族男女老少信徒前往朝觐。不少人家还供奉有自家的佛位,一年四季香火不断。

土族老人临近死亡或者死亡后,都要请寺院喇嘛念经,超度死者亡灵早日升天。选择吉祥日子请喇嘛给先人(祖先)念经,一是表示对祖先的怀念、感恩之意,二是保佑全家平安,人称"平安经"。

喀的卡哇寺历史悠久,据说寺内因珍藏有藏传佛格鲁派创始人宗喀巴的自绘像而闻名,我国藏区信徒前往朝觐者络绎不绝。崖尔寺建寺久,地势险峻,有很多

神话传说故事，远近闻名。朱家寺建于明末清初，建筑宏伟壮观、雕梁画栋，有大经堂、佛殿、塔、转经筒等建筑物，每年农历正月初八日举行隆重的跳欠和晒佛活动，该寺是青海省著名宗教人士朱喇嘛幼年出家学经的母寺。

山城喇嘛寺

山城喇嘛寺，四面几乎是断崖绝壁，有一条人工开凿的羊肠小道可抵山顶部的"次萨"，异常雄浑壮观。历史上土族人民遭遇外敌侵害的危难时刻，他们纷纷集中到山城，利用险要地势，众志成城，坚决击败来犯之敌。现建有佛寺，鸟语花香，同壮美的丹霞地貌相映成趣，成为当地重要宗教活动场所，善男信女旅游者纷纷沓至而来。

土族群众中，原始"萨满教"遗风根深蒂固，人们崇拜"天格热"（土语，即"天"），认为人的一生命运是"天格热"决定的，如果遇到不测灾难，举起双手向天大呼一声"天格热啊"，祈求天神的保佑。土族人认为"天格热"是任何人不能违抗的，所以民间"祭天地"、"祭庙神"成风，不提倡"人定胜天"，相信要顺从老天爷才有出路。以敬天为主线，佛、道、儒三教合一的多元文化，得到土族群众的广泛认同。

2. 缺失父爱和母爱的童年

　　童年是一个充满梦幻的美好年华,对于更多的人来说,它包含着银铃般的欢笑、任性和撒娇时的啼哭、天真无邪的烂漫……它包含了所有纯洁、天真的瞬间,童年给人一种魂牵梦萦的憧憬。

　　随着年龄的不断增长,人生中经历的有些东西,慢慢从记忆中可以消失,或者只有留存一些模模糊糊的印象,唯独童年时代留下的记忆却永不消逝,哪怕是一件小事,能清晰地记一辈子。

　　打开我童年的尘封,有过喜悦感、幸福感,但更多的时候心酸泪水在眼眶中滚动。母亲早逝,父亲常年不在我们身边,我们兄弟三个没娘娃,全靠爷爷奶奶抚养长大成人,在那艰苦的岁月里,多亏爷爷奶奶的精心照料,没有饿过肚子,奶奶把破旧衣服缝缝补补,皮肉还没有露在外面,能有这样的生活条件,这在当时就很不容易,我们弟兄三人对爷爷奶奶怀有无比感激之情。

　　母亲患的是肺结核,以前叫"痨病",当地老百姓叫"换心的病"。那时医疗条件极端落后,这种病是不治之症。在我三岁时,母亲带我到西宁父亲工作的地方,住在西门口的纸坊街,刚刚学会走路的我到处乱跑,有病的母亲带我感到很费劲。农村妇女到大城市眼花缭乱,有一次母亲带我上街,稍疏忽不留神,我就被街上叫花子(乞丐)抱走了,父亲费了好大劲总算把我找了回来。

　　母亲从省城西宁回到家,没有多久生了弟弟,她的病情就更加严重,弟弟生下几个月后她便离我们而去。从我懂点事起,开始思念母亲,几十年过去了,直到今天还在深深地思念着她。

　　母亲去世后,父亲续了弦,继母是一位脚裹得很小的山区姑娘。裹脚是旧社会的一种陋习,认为脚裹得越小,这个女人就越有品位,就越美,就越有社会地位,提亲的人自然就多。如果脚裹得达不到标准,往往找不到好的婆家,甚至引起社会议论。所以女孩的父母不惜自己孩子忍受巨大痛苦,从小就把她的足用布包裹得严严实实不让长大,越是有钱人家越重视女孩的裹脚。

人们把裹过的脚称为"莲",大于四寸为铁莲,四寸为银莲,三寸为金莲,认为三寸金莲是最美的女人。继母是富贵人家出身的"千金"小姐,因为脚裹得很小,可称得上是"三寸金莲",走起路来摇摇摆摆,她嫁到我们家干农家活显然是难为她了。

我们家乡的习俗,早晨挑水是年轻妇女们干的事,为了积肥,经常换炕土、灶土,这也是妇女们在早晨起来要完成的活。我们家的这些活,原来是在我家打工的桂花阿姨干,继母来后不久,桂花阿姨回了甘肃的娘家。年过六旬的奶奶患有腰腿病,平日行动很费劲,现在又有了儿媳,要干这些年轻妇女的活,体力不支暂不说,在农村是有失身份且很不体面的一件事,无奈之下,这两件年轻女人们干的活,只好落在我和我哥哥的肩上。

我们弟兄三人,没有女孩,哥哥叫堪卓,比我大两岁,弟弟叫如意,比我小三岁。在我六岁时,和哥哥开始挑水,把一只水桶放在扁担中间,我在前面,哥哥在后面,我因个头小,要么抬不起水桶,要么因为水桶前后摇摆迈不开步子,走路摇晃得厉害。我曾多次摔倒在地上,在冬天把衣服打湿,感到好痛好冷,后来只好每次只抬半桶水。哥哥心疼我,总是把桶位置的重心尽量往自己一面拉。

寒冬腊月,滴水成冰,冷风刺骨,和我同龄的穷孩子们,可躺在热炕上跟爸爸妈妈撒娇,得到爸爸妈妈的疼爱。我和哥哥天刚麻麻亮就起床去抬水,光着头,穿着破旧的棉衣和单裤,没有内衣,冷风直往棉衣和单裤里面钻,没有袜子穿,手、脚被冻得裂开了口,还流着血。那些挑水的阿姨、大嫂们说:"没娘的孩子太孽障。"(即方言"太可怜")

农村老百姓为了积肥,把生土放进炕头和灶头,烧熟后掏出来的土作肥料,叫做草木肥,这是积有机肥料的一个重要方法。奶奶给我们背篓里装土,我和哥哥一锨一锨地背,怕村子里的人看见后说闲话,灰土不出大门背到自己家院里的畜棚内。我干累了气得直哭,奶奶心痛地说:"不是奶奶心狠让你们干,不积肥,庄稼长不起来,我们吃什么啊!"

1949 年秋解放前夕,父亲从西宁回到了家,不久当上了乡长。继母生了小弟,父亲忙得经常早出晚归。有时父亲回家,听不到他一句温暖的话,反而训斥我们不干活、不听话、贪玩,我和哥哥听着心里好委曲啊。奶奶再三叮嘱我们,不要和大人顶嘴,眼泪盈满眼眶也不能哭,只好忍着。

一年又一年过去了,我和哥哥也在一天天地长大,哥哥长到十二岁那年,被爷爷送到塔尔寺舅舅那里去学经(当喇嘛),舅舅是塔尔寺第二大活佛赛池的管家。在爷爷看来,哥哥算是找了个好出路,再不会过苦日子了。哥哥走的时候,我已十岁了,家里挑水、挑土这些活都落到我一个人身上。我小学毕业考入初中,就离开家到很远的地方去念书了。

弟弟如意到七岁该上学的时候,因为要放羊就不让他去上学。我上初中走的时候,他已经十一岁了,我干的这些活当仁不让地落到他的身上。1958年"大跃进"的年代,牲畜归公了,这才让他有机会去念书,虽然他小学毕业考上县重点中学,因没有人供他上学,没有经济来源,最后只好辍学回家,后来他吃苦耐劳、勤奋好学,还是找上了工作。

特殊的家庭环境,让我过早地承担起了家庭的一些生活担子,懂得不挑土不积肥,庄稼长不好没有饭吃,不挑水全家没水喝,生活就过不下去。我经常把庭院打扫得干干净净,过早地产生了责任感,养成了不怕苦、爱劳动的品格,思想上似乎比同龄孩子成熟了许多。上学期间在学校参加劳动,不怕苦和累,重活累活抢着干,一直得到老师和同学们的好评,养成了坚韧不拔、吃苦耐劳的性格。

小学毕业时,父亲作为乡长又是家长的双重身份,参加了学校举行的毕业典礼,看到我很争气,在回家的路上对我很亲热,答应给我做一套制服穿,颜色让我挑。后来我穿上蓝布制服,令同学们好羡慕,我别提有多高兴。这算是我记忆中难得的一次父爱,说我没有感受过父爱,似乎说得有点对不住父亲似的。

有人说,没有父爱和母爱的小孩,性格倔强,对人冷漠,缺乏温柔、耐心。我在平日生活、工作中上述这些个性不时有所表现,有时甚至表现很明显。这可能与我在缺失父爱和母爱的家庭环境中长大有很大的关系。

3. 解放前家乡百姓的生活状况

　　我十岁前是生活在解放前的旧中国，如果从三岁记事起，对解放前的旧中国有了一定感受，到六七岁以后体会得就更加深刻，并有了自己的认识和看法。真正感受体会到旧社会的"贫穷、落后"是个什么滋味，和现在的农村老百姓生活相比较，解放前老百姓生活真的是苦不堪言。

　　我的出生地是下川的撒马湾怀塔村，村名来历至今无人考证。据老人们讲，明清以来，家乡曾被来自呼伦贝尔大草原的蒙古人占领过，这里是他们放牧战马的地方，"撒马湾"这个名称由此而来。他们中的一些人留在这里不走了，同当地土族妇女通婚，生儿育女，繁衍后代。所以有些人讲，我们是蒙古人的后代，可能就是这种情况。我读过吕建福教授写的《土族史》一书，正本清源，吐谷浑才是土族人的真正祖先。

　　村庄以南距黄河有2公里，地势开阔平坦，每到夏季麦浪翻滚，景色秀丽。北依一座小山包，小山包后面是挺拔的祁连山脉。儿时经常上小山包玩耍，顶部有一块80多平方米的平地，夏季老人们来这里敬神礼

今日小山包

佛念嘛呢，保佑全村平安吉祥。中午的饭，轮流安排各农户送，两大桶热腾腾的面条，里面放点盐和韭菜。我们小孩们自带碗筷也去吃，吃得太香了，一个个把小肚皮吃得圆鼓鼓的，后来这样香的面条我再也没有吃到过。现这块平地上修建佛塔

和亭子,植树造林,风景优美。

全村人住的庄廓都围绕着这个小山包,自东向西呈大半圆环形布局,长约二三百米,约有十多户人家,人口不过百,有张、王、麻、蒋等姓氏,虽然是个杂姓村落,大家相处得都很和谐、团结。

解放前家乡交通极不方便,人们很少出门,就是上官亭去赶集买卖东西,或者转亲戚,大多是步行,少数骑毛驴,极少数有钱的大户人家骑骡子。我有个大伯算是地方绅士,和国民党有权势的人常有往来,他养着一匹骡子,每当官亭赶集时,骑着骡子到官亭同好友会聚,吃喝玩乐,人们很羡慕他。步行到官亭镇,来回40多华里,要走整整多半天的时间。

家乡很偏僻,也非常闭塞,往东翻越八大山进入甘肃境内,向南是黄河天堑,向北山大沟深,向西走20里平路到官亭镇,同外部世界几乎处于隔绝状态。偶然有外乡人进入,大家感到很惊奇,人们的警戒性很高,要问清楚他是哪里来的,是干什么来的,是谁家的亲戚。

农耕方式,沿袭千百年以来传统原始的二牛抬杆。老百姓吃、穿、住、用等生活用品,基本上是依自给自足的自然经济方式。

吃的粮食是自己种出来的,种类较多,细粮有小麦,杂粮品种多,有玉米、大麦、谷子、糜子、荞麦、燕麦、蚕豆、黄豆等;油是自己榨的,油料

二牛抬杆的农耕经济

作物有油菜、胡麻;蔬菜品种少,老百姓没有吃菜的习惯,有白菜、萝卜、洋芋等,个个家里做浆水菜,一年四季都在吃;果树品种较多,有冬果、梨、杏、桃子、红枣等。

家畜家禽有猪、鸡、羊、牛、驴、马、骡等,牛、驴、骡、马有畜役功能。家景状况比较好的人家,至少有一头牛,一头毛驴,养几只羊。一般要养一头猪,解决过节或平日的吃肉需要,有些卖出去换取一些生活用品。房子自己盖,木料是自己栽

的树,家境好的用松木建房,建筑型制是土木结构的四合院。

百姓的衣、帽、鞋、床上用品等,几乎是用羊毛、皮革、亚麻加工制作成的,如床上铺的是毡,盖的是毡被,头上戴毡帽,身上穿毡裤、毡袄,足穿毡袜、毡靴,手戴毡手套等,都离不开羊毛和各种皮革制品。

皮鞋(土语称"罗提")是用牛、猪皮制作的,皮裤(毡裤)是用羊皮或毡制作。有的把羊毛、亚麻纤维捻成线,织成毛和亚麻布料,制成各种式样的衣服。当时土乡有一批毡匠、皮匠、织布匠,他们技艺高超,很受人尊重。

上述这些土制品,虽然显得粗糙、单调,但样式考究,经久耐用,如果保存到今天,可以算得上难得的珍藏品。少数家境富裕的人穿洋布缝制的衣服,穿洋鞋,人们感到很稀奇、很羡慕。我们村上从外乡来了一位商人,从兰州买来一双短腰雨胶鞋,在大热天穿着这双油光发亮的雨鞋,村上的人羡慕得不得了,认为他有钱能穿上稀罕的鞋子。以后知道雨鞋是橡胶制的,很便宜,大热天穿着脚好难受啊,这人不过算是个爱显摆的土财主罢了。

老百姓手里没有钱,不少人家穷得连买一盒洋火(当时把火柴叫洋火)的钱都没有,凑上二三个鸡蛋才能买回一盒洋火,有些人就是有钱,也舍不得买。所以,不少人家晚上睡觉前,把火盆或炕洞里的火要埋好,以备第二天用,如果不小心断了火,到邻居或更远的地方去接火。

老人们抽烟时,把草绳点燃互相接火。有的人用"火石"自制打火机,用起来特费劲,同古人钻木取火相雷同。那时用食油(胡麻油)点灯,不少人家怕点灯费油,天黑之前吃晚饭,天黑之后就上炕睡觉,这样晚上可以不点灯,长年积累也省不少油。

小时候我们家碾完场,看到别人把我们家的麦子拉走了,我问爷爷这是为什么?爷爷讲,每到三至六月青黄不接,家里粮食不够吃,借别人家粮食200斤,等新粮食碾完场还300斤。村上十几户人家,至少一半人家不够吃,只好高利贷借粮度荒。有二三户人家,春节过后几乎断粮了,把老人和小孩留在家中,碍于脸面走远点出去讨饭,有的到地主家当长工、放羊、打零工,获得微薄的收入,过着半饥半饱的日子。

其实外乡人到我家乡来讨饭的,每天至少也有五六个人,有的人索性住在别人的茅草屋里,天天出来要饭。有些家只给一次,第二次去就讨不上饭了。有些家自己都吃不饱饭,讨饭者也就讨不上饭。有些人家快到吃饭时,索性把门关紧,生怕别人来要饭。因我爷爷奶奶心肠软，只要来我家讨饭的多少都得给，没有空着手让人家走的。

国民党的反动统治下，苛捐杂税名目极其繁多，还有苦役、抓壮丁。有的小伙子怕被抓去，跑到山上亲戚家十天半月不敢回家，有的怕被抓去当兵，索性把手指剁掉。大家以逃跑、自残的方式躲避兵役苦差，以示反抗。民不聊生，有家难归的悲惨景象比比皆是。

保长、甲长是国民党在农村的爪牙、走狗，他们张牙舞爪地搜刮民脂民膏，进到老百姓家要吃肉饮酒，如果稍照顾不周，找茬打人。他们将抓到的人用绳索捆绑，吊在树上用皮鞭抽，按在地上用木棒打，关在黑屋里用脚使劲踢，把人打得皮开血流。人们苦苦求饶，他们也不肯罢休。挨一次打至少好些天不能下地干活。他们打人是那样的凶残、狠毒，还调戏妇女，无恶不作。

我们这些顽皮的男孩，跟随在保长、甲长后面去看热闹。别人曾开玩笑给我讲："别看你父亲在马步芳手下干事，保长、乡丁也怕他三分。你爷爷胆子大，很厉害，把保长、甲长也不放在眼里，惹怒了他们，最后他也曾被保长、乡丁按在地上狠狠毒打过。"

旧社会没有计划生育措施，各家生小孩很多，大部分人家至少有四五个或者七八个小孩，甚至个别人家也有十来个的。不少人家因孩子太多，穷得揭不开锅，没有衣服穿，六七岁的男孩没有裤子穿，光着屁股到处跑的很普遍，女孩因没有裤子穿害羞，不出门的也不少。甚至有些家只有一条裤子，谁出门谁穿的现象也有。

一般情况下，父母亲等到女孩长到十四五岁，找个婆家嫁出去就尽到了责任。男孩如果有两个，留一个在身边养老，送出去一个当和尚。如果有三个男孩，送去两个当和尚。这是因为男孩长大了要娶媳妇，还要分家盖房子，要花一笔不小的开支，大多数人家没有这个经济能力。

再说，土族全民信仰藏传佛教，和尚（喇嘛）享有较高的社会地位，男孩们一般乐于出家当和尚，认为这样脱离拖家带口的苦海，一辈子不干庄稼活可以享清福了。还有的无奈之下，把孩子送给别人家了。

旧社会广大农村几乎没有医疗条件，人们大都用缺乏科学的土办法治病，如天花、麻疹等传染病一旦袭来，要夭折一批小孩，老百姓没有办法，只好到寺庙求神佛保佑，跳神、赶鬼、念经等手段很普遍。出现生的多，死的也多的局面，最后大多家庭存活下来的仅有两三个孩子，所以人口增长极其缓慢。

　　土族人的宗教意识很浓,除极大多数信仰藏传佛教外,属于道教的山神庙也备受尊崇。庙是祭祀祖宗、神佛或历代贤哲的地方,是当地群众进行宗教活动的重要场所,也是当地民间发生是非进行商议的地方。

　　家乡的山神庙在高旱台上,供奉有二郎神和地方神。三川土族信奉二郎神,他是三川土族的总神,至于地方神何许人也,今天的人们谁也不得而知。祖上传下来的规矩,结过婚的女人不能入庙内,被视为不洁,只能从门外烧香磕头。

　　家乡的这座庙,信奉的百姓有周围好几个村庄,庙成为他们的精神支柱。家中有红白喜事,有生病、打庄廓、出远门等事,第一时间上庙占卜,祈求庙神保佑。每逢农历初一、十五日,老人们去庙里烧香、磕头、念嘛呢,对老人们来说这是一件最神圣的事。

　　爷爷在世时经常告诫我:"今生你无论走到哪里,不论当多大的官,回到家乡有两件事不能忘,必须要做到。第一件事是给祖先上坟,第二件事上庙烧香、磕头,感恩祖先,感恩地方神的保佑。"

家乡的山神古庙

　　乡亲们告诉我:"他们出远门干活挣钱,或者去办任何事情,走之前要到庙上烧香、磕头,祈祷庙神保佑平安。"还有些人感慨地说:"如果到了生死存亡、走投无路时,向着家乡的方向,跪在地上祈求庙神保佑,并许下愿,庙神会帮你化险为夷,保你平安回家,你不可不信,真灵验啊!"

　　解放后几十年过去了,家乡发生了巨大变化,唯独这座庙还和儿时看到的一样,一点都没有变。土族儿女一代又一代遵照祖辈的教诲,照样上庙去烧香、磕头,这是一种信仰,是一种深入到骨子里的乡情文化,担负着古代和现代人们进行文化传承交流的历史使命。

4. 我的特殊家庭

在我记事时,家中有爷爷、奶奶、父亲、母亲、两个叔叔、弟兄三人,还有哑巴爷爷奶奶两口子,全家共计十一口人,后来来了一位汉族大脚阿姨名叫桂花。父亲在省城工作,常年家中是十口人,算是一个中上等人口规模的家庭,但家庭成员与普通人家比较,有着它的特殊性。

哑巴爷爷和奶奶

我的爷爷有乐于助人行慈善的品格。有一年寒冬的一天,一位几乎丧失生活能力的人到我家讨饭,衣服破烂得几乎遮不住身体,冷得直在发抖。爷爷把他从家门口叫到他的住房内,让他在火盆边坐下暖暖身体。奶奶给他端来一大碗热腾腾的面条让他吃。爷爷不顾奶奶的反对,把自己身上穿的上衣脱下来给他穿。

吃完饭爷爷让他走,但他怎么也不走,他很费劲地再三用手比画,大概意思是说,哪怕做马做牛给你家干活,只要给一碗饭吃就可以了。无奈爷爷心一软,就答应让他留了下来。问他叫什么名字,他还是用手势比画半天说没名字。爷爷知道他是一个"哑巴",给他起了个名,叫"保娃子"。

几年过去了,两个叔叔长大了,小叔出家当了和尚,大叔可以干农家活,于是爷爷让"保娃子"同前来讨饭的一位聋哑女人成了亲,可能她也没有名字,大家叫她"哑巴"。按年岁我们该叫她"奶奶",为了尊重她,大家叫她"哑巴奶奶"。不久他们有了自己的小宝宝,是个男孩,爷爷给他取名叫"来娃"。

此时,爷爷考虑家里人口多,打算让他们另居生活,但他们缺乏自理能力,最终还是在一块过,等着他俩的孩子长大能撑起这个家再分居。"保娃子"爷爷的模样我似乎有点印象,但什么时候去世的却记不清。有天晚饭后,我路过哑巴奶奶住的南房门口,听到屋内一声怪叫,吓得跑到爷爷那里指着南房说:"哑巴奶奶死了。"从此以后再也没见到过哑巴奶奶。

在我的记忆中,来娃叔经常在我们家帮着干活,劈柴火几乎是他的事,他也经常留在我家吃饭,和我们一块玩耍。他是一个忠厚、朴实、善良的男人,一米七左右个头,有点驼背,和别人讲话总是笑眯眯的,说话还有点结巴,我从来没见过他和谁红过脸、吵过嘴。

刚解放时,来娃叔快三十岁了,还过着光棍汉的日子,在我父亲的帮助下,和一位丧了偶的阿姨成了亲,是在我们家办的婚事。这个阿姨带来一个小女孩,名叫"英儿妹",和我是同龄人。一年后他俩有了自己的小宝宝,没过多久英儿妹也出嫁了,来娃叔总算有了个幸福美满的家庭。

20世纪60年代,来娃叔任我们村的贫协主席,说话、办事公道,在群众中有一定威信,但工作能力却有限。1965年冬家乡四清运动时,我们村一些别有用心的人,歪曲国家政策,把来娃叔、桂花阿姨说成是我家的长工,并给这两位老人施加压力,将我家的成分由中农上划为富农。

早逝的母亲

我母亲的乳名叫"花奴",是出身于富贵人家的大家闺秀。大舅是国民党议员,当过副官、区长,在国民政府有权势。有大老婆、小老婆,使唤长短工,住南北两个大院,有楼房,良田百余亩,果园多处,牲畜满圈,是当地赫赫有名的大地主。两个舅舅是塔尔寺赛池活佛囊的管家,经营着磨坊等生意。还有一个小舅在北京娶了老婆成了家,听说上学期间被人害死了。

听姑姑和大婶说,我的母亲高挑身材,长得秀俊,对人总是笑嘻嘻的,很有教养,不大讲话。母亲出生不久,我的姥姥就去世了,大舅和舅母把她抚养成人。因为这层特殊关系,大舅和两位舅母对我们兄弟三人格外照顾。1949年前我曾在舅舅家居住过,体验过一段时间的地主少爷生活。

在我不到四岁时,母亲离开了人世,那时她二十岁刚出头,她的容貌在我记忆中模模糊糊,但她深深的母爱永远铭刻在我心中。一次,我和母亲来到黄河边一块台地上,这一年黄河发大水,把河滩上的灌丛、小树全部给淹没了,只有大树的树梢在河水中晃动。河水直抵台地下几米处,我怕得就不敢乱跑。

河水中有个人从河的南面向北游来,精疲力尽,一会儿被河水淹没了,一会儿又浮出水面。母亲见了很伤感地说:"可怜! 太可怜,这个人恐怕是过不来了。"我看她暗自在流泪。

母亲说:"时间不早了,我们回家。"我让母亲背着走,母亲含着泪水说:"儿啊,妈妈有病,背不动了,牵着你的手走好吗?"看到流泪的母亲,我乖乖地让她牵着我的小手回了家。

有一次,母亲从舅舅家回来,她抱着我说:"儿子啊,妈妈死了你就没有妈妈了啊。"顿时我"哇哇"地大哭起来,母亲抚摩着我的小脑袋哄我说:"妈妈不会死的,妈妈在骗你。"然后她从衣柜箱里拿出一个梨给我吃,我就一边擦着眼泪,一边吃着母亲给的梨,出门和小朋友们去玩耍了。

今天回忆七十多年前同母亲的生死离别情景,当时的我并不懂事,年仅二十年华的母亲,留下自己三个亲生骨肉要离开人世,是何等的悲伤难过啊!

旧社会家乡有个习俗,人病了认为是魔鬼缠身,病人过一条河,魔鬼是过不去的,病人和魔鬼分开一段时间,病人自然就会好。这样,我的母亲被送到我家东面一条小河之隔的姑姑家。没过多久的一天,太阳刚落下去时,母亲的遗体用担架抬到家门口,上面盖着一条红色毛线织成的被面,这件遗物是舅舅陪给她的嫁妆,成为我今生最珍贵的东西,我保存至今。

母亲走了,我好像懂事多了,更加思念她。每到黄昏落日时,我就来到家门口大路旁一棵大古杨树下,眺望西方,远处山巅万道血红色晚霞,绚丽夺目,周围渐渐暗下来,那里的光亮也渐渐淡了下来,我总认为那里是母亲逝去的地方。她在那里仿佛一直在凝视着我们,可她永远回不了家。思念、难过,小脸蛋上挂满了泪水。晚上泪水经常把枕头浸湿一大片,经常进入梦境,梦境中出现一个亭亭玉立的美丽女孩,有人给我解梦说,她就是你日夜思念的母亲。

我对母亲的记忆就这么多,但她在我的内心世界里,一时一刻也没有离开过,牵着我的手在茫茫人海中拼搏,给了我勇气、智慧,帮助我克服一个又一个的困难,闯过人生一道又一道坎,陪伴我走进人生,奋斗至今。我道一声敬爱的母亲,儿子谢谢您! 儿子永远永远地怀念您!

善良的桂花阿姨

母亲在世时,因常年有病不能正常下地干农活,从黄河南面的甘肃来了一位名叫"桂花"的汉族中年妇女,她中等个头,没有裹过脚,服饰是典型山区农村打扮,看得出她是个穷苦人家出身。

她很勤快,天刚麻麻亮就起床,把院子、大门口的地面清扫得干干净净,家中挑水、做饭、出炕灰等女人干的活,她全包了,还要下地干农活,她做的饭很好吃。和我母亲似姐妹一样,关系处理得很融洽,母亲去世后,她像母亲一样关心照顾着我们,从未打骂过我们兄弟三人,总是笑呵呵的。爷爷夸奖她能干、脾气好,是个贤惠、善良的女人,让我们叫她"阿姨",要听她的话,要尊重她。

爷爷教育孩子的方法简单、粗暴,他经常有两句口头禅:"不打不骂不成才","核桃骨都砸着吃的东西"。所以打成为他惯用的教育孩子的方式。有一件事至今记忆犹新,我在外面同一个小伙伴打了架,他母亲给我爷爷告了状,爷爷不问青红皂白,先是把他的鞋脱下来,用鞋掌在我的小屁股上狠打,打得走不动路,"让你牢牢地记住,以后在外面调皮打架的事还干不干了"。

后来又发生了上述类似的事,这次肯定逃不脱爷爷的惩罚,吓得躲在桂花阿姨的后面,想让她来保护我。阿姨心疼我,很少和爷爷正面讲话的她,壮大胆子给爷爷说:"孩子在外面被人欺负了,回来你还要打他。"爷爷听了阿姨说的这番话后,没有打我,以后碰到类似情况,再也就不打了。

桂花阿姨在我们家的这几年,是我童年生活中难以忘怀的一段时光。她衣服穿得很整洁、得体,言谈举止大方。她对爷爷、奶奶很孝敬,同邻居、乡亲们关系处得融洽。为我们兄弟缝补、洗衣,温柔体贴,我很想叫她一声"母亲",但还是不能,所以对她一直在心中敬佩有加,不是亲人,胜似亲人。

母亲去世后,父亲给我们找了继母,桂花阿姨就回她娘家去了,从此后我们再也没见过面。长大后我曾多次想去看望她,但有一定的困难,也有很多顾虑。1965 年大学毕业,有了一定的经济条件,但正好家乡"四清运动"。说她是我家的长工,派人到她家中索取了"长工"的旁证材料,四清运动中把我家成分补划为富农,在这种政治压力下产生了新的疑虑,我就不敢再去找她了。

20 世纪 80 年代中期,我从新疆调回青海工作,特别思念桂花阿姨,我想如果她还孤身一人,想把她接到身旁像母亲一样好好孝敬她老人家,如果她有家不便走动,想在经济上对她有所帮助。回到老家一打听,得知她两年前离开了人世,顿时一阵心酸使我流了泪,好伤心啊! 这是我今生最为遗憾的事之一,时至今日,时时想起这件事,成了我的一块心病。

为人仗义的爷爷

爷爷是一个身躯高大、体魄健壮、性格刚烈、有胆有识的典型农民。因我奶奶是汉族,爷爷不仅能听懂汉语,还能讲几句汉语。当外地汉族人到我们家乡办事,或者官府衙门到村中问事,大都把他请去说话或当翻译。

有几位从甘肃汉地来的逃荒者,找到爷爷帮助他们在本地落脚谋生,爷爷二话没说,就把自己窑洞下面的一块地无偿给他们盖房子住。这些人至今已经有好几代了,从最初的几个人,现在已发展到近百人,其中有大学生、国家干部、教师。爷爷在当地群众中有一定威望,大家给他起了个雅号叫"大张"。

爷爷和奶奶

在我的一生成长中,爷爷是起决定性作用的人。在我四岁时被当地寺院认定为"转世灵童",被他毅然拒绝。刚到七岁就把我送进了学校,尽管他一字不识,但对我的学习抓得特别紧,从不溺爱我,给我讲学习的重要性,只有好好念书,学到本事当上官,可以光宗耀祖,过上好日子,回到家他装模作样检查我的学习。所以我的学习成绩从初小、小学、初中、高中,在班上一直是名列前茅。

小学时他经常到学校,给老师说:"我的孙子要是不听话,不好好读书,就狠狠地打。"有几次他拿着自制的木板子让老师专门打我,因我背书流利,这个木板子没有打上我,却把背不下书来的小伙伴们打上了,他们特恨我爷爷,说:"这个老头太坏了。"

我上学时的费用主要由爷爷筹措,他没有别的经济来源,就把菜园子里的三棵花椒树由我打理,家里别的人谁也不能动。把花椒卖出去所获得的钱作为我的学费,我高兴极了,这样不为学费而发愁了。

第一次摘花椒没有经验,稍不小心,花椒刺把我嫩白的小手指扎出血来,加上花椒麻辣味进入血液中,又痛又辣,痛得直剁脚。把摘下来的花椒晒干,除去花椒籽,搞得干干净净,再拿到官亭镇上去出售。为了卖个好价钱,我小小年纪从大人那里,学到了讨价还价的本领,不时学别人的样子,壮大胆子吆喝两声:"上等花椒,快来买啊!"

爷爷的这一举动,一是解决了我的学费,更重要的是让我深刻体会到劳动的艰辛,挣钱太不容易啊! 从此我养成了节俭、不乱花钱的习惯,这一优秀品格的形成不是用金钱可以衡量的,也不是说教便可以见效。爷爷是个地道的农民,没有念过一天书,不识一个字,不溺爱孩子,让我从小在艰苦环境中摔打成长,他是我心目中的农民教育家。

北京上学期间,每年暑假我都要回家,一是为了避暑,因为北京的盛夏酷暑难熬。二是要看望恩重如山的爷爷和奶奶,每次回家返校时,爷爷总是把我送出好几里外,才依依不舍地离开我回家。

1964年暑假回到家,心情格外轻松,想着一年后毕业回家乡工作,经常可以见到爷爷奶奶了。没有料到这次返校时,爷爷把我送出大门后,我就没有听到他的脚步声,十分诧异地回头看了一下,见他蹲在大门口的那块石头上说:"你已经念书成功了,我很放心,我们俩以后见不上面了,你得知我离开人世的消息后,千万别回家,一定要把书念好,回家后给我坟上多烧点纸就行了。"爷爷连连挥手让我赶快走,他扭头就进屋去了。

爷爷是在1965年农历二月初二离开人世的,乡亲们说:"这老头属龙,活了八十二岁,在当地算是高寿老人。乡下有二月初二龙抬头的说法,正好这天他走了,是吉祥的日子,炕上一天都没有躺,孙子快大学毕业了,太有福气了!"

爷爷对我的培养教育,在我撰写出版的《青海地理》后记中,就有这样一段表述:"在这里我要特别提出的一位老人,如果他还在世的话,应该是一百二十多岁了,他就是我的爷爷,年幼我就失去了母亲,生活上一直由他老人家照管。……在《青海地理》问世之际,我将这一成果敬献给爷爷在天之灵。"深深表达了我对他的无限怀念之情。

5. 我被认定为"转世灵童"

在我四岁时盛夏的一天,这一天我正同伙伴们在家门口的麦场上打闹玩耍,看见两位穿着袈裟的老喇嘛背着行囊进了我的家。我们这些顽皮的男孩们,出于好奇,也跟着老喇嘛进了我的家,想知道他俩是干啥来的,听他们说些啥话。

古刹铧尖寺

老喇嘛给我爷爷彬彬有礼地说:"老施主,恭喜你了,你的孙子被认定为铧尖寺第五世僧给仓'转世灵童',我们要把他领到寺院供养。"当即把二包茯砖茶摆放在八仙桌上,又从行囊里拿出一条银白色的哈达献给了我的爷爷。

爷爷是个快言快语、给人不留情面的人。他没有接哈达,当即给这两位老喇嘛回答说:"我的孙子要念书,要念大学,要搞大学问,要当官,不当活佛,你们去找别人家的孩子当活佛吧。"

尽管这两位老喇嘛给爷爷讲了很多,包括我是怎样被认定为转世灵童的,还说:"你的孙子我们一定伺候好,你不必为他担心,他一定会成为一个有出息、有名气的活佛。"但爷爷的态度很坚决,他们说的他根本听不进去,不停摆手表示不行,并毫不留情面地把放在桌上的茯砖茶和哈达装入他们的行囊内,以示回绝。

爷爷的这一举动,完全出乎这两位长者的预料,爷爷也是个虔诚的藏传佛教信徒,二叔也被送进寺院当了喇嘛,当活佛在当地人心目中是求之不得的事,可这次他如此态度令人惊讶。在万般无奈之下,这两位老喇嘛只好离我家而去。

没过几天,爷爷不同意让我当活佛这件事,在全村传开了,人们纷纷议论,活佛是前世功德圆满的人才能当得上,当上活佛全家人也会沾不少喜光,整个家族社会地位大大提升,经济上会有很多好处,随之家庭很快会富裕起来,这个老汉不让他孙子当活佛,不知是咋想的。

在当地百姓眼里我聪明伶俐、活泼可爱,是理想的活佛人选,人们为我当不成活佛而惋惜。人在关键时候只有一步,这一步将决定他一生的命运,我的人生命运由爷爷掌握,他的决定成为我人生的关键节点。

这两位老喇嘛遭到爷爷的拒绝后,去寻找第二位"转世灵童"。第二位"转世灵童"出生在山区,他的父母亲是地地道道的农民,生活条件比我家要差。他父母同意让他的孩子去当活佛,但寺院要给他们家三千块大洋。当时寺院一时拿不出这么多的钱,事情只好搁置下来。当地群众对他父母亲的这种做法,产生了不同看法,多数人认为,既然同意孩子去当活佛,就不该用钱做筹码阻挡活佛转世。

没有过多久,这位"转世灵童"患眼病,当时家乡没有医疗条件,他父母也没有经济能力去外地给孩子治病,只好到寺庙烧香磕头,求神佛保佑,巫神占卜问病从何而来？说是他们不让小孩当"活佛",佛祖不答应,是在惩罚他们。但他父母还是不甘心,非把三千块大洋拿到手不可,致使小孩眼病加剧,最后白眼珠翻了出来,这只眼算是瞎了。这位"转世灵童"的父母亲,在万般无奈之下分文不要,最后把孩子送去寺院当了"活佛"。

有次我上学回家的路上,这位活佛骑着高头大马和我迎面相碰,他那翻出来的白眼珠有点吓人,当时一个念头在我脑海中闪过:"这个位子原是我的啊!"我是出于后悔,还是妒忌心理？当时还年幼,也说不明白。

后来这位活佛赴塔尔寺学经深造,在他年仅二十一岁时突然患病夭折。于是家乡的人们又是一番议论:"僧给仓活佛应该还是他(指我)啊,现在时代变了,他今生是念书人出身,书念得也不错,这次的灾难他算是躲过了。"

"转世灵童"给我脑海中留下深深的烙印,有时我曾暗暗遐想,如果当初让我当了活佛,1958年宗教改革运动,已是十八岁的小伙子了,依着我的个性,避免不了可能要受到很大冲击,恐怕连命都保不住。如果能活下来,今天可能会成为一名高僧大德,也许今天过着米拉日巴那样苦行僧的日子。关键时刻的一个决定,影响着一个人的人生轨迹啊!

我上学期间,每次假期回到家乡,直到大学毕业走上工作岗位,几十年过去了,只要回到家乡,稍年长些的老人们一见到我,总是把我小时是"灵童转世"而我爷爷不同意这件事似神话般给我诉说一番,还说:"你一直是我们心目中的活佛。"

到 2008 年夏,六十多年过去了,铧尖寺僧众、当地广大信教群众祈盼,塔尔寺活佛严格按照宗教仪轨,经过上级人民政府批准,年仅五岁的第六世僧给仓灵童转世坐床。这天铧尖寺异常热闹,祝贺僧给仓活佛转世坐床的善男信女络绎不绝,我是按照当地习俗,也带着礼品前去表示祝贺。时至今日,铧尖寺活佛问题总算有了个结果。

活佛转世制度,为藏传佛教所特有。按照藏传佛教的观点认为,那些佛学造诣深、修证高超的高僧大德圆寂后,虽然他的肉身体不复存在,而灵魂又转生为新的肉身,他又"转世"到人间继续当活佛,继续完成弘法大愿、普度众生,这种转生为前世化身的人,称为前世的转世灵童,即此为活佛的下一世。

活佛转世有一整套既定的仪轨和批准手续,是一个法定的程序,没有随意性。到清代中叶逐步走上法制化,并且其程序更加趋于规范、复杂和神秘,这个制度是藏传佛教噶玛噶举派创始人堆松钦巴所创立。

此后,这一制度被藏传佛教许多教派所接受和效法,在整个藏传佛教中,逐步形成了活佛转世传承的制度。15 世纪宗喀巴创立的格鲁派,有达赖和班禅两大活佛系统,一些规模和影响较大寺院,也实行了活佛转世制度,废除过去家族传承和师徒传承的做法。

寻找"转世灵童",是根据一定的"征兆",经过严格的宗教程序进行的,如根据活佛生前的授记、预示的遗嘱或预言线索寻访认定;由护法神降神,指示活佛转生的方向、地点等谕示寻访确认;观圣湖出现幻景和物相,判断灵童出生的地方和物相寻访;选派德高望重的名僧、活佛生前管家、近侍弟子赴各地秘密寻访认定;用辨认活佛生前遗物的方法认定灵童。上述认定方式实用范围广,适合于大小活佛,更适合各地没有封号的活佛去世后的转世认定。

开头选定的转世灵童不只是一个,而有许多个,最后确定一人是正式的。为防止纠纷和争执,甚至出现徇情舞弊,达赖、班禅、呼图克图等大活佛的转世认定,清乾隆皇帝于乾隆五十七年(1792 年)特颁发金瓶掣签制度,这一制度不断完善,不仅形成了历史惯例,并且形成了一整套活佛转世理论和传统仪轨,沿袭至今。金瓶有两个,一个放在北京雍和宫,另一个放在拉萨大昭寺。

铧尖寺亦称"铧亭寺"、"铧间寺",因周围地形酷似铧尖得名。建于清代,光绪二十一年毁于兵燹,20世纪30年代重建,是西藏哲蚌寺属寺。坐落于民和县最东南段,黄河流经青海的最后一个峡谷寺沟峡口,寺

贤巴经堂

院依山势而建,大经堂背面半山腰挺立一座白古塔,坐东朝西,守望三川大地。寺内年近九十高龄的老喇嘛丹增呈雷(俗名马生山),拿出今生全部积蓄,并在社会上众人捐助下,用50余万元资金建贤巴经堂,雕梁画栋,格外醒目。

寺周围树木葱郁,远远望去整个寺院掩映在山花丛林之中,寺院南面黄河从西向东奔腾而过,炳灵水电站建成后,形成了面积数平方公里的大型人工湖泊,湖光与周围山色相映成趣,新建成的禹王峡旅游风景区,尚存大禹治水遗迹及传说,人文和自然风光融为一体,成为县境内一处著名的风景区。

6. 亲眼看见马家王朝溃败一幕

中国人民革命军事委员会主席毛泽东、中国人民解放军总司令朱德,于1949年4月21日,发出《向全国进军的命令》,中国人民解放军以排山倒海之势横扫国民党军残余力量,全国相继解放了长江以南大片土地,并向东南、中南和西南挺进。蒋介石集团企图依靠盘踞在西北的军阀胡宗南、马步芳、马鸿逵保住西北,作为最后的基地,妄图东山再起。

兰州,是西北第二大城市,也是国民党在西北地区的政治、军事中心。该城三面环山,黄河从市区流过,南山是全城的天然屏障,国民党军修筑了坚固的防御体系,让这处地势险要的位置更加易守难攻,并称该城为"不可攻破的铁城"。

8月21日拂晓,以彭德怀为司令员的第一野战军,对盘踞在兰州马架山、营盘岭、狗娃山各阵地的国民党军发起猛烈进攻。由于守军凭借坚固工事阵地负隅顽抗,加之攻城部队轻敌,激战两日未能攻破。

经调整部署,25日凌晨,解放军对兰州国民党守军发起第二次攻击,激战至黄昏,先后攻占狗娃山、沈家岭、营盘岭、马架山等主要高地。马步芳之子马继援见兰州难保,遂令全线撤退。第一野战军主力抢占了黄河大桥,至8月26日午,守军除少数溃逃外,全部被歼,解放了兰州,歼马步芳部主力2.7万人。

历时二十五天的兰州战役,共歼国民党军4.2万余人,结束了马步芳、胡宗南在西北长达四十余年的封建统治,彻底粉碎了国民党政府盘踞西北作最后挣扎的企图,打通了解放军进军青海、宁夏和河西走廊的通道,为解放新疆乃至整个大西北奠定了基础。

我的家乡在兰州市西面,直线距离仅有几十公里,中间有几座大山横亘其间。自8月21日拂晓兰州战役打响后,从东面大山后面不断传来隆隆炮声,震耳欲聋的炮声把大地震动得在颤抖，当天夜晚东面大山顶火光冲天，把整个天空、大山映照得如同白昼一般，老百姓家里养的鸡、狗出现反常，狗一直不停在狂叫，老百姓十分惊恐地说："天啊！好像是在做梦一样，阳世马上就要变，改朝换代了。"于是深更半夜去山神庙烧香磕头，祈求神灵保佑。

第二天，隆隆的炮声丝毫没有减弱，确有山摇地动的感觉，因为这样的事情谁也没有碰见过、听到过，惹得老百姓就胡乱猜测，不少老百姓出现恐慌，有些人赶往荒野的山上去避难。第三天枪炮声变得稀稀拉拉，甚至有时完全静下来没有一丝声响。约平静了两天后的第五天，天刚蒙蒙亮，猛烈的炮声把人们从梦境中惊醒，这次比上一次来得更加凶猛，快要天黑时炮声渐渐停了下来。

过了一天，我家门口的大马路上出现了骑马的士兵，大人们讲，这些人是兰州战役中漏网的马步芳骑兵师残兵败将，现正在向西宁方向溃退。这些人中，有的人骑着一匹马，还牵着一匹马，有的肩上扛着一条枪，有的扛着两三条枪。大人们讲，马的主人在战场上死了，马就没主人了，只好跟着大队人马在走，枪的主人也战死了，所以有的人骑一匹马还牵着一匹马，有的人肩上除了自己的枪，还把别人的枪也扛上了。

不少人头上裹着白纱布，有的脸上污血斑斑，满身泥土，还没来得及擦洗一下就仓皇逃命。他们骑在马背上半闭着眼，连讲话的气力也没有了。这些人从我家门口马路上整整过了三天三夜，一个个无精打采、失魂落魄，看他们耷拉着脑袋的样子，这真是兵败如山倒啊！

骑马的残兵败将刚走完，紧接着国民党的步兵又来了，且在村子里住了下来，说是要把"共军"（即解放军）堵在黄河以南，不让他们过黄河向西宁进发。开始在村后面的小山包上挖了很多战壕，在黄河岸边修筑碉堡，把老百姓家里的木板、大门、床板卸下来修筑战壕、碉堡用，摆开了同共产党最后决一死战的架势。

马上就要打仗了，老百姓好害怕啊。有些人把门紧紧关上，几乎不敢出门，怕国民党士兵闯入他们家抢掠东西。一些人跑到亲戚家躲避起来。还有一些人进山挖窑洞住，这样感到较安全。我们这些不懂事的小孩，竟然还跑过去看热闹。几十年过去了，碉堡残壁至今犹存。

我亲眼看见，国民党士兵进入老百姓家中，抢夺老百姓粮食、牲畜等财物，还随意打人，老百姓敢怒不敢言。有三个士兵闯入我大婶家，开始嬉皮笑脸调戏大妈,然后打开面柜挖面,我大妈哭着抢夺面粉,他们又从她家抓了两只鸡,便扬长而去。我们几个小孩跟在他们后面骂他们是"土匪"、"强盗"。还看到一个小兵,进到老百姓果园偷吃梨,被连长知道后打得半死不活,看来国民党军队也是有纪律的。

过了几天的一个夜晚,这些步兵突然消失得无影无踪,他们听说共军马上来了,吓得向西宁方向逃跑。不久外出的老百姓陆陆续续返回自己家中。

我亲眼看见,统治青海四十年的马家王朝溃败的一幕,真实见证了历史。

7. 解放初的家乡

1949 年 10 月的金秋季节,中国人民解放军来到我的家乡,广大土族百姓为之欣喜若狂、奔走相告。解放军对百姓热情和气、平易近人,严格遵守三大纪律八项注意,不拿百姓一针一线,不打骂欺压百姓。共产党和他领导的解放军,很快在三川土乡受到拥护和爱戴,青年男女自发组织跳

家乡的最后一盘水磨

起了秧歌舞,我是秧歌队里年龄最小的娃娃,稚气憨态让人喜爱,跳得是那样的欢快。1950 年的春节过得特别舒心、开心,春播比以往任何一年都要来得早。

刚刚解放,一小股国民党反动势力,纠集社会上的一些残渣余孽,到处实施打、砸、抢、烧、杀,人民的生命财产受到严重威胁,那些有钱的土财主,甚至生活较富裕的农民,是被抢掠的对象,人们诚惶诚恐不得安宁。

不少人家,把老人小孩送到较安全的亲戚朋友家,几个兄弟好友联合起来,把家里的主要东西集中到一个家,吃住在一起,晚饭后紧闭大门,准备好斧头、铁锨、榔头、棍棒等自卫工具,少数人家还备有枪支,村民们完全进入了保护生命财产的临战状态。

土匪们的活动也十分猖獗,他们在大白天大摇大摆进入村寨,或者在村寨附

近的山头上进行侦察,到晚上实施抢劫。我们村周围被抢劫的有好几家,如甘家村的甘××,听说不拿出银元宝,被扒光衣服,被火钳子烧红了烫身,捆绑吊在房梁上毒打,后来,土匪从他们家的牲畜圈内挖出好几个银元宝,才收场走人。

八大山的王××是个老实巴交的富裕农户,祖祖辈辈靠勤俭过日子,积攒了一些银两钱物,土匪闯进他家,把他活活折磨致死,不但抢走了他们家的银元宝,赶走了牲畜,还拿走了粮食、面粉,他们家的人后来几乎生活都过不下去,只好依靠亲朋好友接济渡过了难关。

赵家村的乔××去外乡讨账,被土匪堵在路上活活杀死,手段极其残忍,死者的随从人员急中生智,跳进一个深坑内,土匪误认为此人必死无疑,就放心地走了,这个人算是死里逃生。

为了保卫刚刚建立的新政权,让老百姓过上幸福安康的日子,国家开展声势浩大的镇压反革命运动(简称"镇反"),镇压的对象是土匪(匪首、惯匪)、特务、恶霸、反动会道门头子和反动党团骨干五类人。父亲同地方武装小分队的同志一道,冒着生命危险,深入到东山上的土匪窝,宣传党的方针政策,耐心细致地做分化瓦解工作,使大部分人员向政府投诚,对少数顽固分子实施追逃抓捕。

召开公审大会,处决了逼死人命的恶霸地主何文祥、作恶多端的土匪头子韩龙娃。这天十里八乡的百姓汇集在河滩上,人山人海,群情激愤。"共产党万岁!""毛主席万岁!""打倒恶霸地主何文祥!""打倒土匪头子韩龙娃!"的口号声响彻三川大地,广大群众扬眉吐气,拍手称快,社会秩序很快有了好转。

在剿匪和镇反运动取得胜利的基础上,开展了轰轰烈烈的土地改革运动(简称"土改"),实现"耕者有其田",是中国民主革命的一项基本任务。斗地主、分田地,使广大无地、少地的贫雇农,分到了土地、房屋及其他生产和生活资料,他们的生产积极性空前高涨,整个农村面貌发生了翻天覆地的巨大变化。

正当翻了身的农民沉浸在幸福之中,美帝国主义悍然发动了侵朝战争,把罪恶的战火烧到了我们的家门口,毛主席向全国人民发出"抗美援朝、保家卫国"的号召,中国人民志愿军于1950年10月跨过鸭绿江赴朝参战。"雄赳赳,气昂昂,跨过鸭绿江……"的志愿军战歌,在我家乡传遍,人们群情激昂,响应毛主席抗美援朝的伟大号召,年轻人纷纷报名赴朝参战,广大农民捐赠钱物。对美帝国主义的恶劣印象,深深印在了我儿时的脑海中。

土地改革基本完成,分到土地、房屋、牲畜的贫苦百姓,对幸福生活充满无限期望,生产积极性高涨。为了种好田多打粮食,中央号召由几户或十几户农民组成互助组,其成员的土地、耕牛、农具都是个人所有,以劳动互助为主,实行共同劳动、分散经营,换工互助,提高了劳动生产率,产量一般高于个体农户,带有半社会主义的萌芽。

农村互助组,对当时农村经济发展起到了促进作用,但从本质上讲,仍属于个体农业性质,既不能满足工业发展对农产品的需求,又有两极分化的危险。1953至1954年,党中央发出号召,组织农民从互助组走向初级农业生产合作社,进一步走高级农业生产合作社之路。通过这种农业合作化道路,把以生产资料私有制为基础的个体农业经济,改造成为以生产资料集体所有制为基础的合作农业经济,走集体合作化道路才能走上发展生产、共同富裕之路,即社会主义道路。

解放初干群关系非常密切。父亲是乡长,当时乡政府没有办公的地方,县上干部下乡一般先到我家,有的就住在我家里。他们生活之简朴、工作之踏实、待人之和气,给我留下终生难忘的印象,也极大地影响着我人生观的形成,对我以后的成长产生很大影响。

下乡干部一次一般是一至二人,自带简单行装,住在农户家中,睡老百姓的土炕;吃饭不管家境如何各家轮流,不能随便向百姓索要吃喝,老百姓吃啥他们就吃啥,从不搞特殊化;吃完饭要付给饭钱,严格执行三大纪律八项注意,做到不拿群众的一针一线,真正实现同老百姓同住、同吃、同劳动,确实是老八路的作风,人民的公仆,老百姓称他们是自家人,很受爱戴。

我清楚记得,有一次两个下乡干部在我家吃饭,晚饭后他们把饭钱给我爷爷,爷爷死活不收,无奈之下他们趁我爷爷不备之际,将饭钱压在爷爷的烟盒下。爷爷睡觉前有抽烟的习惯,让我下床去拿烟盒,这才发现压在烟盒下的饭钱,当时爷爷感慨万分,不停地摇头说:“我活了七十岁,是从清朝过来的人,官府的人到老百姓家吃饭还要付钱,我是第一次碰到,世道是真的变了,毛主席真的了不起。”

至今,有两个人经常浮现在我的脑海里。其中一个名叫吴仲军,是河北籍老干部,听说他家地主出身,是乡政府的干部,大家亲切地称他“吴干事”,年龄四十岁上下,待人和气,百姓有事喜欢找他解决。他较长时间吃、住在我家,夸奖我奶奶做的饭好吃,同我爷爷是无话不说的好朋友。他退休以后住在县城,逢年过节经常来看望爷爷、奶奶。农村有什么好吃的,如土鸡蛋、过年时屠宰的猪肉等,爷爷、奶奶经常带给他们,双方像走亲戚一样一直在走动。

　　另一个,是一位二十多岁名叫吕英秀的女同志,高挑个子,面目清秀,写一手好字,听说她是我们三川地区的开明人士,后来成为县政协委员吕文通的女儿,专搞农村妇女工作。由于白天妇女们下地干活找不到人,她是在晚饭后至睡觉前亲自登门开展工作。

　　女同志夜间外出不方便,吕姐让我陪她出去,成了她的小保镖,和她睡在我家北方的土炕上,待我像她的小弟弟,给我讲了许多人生哲理,在我今生的成长中,凝结着吕姐的心血,她是我今生不能忘记,且值得永远怀念的一个人。

　　我退休后移居家乡官亭镇,由于和吕姐的这层关系,很快认识了她的小弟鲍生田老师,鲍老师和吕姐是同父异母。前些日子,县旅游局领导让我对县旅游规划提意见。我发现规划文本偏重人文风光的策划,对自然风光几乎没有涉及。为了更好地提出建议,我在鲍老师的陪同下对三川作了考察,他还给我讲了不少三川土族的故事,自然成为我在官亭地区的第一位老师和挚友。

第二辑

求学之路

8. 镇边初小——梦想萌生的地方

解放前的家乡,是个穷乡僻壤之地,不少村庄没有一个能识字的人,给人写信,或者来信找人看信,找个识字的人很困难。小孩到了一定年龄,女孩帮助父母带弟弟妹妹,男孩就去放牛羊喂猪,或帮助父母干农活。能上学念书的屈指可数,只有那些极少数富豪人家,把孩子送到省城或外地上洋学堂。

青海省著名宗教人士、三川土族朱福南先生,尊称"朱喇嘛",曾任九世班禅驻南京办事处处长,兼任南京国民政府蒙藏委员会委员、藏事处处长等职。他是个非常贤明的旧时地方政教官员,情系故土,于1936年回家乡发展教育,兴办了官亭小学及六所初小,还办了一所女子小学、图书馆,捐赠了一套珍贵的《四库全书》。我们村的"镇边初小"是这次办的初小之一。他严格禁止女孩裹足,组织老百姓打击吸毒分子。

在我不到七岁时,爷爷就把我送进这所学校,学校只有一位名叫王廷杰的土族老师。听说王老师从省城初级师范毕业,在国民党军队里混过事,后来没有后台就混不下去,只好回到家乡干起了穷教师这个差事。当时学生只有十几个,但四个年级都有学生,年岁都比我大,有的已经十多岁了,根据家乡早婚的习俗,有的定亲了,有的已经结婚了。

学校设备极其简陋,教室只有两三间土房,没有桌椅板凳,学生趴在地上练习写字,条件好的临摹老师写大楷、小楷。那时用毛笔写字,王老师的大楷字写得很棒,我们是临摹老师的字写大楷,我的这点写毛笔字的底子,还是这位老师给打的基础。

解放后,学生逐渐多了起来,学校规模不断在扩大,初小变成了小学,老师和学生的数量比原来增加了好几倍。但老师文化素质还是比较低,有一个名叫高怀德的老师,说是甘沟来的汉族,念过高中,算是当地的秀才,其他老师大多是初师毕业,甚至有的只有小学文化水平。

学校里除了语文和算术是必开课程外,其他如地理、历史、自然、体育、美术、音乐等的授课没有保障。我小学六年中,体育、美术、音乐这三门课就没有上过,所以我这一生缺乏艺术细胞,可能与小学时没有这方面的熏陶有很大关系。

学生全是土族,他们听不懂也不会说汉语,老师必须用土语授课。老师讲到一个汉语概念,必须先用土语解释清楚,才明白是什么意思,正如中国人学外语是一样。我小学毕业时,竟然不会说汉语,给我以后的学习带来了很大的困难。

一天,班主任老师带全班同学到大河边去游玩,老师指着眼前这条滚滚奔流的大河说:"这条河的名字叫黄河,她是我国的第二条大河,也是世界著名大河之一,是我们中华民族的母亲河,孕育了中华民族五千年的文明。"停了一会,老师接着又说:"黄河中下游地

梦想萌生的地方

区,富饶美丽,那里人口密集,文化灿烂,黄河流域是我们中华民族发祥的摇篮。"

此前,我同伙伴们经常到河边放牧、玩耍、游泳,土语叫"什果灭然",即"大河"之意,未曾想到这条河的名气竟然如此之大。老师的一番讲解,使我顿时心潮澎湃、茅塞顿开,感到能在中华民族母亲河——黄河边出生、生活,喝着黄河水长大,太幸福、太自豪了。黄河在我的心目中突然变成了一个庞然大物! 是一条腾飞天际、神圣不可侵犯、威力无比的神龙,强烈地震撼着我的心灵,我不由自主双手合拢举到额头,向黄河拜礼三下。

我好奇地问老师,这样大的河水常年不息地在流动,是从哪里流过来这么多的水? 又流到哪里去了? 不把下面的人都给淹死了? 老师讲了大半天,我还是听不明白。当天晚上我躺在床上,激动的心情无法平静,几乎彻夜未眠,暗自下定决心,长大了一定要亲自去看看黄河水是从哪里流出来的? 又流到哪里了? 要写成书向世人展示黄河雄姿。这件事我深深埋在心中,是从不给人讲的一个秘密,我

的黄河之梦就这样萌生了。

从此以后，每当夜深人静，或天刚蒙蒙亮的清晨，我能清晰地听到黄河奔腾不息的波涛声。后来离开家乡，无论到多远的地方去求学、工作，黄河的波涛声经常在我耳边回荡。这个梦想产生后，为了实现这个梦想，我坚定地在人生大道上奋力拼搏。学习有了目标，产生了动力，刻苦钻研，成绩优秀，高中毕业，就报考了北京师范大学地理系。

大学毕业时，青海没有分配指标，我主动要求到新疆去工作。在新疆工作二十年后，为了实现曾经的梦想，在我四十五岁的不惑之年，放弃了较为优裕的生活和工作条件，义无反顾地回到了家乡——青海，开始了为梦想而战的漫长之路。

来到青海师大地理系，主要研究方向是"青海地理"及"青海旅游开发"。历经千辛万苦，赴黄河源头进行科学考察，源头区是在青南高原曲麻莱县境内，是由无数涓涓细流汇集而成，其中卡日曲和约古宗列曲水流量较大，根据专家们最后考察结果，把卡日曲认定为黄河的正源。

黄河自西向东流经青、川、甘、宁、内蒙古、陕、晋、豫、鲁九省（区），养育着黄河流域一点三亿人口。沿途汇集了30多条支流和无数溪川，流域面积75万平方公里，中下游段汇集成波涛汹涌的江河，最后流入渤海。中游段流经黄土高原，大量泥沙的汇入，使黄河成为世界上含沙量很高的河流，河水呈黄色，因而得名"黄河"。儿时的梦想终于实现了。

9. 临夏初中——在这里找到了自信

　　1954年7月我小学毕业,听说与我家隔河而望的甘肃省临夏县初级中学,对少数民族学生有优惠政策,主要是吃饭不要钱,这对于家境困难的穷学生来说,特有吸引力。我们青海籍官亭三川的七名土族小学毕业生,决定报考这所学校,8月初由官亭小学于校长带队,赴该校参加升学考试。

我的第一张照片

　　这所学校位于甘肃省临夏县驻地韩家集,从官亭镇过黄河,步行120多里才可到达。当时黄河上没有桥,人们大都是在老渡口临津渡用铁索船过河;还有一种是用羊皮筏子过河,羊皮筏子是古代水上的一种交通工具,用数只羊皮袋做成,一次可数人过河;第三种是用牛皮袋过河,把人装入牛皮袋后用口充足气,然后把气口扎紧不让漏气,水手匠凭借高超水上技艺,同惊涛骇浪拼搏,半个小时可游过河。我曾和老同学白文奎钻进一个牛皮袋过了河,以后我钻牛皮袋过河的次数多了,这种过河方式简单,很普遍。

　　我是这些同学中年龄最小、个子最矮、体力最差的一个,第一次出门走这么远的路,是对我的一次严峻考验。在饭馆吃饭花钱多,为了省钱,我们来去四天的食物自带,重量至少十多斤,还带有简单的行李,所以我的行走显然比他们要困难得多。

　　当天中午到了临夏县境内尕集哑豁的一个茶水店,我们师生八人在大热天行走大半天,又渴又累,两三个小时的功夫,把茶水店的水喝得缸底朝天。店主人惊奇地说:"看来大家太渴了,这种情况是我开店以来第一次遇到,你们没有喝好,很是对不起。"那个时候不像现在有自来水,茶水店的水是从很远的地方靠人工背来的,一时也供应不上,只好就这样作罢了。

晚上住进距临夏县城不远的乩藏镇,这个小镇历史较悠久,小桥流水,自然风光优美,是回族群众集中居住地,伊斯兰清真大寺格外醒目。这里还因为是西北大军阀马步芳的故乡,因而远近闻名。

旅店主人是一位年龄五十岁上下的回族老人,我们自己到厨房去烧水。我是生平第一次看到木风箱,格外新奇,就亲自实践了一下。可能由于使用方法不得当,抑或用力过猛,木风箱被拉坏了,后来主人得知后就不答应,找到于校长非要赔偿不可。于校长让他指出是哪个学生弄坏的,因为他没有亲自看到是哪一位,就不敢指认是哪一个人。

穷得叮当响的我,拿什么去赔偿啊?虽然于校长和店主人争吵得很激烈,但我吓得不敢承认是我弄坏的,躲在大个子朱明山同学后面一声不吭。这件事情整整过去了六十多年,老同学聚会,说起这件事把大家乐得前仰后合,老同学白文奎喝上酒就开玩笑地说:"你张忠孝从小就没安分老实过!"

临夏县历史悠久,古称"西羌"地,西汉初,建枹罕县,属陇西郡。清朝咸丰时期马五哥与尕豆妹的爱情故事就发生在这里,是现代西北"三马"的故乡,"三马"即青海军阀马步芳、甘肃军阀马鸿宾、宁夏军阀马鸿逵。临夏是我国回族群众聚集地之一,伊斯兰文化氛围浓厚,享有中国"麦加"之称。

临夏初级中学于1938年,由原国民党宁夏省主席马鸿逵投资所建,其父马福祥(国民党蒙藏委员会委员长、安徽省主席)命名为"云亭中学"。校门和礼堂采用回族砖雕艺术,古色古香,校园内林木参天,十分幽静,是学子学习的好地方,踏进校门,被浓浓的书香气息所感染。

我们去的七名土族学生全部考上了,而且成绩都不错,给学校的领导和老师们留下了好的印象。我在这个学校三年的学习经历,有两件事一生难以忘记,因为在这里找到了自信,对我一生的成长产生了极其深刻的影响。

第一件事,是冲破语言关,成为我学习成败的关键。同我一块去的六名同学,其中五位是官亭镇小学毕业,学校老师用汉语授课,因为是在镇上,他们看到的、听到的比我要多得多,不仅能听懂汉语,还可以用简单的汉语和别人对话。同我一块小学毕业的韩得良同学,爷爷奶奶是从汉地来到我家乡的商贩,在家说的是汉语。只有我既不会说汉语,也听不懂汉语,和汉族同学讲话几乎成了一个大哑巴。

因为我年龄小，个头也小，教室排座位时，排在最前面老师的眼皮底下，所以被老师提问的机会多。开头老师提问，我羞着脸笑笑，或者以"不知道"答之，老师提问分数只好记零分。后来我用半生不熟的汉语回答："老师，我心里知道，说不出来。"引起全班同学哄堂大笑，当时我心里很难受，老师同学们很纳闷，"心里知道，怎能说不出来呢？"这是怎么回事。

因为我不会讲汉语让同学们耻笑，这对我压力很大，也很伤我的自尊心，上课时索性把头低下去不看老师和黑板，这样可以躲避老师的提问。但老师讲课的动作、板书经常看不到，注意力集中到怕提问上，上课情绪一直紧张，自然影响到学习效果。我想这不是一个根本性的办法，常言道："躲过初一，躲不过十五。"还是要尽快突破语言关，这才是解决问题的关键。

一天，头脑似乎突然清醒了，我给老师和同学们公开承认我不会讲汉语，搞得老师和同学们很惊讶，问我："你连汉语都不会讲，是怎样考进来的？""你一手好的毛笔字是怎么练出来的？""你每次的笔试成绩不错啊，怎么不会讲汉语，真让人不可思议！"从此班上同学私下议论："那个土民尕娃不会说汉话，以后怎么学习啊！不过人倒挺聪明的。"我不会讲汉语，成为当时班上一个不大不小的怪新闻。

讲语文课的鲁老师，提倡同学们要大声朗读课文，有的同学不好意思朗读时，他鼓励大家把脸皮放进袖筒里。鲁老师的话对我启示很大，从此我放开嗓门大声朗读课文，放大胆子和同学们讲汉话。因为我活泼，又有胖乎乎的圆脸，有几份可爱之处，班上同学喜欢同我开玩笑，在说说笑笑、打打闹闹中，第一学期结束时，我不仅能听懂汉语，还能别别扭扭地开始说汉语了。

第二学期，因为和同学们熟悉了，在日常生活、学习交流中，在潜移默化中，汉语关比较顺畅地通过了，这时的我操着一口较为标准且流利的临夏回族方言。现在离开临夏几十年了，从我讲话的口音中，有人还误认为我是临夏的回族呢。

初中二年级，老师和同学们对我很信任，学校负责少先队工作的邱老师，让我担任少先队大队长，并介绍我入了团，我是班上的第一个共青团员。同学们选举我为班级生活委员，当时没有电灯，我任劳任怨，负责把晚自习的气灯按时准备好，保证了大家的学习，得到老师和同学们的赞赏。

第二件事是，我们这个年级招收学生八十人，分一班和二班，升学考试时的第一名是个回族同学，细高个，身高约一米八，长得很帅，篮球打得也不错，所以老师和同学们对他很崇拜,我和他分在二班。

两个班的各科考试中,这位同学的各科成绩,经常在全年级名列前茅,特别是语文课的大小考试绝对第一。如果谁的考试成绩超过他时,他会表现出不高兴的样子,甚至说话挖苦分数超过他的同学,大家有点怕他,但不敢公开表现出来,这在三年来成为一个常态化。

初中毕业考试,是对我们三年初中学习成绩的总检查,我的语文考试成绩是95分,以比这位同学仅高1分的极微弱优势位居全年级榜首,我从来也没有想过我的成绩会超过他,而他受不了同学们的议论,抓住我的胳膊拉到语文老师那里问个明白,我怕他打我,就老老实实地跟着他去找老师。

语文老师名叫胡宏义,湖南人,还是我们的班主任,他把我俩的试卷在办公桌上打开,我偷偷看了一下,发现我的考试卷面很整洁,特别是小楷毛笔字写得工工整整,更显清秀,而这位同学不及我。我心中暗自高兴,增加了不少底气,胆子似乎大了点。

胡老师指着我的卷面说:"他就鲁迅先生刻画闰土形象比你谈得深刻,所以得分比你高。"此时此刻,我感到自己高大了许多,我的"自信"就在这一刻坚定地树立起来了,相信只要自己努力,没有办不成的事情,我得意扬扬地走出去,从此以后我的胆子比以往大了起来。

我在临夏初中三年的学习生活,是少年时代最为美好的时刻,找到了人生最珍贵的东西——自信心,这个强烈的"自信"陪伴了我的一生。即使后来经历在北京师大紧张的学习生活、新疆生产建设兵团严酷的生活、青海师大工作上碰到

初中毕业合影

一个又一个不顺心的事,但我很自信,坚信这些困难我一定能战胜,"自信"成就了我的人生和事业。

10. 青海民大预科——初入人生

青海民族大学(原青海民族学院),创建于1949年12月,是青海省建立得最早的高校,也是新中国建校最早的民族院校之一。当时设有大学部,培养本科大学生;预科部,招收少数民族学生,为学院输送合格生源;还设有干部培训部,为农牧区培训干部。

我于1957年8月考入该院预科高中部。这个学校有两大好处,一是只要高中毕业,就可直接进入大学部,不怕考不上大学;第二,吃饭由国家包下来,还享受每月3.5元的助学金,这对于我们这些从农村来的穷学生,可以说掉进了福窝窝,过上了无忧无虑的天堂生活。

民院预科的三年高中生活,是我形成人生观的关键时期,这期间经历了太多的事情,如1957年进校时的政治思想教育,1958年的无神论教育、"大跃进"、人民公社化、土法大炼钢铁,1959年至毕业前的饥荒等,这些事我始料不及,但活生生的现实,使我过早地步入了复杂的人生之路。

政治思想教育

1957年9月初,我们高一新生入学,一位姓史的教政治课的老师到我们教室里,说是要对我们新生进行一段时间的政治思想教育。先是学习文件,主要是关于反右派的文章、领导讲话,然后组织同学们讨论。他说:"同学们要畅所欲言,有什么心得体会就说什么,说错了没关系,保证不抓辫子、不打棍子、不戴帽子。每个同学都必须要发言,不发言说明你对党不忠诚。"

同学们在私下议论反右派是怎么回事,这次从北京来了一批右派分子给我们当老师,大都是北京大学、北京师大的年轻教师和研究生。他们在学校说了错话,给领导提了意见,反对共产党被打成右派,发配到我们大西北,不过他们有学问,教学水平高,对提高我们学校的教学质量很有利。

同学们从这些右派老师身上吸取教训,还是"少说为佳、明哲保身",所以大家迟迟不发言,老师逼着让一位高个子男同学发言,这位同学说:"我心里空空的没一点体会,有体会了再说。"他的回答让全班同学哄堂大笑。有一次,老师硬逼着让我发言,为了应付老师,我讲了农村合作化运动中出现一些不太合情合理的事,伤害了农民的生产积极性。于是这位老师说我思想认识不清,整理了一份黑材料偷偷塞进了我的档案里。

党的十一届三中全会,我国数以千万件冤假错案纠正平反,上面组织部门来电话通知我,我在高中时一份材料从档案中取出并销毁了。这份材料让我无意中背上了几十年的黑锅,我在大学时曾申请入党,当时传出我有政治问题,可能指的就是这个东西,真是害人不浅呀。

我们班有个名叫唐建中的男同学,高个子大眼睛,性格活泼,挺喜欢和人开玩笑,他特别喜爱弹扬琴,一有空闲时间就练琴。因开会太多影响了他练琴,他顺口说了句"共产党的会多,马步芳的款多"。这下子可不得了,这个同学前后被批斗近两个月,写了无数次的检查,还是过不了关。

有人对他无限上纲上线,挖他的祖宗三代,说他对共产党怀有刻骨仇恨,把共产党和马步芳相提并论。这样的分析批判,唐建中同学怎么也接受不了,他当时背负了极大的思想压力和沉重的思想包袱。

对唐建中同学无休止的批判,使原本性格活泼开朗的他,变得极其消沉,他从此一蹶不振、少言寡语,见了老师同学们很冷漠,笑容从此消失。听同学们讲,他高中毕业后很晚才找到工作,且工作不太顺利、家庭不太顺畅,他比班上同龄人混得要差,一个好端端的青年学生被整成了这个样子。

极不寻常的 1958 年

我国是世界文明古国之一,有五千年的文明发展史,但能进入史册的、具有划时代意义的年头却屈指可数。可 1958 年这一年,是中国人民以"一万年太久、只争朝夕"气吞山河奋战的一年,是"一天等于二十年"的一年。这一年对于全体中国人来说,是一个极不寻常,而且具有特殊历史意义的年份,它将永远载入史册。

"除四害"运动

1958 年 2 月 12 日,中共中央、国务院发出《关于除四害讲卫生的指示》,"四害"即老鼠、麻雀、苍蝇及蚊子,是从城市到农村的全民总动员。当时对我们学生来说,除"四害"有具体的数量指标要求,作为一项政治任务要完成。

除四害运动开展没有多长时间,不要说过街的老鼠,连老百姓家里的老鼠几乎都看不到了。昔日叽叽喳喳到处叫唤的麻雀,少了又少,城市大街小巷、农村老百姓家的卫生面貌发生巨大变化,这是我国千百年以来移风易俗的一次伟大革命。

西宁干冷的气候,蚊子很少有,让中学生去消灭老鼠、麻雀,有一定困难,但是要让大家认识这一运动的重大意义,把除四害的重点放在消灭苍蝇,创造干净、卫生的生活环境。那时我们学校还是旱厕,平时旱厕周围臭气冲天,厕所内不仅苍蝇乱飞,墙壁上也爬满了苍蝇。除四害运动以来,旱厕周围及旱厕内很少见到苍蝇,这不能不说是一个奇迹。

人们评价除四害运动的意义时说:除四害运动看起来不起眼,但意义非常重大,充分展示出中国人民坚韧不拔的战斗意志,是中国大地全面实施"大跃进"运动的第一场战役,或称"大跃进"的序曲。

"大跃进"年代

1958 年的 5 月召开的中共八大二次会议上,毛泽东主席提议并通过"鼓足干劲,力争上游,多快好省地建设社会主义"的总路线,探索我国建设社会主义的新路子。会后,"大跃进"运动迅速在全国范围内波澜壮阔地发动起来。

"大跃进",顾名思义就是要加快前进的步伐,要我国进入"一天等于二十年"的伟大历史变革时期,追求经济发展中的高速度。要求工农业主要产品的产量成倍、几倍,甚至几十倍地增长,中国要用二十年赶上美国,十五年超过英国,中国人民的英雄气概震惊了全世界。

"大跃进"的强大冲击波,使全国出现两大新生事物。一是全国农村在很短时间内实现人民公社化;二是全国各地掀起了全民大炼钢铁的群众运动。总路线、"大跃进"、人民公社,成为全国各族人民高高举起的三面红旗,这就是当时全国各族人民头等的政治任务。

人民公社

人民公社按照老百姓的话说,"共产主义是天堂,人民公社是天桥",是中国人民通向共产主义的金光大道,具有"一大二公"的无比优越性。

"大",就是规模大,其范围要打破一定的区域界线,规模一般以一乡为一社,两千户左右较为合适,也可以数乡并为一社或更大,人数为万人、数万人不等,组建的农业单位统一核算,这样可充分实现大协作精神。"公",即公有化程度高,农民的土地、耕畜、农具等生产资料全部归人民公社,甚至农民的自留地、林木、自养牲畜、生产工具等也归公,还有的地方甚至厨房用的锅碗瓢盆、背篓、绳索等,凡是集体可用的东西几乎都要归公。

人民公社要实现农林牧副渔全面发展,工农商学兵互相结合;组织军事化、行动战斗化、生活集体化。人民公社的美好蓝图,极大地吸引着饱尝苦难的中国农民,仅在几个月的时间内,74万多个农业合作社,11000万多个以家庭为单位生活了数千年的农户,被组织成2.4万多个人民公社。几千年的个人、家庭式生活,被共产主义的集体生活所取代,这是一个多么了不起的伟大壮举啊。

共产主义社会的最重要标志,是"吃饭不要钱",这是饱经风霜的中国老百姓,数千年来梦寐以求但从未实现过的梦想。公社实行了"七包"、"十包",即包吃、穿、住、教、治病、死葬、理发、看戏、烤火和结婚等费用。

既然是共产主义社会,就没有剥削和压迫,没有统治者和被统治者,生产活动和社会生活完全军事化和战斗化,家庭生活集体化,要与几千年传统的家庭决裂,必须解决维持生存的吃饭和养育后代问题,建立公共食堂和托儿所大势所趋,广大妇女不为柴米油盐、生火做饭发愁,孩子由托儿所阿姨精心照料,有条件的托儿所,给孩子们教识字、唱歌、跳舞,使孩子的父母亲没有后顾之忧,让他们可以安心地在公社工作。

这样,公共食堂和托儿所成为与人民公社广大群众直接相关的两件大事,时刻牵动着千家万户人们的心。

全国上下提出了"以粮为纲"的口号,粮食高产"卫星"不断升空,从亩产数千斤一下子蹿升到一万斤,甚至高到几万斤的例子比比皆是。那个时候最时髦的一句话:"不怕你做不到,就怕你说不到,说得到就可以做得到。""人有多大胆,地有多大产。"今天的人们看来是不可思议,但那时就是这样说的。

那时少数头脑清醒的人,在私下悄悄议论:"如果把一万斤小麦平铺在一亩土地上,至少有好几厘米厚,亩产万斤是不可能的,这样一个很简单的知识,各级领导难道不明白吗?简直是大白天说梦话!"

为实现粮食高产,全国农村掀起了学习苏联老大哥农业技术的热潮,认为深翻土地、密植是提高农作物产量的先进耕作技术,于是在全国农村掀起了深翻耕地和密植的高潮,把深层的生土翻到地表上来,农作物无限制地密植,因这两样农作技术违背科学,结果适得其反,使全国粮食产量大幅度下降。

大炼钢铁

要实现共产主义社会,国家必须要强盛,要有强大的工业基础,钢铁是基础的基础,是衡量一个国家综合经济实力的重要标志。1949年,我国钢铁产量只占世界的0.1%,1957年钢铁产量只有535万吨,在世界没有位次,说明我们国家还很穷,综合经济实力还很弱。

在这种严峻的形势下,党中央提出了"以钢为纲,全面跃进"的口号,全国齐动员"大炼钢铁"的滚滚洪流席卷中华大地。我国政府向世人宣布,1958年钢产量比1957年翻一番,即为1070万吨,1959年要达到3000万吨,1960年达到6000万吨,1962年第二个五年计划结束时,达到8000万吨至1亿吨,这时将赶上美国,充分展示了中国人民气壮山河的英雄气概。

为了打赢这场钢铁翻身仗,仅靠国家正规钢铁企业是远不可能实现的,要全国人民总动员,打一场大炼钢铁的人民战争,必须走土洋结合大炼钢铁之路。这样从中央到地方,从城市到农村,甚至到祖国偏远地区的机关干部、学生、军人、农民,从十来岁的小学生,到几十岁的老人,在田间村头、校园操场、机关大院、军营等,建土法炼铁炉,摆开了全国大炼钢铁的战场。

1958年下半年,为了大炼钢铁,全国几乎所有大学、中学和相当多的小学停了课,农村青壮年劳力进城大炼钢铁。炼钢工地盛大誓师大会上,彩旗招展、锣鼓喧天、鞭炮齐鸣、热闹异常,夜间灯火辉煌如同白昼,人们吃住在工地上,那是一个汗流得多、觉睡得少、经常让人兴奋不已的火红年代。

焦炭是炼钢铁的重要燃料,没有焦炭用家用煤替代,更多的地方用木炭替代,不少地方为了大炼钢铁,大批树木被砍伐。没有铁矿石,挨家挨户收集废的或不废的铁器,农村办食堂,把各家所有的铁锅、菜刀等铁器收走去炼钢铁。

土法高炉用煤或木炭作燃料,靠鼓风机或木制风箱将废钢铁熔化,然后把熔化了的铁水浇铸成形,弄不清楚是铁块还是钢锭,向上级部门敲着锣、打着鼓、放爆竹、举着大红纸写的"喜报"去报喜,庆功场面更是热烈隆重,蔚为壮观。

我们学校大炼钢铁的任务,由高一和高二两个班的同学来承担,高二班人数少,负责烧建高炉时用的砖。高一班人数多,承担建土高炉、炼铁任务,三十多名同学分为两个组,第一组由辛有建同学带领,要建两座土法炼铁高炉,到别的单位参观学习,回来后反复实践,高炉建了拆、拆了建,反反复复搞了很多次,终于把两座土高炉建成,全校师生纷纷前来参观。

辛有建同学在炉坑下工作时,不小心被上面掉下来的一块砖头把他一只凸出来的门牙打掉了,实现了火线入党。建高炉的同学个个像是炼钢铁专家,特受人们尊重,他们也是那样的神气、那样的有雄心。

朱明山同学患病不能参加大炼钢铁,他父亲是银匠出身,用坩埚将银子熔化后加工各种首饰。朱明山从这里得到启示,在教室里自己制造了坩埚,开始用坩埚炼铁,虽然坩埚炼铁比土法高炉炼铁微不足道,但表现出朱明山同学对大炼钢铁的积极态度。

第二组由我负责,承担拉运铁矿石的任务,学校指派一位姓胡的老师作指导,要到互助县一个山头上去拉。这个组一行十一人,有两辆人拉架子车,从学校食堂拿来两面袋馒头,约有二百余个,沿湟水支流沙塘川逆流而上,到山的顶部装上铁矿石,原路返回,往返150多公里,整整走了四天,才把几百斤铁矿石运到了学校。

这四天的日子太艰苦了,同学们大多十六七岁,从来还没有走过这么长的路,脚底磨起了血泡,一着地就痛得嗷嗷直叫。第二天走山路,路面陡且窄,拉着人力车行走很艰难,到半山腰往下一看,是悬崖绝壁。头顶火辣辣的太阳,热得嗓子眼直冒火,馒头都咽不下去,有气无力。一会儿起了大风无法前进,又一会儿乌云密布，顿时倾盆大雨，一个个被淋得像是落汤鸡，路面很滑，一不小心滑下去将是粉身碎骨，好怕啊！这是我有生以来最怕，且有生命危险的一次经历。

回校的路上，带的馒头吃完了，肚子饿得走不动，无奈之下，带队的胡老师把手表卖掉，在镇上买了几十个烧饼和一个水桶。烧饼吃完了，偷老百姓地里的萝卜、白菜、洋芋在水桶里煮着吃。同学们很有感触地说，饿肚子的滋味真不好受啊！红军战士不畏严寒和饥饿，走完了二万五千里长征，是何等的不容易啊！

开炉这天，学校领导亲自来点火，鼓风机的轰鸣声、锣鼓声、掌声、欢呼声、鞭炮声交织在一起，场面是那样激动人心，人们似乎感觉到赤红的铁水马上会奔流而出。鼓风机不停地吹，煤炭、铁矿石、石灰石不断添加，铁水就是流不出来，大家失望了，围观的人们一个个也渐渐离去了。

请来专家把脉，寻找失败的原因，说是温度不够，必须改造炉子。炼铁炉的砖改用价格昂贵的耐火砖，加厚炉壁，改用大功率的鼓风机。这样一改造，奇迹终于出现了，赤红液体状的铁水从炉腔内奔流而出，大家欣喜若狂、奔走相告，组织人敲锣打鼓、燃放鞭炮，抬着事先准备好的大"喜"字，前去学院领导那里报喜。

"铁水"流到地面凝固成一大块一大块，把它抬到操场上有序地堆放起来，同学们得意扬扬，很有成就感。过了几天，上级来人检查验收，说这是铁水和炉渣混在一起的东西。叫做"烧结铁"，是不能用的，是废品。从此，土法大炼钢铁就这样宣告结束。

家乡见闻

1958年底学校放寒假，我回到农村的老家，家乡发生一桩桩新鲜的事情，使我耳目一新，至今铭刻心间不能忘记。当时的老百姓个个兴奋无比，从未有过的新奇感，他们说："人民公社化，让我们进入共产主义社会，除了老婆娃娃、房子是自己的，土地、牛羊牲畜、树木、粮食等都是公家的，以后不为吃穿发愁了！"更多农民急切地等待着"楼上楼下，电灯电话"的共产主义生活，对未来生活充满无限的期待的心情。

被军事化管理的男女青壮年，一部分进城大炼钢铁，另一部分大搞农业水利工程建设，如兴建水库、水渠。他们吃住在工地上，几个月不回家，家交给了老人看管。有一定劳动能力、年稍长点的在家开荒、深翻土地，干起活来特别有劲。老百姓说:"那时,一个大会战,连着干二十多个小时,甚至一连好几天放'卫星',也不知道累,劳动强度很大,好像浑身有使不完的劲。"

10 月底以后,北方气温逐渐变冷,11 月份气温开始在零度以下,地面结冻,不宜在野外施工,民工们陆续离开工地返回家中。家乡不少水利设施,是在六十年前的 1958 年所修建,至今还发挥着作用。

与公社化随之而来的是食堂化,公共食堂是自古以来从未有过的新生事物,也是老百姓最关心的地方。从各家送去的面粉、油、肉、粮食等吃的东西堆积如山,柴火需要时到各家去拿,或可随便砍伐树木,或拆寺院房屋烧,肉吃完了有牛羊猪可以屠宰,好像这些东西取之不尽,用之不竭,计划过日子的想法,在老百姓的头脑中荡然无存了。

一个生产大队几百号人在一个锅里吃饭,而且吃的是一样的饭,就成了一家人,实现人人平等。食堂为体现共产主义的优越性,吃饭没有任何限制,吃多少就拿多少,不少人生怕吃亏就撑着肚皮吃,不知道勤俭节约、爱惜粮食了。

食堂化后,最开心的还是那些年轻媳妇们。她们在一家一户的年代,每天要做三顿饭伺候老人、小孩和男人,整天围绕厨房锅台转,还要带小孩。要到外面转转,或去娘家看看父母,得向婆婆、男人请假,准许才能走,不准许就不能走,要受到公公婆婆和男人的约束,没有更多的人身自由。现在有了大队食堂,全家人都在食堂吃饭,小孩送到了托儿所。年轻媳妇们从厨房的锅台边解放出来,参加到社会主义建设的洪流之中,有更多的人身自由,走着她的奶奶、妈妈从未走过的道路。

三年大饥荒

1959 年至 1961 年的三年期间,是我国历史上极少有过的非常时期,20 世纪 80 年代前,多称其为三年自然灾害,以后称三年困难时期或三年大饥荒。这时的我处在青年时期,这段时间让我刻骨铭心。每当静下来,我脑海中就经常浮现出当时的情景,我要告诫我们的后一代,这样的悲剧再也不能重演。

我所经历的大饥荒

当人们进入 1959 年，人们开始深刻地反思 1958 年，我们这一年到底干了些什么？那时学校虽然恢复了正常的教学秩序，但同学们的心一时还难以收回，特别是学校的生活条件每况愈下，吃饭由原来不定量开始定量，大馒头变成小馒头，炒菜变为菜汤，每顿饭一个小馒头加一碗菜汤，吃不上肉，肚子开始吃不饱，体育课也只好停了下来，体弱多病的同学慢慢多起来了，操场上进行跑步、打篮球等体育活动的同学越来越少，很少听到歌声，昔日生龙活虎的校园环境不见了。

1960 年的形势比 1959 年更加严峻，老师学生中头昏、浮肿的越来越多，有些同学抓鸟、抓老鼠烧着吃，有的挖老鼠洞找粮食吃。学校每天给每个同学供应一条湟鱼，那时西宁市各单位在青海湖捕捞湟鱼度荒，青海湖湟鱼过度捕捞，由原来储量 10 万余吨，到濒临灭绝的境地，湟鱼曾被称为青海人的"救命鱼"。当时人们不管干什么事，吃饭成为人们唯一关注、谈论的大事情。

省内的一些牧区、山区"天高皇帝远"，信息也很闭塞，老百姓可以私养牲畜、私自开荒种洋芋、种菜等，能吃饱饭而不至于饿肚子。我们班一些来自牧区和山区的同学，在学校饿得受不了，索性背行李退学回家。因为他们有文化，后来大都当上了当地的民办老师、"赤脚医生"。

因为老师们按时来上课，留在学校坚持学习的同学只好饿着肚子去听课，上午第四节课时肚子饿得几乎坚持不下来。老师们的状况和同学们是一样的，但他们品德高尚，忍耐性比同学们强。经过师生共同与饥饿的顽强斗争，同学们较圆满地完成高中学业，有的进入高一级学校深造学习，有的毕业后走上了工作岗位。

高中毕业合影

寒暑假期间，我要回到农村老家，看望年逾古稀的爷爷奶奶。因为也涉及我的切身利益,我曾提着瓦罐到食堂排队打过饭,对生产队的食堂比较了解,也非常关注。大队食堂从诞生到关闭,在短短的三年时间内,发生了戏剧性的变化。

1958年下半年食堂刚开办,馒头可以放开肚皮吃,有的人一次可吃五六个大馒头,菜里经常还有不少肉,饭菜质量不错,人们不为吃饭而发愁,人们和厨师之间关系还融洽。

1959年开始,食堂饭菜质量不断在下滑,从过去一天三顿饭不定量开始定量,以后逐渐被稀菜汤小馒头所替代,很多人感到肚子吃不饱。到了下半年,提着瓦罐的农民在食堂门前排队打饭,按家庭人口多少定量供应食物,多为玉米面的菜汤,因为量多或量少,人们同厨师吵架的多了起来,厨师看人打饭的现象十分严重,更多的人开始尝到了饿肚子的滋味,太不好受啊。

1960年,大队食堂虽然还冒着炊烟,但运转已经十分困难,偶尔还有断炊的时候。临近过年了,食堂里的面粉、油、劈柴所剩无几,几乎到了揭不开锅的地步。确实没办法过春节了,生产队干部索性让大家回家去,他们照样在食堂吃。老百姓说:"我们家里没有任何吃的东西,铁锅、菜刀、面板、碗都没有了,回家吃啥啊?不是让我们等着饿死吗?"

为了能找到吃的而不至于饿死,老百姓挖空心思到处想办法找吃的充饥,有点门路的到条件尚好的山区投靠亲朋好友,找回一些马铃薯、杂粮。胆子大点的偷生产队的粮食、偷杀野生动物,房前屋后空地上种植瓜菜,寻找可以充饥的代食品。那些出身不好的不敢轻举妄动,怕被扣上破坏食堂的帽子。人们为了活命,该想的办法都想尽了,但最后一些人还是活活饿死了。

一位朋友给我讲了这么一个故事。他们村上有一对老两口,身体有病不能出门,身边有个六七岁大的小孙子,当作他们的拐杖使唤。有一天早晨下着雨,小孙子不愿到食堂去打饭,老两口没吃上早饭。快到中午还在下雨,无奈小孙子拿着瓦罐去食堂,厨师考虑老人早饭没有吃,晚饭怕又吃不上,于是连把晚饭的面汤都给了。谁知雨天路面很滑,小孙子快到家门口就摔倒了,瓦罐被摔破,面汤撒了一地,他只好哭着空手回了家,老两口和小孙子整整一天没有吃上饭。

我回到家,从食堂拿回五口人的饭,要我们六个人吃。家人生怕我这个城里来的小伙子饿肚子,尽量让我多吃。我吃了家里人的饭,他们就得少吃要饿肚子,这个滋味确实很不好受。

很多家庭怕吃饭不公平,一个家里几口人就开几个灶,出现了小两口与老两口分灶吃,两口子分灶吃,儿子与父母分灶吃,结果老人无人照顾,早死的几乎都是老年人。

说到这里,有一件事让我终生难以忘记。一天吃早饭时,我哥哥把从食堂分给他的一个小馒头拿回家让我吃,说是怕我吃代食品拉不下屎,受不了。看到了哥哥对我的一份真情,我眼眶湿润了,我怎么能吃身体已十分瘦弱的哥哥的馒头呢,婉言谢绝了。这件事深深扎在我的心里,至今五十多年过去了,但这一幕怎么也忘不掉。哥哥四十岁时离开了人世,但我永远也忘不了他。

1960年11月,中央发出紧急指示,要求各地抓紧在秋收结束之际,大规模地动员群众采集和制造代食品,以克服困难,度过灾荒。根据中央指示,大力发展代食品。当地百姓用来充饥的最好的代食品是过去喂牲畜的麸皮,还有苜蓿、榆树皮、野菜、小球藻等。

吃代食品把胃填满了,肚皮鼓起来了,有一定缓解饥饿的作用,但造成严重便秘,大便排不出来,胃部发胀受到损伤,不少人从此留下病根,甚至有的人被活活胀死。

1960年8月,我收到了北京师大的录取通知书,赴京上学前回家向爷爷奶奶报喜道别。从省城到民和县城乘坐敞篷汽车,从县城到家的120里路是步行,沿途所见所闻触目惊心。

回家途中经巴州镇,走进一家小饭馆,向店主人要了一碗汤面条。这碗面没菜,没有一点油星子,确实是正宗的清汤面。当我吃到一半时,一个五六岁的小姑娘,手携着一个二三岁刚会走路的小男孩进了屋,小姑娘走到我面前说:"哥哥,给我点吃的吧。"我还没来得及抬头看,小男孩的小手早已伸到我的面前,看到他那只小手,我再也吃不下去了。

我问小姑娘:"小妹妹,你们家是哪里的,父母亲呢?"小姑娘哭泣着说:"我们是北山的,阿大、阿妈一个多月前饿死了。"此刻我的眼眶湿润了,把剩下的少半碗面给了他们。小姑娘把碗里剩下的十来根面条,一根一根地喂到她弟弟嘴里,从小男孩吃饭的神态看出,他饿得够呛,剩下的面汤让小姑娘喝了。

从饭馆出来赶路,一路上很少碰见人,走到僻静处却害怕起来,怕拦路抢劫伤人。快要走到七里寺附近一个村庄,发现马路上躺着一个人,我心里有几分害怕的感觉,硬是强打精神上前仔细察看一下是怎么回事。

此人五十来岁,农民模样,可能是当地的村民,他眼睁睁看着我,我问他:"怎么啦?"他只是摇头不说话,头顶上有几只绿苍蝇在飞,肯定是饿昏摔倒后爬不起来了。我想帮,可身上没有吃的,想喂他点水,要进村庄里去找,也许等我回来他就断气了。

我在此待了几分钟,希望能碰上当地村民问个明白,或想点其他办法,兴许命可救活。不一会他的头向一边动了一下,眼睛还睁着但不能动了,就这样,这位农民兄弟活活饿死了,此刻我的心情很悲痛。

太阳落山之前我赶到了古郜镇,住进旅店歇息,买了一个小饼充饥。我是旅店唯一的客人,周围安静得让人害怕,听不到人的说话声,也听不到鸡鸣狗叫声。天还没有完全黑,我把屋门关得紧紧的,几乎一个晚上没有合眼,时刻保持着高度的警惕性。

第二天,一大清早趁凉赶路,因为到家还有五六十里路,考虑安全必须在天黑前要赶到家。太阳快要落山时到了官亭镇,昔日熙熙攘攘的小镇,从未有过的宁静,只见少数人从街道走过。我好不容易找到一个小饭馆吃了一碗汤面条,怕回家给家里人带来麻烦。

我的家在官亭镇东约 20 华里,沿途经过胡李家、辛家、祁家、鄂家、甘家等好几个村庄,路上竟没有碰见到一个人、见到一丝亮光、听到一声狗叫,一片黑漆,一片宁静,这种情景让人感到凄凉。

走到家门口,镇静了一下情绪,敲了好几下门没有动静,我心里打了个冷战,再用劲敲了几下,继母微弱的声音问道:"谁啊?"这声音好像从很深很深的窑洞里发出来似的,几乎都听不清楚。

进门看到年过七十岁的爷爷奶奶,皱纹似蜘蛛网爬满脸庞,比过去苍老了很多,奶奶不停抹去高兴的泪水说:"我以为今生再也见不到我的孙子了!"爷爷深情地说:"我能见到你就知足了,能活到现在多亏你父亲,他把定量的一部分拿出来让我吃,我们村像我这样的老汉都饿死了。"

当我告诉他们我考上了北京师范大学,不久要去北京上学时,他俩高兴得像个小孩,奶奶抓住我的手不停地说:"我孙子本来就是活佛,看你多有福气啊。"躺在被窝里的爷爷忘记自己光着的身子,差点爬起来,很快被奶奶按在被窝里。

第二天走出家门,看看邻里乡亲、伯伯大婶、叔叔阿姨、大哥大嫂们,还有儿时放羊的小伙伴们。他们好羡慕我啊,相比之下我还是那样的白白胖胖。他们说:"你们城里人好有福啊,我们乡下人饿得快要死光了!"

大婶向我走过来,她消瘦的那个样子我几乎都认不出来了,她原是个大脸庞,却很有几分姿色,令乡下众男人喜欢,现在脸部仅剩一张皮,她那个笑容真叫人有点怕,她给我说:"你不要怕,我是你的大婶,现在肚子饿得没有人的模样了啊。"

不一会,大伯也从他家里出来看我,他正好和大婶相反,全身浮肿得几乎走不动路,见我第一句话:"没有想到今天我和侄儿还能见个面。"他凝视我好半天,哭泣着说:"你大伯活不了多久,你下次来恐怕是见不上我了。"说完很吃力地转身进了家门。听说我走后不久,大婶、大伯都饿死了。

当地有土葬的习俗,挖墓坑很有讲究,可现在家里死了人,没有人帮助把他抬出去埋掉,有的尸体埋得很浅,或其上盖土太少,因大风刮或被狗、狼等动物刨出来吃,尸体或骨骼露在旷野里。

大饥荒造成的恶果

这三年严重的粮食短缺,被饿死的人不计其数。

有关材料表明,饥饿带来了众多疾病,有浮肿、干瘦、胃下垂、胃肠功能衰竭、肝炎、腹泻、疟疾、伤寒等,很多人在疾病的折磨中死去,其中浮肿病是得病人数最多的一种病。

后来我经过较长的时间查阅相关资料以及进行必要的社会调查。大饥荒在我国西北、西南等一些经济欠发展的少数地区犹如为严重。青海省集中分布在省东部的湟中、化隆、循化、民和等县,有极个别村庄特别严重,民和县有位老干部撰写回忆录时提到,三年大饥荒不仅有饿死人,甚至出现过"人相食"的现象。

我曾和处在青海东部的互助县的县委书记祁明荣同志交谈过,他说:"当时的政治压力很大,但我实事求是,宁可撤职法办,没有把老百姓的口粮拿去充交公粮,这个县没有饿死人的情况。"后来我多次到互助县,老百姓、老干部深情地说:"祁书记作风正派、心系百姓,三年饥荒我们县没有饿死人。"老百姓称赞他是"百姓的恩人"、"我们心中的活佛"。

11. 北京师范大学——人生的起点

我为母校骄傲

北京师范大学前身，是创办于 1902 年的京师大学堂师范馆，开创了中国现代高等师范教育的先河，也是当代中国最早成立的大学之一，与北大、清华、人大并称"北京四大名校"，是一所具有光荣革命传统的高等学府。

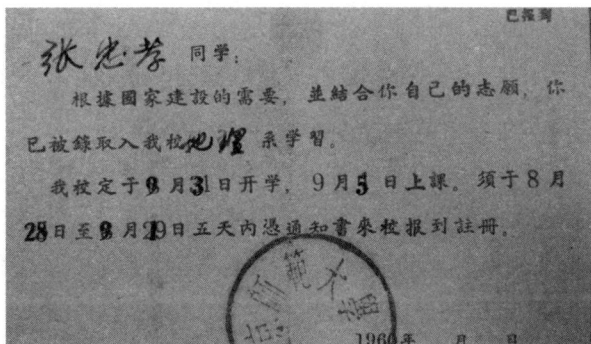

北师大录取通知书

建校百余年来，北师大同中华民族同呼吸、共命运，在伟大的五四运动、"一二·九"等重大爱国运动中，发挥了重要作用。有一大批名师如李大钊、鲁迅、梁启超、钱玄同、吴承仕、黎锦熙、陈垣等先后在这里弘文励教，为我国培养出了数十万名优秀师资和各类专门人才，为中华民族的教育文化事业书写了光辉篇章，使北师大成为驰名国内外的名校。

1960 年 9 月，我这个来自青藏高原黄河之畔的土族学子，跨入了这所学府的大门，激动的心情久久不能平静。爷爷在我动身来北京时动情地说："这是祖宗的造化，是你前世积德得来的，要好好地珍惜啊！"这里是我报效祖国、实现儿时梦想、圆满人生的圣洁之地，是我展翅高飞的起跑点。

北师大对我而言是一个全新的环境，一排排富丽堂皇、整洁明亮的教学楼、学生宿舍、办公大楼、教工宿舍，校园内垂柳依依、花香沁人，道路整洁。学校领导、老师以及职工对我们的态度是那样和蔼，使我感受最深的是，一个少数民族的放羊娃，能来到伟大领袖毛主席的身边学习生活，是多么的荣幸啊！我完完全全沉浸在无限的幸福之中。

师大校园有三个建筑给我留下深刻的印象。一是图书馆，中西结合的建筑风格，据说是参照英国一家现代图书馆设计的，全国独一无二，藏书两百多万册，与北京图书馆、北京大学图书馆、南京大学图书馆并称为全国四大图书馆，是知识的宝库。第二个建筑是物理楼顶部的天文台，在太阳光的照射下银光四射，分外夺目，上至天文，下至地理，在我心中的北师大是"知识的海洋"。第三个建筑是校园北面的七栋"小红楼"，因建筑材料红砖红瓦得名，说是校领导和二级以上教授住宅。掩映在密林花丛之中，环境幽静，景色秀丽，我们地理系主任周廷儒教授、王均衡教授，都是二级教授，就住在这里，听说彭德怀元帅的夫人浦安修，任师大党委副书记，她独自一人也住一套房。从这里看出，北师大尊重人才、尊敬知识。

1962年五一劳动节，我有幸参加母校六十年校庆。庆祝大会的主会场设在北饭厅，这天校园内百花绽放、彩旗招展，洋溢着浓浓的节日气氛，来自中央、教育部、北京市、各高校等的嘉宾很多。老校长陈垣风尘仆仆也来到校园，受到数千名师生夹道欢迎，这是我到师大后第一次看到校长，也是最后一次。时任中央政治局候补委员、国务院副总理兼中宣部部长的陆定一同志亲临大会，并讲了话。校庆的气氛热烈而隆重。

当时生活条件还很困难，但校庆这几天，学校给同学们改善伙食，放了五天假，并组织各种形式的报告会、讲座。文化生活丰富多彩，每天晚上有电影、舞会、节目演出。印象很深的是，全校师生纷纷去观赏师大院内一株开了花的铁树，铁树开花是吉祥的象征，据说铁树六十年才开一次，正值六十年校庆，正是双喜临门啊。

自从我进了师大校门，学习一直很紧张，没有时间外出旅游。这次校庆正值北京春意盎然、桃红柳绿，景色迷人，班里组织了集体春游活动。去香山玩得特别开心，爬山、观赏牡丹、拍照，参观了曹雪芹的故居。当时尽管用一寸黑白相机拍照，质量比较差，但留下了我们不少大学时代的影子，今天看来这些照片是多么的珍贵啊！

母校——北京师大在我心中，她是一座知识的殿堂、民族的乐园。她让我懂得怎样做人，要做一个有利于人民的人，要做一个对社会有一定贡献的人，必须学好专业知识，要有为人民服务的本领，这就是我刻苦学习的精神动力。2002 年母校百年校庆之际，给我颁发校

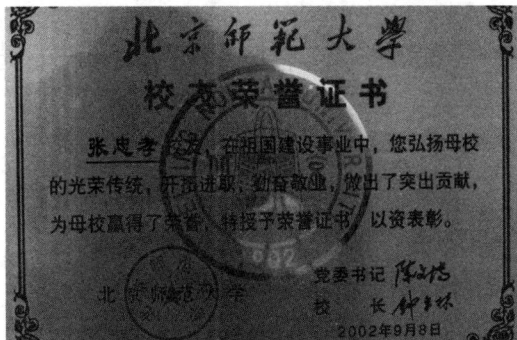

北京师范大学校友荣誉证书

友荣誉证书，这是母校给予我的极高荣誉，是我今生的莫大荣光，母校永远和我心连着心。

班级大家庭

1960 年地理系招收新生近百名，那时正值中苏关系恶化，大量苏联专家从我国撤走，让我国社会主义建设事业蒙受极大损失，当时国家急需各方面的专业人才。为适应新中国经济建设对人才的急切需求，地理系设置了地理、气象、化学地

大学毕业合影

理、生物地理四个专业，我被分配在地理专业学习。

第二年，为贯彻落实中央"调整、巩固、充实、提高"为内容的"八字方针"，四个专业被取消，分为一班和二班。我是一班，全班有 47 名同学，后因 3 名同学被退学、留级，全班剩 44 名同学。这些同学来自全国各地，其中蒙古族 2 名、维吾尔

族1名(女)、土族1名。

我们班的男同学住学11楼第四层的东南头,全班分四个组,基本上每个组住一间宿舍,每间宿舍可住8人。我是第一组,学习小组长是康达桩同学,我是团小组长,住402室,同组的男同学有阮荣珩、李吕金、周伦启等,同组的女同学有刘素梅、姚媛媛、车承纷、刘久珍。五年来同学们朝夕相处,建立了终生难忘的同学关系。

因各地方言的极大差异,刚开始同学们讲话互相听不懂,往往讲半天听不明白对方讲的是什么意思,只好用微笑、点头表示对对方的尊敬,经过一段时间的磨合、熟悉,相互听不懂话的状况有了很大改善。

回忆五年的大学生活,同学之间亲同兄弟姐妹,没有发生吵架打斗,甚至因意见不同而相互不讲话的也很少有。一个同学有困难,如生病住院、学习困难、饭票不够吃等,其他同学宁可自己受点困难,都伸出援助之手,助人为乐蔚然成风,同学们学习生活得都很开心。

刘志勤同学身体壮实,体重约有80公斤,打篮球不小心腿部骨折,同学们轮流背他从四楼的宿舍到东饭厅,吃完饭,又从饭厅背上他走过六七百米到教二楼上课。俗话说伤筋动骨一百天,就这样,班上男同学毫无怨言,把刘志勤同学从宿舍—饭厅—教室,一天至少往返两次,整整持续了三个多月。

我们组的车承纷同学,不知她得的什么病,稍不留神就昏过去不省人事,如果抢救不及时,就有生命的危险。如果她一旦发病,对面女生楼的同学对着我们宿舍喊叫一下,男同学闻风往楼下跑,以最快的速度把她抬到校医院急救室抢救,整整持续了五年。半个世纪过去了,2015年4月底全班同学五十周年聚会时,已是七十开外的车承纷同学,她的容貌如同当年一般,笑得是那样开朗、滋润,真让人欣慰。

班长王金星同学,来自福建偏僻农村,是班上大龄者之一,一口浓重的福建口音,待人平和、关心同学,像是我们的大哥,呵护着我们这些弟弟和妹妹们,对大家总是笑眯眯的,他在同学心目中威信高,大家有事喜欢找他谈心。五年来全班同学团结互助、亲密无间,王班长起到很大作用。

孔祥德同学来自山东农村,一副典型的农民形象,班上大龄者之一,生活委员,又如大家的兄长,同学们亲切地称他"孔大哥",他和来自广西山区的李世林同学,五年来一直给大家理发,理发技艺同理发店不相上下。来自广东的兰文敬同学不怕脏、累和苦,用空闲时间给同学们修鞋。

大学一年级和二年级期间,是我国三年大饥荒的第二年和第三年,从中央领导到基层普通人员,粮食都是定量供应。男同学普遍感到肚子吃不饱,特别是那些来自农村的同学饭量大,不到发新饭票时间,饭票就吃完了,女同学把节省下来的饭票送给他们。常言道:"饱汉不知饿汉饥,饿肚子的滋味是很难受的。"我的粮食定量比汉族同学高出两斤,体现学校对我们少数民族学生的关怀。

我在中学期间,学习成绩在班上可以算名列前茅,有点沾沾自喜,甚至还有要点小聪明的毛病。可来到北京师大,第一学年开设的高等数学、普通物理和分析化学的学习,把我搞得焦头烂额,发的讲义还没有看完、搞明白,新的讲义又发下来了,又开始讲新课,教学进度太快让我感到紧张吃力,思想压力大、很苦恼,主要还是高中时的基础不扎实。

我有不耻下问的优点,不懂向别人请教不丢人,不懂装懂才是丢人。我向比我学习好的同学请教过,毕业时能取得较好的成绩,一方面是老师辛勤培养教育,另一方面是我虚心地向同学们学习。几十年过去了,那时候同学帮助我学习的情景,还常清晰地浮现在眼前,有两位同学我是要特别感谢的。

一位是来自天府之国四川的刘明坤同学,她是班上的学习委员,生活俭朴,待人忠厚,只要我向她请教,即便她很忙也从未拒绝和不耐烦过,把自己正在做的作业或看的书放下来,给我耐心解答提出的问题。有时她解答不了,就很谦虚地说:"这个问题我解答不了,等我搞明白了再给你讲。"等她自己搞明白了,主动来找我解答,她的精神让我很感动。

另一个是陈敏铭同学,细高个子,戴着一副近视度数不太高的眼镜,白皙的脸庞,长得挺秀气、文静,像是大家闺秀,是江南美女,是班上年龄最小的一个。同学们说她的课堂笔记很认真,我试探性借她的笔记看了一下,果然名副其实。在和她的接触中,感觉她是一个很容易接近、性格平和而通情达理的人,以后我经常用她的课堂笔记纠正、补充自己的笔记,对我的学习起了很大的帮助作用。

焦书乾同学是我的莫逆之交,他是河南南阳人,天资聪慧,干什么事喜欢动脑子。我念中学时,班主任及其他不少老师是河南籍,他们操浓重的河南口音,天长日久,河南口音听习惯了,所以我在班上最能听懂焦书乾讲的话,不到几天我们自然成了好朋友。

我和焦书乾情趣相投,五年的大学生活,几乎形影不离、衣食不分,他是我在思想、学习、生活上不能没有的一个人,我们无话不说,他成为最了解我的人之一。一个中原人,一个高原人,如此投缘,只能说是前世的造化。有人问我是哪里人,我让他猜,人家说我的讲话中还有点河南人的味道,看来焦书乾对我的影响是太深了。

校庆一百周年之际,因心脏病动过两次手术,身体极端虚弱的姚媛媛同学也来了,我们分别四十年,猛地看到她,消瘦不堪的样子,几乎认不出来了。大学时代我们同一个组,挺谈得来。我向前紧紧握住她冰凉的手,久久不知该说什么,端详大半天还是我先开了口:"您来了。"她答应了一句:"嗯。"紧接着她问我:"您也好吧?!"此刻我好伤心啊。

学校设宴招待校友那天,我和姚媛媛坐在一起,她给我夹了两块肉,她在大学时的笑容我又看到了,笑得那样可亲,姜日明偷偷过来给我们拍了一张照片。我给她说:"一定要好好活着,我一定去看望您!"她很高兴地答应:"好,一定好好活,我等着您来看我,一定要来!"可是我还没有来得及去看望她,她却过早地离开了人世,成为今生一件憾事,我只能默默祈祷:"媛媛同学您走好!"

我们班三分之一是女同学,她们在班上很活跃,起的作用似乎比男同学大,如王秀全、周纯茹,她们年龄比较大,办事说话显得那样成熟、稳重,同学们愿意听她们的,有话愿意给她讲,她们是班团支部的主要负责人,我像是她们的小弟弟一样,得到过无微不至的关怀,回想起来仍感到那样的甜美和温馨。

刘素梅是班上十分活跃的一个女同学,个头不高,显得精干、活泼,她的笑容、银铃般的歌喉,令班上男士用另外一种目光看待她。这次百年校庆,看到她苍老了许多。王秀全同学因工作劳累,患糖尿病,并发症引起视力严重下降,我和同学们到她家看望,阵阵心酸,在疾病面前我们无能为力,衷心祝愿我的同学们健康长寿!

任森厚和钟俊镶老师,先后担任过我们的班主任,我们进校时,他们是刚留校的青年教师,还没有脱下学生装,一脸学生气,我们班有些同学的年龄比他们还要大。任森厚来自陕北黄土高原,钟俊镶来自江南水乡,凭借同学们的观察、评价,他们的生活情趣等多方面有较大差异性,但共同点是工作热情高,责任心强,和我们打成一片,和同学们亲如兄妹一样,大家至今对他们一直存有感激之情。

言传身教的恩师

北师大地理系是全国建立最早的地理系科，有一百多年历史，一大批国内外地理学知名学者在这里执教，如白眉初、谢家荣、刘玉峰、黄国璋、翁文灏、裴文中、杨钟健等，这里也启蒙了我国一大批杰出的地理学家。

黄国璋教授，创办地理研究所，是中国地理学会首任理事长，创办中国最具权威性的地理学术刊物《地理学报》，创办《地理教育》、《地理》、《地理专刊》等杂志，国内不少著名大学的地理系是他参与创办的，为我国培养了一大批杰出地理人才，堪称我国近代地理学的开拓者和奠基人。

我在地理系学习期间，亲耳聆听著名地理学教授周廷儒、王钧衡、刘培桐等老师的课。周廷儒先生是中科院院士，是我国现代地理学的开拓者之一。40年代，他参加了"西北史地考察团"，对青海境内的湟水谷地、青海湖、柴达木盆地和祁连山地考察，与李承三教授合作，撰写《青海地理考察纪要》、《环青海湖之牧季移》、《从自然现象证明西北历史时期气候之变迁》等论文，对青海地理的研究作出了贡献。

新中国刚诞生，满怀壮志继续在美国攀登博士学位的他，毅然闯过重重难关，1950年年初回到了祖国，任北师大地理系主任，执教三十余年间，参与中科院新疆综合科学考察工作，给我们讲授"中国古地理学"，他学术造诣极深，广引博征，讲课内容丰富生动，是我国古地理研究的奠基人。

刘培桐教授，高高个子，银白色的头发，西装革履，留苏学者，给我们讲授《化学地理学》，他撰写《环境科学概论》、《化学地理学》等论著，堪称我国化学地理学、环境科学的开拓者、奠基人。

王钧衡教授，我国著名地理教学法教育专家，著有《中学地理教学法》等十余部著作。当时约有五十岁左右，体态矮胖，一走上讲台，面带笑容地把全班同学扫视一下，按他的说法，这个动作是把同学们的心收回到他的身上。上课时在黑板上几乎不写一个字，坐在凳子上接连讲两节课，凭借他几十年丰富的教学经验，丰富的表情和手势，把这两节课讲得生动活泼，虽然他嗓音有点嘶哑，但听起来让人入迷。

教育实习时,王老师亲临现场指导,我在北京79中学实习,王老师让我任实习组长,这个实习点距师大较远,为了便于同王老师联系,他让我骑他的自行车。我普通话讲不好,讲课压力较大,王老师让我讲慢点,吐字要清楚,讲课时放松自如,板书有气度,可以弥补普通话讲不好的不足,在王先生亲自指导下,我受益匪浅,教育实习获得了良好成绩。

还有讲授地貌学的杨曾威先生、讲授世界自然地理的万方祥先生,当时都是六十多岁高龄的老教师,是我国早期留学英美的学者,教学兢兢业业。杨教授在黑板上绘制的地貌图活灵活现,是那样逼真,一点也不马虎,治学严谨,对同学和蔼可亲,给我们树立了学习的典范。

北师大地理系有一批三四十岁之间的中青年教师队伍,他们勤奋好学,专业知识扎实,工作踏实肯干,他们中的大部分著书立说,是国内高校地理学教学和科研方面颇有建树的中坚力量。如赵济、邬翊光、宋春青、

和赵济、赵淑梅老师留影

赵淑梅、张兰生、王华东、李天杰、吴吉华等。他们在自己的教学和研究领域硕果累累,堪称我国地理学界的后起之秀。

地理科学是与社会实践结合最紧密的一门学科,北师大地理系非常注重学生野外实习,注重学生动手能力的培养。大学二年级安排一个多月时间,进行专业基础课地质、测量、土壤、植物、水文等专业的野外实习,实习地点在北京远郊区的斋堂、百花山,吃住在老百姓家里。

那时正值1962年国家困难时期,肚子吃不饱,测量标杆谁都不愿扛。满山遍野的杏子成熟了,发出阵阵杏子特有的果香味,由于纪律严明,成熟的杏子宁可掉在地上烂了,也没人去摘或拣着吃,现在想起来感觉太傻了,饿着肚子为啥不吃啊!满山遍野的杏子,吃几个杏子怕什么啊?又谁知道呢?这事说给现在的年轻人,他们会认为不可思议。

大学三年级经济地理实习,地点在北京南郊大兴县黄村,吃住都在老百姓家

里,那时农村还很穷,老百姓主食是米饭,这种米叫"小占稻",从北宋以来,经千余年漫长的历史培育而成,据说这种米古代专供皇宫,一般人不能享用。"小占稻"蒸出来的米饭香喷喷的,只要有点咸菜就可以吃饱。

邬翊光老师讲授经济地理,又是这次实习的负责人,他把全班同学分为五个小组,每个小组进驻一个自然村,研究制定这个自然村的经济发展规划,时间约一个半月。让我任一个组的组长,这个组八个人,我是少数民族,怕别的同学不听我的话完不成任务,于是就告诉邬老师我不想当组长。邬老师笑眯眯地说:"我看你行,我说行你就行,有了困难还有我嘛!"面对老师的信任我就承担下来了。

按照老师的安排要求,首先对自然村的自然地理环境与人文环境进行了调查,学过的专业理论知识与实践有机结合。在调查过程中尊重当地老百姓,虚心地向他们学习,帮他们打扫院落卫生,挑水,生活上和他们打成一片,使同学与当地老百姓之间、同学之间融洽相处。

在掌握第一手资料的基础上,同学们对这个自然村经济发展蓝图进行讨论,撰写出一份书面报告。书面报告由几部分内容组成,我让每个同学分头撰写,规定大家在期限内完成。

我们组有两位同学写得很不错,其余大都写得还挺认真,但需要认真修改。听说有一个同学光顾着看小说,没有动笔,我又急又气,认为他给我出了难题,气冲冲地去给邬老师告状,邬老师还是笑眯眯地说:"消消气,我看你这个组长当得不比别的组长差啊!"后来我知道这个同学想写,但不知怎么写,确实是误会了。

一个多月的经济地理实习结束了,我们小组承担的这个自然村的发展规划报告,在经济地理实习总结会上,获得优良。邬老师给我说:"我看你行,你就行,你还不相信自己。"

二十多年后,我搞"青海旅游资源调查及其开发研究"的课题,旅游资源的调查、调查报告撰写、开发研究,同那次经济地理实习的基本内容是一样的,过去学过的知识用上了,工作起来得心应手,特别感谢老师的教诲。

2012年10月,我去美国、加拿大旅游,回到北京顺便回母校看看。正巧在校园里看到散步的邬老师,他看到我很惊喜地叫道:"这不是张忠孝吗?"我赶紧走过去紧紧握住了邬老师的手,惊喜交集,惊的是我们分别四十六年从未见过面,我从一个英俊潇洒的小伙子变成满头白发的老头,老师还能一眼认出来。喜的是我尊敬的邬老师,已是八十多岁高龄的老人了,他眼不花、耳不聋,还在健康地生活着,这是我们学生的福气。

邬老师开玩笑地说："你在上大学经济地理实习时，还给我耍过脾气，说什么看不起我们少数民族。"稍停接着说："听说你现在干得不错啊！"本来我想说："谢谢您邬老师，这是老师们培养教育的结果。"我却对老师微笑了一下，算是对老师的回答吧，我步了老师的后

和邬老师相见

尘，也干了一辈子的教育工作，学生点滴成果是对老师的最大安慰。

老师们经过较长时期的教学实践，编写出版的教材成为全国高校地理专业的教材，如赵济编写的《中国地理》、宋青春编写的《普通地质学》、赵淑梅编写的《地图学》、吴吉华编写的《植物地理学》、张如意编写的《气象学与气候学》、李天杰编写的《土壤地理学》等。

全国教育改革的大潮中，各个高校编写的各种版本教材应运而出，强烈的市场竞争下，北师大地理系老师编写的教材占有明显优势，如宋春青老师主编的《地质学基础》，为全国高校地学专业采用，并被评为国家教委优秀教材。

在这里我特别要提到一位老师，她是我国著名数学家、母校副校长傅种孙先生的爱女，是给我们班讲授高等数学的傅章秀老师，她是我们全班同学敬重的老师之一。

我们班第一堂高等数学课，一位年龄四十岁左右、身体瘦弱、个子小、服饰衣着非常朴素、没有带任何教具的女士走上讲台。因我坐在最前排，看得很清楚，她走路有点颠簸，走上讲台向全体同学扫视了一下，然后用不大的声音说了句："同学们好！"虽然她声音不大，那样的清晰而坚定有力，神态是那样坦然自若，但教室里仍有一些同学交头接耳在说话。

傅老师用左手在黑板上很娴熟地画了一个大圆，简直与用圆规画出来的一模一样，同学们惊呆了，细心的同学发现她的右手藏在袖筒看不见，左肩和右肩还不太对称，讲课声音不大，但语言清晰精练，此时课堂秩序很快就安静下来了。

下课了，同学们纷纷议论傅老师："看她服饰不像个大学老师，我以为是农村

妇女","我还误认为是打扫卫生的清洁工呢"。和傅老师相处时间长了,得知她小时患小儿麻痹症,右手瘫痪,就用左手干活,练就了一手在黑板上画直线和画圆的硬功夫,很快这位朴实无华、身体柔弱的傅老师得到同学们的敬重。

高中时经历过多的政治运动,我的数理化基础不扎实。大学一年级高等数学的学习压力大,傅老师对我们少数民族学生特别关心,她每次来班上辅导,悄悄来到我桌前坐下,看我做数学作业,当做错或做不下去时,就耐心讲解,当看到做对了,她瘦小的脸上就会露出少有的笑容。

每次高等数学阶段考试,傅老师把考卷拿来给我分析,没有作对的给我认真讲解,让我重新作,鼓励我进步,使我对学习数学充满信心。学年大考中,我的数学成绩得了 4 分,在班上算中等偏上水平,傅老师向我表示祝贺。傅老师帮我闯过了这一难关,她既像是我的大姐,又像是我的母亲,在我的学习、成长中不知凝结着她多少心血。

我从新疆到北京出差,带了新疆的葡萄干等特产,特地到师大去看望傅老师,虽然我们分别十多年,但她一眼认出了我,尽管岁月使她苍老了许多,但我看到她的笑容是那样的灿烂。

我的学术火花在这里点燃

回想今生,我之所以能在教学和科研中取得点滴成果,是母校老师们辛勤培养教育的结果。常言道:"严师出高徒","强将手下无弱兵",就是这个道理。

北师大地理系教师群体有个共同特点:备课认真、讲课概念清晰、语言生动流利、思想异常活跃。他们的讲课大都与现实相结合,韵味悠长。他们循循善诱、幽默风趣的讲课,点燃了我学术的火花,产生较大影响的是赵济老师讲授的中国自然地理课,还有宋青春老师讲的地质课。

赵济老师身躯壮实高大,当时三十多岁,讲师职称,在地理系教学的同时,参与全国性综合科学考察,到过大西北的新疆、大西南的云南、青藏高原青海境内的黄河源头等地。在教学过程中结合所见所闻,特别是各地奇异的民风习俗、优美的自然风光、民族风情、宗教文化,讲课生动有趣,颇受同学们的喜欢。

在赵老师的讲课中,与我国地理科学研究有密切相关的三个问题,对我的教学和科学研究产生极其深刻的影响，在老师原有讲课基础上进一步深入探讨，点燃了我学术研究的思想火花。

第一个问题是我国南水北调跨流域调水工程。1952年10月30日，毛主席曾经提出："我国南方水多，北方水少，如有可能，借一点来是可以的。"我国科技工作者遵照毛主席的指示，展开了南水北调工程的研究工作，通过跨流域调水，把长江的水引到我国干旱缺水的北方，以缓解我国北方水资源严重短缺的情况，促进南北方社会、经济、人口、资源与环境的协调发展。

该工程分东线、中线、西线三条调水线。西线工程在青海南部高原，把长江源头的水调入黄河源头区，使黄河水量大增，为黄河上中游的西北地区和下游的华北部分地区补水；中线工程从长江支流汉江中上游的丹江口水库引水，自流供水给黄淮海平原及华北大部分地区；东线工程沿着京杭大运河，把长江水向北送至华北地区。

长江、黄河发源于我的家乡青海南部高原。黄河以西北东南向，横贯于省内共和盆地和黄河谷地，南水北调西线工程的实施，使黄河水量大增，极大地促进青海经济的发展，尤其是龙羊峡至寺沟峡水电业的发展，使青海成为我国能源基地。南水北调工程，进入了我这个热血青年的研究视线，使少年时代研究黄河的梦想进一步得到升华。

对于南水北调东线工程，引起南北方地理学、环境学、生态学、水利学、经济学等多学科专家的争论。南方派认为，大量长江水北上，使海水进入上海市至南京，或更远区域，会使这个区域生态环境恶化，要求东线工程要慎之又慎，绝不能贸然行动。北方派认为，从长江每年调水100亿立方米，海水不可能进入上海市至南京，或更远区域，保证生态环境万无一失，东线调水完全可行。

赵老师对双方观点作了系统的介绍后，让同学们讨论南水北调东线工程的可行性。经过同学们的热烈争论，对于地理学区域性、综合性两大特点有更深的理解。一个特定区域的生态系统中，某一生态要素发生变化时，这个生态系统为适应新环境发生新的变化，这是环境学的一个大课堂，南水北调方案的实施，对沿途生态环境的变化，要进行科学研究。

第二，青藏高原整体强烈隆升，为我国地域分异奠定了自然地理基础。我国东部由于强烈的海陆热力差异，形成了典型的季风气候。青藏高原强烈隆升，形成了高原内部季风环流，使我国东部季风环流形势更加强烈，我国成为世界上季风气候最典型的国家,而使我国西北部广大地域更加封闭,更加趋于干旱荒漠化。

原本属于热带、亚热带的特底斯海(古地中海)广阔区域,突兀于地球中纬度之巅的青藏高原,平均海拔4500米以上,形成冰雪覆盖的雷同南北极的第三极世界,成为世界上最为神秘的自然地理区域。

我出生在青藏高原,对这片土地有着无比的情怀,也有无限的神秘之感,我要走近它,揭开它的神秘面纱,这是时代赋予我们年轻一代地理工作者神圣的历史使命。我于2007年至2012年,主持了"青藏高原旅游开发研究"的国家级项目,终于实现了这一梦想。

第三,1958年至1960年,我国地理学界老前辈黄秉维等人,完成全国综合自然区划,这项工程集中动员全国地理学界力量,声势浩大、规模空前。赵老师就综合自然区划的目的意义、科学价值、区划原则及方法,对我国综合自然区划研究历史,不同历史时期重要代表区划方案等,都作了详细介绍。

就我国的综合自然区划中目前仍存在争议而未定论的问题,赵老师一一摆出来,如我国热带和亚热带的界线,准热带的概念,我国热带范围的确定,新疆南疆应该属于哪个热量带。组织同学们展开了热烈的讨论。

入师大以来,我在全班从未发过一次言,关键是缺乏胆量,也没有让我发言的机会,但这次讨论会上我壮大胆子发表了看法。我的家乡在青海东部,这里的自然景观同西北干旱荒漠区、青藏高寒区截然不同,同东部季风区的黄土高原有极大的相似性。而我国的地理学家,把青海省全境划入青藏高寒区,不符合青海实际,缺乏科学性,违背了"综合自然区划"为经济建设服务的宗旨。

我的发言使同学们感到很惊奇,老师感到很尴尬,敢于同中国地理学界泰斗级的权威人士唱反调,恐怕在高校学生中少之又少。这算是我今生研究青海地理的开场白。

在斋堂做地质实习时,宋青春老师给我们表演了他自编自演的岩石风化壳的相声,令同学们捧腹大笑。他把全班同学带到一个特大石块旁,让全班四十多名同学都要挤到石块上留影,然后他给我们讲了这个特大石块的故事。

这一特大石块是我国著名地质科学家李四光所发现的,它的岩性与周围石块不同,说明它是从很远很远的地方来的。同时在这个石块上还有被别的东西撞击的擦痕。李四光认为,其上的擦痕是古代冰川活动遗留下来的,这样大的石块从很远的地方搬到这里,在地质时期只有凭借冰川的力量,根据这两点,李四光推断地质时期华北地区有过冰川及冰川活动。

但植物学家、土壤学家经过对华北地区植物和土壤的研究,认为华北地区植物和土壤的发育是连续而没有间断的,不可能有冰川活动。李四光还认为,我国南方的庐山、黄山等地纬度比华北地区低,却发现有冰川活动的遗迹,华北地区不可能没有冰川活动。李四光的研究成果,驳斥了长期以来国际上一直认为中国内地没有第四纪冰川的结论。

通过自然地理地质、植物、土壤课的野外实习,老师的启发诱导,我的学术火花在这里一次又一次地被点燃。

同学们巨石上的合影

见到了日夜思念的毛主席

在北京上大学,是在党中央、毛主席身边学习,有一种特有的自豪感和优越感,可以参加更多的政治活动,如十一参加国庆大典,受到毛主席及中央领导的检阅,五一劳动节天安门广场联欢,参加欢迎外宾活动等,近距离看到毛主席、刘少奇、朱德、周总理等党和国家领导人。

想看毛主席是我今生最大的夙愿。1960年9月入学,十一国庆大典不让我们新生参加,只好等到第二年的国庆节。

1961年的国庆大典终于盼来了,老同学介绍经验,天安门正中毛主席巨幅画像上方,就是毛主席站立的位置,两侧排列的是其他国家领导人。这天我早早起床,整装待发,队伍快

天安门留影

要通过天安门时,心情异常兴奋激动,"毛主席万岁!""中国共产党万岁!"喊得嗓子嘶哑了,眺望天安门城楼上主席台时,激动的泪水充满眼眶并不停地流,眼睛湿润模糊,什么也看不清楚,十多秒钟从最佳观看位置过去了。那天没有看清毛主席成了我的一块心病、最大遗憾。

1962年和1963年的国庆大典我都参加了,毛主席或者进屋休息,或者和身边的外国领导人讲话侧着脸,我一直都没有如愿,心中很不甘心。

1964年5月4日,是五四青年节四十五周年纪念日,首都青年欢聚人民大会堂,举行隆重的万人大合唱。会议舞台的服务工作由我们系承担,全系数百名学生中,挑选几十名身体健壮、手脚利索、能吃苦的同学去完成此项任务,我荣幸地被选中。我们这些同学大都来自农村,从未进过人民大会堂,这里富丽堂皇的景色目不暇接。紧接着开始抢座位,认为最前排正中的座位,是毛主席看节目演出时坐过的,大家争着要坐这个位子。

我们的任务是为万人合唱队搬凳子,北大、清华、北师大等高校有规模空前的合唱队,俗称"万人大合唱",我们几十个同学以最快速度把凳子摆好,让大合唱的队员站在凳子上唱歌,这个过程必须在短时间内完成,我们个个累得汗流浃背。"万人大合唱"以排山倒海之势,唱出了中国青年奋发图强的时代强音。

著名女高音歌唱家马玉涛,演唱《马儿呀!你慢些走》,当时她还不到三十岁,算是我们一个时代的人,她唱出的第一声"马儿啊",我就惊呆了,令我无比陶醉,世上还有这样美的歌喉,我呆呆的,眼睛没有眨巴一下,望着马玉涛足足几分钟,唱毕,观众热烈的掌声,让我好像从梦中醒过来一样。这首歌陪伴了我一生,只要

听到马玉涛唱的这首歌,想起当年在人民大会堂当服务员时的情景,我就不由自主地兴奋起来。

马玉涛谢幕后,舞台幕布被拉上了,会场气氛显得有点异常,两位武装人员走到幕布后的舞台上,让我们原地坐好不要动,这时会议主持人宣布,伟大领袖毛主席及中央领导刘主席、朱委员长、周总理、彭真市长来看望大家,全场响起雷鸣般的掌声。

毛主席及中央领导走上舞台,全场高呼"毛主席万岁!""中国共产万岁!"毛主席及中央领导的身影从幕布后面看得清清楚楚。当时我在想,能同毛主席同在一个舞台上,距离如此之近,可以领受毛主席的齐天大福。这个夜晚,我激动得久久不能入眠。

1964年10月1日,是伟大祖国诞生的十五个年头,特别是经过三年困难时期走向胜利,国庆大典比平常年份要隆重。北京师大承担三百六十人的方块仪仗队,名额分配到各个系,地理系挑选二十名政治可靠、身体健康且外观合格的同学,我被荣幸地选上了,别提多高兴啊。

当时国家还在困难时期,粮食还不够充足,凡参加仪仗队的同学每月定量增加两斤。3月份开学不久,每天下午两个小时的训练,正步走训练了半年。7月8月烈日当头,有的同学支撑不住昏倒了,训练很苦,但想到能让毛主席检阅多光荣啊!还可以近距离看到毛主席,再苦再累也是心甘情愿的。

平日训练是以一个系为单位进行,进入9月份经常有全校性集中统一训练,最后一次排练是十一国庆大典前两天,从实战出发,男同学白衬衣、蓝裤子、皮鞋、短发,白衬衣装进裤腰里。女同学清一色长辫子,头上佩戴着一朵鲜花,上身白衬衫,下身黑色裙子,面部淡妆,个个显得青春靓丽,难怪当时北京高校流传有"北大才子、师大美女"之说。

国庆节这天,北京晴空万里,上午10点钟国庆大典开始,仪仗队走在游行队伍的最前列。我们的仪仗队迈着矫健的步伐,从东向西雄赳赳气昂昂正步通过天安门,队员的面部全部朝向天安门,看到毛主席侧着脸正和英国女王伊丽莎白讲话。当我们的队伍到了天安门前同毛主席画像处于一条直线上时,为了看到毛主席,整个仪仗方块队由正步走变成原地踏步,持续了十多秒钟,前面空出二十多米的空旷地,这时毛主席转过脸向我们挥手示意,仪仗队这才向前赶了上去。这一次,看毛主席是那样的清楚,我日夜思念要看到毛主席的愿望终于实现了。

第 26 届世界乒乓球比赛

第 26 届世界乒乓球比赛,于 1961 年 4 月在北京举行,虽然时间整整过去了五十多个年头,我从一个二十刚出头的小伙子,变成了满头白发的老人,但那时我所经历的、亲眼看见的情景,至今还在我脑海中是那样的清清楚楚,每当回忆起这段经历仍是那样的兴奋不已。

那是 1961 年 3 月中的一天,焦书乾同学陪我到校医院看病,看完病我俩顺便到北太平庄商店溜达。看到有许多人排队好像是在买东西,走过去问清楚,是购买第 26 届世界乒乓球比赛入场券,最便宜的票一张是 8 毛,有一张是 1.5 元的,决赛票一张 3.5 元。当时我手中有 10 多元钱,买了八张票,准备去看三次,有两张是给了焦书乾在北京矿院工作的哥哥焦书印,这对于穷学生来说是最奢侈的一件事。

第 26 届北京世界乒乓球比赛,于 1961 年 4 月 14 日结束,历时十一天。选手是来自欧、亚、美、非和大洋洲五大洲,共计 220 多名运动员。四月的北京,春光明媚、景色宜人,第 26 届世界乒乓球锦标赛在北京工人体育馆隆重开幕。这是中华人民共和国成立以来,举办的第一次国际体育大赛。

北京工人体育馆建筑面积 4.17 万平方米,可容纳 1.5 万名观众观看比赛,是北京的"十大建筑"之一。比赛开幕式上国家领导人周恩来、邓小平、贺龙等出席。

26 届世乒赛同焦书乾、焦书印合影

我三次亲眼看见第 26 届世界乒乓球锦标赛实况,我国乒乓健儿一个个容光焕发,神采奕奕,充满了青春的活力,使我发自内心地无比喜悦。特别是同日本运动员的较量,扣人心弦,他们之中有比赛经验丰富、战术多样的老将,也有后起之秀,如曾荣获世界男子单打冠军的荻村伊智朗,曾荣获世界女子单打冠军的松崎、山口富和女子双打冠军伊藤等。

日本队在世界乒乓球坛上,曾经多次获得世界锦标赛的冠军。日本的"弧旋球"技术,让欧洲运动员对此一筹莫展,屡屡败北,被称为日本的"秘密武器"。

乒乓球单打冠军争夺战,在庄则栋同日本荻村伊智郎之间展开,那时庄则栋是刚二十出头的小伙子,生龙活虎,尽管荻村伊智郎发过来的"弧旋球"很难接,但小庄实施快攻猛打的战术,日本的"弧旋球"失灵了,小庄大板扣杀二三十个会合,最后以荻村伊智郎失败而告终,庄则栋夺得了冠军。

女子争夺单打冠军,丘钟慧和日本前世界女子单打冠军松崎相遇,丘钟慧顽强拼搏,打败了松崎获得冠军。这样,第26届世界乒乓球锦标赛男女单打冠军都被中国运动员包揽。

男子团体冠军的争夺,中国和日本队之间进行,整个比赛会场达到白热化程度,1.5万名观众都在为中国队捏着一把汗。第一场庄则栋出场,还是以较轻松悬殊比分获胜。第二场前世界冠军容国团出场,经过艰苦努力还是败下阵来,观众的心紧张起来。第三场出场的是张燮林,日本出场的是荻村,荻村实施"弧旋球"技术,张燮林的直板削球征服了"弧旋球",荻村发过去的球不管如何悬转,张燮林都把球很轻松打回到对方乒乓球桌前,大有"海底捞月"的美姿,荻村扣杀几十回最后还是失利,气得直摇头叹息,观众为张燮林报以热烈的掌声,最后张燮林以较悬殊的比分挫败荻村。第四场容国团出场,姜还是老的辣,容国团获胜,最后中国运动员获得团体冠军。

1959年第25届世界乒乓球锦标赛,容国团夺得了男子单打世界冠军,成为中华人民共和国第一个世界冠军获得者,也是中国乒乓球运动的开创者。

1961年第26届北京世界乒乓球比赛,中国队第一次夺得男子团体冠军、男子和女子单打世界冠军,这次比赛成为我国乒乓球队成长壮大的一个里程碑,也是世界乒乓球运动的一个转折点。从此中国成为名副其实的乒乓球大国,大长了国人的志气。

到祖国最需要的地方去

五年的大学学习生活即将结束,党和国家号召我们毕业生到边疆去! 到祖国最需要的地方去！要到那些艰苦的地方去建功立业，施展才华。我早已考虑好了，我来自边疆青海高原，决心回到家乡干一番事业。

分配方案下达后，青海没有分配指标，回家乡青海的希望没有了，我想还是要回到大西北，把目光转向辽阔无垠，拥有大山、大漠、戈壁、绿洲的新疆。当时对人民解放军很崇拜，报了新疆生产建设兵团，好男儿志在四方，决心在艰苦环境中锤炼自己，报答党和人民对我的培养教育之恩。

地理系公布了分配结果，我如愿以偿分到了新疆，心情十分平静。留校工作及留校读研究生的同学，还有分到北京的同学皆大欢喜；分配到上海、浙江、福建等地的十多位同学，回到美丽的江南水乡，心中自然也很满意，我也为他们高兴。

其他被分配到东北林区、内蒙古、山西、新疆、水电部门等地的同学，尽管面临这样或那样的困难，但他们没有吭一声，服从组织分配，毫无怨言地踏上新的人生征途。

同学们都在相互勉励，我们年轻、有知识，应该到社会的大海大洋中去搏击长空，施展才华。是真金到哪里都会发光的，直到白发苍苍退出人生舞台之际，去盘点我们的丰硕成果，不为虚度年华而悔恨，也不为碌碌无为而羞耻，这才是人生这出戏的大结局。

我们这个年级被分配到新疆的有八名，一班和二班各四名。其中，我们一班的姜日明同学来自山东农村，陶家元同学来自武汉大城市，阿依尼莎新疆本土，我是来自青海农村。二班一对热恋的情人，来自江南水乡，一位姓王的女同学，来自北京，共产党员，一位姓马的男同学，来自西宁市，是回族，我的同乡。他们大都离开大城市，愉快地服从组织分配到新疆工作，那时的同学们，政治思想觉悟普遍高。

同学们陆续离开母校走上工作岗位，留校的、还没有走的同学把要走的同学一个个送到校门口的公共汽车站，因为朝夕相处了五年，突然要离别，这一别不知何时才能见面啊！女同学流了泪，大家心情都很沉重。我一冲动，脱口而出："同学们不要哭了，到时候我一定去看望你们。"

2012 年底至 2013 年 3 月，我已是七十多岁了，和分配到东南沿海的同学毕业分别后没见过面，非常思念，为了兑现几十年前的承诺，同时饱览祖国壮丽河山，赴福州、宁波、杭州、上海等地看望那里工作的老同学，大家见面很激动，有说不完的话，互相勉励保重健康，享受人生。

百年校庆

2002 年 9 月 8 日是母校百年校庆纪念日,学校一年前就给我发来邀请函。毕业三十七年母校还记着我,很是感动,有幸参加母校百年生日,是一生中的荣耀,当即寄去了我的回执和礼物,礼物是我在新疆工作时获得的"劳动模范"奖章一枚。

母校百年校庆留影

9 月 5 日,我风尘仆仆从千里之外的青藏高原赶来母校,参加百年校庆。进入校园,新建的办公大楼、图书馆、京师大厦拔地而起,异常雄伟壮观。"热烈庆祝北京师范大学诞生 100 年"、"热烈欢迎校友"等大幅标语格外醒目,校园广场花团锦簇,彩旗招展,宾客如织。

首先映入眼帘的是百年木铎金声,古香古色,展示师大的百年沧桑和现代。教室、学生宿舍、教师住宅区粉刷一新,整个师大校园景色迷人,处处洋溢着浓浓的节日气氛,真让人流连忘返。

我到校友接待处报到,服务人员把我带到西北楼校友住宿处,早已准备好的住处打扫得干干净净,被褥全是新的,备有茶水,使人感到温暖如春。走进宿舍,早先来到的几位同学,几乎同时一眼认出了我,同我一同分配到新疆的姜日明同学说:"这不是张忠孝吗! 除了白头发,几乎都没有变啊!"其他同学同我一一握手,别提多亲热、多激动。

这次我们班男女同学来了二十余位,分别近四十年,蹉跎岁月,学生时代的风华正茂被岁月沧桑所替代,蜘蛛网似的皱纹布满脸庞,头顶部留下稀疏的白发或者秃头,相貌虽然有很大变化,但大家兴奋、激动,有说不完的话,在大学时代所固定的个性特点还是毅然没有变。

通过交谈,得知同学们在各自的工作岗位上,为党和人民作出了积极贡献。杨正居和何炳华同学成为中学特级教师,我和他俩获得优秀校友的荣誉。在教育战线上的同学们,有的获得教授、副教授职称,不少同学获得省、市、地级优秀教师的光荣称号,为母校争得了荣誉。

第二天,留校工作的周伦启、蒲恩竹同学,带领我们参观校园、校史展览馆,在校园内拍照留念,学校还给我们招待别有风味的午宴,让人感到回家的温暖。

木铎金声一百年

近四十年来,母校发生翻天覆地的巨大变化,我们在校时,全校仅有十几个系,3000 余名学生,研究院(所)少。现发展到 20 多个院(系),39 个研究院(所),万余名学生,设有本科专业 60 个,153 个硕士学位授权二级学科点,108 个博士学位授权二级学科点,25 个博士后流动站,博士点数在全国高校名列前茅,我们为母校取得的巨大成就感到由衷的高兴。

最让令人兴奋的是,当年的班主任任森厚老师,让我和姜日明同学参加在人民大会堂举办的母校百年校庆会。百年校庆会上,中央政治局领导全部参加,时任中共中央总书记、国家主席作了热情洋溢的讲话,他高度赞扬北京师范大学百年来,为国家培养一大批道德高尚、学业精深的人民教师和国家需要的优秀人才。校友中涌现出了许多杰出的革命家、教育家、科学家和社会活动家,为党和人民事业作出了重要贡献。能有机会参加这次会议,是我今生又一大幸事。

百年校庆同学合影

五十年同学聚会

1965 年 7 月,北京师大地理系近百名同学,完成了五年的大学学业,离开母校奔赴祖国四面八方。五十年后的 2015 年 4 月 28 日,又从祖国四面八方回到母校,在地理与遥感学院会议室欢聚一堂,畅谈离开母校五十年后的战斗历程。

五十年同学聚会合影

这次参加聚会的有一班二班同学六十余名,还有曾给我们上过课的老师,有郭翊光、赵济、张兰生、任森厚、朱启疆、钟俊镶等,还有地理与遥感学院领导、师大校友会代表,共计近百人。师生见面格外亲切,相互拥抱,有的激动地流了泪,相互拍照留念,会场气氛显得异常热烈。

会议由二班的章水根同学主持,他在上海市委党校工作。会上学院领导给我们介绍学院的发展概况。地理系诞生百余年来,为国家培养出一大批优秀的地理教师和一大批杰出的地理学家。如今的地理与遥感学院发展更是突飞猛进,地理学为国家重点学科,有不同级别重点实验室八个,环境变化及治理、城市开发、地理教育等为主攻方向。

近些年来,全院拥有的在研项目、项目经费数、教师发表学术论文及学术著作、目前拥有的博士点和硕士点数量,在全校名列前茅,以优异显著的成绩,成为全国地理教育的领头羊。我们为曾经在这里学习过的地理系取得的巨大成就,感到由衷的高兴。

同学代表讲话人选,原定我们班班长王金星同学,他因病没有来,会议组织者临时决定让我讲,我在大学时很少当着全班讲话,今天在这样的大型场合讲话,确有诚惶诚恐的感觉,再三推辞无奈情况下,讲了十多分钟,代表同学们对母校的培养教育无比感恩,对几十年来同学们为国家作出的贡献,做了充分的肯定。同学们说:"你讲话虽然简短,但说出了我们的心里话。"

会后地理与遥感学院给我们每个同学赠送了礼品,留校的周伦启、蒲恩竹同学组织我们参观了校史展览馆。我们对母校的光荣历史,特别是近二三十年间取得的辉煌成果,有了全面了解,为母校倍感自豪。同学们在校园内散步、拍照,畅谈五十年前在这里生活、学习的点点滴滴,很有一番情趣。

会后,我们还分组看望因病不能来参加会议的老师,我和另外两个同学去看望赵淑梅老师。当我们走进她的家,她儿媳热情接待了我们,说:"她婆婆现已是近九十高龄的老人了,平日很勤快,帮她干家务活,日前因患带状疱疹,消瘦了不少,头脑也没先前清楚……"看得出儿媳特心痛婆婆。

走进赵老师卧室,她坐在藤椅上,儿媳走过去在她耳边说:"妈,你的学生看你来了!"我走过去紧紧握住赵老师的手,她仔细端详我一会,突然特高兴地说:"这不是张忠孝吗!"我很感动,重病后她还能认出她的学生。在离开赵老师家时,我深情地给她儿媳说:"你对赵老师照顾得如此周到,我们作为他的学生,向你表示衷心的谢意。"

赵老师给我们讲授地图学,那时她约四十岁,中等个头,虽然脸上有块黑疤,但她始终微笑的面孔、得体的服饰打扮,特别讲课时那种特有的韵味,给每个同学留下对成熟女性的风采的记忆,她是我们学生学习的楷模。

第三辑

大漠新疆二十年

12. 美丽富饶的新疆

新疆维吾尔自治区，简称新，面积166万平方公里，占我国国土总面积的六分之一，是我国面积最大的省级行政区。

新疆历史悠久，古称西域。公元前60年，西汉中央政权设立西域都护府，从此新疆正式成为中国领土的一部分。1884年清政府在新疆设省，1949年9月25日和平解放。

天池留影

境内除汉族外，有维吾尔、哈萨克、回、柯尔克孜、蒙古、锡伯、塔吉克、乌孜别克等大约五十个民族成分，是我国民族成分最多的省区之一，少数民族人口占总人口超过60%，其中维吾尔族人口占少数民族总人口的70%以上。根据我国宪法和民族区域自治法的规定，1955年10月1日，新疆维吾尔自治区成立，是中国五个少数民族自治区之一。各个民族都有悠久的历史，灿烂的文化，喜歌善舞，民族特色异常浓郁，说新疆为歌舞之乡一点也不为过。

新疆位于祖国西北边陲、亚欧大陆腹地，周边与俄罗斯、哈萨克斯坦、吉尔吉斯斯坦、塔吉克斯坦、巴基斯坦、蒙古、印度、阿富汗等国接壤，边境线长达5600多公里。历史上是古丝绸之路的重要通道，现成为"一带一路"的核心区域，战略位置极其重要。

"三山夹两盆"是新疆地貌的基本格局，北部阿尔泰山脉、中部天山山脉、南部昆仑山脉。天山山脉把新疆分为南疆和北疆，南疆有塔里木盆地，是中国最大的盆地,塔克拉玛干沙漠位于盆地中部,是中国最大、世界第二大流动沙漠,塔里木河长约2100公里,是中国最长的内陆河。北疆的准噶尔盆地,有我国第二大沙漠——古尔班通古特沙漠。新疆东部的哈密、吐鲁番盆地称为东疆,吐鲁番盆地艾丁湖低于海平面155米(中国陆地最低点)。最高点乔戈里峰位于克什米尔边境上,海拔8611米,是世界上第二高峰,新疆地势高差达8766米,为我国之最。

新疆地处亚欧大陆腹心地带,北距北冰洋、东距太平洋、南距印度洋、西距大西洋十分遥远,加上"三山夹两盆"的地貌格局,使得四周大洋的水汽很难进入,降水极少,蒸发极大,形成典型的温带大陆性干旱、极干旱气候,展现出荒漠戈壁自然景观。受到冰雪融水滋润的狭小区域,是典型的绿洲生态农业区,是新疆各族人民赖以生存的源泉。

号称"火洲"的吐鲁番,平均气温33℃以上,绝对最高气温曾达至49.6℃,居全国之冠。新疆气温日较差、年较差极大,在夏季有"早穿皮袄午穿纱,围着火炉吃西瓜"之说。

新疆是我国矿产资源最为丰富的省区之一,矿产种类之多仅次于四川省,位列全国第二位,其中能源矿产中的石油、天然气和煤炭是新疆最具优势的矿产。著名的西气东输工程,将新疆的天然气通过管道,输送到我国能源短缺的东南部长江三角洲,横贯9个省区,长4200公里。

新疆具有特殊的自然地理环境,日照长,光热资源丰富,昼夜温差大,冰雪资源比较充足,新疆是我国特殊的绿洲农业区域,是我国的重要粮仓和畜牧业基地,也是长绒棉的主要产地。新疆水果以味道纯正、无污染而享誉中外,如哈密瓜、西瓜、吐鲁番葡萄、库尔勒香梨、无花果、杏子、石榴、桑葚、巴旦木、核桃、哈密大枣、沙棘等颇受消费者青睐。

新疆旅游资源丰富。浩瀚的大漠风光、吐鲁番盆地、喀纳斯湖、赛里木湖、罗布泊湖、天山、天池、乌尔禾雅丹魔鬼城、伊犁草原等自然旅游景观,各民族绚丽多彩的民族文化,乌鲁木齐、石河子、克拉玛依、喀什等特殊韵味的城市群,楼兰故城,吐鲁番盆地内的交河古城、苏公塔、火焰山、坎儿井、葡萄沟,生产兵团现代农业景观等人文旅游景观,使新疆成为闻名中外的旅游胜地。

新疆在我心目中是一片神秘而令人向往的地方,今天我终于向那里进发了,我开始了长达二十年的新疆之旅,我的青春年华撒在了这片沃土上,新疆成为我今生名副其实的第二故乡。

13. 在进疆的列车上

我被分配到新疆,大半个心就落地了,离开亲爱的母校,告别同窗五年的同学,急忙赶往青海老家。按照爷爷生前对我的嘱咐,先去给祖宗上坟,重点是给爷爷上坟,感谢他老人家对我的大恩大德,墓前倾吐我的肺腑之言,告慰他老人家的在天之灵,我完成大学学业将奔赴新疆工作。

八月中北方的天气又热又干,在兰州火车站乘上了西去新疆的列车,没有多长时间,窗外一股寒风迎面扑来,列车员报站说是到了乌鞘岭。乌鞘岭处在祁连山脉支脉冷龙岭的东南端,长约 17 公里,海拔 3000 米以上,主峰海拔 3562 米,东亚季风到此停下来再不能西进,这里成为我国自然地理非常重要一处界线,即季风区和非季风区、外流区和内流区、半干旱区和干旱区的分界线,东面是季风区、外流区、半干旱区,向西是非季风区、内流区、干旱区。

从乌鞘岭向西至古玉门关的千余公里,夹峙在南面祁连山脉(向西阿尔金山脉)和北面北山(马鬃山、合黎山和龙首山)之间,这一狭长地带,形如走廊,因位于甘肃省西北部,称甘肃走廊,又因位于黄河以西,叫"河西走廊",宽从数十公里至数百公里不等,海拔 1500 米左右。

河西走廊古代是中原通往西域的咽喉要道,汉唐以来是"丝绸之路"的重要通道,是古代中国同西方世界进行政治、经济、文化交流的重要国际大通道。现兰新铁路从这里通过,是新疆联系祖国内地的交通大动脉。新近建成的兰新高铁(经青海省省会西宁市),也从这里通过。行政地域包括甘肃省的武威(古称凉州)、张掖(甘州)、金昌、酒泉(肃州)和嘉峪关,因而战略位置极其重要。

源自于祁连山地冰雪融水,汇合而成的数十条河流,如石羊河、弱水(即黑河)、疏勒河等,流入河西走廊,这里地势平坦、土地肥沃,夏季气温高,光照充足,成为我国著名的绿洲农业区,西北粮棉基地之一,素有"金张掖、银武威"之称。

特殊的历史发展背景。河西走廊这条绵延千余公里的狭长廊道上，荟萃了闻名于世的文化遗产：如莫高窟，在世界文化、艺术和宗教史上享有无与伦比的盛誉，敦煌学历经百年风雨而成国际显学；"天下第一雄关"嘉峪关，最能彰显长城文化的历史古迹，是明长城最西端的关口，是世界文化遗产；稀世珍宝西夏碑，是我国研究西夏历史少有的实物资料；中国旅游标志铜奔马，又称马踏飞燕，出土于武威雷台汉墓，被视为中国古代高超铸造业的象征，是中国青铜艺术的奇葩；武威白塔寺，见证了七百多年前，西藏归属元朝中国版图的实事。

还有张掖大佛寺、马蹄寺石窟，经历了四百多年的风雨侵蚀，久负盛名。武威、张掖是我国著名历史文化名城。酒泉是我国卫星发射基地，又称东方航天城，是我国第一颗人造卫星发射基地。

火车经过嘉峪关，雄伟壮观的嘉峪关城楼屹立在茫茫荒野戈壁上，这里是万里长城的终点，近六百五十年历史，比东起点山海关还早九年建成。中学语文课本上的诗句"劝君更尽一杯酒，西出阳关无故人"，"羌笛何须怨杨柳，春风不度玉门关"拨动人们真情和家乡之思，多么悲壮而又温情。

车上有人说，快到星星峡了，我问旁边一位干部模样的老同志："星星峡是什么地方？"他说："这个地方的地形像峡谷，是甘肃和新疆交界处，到了这里就跨进了新疆的大门。"从他的言谈中得知，他是解放前被国民党抓兵来到新疆的，那

雄伟壮观的嘉峪关

时经过星星峡到新疆是无比的艰辛，这位自称是"老新疆"的他，让我懂得了不少有关新疆的知识。

小时候我们村上有个叫"口外客"的老人，他个头大、壮实，因家境十分贫困，为了逃避马步芳抓兵，抱着豁出去的态度到新疆阿勒泰淘金，受尽千辛万苦，闯过九死一生，从星星峡进了新疆，那时把新疆叫"口外"，他"口外客"的雅名就这样得来的，这次我要当一回"口外客"了，不过我是乘火车穿过星星峡进入新疆，同那

个时代是完全不同。

列车疾驰在东疆戈壁上，戈壁卵石如鸡蛋大小，油黑发亮，几乎没有一点绿色世界，偶见一株植物感到万分惊讶，实在让人敬佩。笔直的道路一眼望不见尽头，似乎一直通往太阳落下去的地方，两侧的自然景观如此单调，烈日暴晒下车窗外扑来阵阵热浪，使人不自觉地进入昏睡。

忽然前方不远处冒出一片大海，碧波荡漾，水面翻滚，像是水面上还飘浮着几条渔船。不一会儿，前方隐隐约约看见一座大城市，高耸入云霄的摩天大厦，宽敞的街道，高空中飘浮着的朵朵白云，浓荫密布的树林……，越走越模糊，最后无影无踪而全然消逝，人们才明白过来了，这就是荒漠戈壁中经常出现的海市蜃楼现象。古往今来，不知有多少走入荒漠的人们，陷入茫茫沙海之中，迷失方向，发生过无数悲剧。

中午的太阳格外滚烫，车外极其干热，车上没有水供应，渴得嗓子眼要冒烟，坐在我身边的"老新疆"说，从嘉峪关至哈密中途没有加水的地方，到哈密车站才能加上水，还可以买到西瓜、哈密瓜、葡萄等水果。

列车徐徐开入哈密车站，眼前一排排高大的新疆白杨、垂柳、农家院落，一派生机盎然的景色。身着维吾尔族服饰的男女旅客上了车，操着维吾尔族语言，确有浓郁的异乡情调。我下车到水果摊上买葡萄，我给服务员同志说："给我买一斤葡萄。"于是服务员给了我一纸袋葡萄，要了一元。到车上我给"老新疆"说："一斤葡萄怎么有这么多啊！"他给我解释说："新疆买东西讲公斤，不论斤，你说买一斤，服务员误认为就是一公斤，一公斤就是两斤。"噢！新疆的这个习俗我知道了。

因为很渴，加上葡萄特别甜，我一个接一个地快速在吃，"老新疆"笑着给我说："小伙子，这个葡萄叫马奶子葡萄，含糖量高，特别甜，吃多了胃可不舒服啊！一下子不能吃得太多。"我立马停了下来，干什么事要入乡随俗才行啊。

列车从哈密车站出发疾驰在戈壁亘古荒原上，经鄯善到了吐鲁番，这里被称为乌鲁木齐的东大门。吐鲁番盆地，是天山山脉东段南坡的山间断陷盆地，中国最低的内陆盆地，最低洼处是艾丁湖，湖面低于海平面 155 米，是我国最低的地方，仅次于约旦的死海（−391 米），被称为世界第二陆上低地。艾丁湖维吾尔语意为"月光湖"，以湖水似月光般皎洁美丽而得名。湖水不断蒸发，大部分湖面已变为深厚的盐层。

吐鲁番盆地夏季气温常在 38℃以上，极端最高气温曾达到过 49.6℃，全年日照时数 3200 小时,强烈的光照条件,便利悠久的灌溉设施坎儿井(地下引水渠道),使这里的无核葡萄、哈密瓜、长绒棉在国内外享有盛誉,也适宜蚕桑业的发展。

吐鲁番历史悠久,有交河故城、高昌古城、阿斯塔那古墓群、苏公塔、柏孜克里克千佛洞众多历史文化古迹等。火焰山有唐僧一行西天取经神奇、优美的神话传说,是新疆不可多得的旅游胜地。油气资源丰富,兰新、南疆铁路也在这里通过。

火车从吐鲁番出发,向西北方向行驶约三小时,高耸入云的天山山脉以东西向横贯在眼前。达坂城位于天山山脉中沟通南北疆的一个峡道,自古以来就是南北疆的交通咽喉,火车从此通过,最终可到达乌鲁木齐。

"达坂城"因王洛宾先生 1938 年创作的《达坂城的姑娘》这首维吾尔族民歌唱响海内外。

达坂城是个地名,不是城市,这里多为沼泽湿地,当地散居的百姓有少量种地,大都是放牧者。让人惊奇的是,这里零零散散长着的杨树、柳树树干一般高 2 ~ 4 米,同哈密、吐鲁番高入云天的钻天杨截然不同;另一特

达坂城风力发电城

点,所有的树向南倾斜,与地面形成约 50 至 70 度的角度,这与当地风力强劲,且一年四季吹北风有关。如今,在此建成了目前我国最大的风能基地——新疆达坂城风力发电厂,使达坂城的风能资源为民造福。

14. 祖国边城——乌鲁木齐

　　乌鲁木齐市是新疆维吾尔自治区首府,全疆政治、经济、文化、科教和交通中心,我国西北地区的第三大城市,也是第二座亚欧大陆桥、中国西部桥头堡和向西开放的重要门户。

乌鲁木齐市大巴扎

　　乌鲁木齐为蒙古语,意为"优美的牧场",具有一千三百多年的悠久历史,处在亚欧大陆腹地,毗邻中亚各国,有"亚心之都"之称,自古以来是古丝绸之路上的重镇,东西方经济和文化的交流中心,具有中国文化体系、印度文化体系、伊斯兰文化体系、欧美文化体系相交织的特质。

　　乌鲁木齐解放前称"迪化",城区有老满城和汉城之分,老满城是清朝八旗驻军,汉城是工商业区。现今的乌鲁木齐市是原汉城向周边不断扩展形成的。乌鲁木齐面积1.4万平方公里,是世界上内陆距离海洋海岸线最远的(2500公里)大型城市,列入吉尼斯世界纪录大全。

　　乌鲁木齐位于新疆中部,天山山脉北麓,准噶尔盆地南缘。东、南、西三面环山,北部平原开阔。最高峰天山博格达峰(5445米),源自于高山区的冰雪融水形成的众多河流,如乌鲁木齐河、头屯河、白杨河等滋润着乌鲁木齐这片沃土。

　　乌鲁木齐市是一个多民族聚集的城市,世居民族有13个,汉族外,有维吾尔、哈萨克、满、锡伯、蒙古、柯尔克孜、塔吉克、塔塔克、乌孜别克等49个少数民族,少数民族人口占四分之一。各民族群众在这里繁衍生息,广融博汇,造就了具有世界性的灿烂辉煌文化,如维吾尔音乐之母——十二木卡姆、蒙古民族的《江格尔》、柯尔克孜族的《玛纳斯》，像世界上其他英雄史诗一样，在东方文化中放射出耀眼的光芒。各民族能歌善舞，热情好客，形成乌鲁木齐市五光十色的浓郁民族风情，对来自异国他乡的游客具有极大诱惑力。

市区内众多的阿拉伯式建筑，街上各民族多姿多彩的服饰，不同的语言，街道风貌，店铺内陈设物品，从小吃店散发出来的烤羊肉、馕饼、马奶酒的特殊味道，与内地大不一样的异国他乡情调，让人特有新奇感。

红山，海拔 910 米，突兀于市中心，岩体由红色砂岩组成，每当晨昏，

和骆长录在红山留影

岩壁红光熠熠，景色极其壮观，已成为乌鲁木齐市的重要标志。还有水磨沟名胜风景区、新疆博物馆、南山西白杨沟、1 号冰川、八路军驻新疆办事处纪念馆、陕西大寺、亚洲大陆地理中心、二道桥大巴扎等旅游名胜。

我们从内地分配到新疆的近百名大学生，在自治区人事局报到后，去到南山牧场帮助老乡割冬贮饲草，那里风光秀丽，大家玩得很开心。一周后宣布分配结果，姜日明被分配到自治区党校，陶家元分配到伊犁，我被分配到兵团农七师，我开玩笑地说："姜老哥以后升了官，可不要忘了小弟们。"

这一别何时才能见面啊！陶家元哇的一声，哭得好伤心啊，我也不知不觉地掉了泪，还是姜日明同学年岁比我们大些，毕竟成熟点，像哄弟弟妹妹一

姜日明、陶家元、阿依尼莎乌市临别留念

样，说："不要哭了，经常会见面的，实在想了，看看照片。"这样我们到照相馆合影留念。

15. 西北大屏障——生产建设兵团

1954 年中央人民政府命令,王震将军率领的中国人民解放军第一野战军第 1 兵团,新疆陶峙岳将军率领的国民党起义官兵,列斯肯和赛福鼎率领的新疆民族军,于 1954 年 8 月集体就地转业,脱离国防部队系列,组建"中国人民解放军新疆生产建设兵团",下辖十个农业建设师,两个生产管理处,一个建筑工程师,一个建筑工程处及直属单位。

这支特殊部队的历史使命,是劳武结合、屯垦戍边,从此兵团开始正规化国营农牧场建设,由原军队自给性生产转化为企业化生产,并正式纳入国家计划。

当年,兵团从山东、河南、河北、甘肃、江苏、天津、上海等地招收大批知识青年、支边青壮年以及大批复员转业军人参与边疆建设。1958 年全国"大跃进"如火如荼,兵团掀起垦荒造田大兴水利建设高潮,重点开发区域是南疆塔里木河流

兵团防护林带

域和北疆玛纳斯河流域,于是内地成千上万青年学生、农民、城镇无业人员,纷纷加入到新疆生产建设兵团的建设行列之中,这批人员被称之为"自动支边"。截至 1960 年,兵团人口达到 72.41 万人,为 1954 年兵团成立时的 4.1 倍。

新疆生产建设兵团成立六十年来,兵团人顽强拼搏,在天山南北的戈壁荒漠和人烟稀少、环境恶劣的边境沿线,抵御风沙袭击,同大自然搏斗,开荒造田,凭借

勤劳的双手建成了一个个国营农牧团场,在捍卫祖国西北边陲、保障社会治安、增进民族团结、维护社会稳定、繁荣经济发展方面,作出了举世瞩目的成就,充分发挥了生产战斗队的作用。

2013年兵团棉花总产量,分别占新疆及中国棉花总产量的五分之二和四分之一,棉花单产、人均占有量多年位居全国首位。此外,还有西红柿、红枣、苹果、香梨、葡萄、核桃、薰衣草等特色农产品。石河子市被联合国评为人类居住环境改善良好范例城市。逐步建立起涵盖食品加工、轻工纺织、钢铁、煤炭、建材、电力、化工、机械等门类的工业体系,取得长足发展,一座座新型城镇在亘古荒原上拔地而起。

从乌鲁木齐市到农七师师部奎屯,约250多公里,沿途经过昌吉、沙湾、呼图壁、玛纳斯等县城,经过农八师师部石河子。这些城镇沿着天山北麓冲积平原地带,地势较平坦、土层厚、地下水丰富,是新疆著名的绿洲农业带,种植春小麦、玉米、棉花、油菜、瓜类、葵花等农作物,畜牧业也有一定发展,居住着汉、维吾尔、回、哈萨克等民族,当地群众生活比较富足。

汽车驶入石河子垦区,环境氛围与上述县城完全不同。一排排整齐划一的林带,犹如形成的天然屏障,从林带缝隙里可以看到二三层的白色楼房,道路两旁林带内金黄色麦浪在翻滚,有的地块收割机在收割小麦。还有大片果园,拳头大小的苹果压弯枝头,马奶子葡萄挂满葡萄架。还有成片的棉花种植,棉桃绽放出雪白的棉花。显然这里已经形成初具规模的现代农业示范区域,这种现代化农业发展景观,我生平第一次所见到,兴奋不已。

汽车从石河子往西行驶百余公里,进入农七师师部奎屯,现代化农场的气息扑面而来。首先映入眼帘的是一条条笔直又笔直、一眼望不到头的林带,是由高大挺拔的新疆白杨组成,还有的是灌木沙枣树林带,异常雄伟壮观。

林带内有师部办公大楼、礼堂、学校、幼儿园、医院、商店、银行、邮局、露天电影院等,还有棉纺厂、电厂、水工团、汽车运输团等,服务设施齐全。十余个农牧团场,呈辐射状分布在师部奎屯的车排子、下野地。这里空气清新,凉爽宜人,与大城市喧嚣、吵嚷的环境形成完全不同的世界。

经过几十年几代兵团人的艰苦创业,农七师已经成为北疆优质商品粮、棉基地和瓜果之乡,以及农副产品加工基地,堪称准噶尔盆地边缘的"瀚海明珠"。

16. 穿越准噶尔盆地

到了兵团农七师人事处,面临着再一次分配的问题。我和一位毕业于浙江农业大学园艺系的鲍洪仁被分配到农七师三总场,也叫乌尔禾农场,以后改称 137 团,位于

准噶尔盆地

距奎屯以北 225 公里的准噶尔盆地西北边缘。

师部人事部门通知三总场,派车来把我们俩接去。派来的是一辆解放牌大卡车,车上面就我们两个人,加上简单的行李,车厢内空空荡荡。我们坐在自己行李上,砂石路面坎坷不平,尘土飞扬,大卡车颠簸得把我们抬得高高的,然后又掉落在车板上,屁股蹾得好痛好痛,只好忍受着,沿途沙地上生长高 20～30 厘米的小半灌木,还时有完全裸露的沙丘,大卡车从南向北穿越浩瀚的准噶尔盆地。

准噶尔盆地是我国第二大盆地,东西长 1000 多公里,南北最宽处 800 公里,面积约 38 万平方公里,海拔 500～1000 米。地质学家研究,盆地是一块古老的陆台,长期保持沉降状态,沉积的浅海相地层中有煤、石油及硅化木、恐龙、鱼贝类等古生物化石,堪称不可多得的"史前地质博物馆"。盆地内蕴藏着巨大的石油资源和天然气资源,勘探开发潜力巨大。

盆地属中温带气候,年日照时数 2850～3000 小时,年均温 3℃～7.5℃,东部

为寒潮通道,冬季为我国同纬度最冷之地,如富蕴1月均温-28.7℃,极端最低温度达到-49℃,是我国最寒冷的地方之一。冻害和大风自然灾害频发,给农牧业、交通造成较大危害。盆地西侧有几处缺口,如额尔齐斯河谷、额敏河谷及阿拉山口,使北冰洋、大西洋的气流能伸入进来,年降水量可达150~250毫米,冬季有稳定积雪,甚至还有暴雪。

盆地除额尔齐斯河为北冰洋水系,属外流区域,其他河流均为内陆河,以盆地低洼部位为归宿,如乌伦古河、博尔塔拉河、玛纳斯河、奎屯河、精河等,河水补给主要来自山区融雪。额尔齐斯河是新疆第二大河,流出国境水量100亿立方米。

准噶尔盆地中心区域,是古尔班通古特沙漠,为我国第二大沙漠,分布着以白梭梭、梭梭、嵩属、蛇麻黄和多种一年生植物为主的小乔木沙质荒漠植被,是中国面积最大的固定、半固定沙漠,是优良的冬季牧场。河流的尾部深入沙漠腹地形成了绿洲,适宜人类生活,建有农场和工业区,有的还成为颇具规模的城镇人口集中地。

鲍洪仁来自风光秀丽的江南,又学的是园艺专业,这种荒漠景色他是听所未听,闻所未闻,甚至做梦也没梦到过,难以理解。我是学地理专业的,课堂上老师讲过准噶尔盆地和库尔班通古特大沙漠,今天亲临实地观察,颇有几分亲切感。

17. 新中国第一个大油田——克拉玛依

　　大卡车在砂石路面上飞快地奔驰,突然看到戈壁荒滩上林立的油井架,磕头机在采油,远处隐隐约约看到一大片建筑群,这就是我国的著名油城——克拉玛依。《克拉玛依之歌》在我耳边回响起来,这首歌当时在大学校园里受到热捧,受这首歌的影响,我对克拉玛依并不感到陌生,而且产生几分爱恋之情。

　　"克拉玛依"是维吾尔语,"黑油"的意思,得名于一座天然沥青丘——青油山,位于准噶尔盆地西北部。在这里从 1955 年开始石油勘探开发,是新中国成立后,我国西部第一个千万吨级大油田。随着石油工

戈壁石油开采

业的发展,1958 年 5 月经国务院批准,设立克拉玛依市,一座新型的石油新城,耸立在戈壁荒滩上。

　　《克拉玛依之歌》于 1959 年在中央人民广播电台播放,歌中唱道:"当年我赶着马群寻找草地,这里像无边的火海,没有草也没有水,连鸟儿也不飞,没有歌声没有鲜花没有人迹,我不愿意走进你赶紧转过脸向别处走去……"

　　是的,真实的克拉玛依正如歌中唱的一样,没有水,没有鲜花和草,鸟儿也不飞,荒凉得再不能荒凉了,但翻身作了国家主人的中国石油工人,以大无畏的革命精神,排除艰难险阻,自力更生、艰苦奋斗,克服了一个又一个困难,在亘古荒原上建起了我国首个大型石油基地,克拉玛依石油源源不断地支援祖国社会主义建

设。《克拉玛依之歌》伴随着时代的步伐回荡在祖国大江南北。

2015 年 10 月,新疆维吾尔自治区成立 60 周年之际,退休在家颐养天年的我,抑制不住内心的无比留恋之情,起程赴五十年前工作过的克拉玛依市乌尔禾游览观光。

驾驶员同志给我说,快到克拉玛依了,远远望去是一片绿色的海洋,小车驶入市区,处处潺潺流水,草丛林间鸟儿啼鸣,到处百花争艳,使你仿佛置身于江南水乡。与昔日没草、没水,连鸟儿也不飞,没有歌声、没有鲜花、没有人迹相比,完完全全是今昔两重天,我不敢相信自己眼前这一切是真的,所见所闻让人难以置信。

克拉玛依地处亚欧大陆腹心,气候极其干旱,长期以来,严重缺水制约石油工业和城市的发展。20 世纪 90 年代,国家投巨资将额尔齐斯河水跨流域调入这里,这就是著名的"引额济克"工程。

该工程于 1997 年 4 月开工建设,2000 年 8 月 8 日竣工通水,引水干渠总长324 公里,年引水量 8.4 亿立方米,克拉玛依河是我国唯一在戈壁荒漠中建成的人工河,河水穿城而过,使昔日的戈壁荒漠发生了翻天覆地的变化。

克拉玛依河全长8.51 公里,沿途建九龙滩、两岸景观带、世纪公园三大景区。河道上有形状各异、姿态万千的桥梁十七座,使克拉玛依河的夜景美不胜收,成为我国荒漠戈壁上亮丽的风景线。现克拉玛依正在向国家大油气田方向迈进。

克拉玛依河

额尔齐斯河为俄罗斯第三大河鄂毕河源头,源自于我国阿尔泰山南坡,向西北流,在我国境内的哈巴河县以西,进入哈萨克斯坦国境内斋桑湖,再向北流称鄂毕河,最后注入北冰洋,是我国唯一一条流入北冰洋的河流,全长 4248 公里,在我国境内长 546 公里。

18. 终于到达目的地

汽车离开克拉玛依市向北行驶,公路两旁景色慢慢单调起来,突然在远处看到稀疏的乔木,有局部地段形成一大片的森林景观。这种树的名字叫胡杨,非常珍稀,可以和植物活化石银杏相媲美。它耐旱、耐寒、耐盐碱、抗风沙,有很强的生命力,具有一千年不死,死了一千年不倒,倒下一千年不烂的坚强性格。是干旱荒漠区极为珍贵的树种,喻示着这里的水分条件和前面大不一样。

夕阳西下,汽车开始走下坡路,眼前出现特大的酷似古城堡的景观,足有数公里长,这一奇特景观与夕阳浑然一体,显得雄伟壮观,一路没有兴致的鲍洪仁,手指着前面的这一奇特景观惊奇地问我:"那是什么东西?"我口里只是答道:"奇迹,奇迹。"兴奋得不知说什么好!这时在我脑海中忽然闪出来,大学时老师给我们班放映过《从兰州到阿拉木图》的纪录片,这个场景不就是那个片中的魔鬼城吗?此刻如梦幻般出现在我的眼前,我真的不敢相信这一切是真的,我是否在做梦呢?

眼前是一个呈三角形的小型盆地,绿树成荫,几乎是成片的胡杨林。中间有一条小河从北向南流过,后来知道了这条河叫白杨河,在河畔有一片挺拔茂密的杨树林区,不多时汽车驶进这密林中,这里有一幢幢整齐的平房。从荒漠世界突然来到如画的绿色世界,确有兴奋之感,似乎忘记了旅途的颠簸疲劳。

司机把车开到一幢平房前停下来,走出司机室说:"小伙子到了,下车吧。"鲍问道:"到了哪里?"司机接着说:"到了你们该到的地方。"我俩这才恍然大悟,我们最终目的地——乌尔禾农场,即农七师第三总场终于到达了。

我们俩住进了团部招待所,晚饭是干部科靳科长给每人端来一大碗面条,每人碗里还有一个荷包蛋,好像是从他家里拿来的,吃得好香啊。至今靳科长的模样记不太清了,可这一碗面条还仍回味悠长,让我们能记一辈子的。

吃过饭，天黑了，几乎颠簸了一整天，也甚感疲劳。鲍说："领导会让我俩好好休息两天，你去当你的教员，我去当我的小技术员，我们的人生就这样开始！"我很肯定地答复："那当然了，也是必然的！"

第二天，我俩起床开门，看到门口停放着一辆马车，有位小伙子过来给我俩说："你俩被安排到七连劳动锻炼，这辆马车是接你们的。"这让我俩有点措手不及，意想不到，但二话没有说把简单行李放在马车上。鲍说："我生平第一次乘坐马车，好新奇哟！"

七连，也叫良种队，距团部2公里，是全场距团部最近的一个连队，听说也是全场条件最好的一个连队。赶马车的是一位二十岁左右的小伙子，个子约有一米六左右，听口音是地道的甘肃人，名叫华里堂。马车在前往七连的道上奔跑，车后面扬起尘土，根本看不见人。

到七连职工宿舍门口下了车，我们的行李和身上都落了一层厚厚的白土，我看鲍的两只眼睛在动，脸部和其他部位都被厚厚一层扬土所覆盖，我心想自己肯定也是这个模样。正在宿舍里休息的职工走出来，对我俩的到来表示欢迎，帮助我们清扫身上的尘土，并赶忙端来热水让我们洗脸。

职工宿舍非常简陋，新疆人叫"干打垒"，建造时不用一铲水泥和一块砖，房门和窗户是简易木制的，房屋顶部用简易木条支撑房顶芦苇泥土，整个房屋几乎是用土块和泥巴垒起来的。这里气候极端干旱，不怕雨水冲刷，土墙和屋顶部泥土厚实，夏季干热晒不透，冬季严寒冷气透不过，所以这种"干打垒"的房屋，具有冬暖夏凉的特点。

床叫"抬巴子床"，是用两根长约2米的木棒，用柳条枝编制成宽约1米左右的木制床。因木棒较细，人上床后木制床承受压力过大而弯曲，所以人无法在床上翻身，我怕木棒断了摔到地上，上下床或翻身总是小心翼翼，不敢用劲。

第二天起床感到全身酸痛，鲍苦笑着给我说："真要命啊，你睡的床怎么样？"我给他说："我的床柔软得像是天然的席梦思，你要坚持，慢慢会习惯的。"不一会，连部文教干事给我俩传达连领导的指示："你俩到食堂去吃饭，今天休息一天，明天上班下地干活。"

早饭我们俩到食堂，每人要了一碗玉米粥，我吃了两个白面馒头，鲍说吃馒头不习惯，只吃了一个。文教干事是上海支边女青年，她出于对鲍的关心，说："我们刚从上海来这里，没有米饭吃，吃馒头也不习惯，但没有多久就习惯了。"

让我俩休息一天干什么？没有可去的地方，就先熟悉一下环境，察看了连部周围的情况。西面是连片菜地，再远点是团部的林带，确有现代化农场的气魄；南面是庄稼地，种植春小麦和玉米，春小麦已经收割，玉米快要掰玉米棒了；北面和东面是一大片原始胡杨林区（当地叫梧桐林），再往后面是被称为"魔鬼城"的雅丹地貌区。

我俩准备进入胡杨林区转转，走进去约二三百米，听到有狗的叫声，走过去看到一处独居人家。不一会儿男主人向我俩走来，他满脸笑容同我俩一一握手，并很有礼貌地自我介绍："我名叫陈锐。"他又指着那几间干打垒的房说："那是我的家，欢迎两位到我家做客。"

我俩走进他家，房子比较低矮，光线也比较差，但屋内收拾得干干净净。他的爱人过来给我们打了招呼，还有两个女孩一个男孩在看书写字。男主人说："我是一个放羊人，放牧四百余只羊，1960 年大饥荒时，从甘肃老家跑到这里度荒，贫下中农，小学文化。"打开话匣子，他就滔滔不绝地讲："到这里生活美得很，肚子吃得饱，羊只要不去菜地和庄稼地就没事，很自由，给我当个县长我也不想干……"他对现在的生活感到很满足。

当我向他问到乌尔禾农场情况时，他从总场领导到每个连队发生的事，知道得一清二楚，从他这里我们对乌尔禾农场有了初步的了解。

乌尔禾农场始建于 1958 年 4 月，这里不仅可以种庄稼，还有天然沥青矿、煤矿、牧场。天然沥青目前在世界上仅有两处，这里是我国唯一的一处，我国自行车颜色统一为黑色的年代，这里的天然沥青是北京、天津等城市制漆厂首选的原料。艾力克湖可以捕鱼，晒盐。向北 163 公里有阿吾斯奇牧场，为该团的一个分场，那里的羊肉味道特别鲜美。该牧场与哈萨克斯坦接壤，边境线长 58 公里，还有保卫祖国边疆的重任。

此刻，我感慨万千，心里突然冒出一种莫名其妙的自豪感、荣誉感，我是完全彻底地响应了党和祖国的召唤，从首都北京来到这里，到了基层的基层，边疆的边疆，再往前就是已经"修正变色了的苏联"，我名副其实地成为一名保卫祖国边疆的卫士。

今天同牧工陈锐聊天，收获不小，准备要走时，他怎么也不让我俩走，说："你俩是我的贵客，大学生请都请不来，真是稀客，我们多有缘分啊！我老婆做臊子面远近是出了名的，今天让你们品尝一下她的手艺吧。"我们看他诚心实意，交这么个朋友也无妨,就留下来吃他爱人做的臊子面。

约一个多小时,香喷喷的甘肃风味臊子面端了出来,鲍兴奋地说:"我这个南方人吃面不太习惯,但这个面太好吃了,以后还会来吃的。"陈的爱人客气地说:"想吃了欢迎以后来。"吃完饭,我俩感谢他们两口子的盛情款待,离开他们家回到宿舍。

19. 中国最美的雅丹地貌区

2005年10月,《中国国家地理》杂志"选美中国"评选活动中,经全国34家媒体及专家评选,位于新疆境内乌尔禾的雅丹地貌区被评为第一名,这个雅丹地貌区位于乌尔禾农场七连北面500米处。

据地质学家研究,大约距今一亿多年前的中生代,这里是一片巨大的淡水湖泊,湖畔植物茂盛,水陆中栖息有乌尔禾剑龙、蛇颈龙、准噶尔翼龙等远古动物,这里是一片

乌尔禾魔鬼城

水族动物欢乐的天堂,后经两次地壳运动,强大的内外营力作用下,形成了今日的壮观景象。

"雅丹地貌"一词来自维吾尔语,意为"陡壁的小丘",以新疆塔里木盆地罗布泊附近雅丹地区最为典型而得名。在青海柴达木盆地西北部南八仙、一里坪也有广泛分布,为世界所罕见。这种地貌是在干旱、大风环境下形成的一种风蚀地貌类型。

乌尔禾雅丹地貌区,方圆有30多平方公里,由于长期受风力雕琢,远望过去高高低低的小山丘翩翩起舞,似鲸鱼、游龙在沙海中翻腾,驾云滚动。近看千奇百怪的造型地貌,犹如古城堡、金字塔、桌状、蘑菇状、圆柱状、麦垛、巨人、兽类……

让人身临其境,犹如进入迷宫,景色壮观。这样宏大的天然艺术佳作,是大自然经过漫长地质时期雕琢而成的,远远望去,恰似一座古城堡。

这里的地貌形态千奇百怪,又处在大风口上,风吹过时经常发出尖厉的声音,如狼嗥虎啸,鬼哭嚎叫。而在无风的月光惨淡的夜晚,一片寂静,让人更为恐慌,所以有魔鬼城之称。起伏的山坡地上,布满着血红、湛蓝、洁白、橙黄的各色石子,宛如魔女遗珠,更是增添了魔鬼城神秘的色彩。

我在魔鬼城脚下整整生活了七八年,在"文化大革命"的动乱年代,夜间经常从魔鬼城里发射照明弹,听说这里有苏修、美蒋特务在活动,有人报警还亲眼看见有可疑人,特有恐怖的感觉。全副武装的值班部队急忙赶去搜索,结果什么也找不到。这里由劳改犯人开采天然沥青矿,以致有些人怀疑,也许是这些不肯悔改的劳改犯人在兴风作浪吧。

我出于专业兴趣,更有年轻人的好奇心,曾几次试图进去实地考察一番,但一个人去确有恐惧感,曾动员年轻人陪我进去看看,他们谁也不敢进,怕遭特务杀害不安全,又怕迷失方向出不来,更怕阶级斗争年代戴上嫌疑分子帽子。

1998年8月份,我去新疆看望女儿张丽一家,又去喀纳斯湖旅游,中途下车特地到阔别二十多年的乌尔禾,我的挚友高怀志陪我进入魔鬼城。1965年10月被分配到七连魔鬼城下劳动,三十多年后才补上了这堂课,感到挺遗憾的。今天,魔鬼城的神秘面纱被揭开,成为国家5A级旅游景区,来自全国乃至国外的游客络绎不绝。

20. 边城社教

社教运动

到七连劳动锻炼快一个月了，进入秋季，早晚间寒气袭来，这里比我的家乡和北京要冷得多，正在发愁这个冬天怎么过时，团里给我发了一套黄色棉衣，穿在身上很暖和，接着通知让我去塔城参加"社教运动"。

对于"社教运动"，我并不陌生，全国的"社教运动"从 1963 年开始，我当时是在上大学，学校给我们传达中央社教运动的文件，结合国内外形势，组织同学们进行学习讨论，是我国反修、防修，进行社会主义教育的重要课堂，北师大的部分文科学生还下乡参加社教运动。

社教运动最初是在农村，清工分、清账目、清仓库、清财物，也叫"四清运动"。后期在城乡中"清思想、清政治、清组织、清经济"，也称作"四清运动"。是对全国人民进行的一次深刻的阶级

整装待发

教育和社会主义思想教育,逐步实现知识分子劳动化,劳动人民知识化;要在全国掀起学解放军、学大庆、学大寨的热潮。当时全国开展的四清运动如火如荼,规模空前,真是深入人心。

1962年初夏,新疆伊犁和塔城地区,由于内外分裂势力勾结,煽动约有六七万中国公民,集体非法越境逃往苏联,称为伊(犁)塔(城)事件。造成新疆伊犁、塔城这两个地区人口锐减,直接影响这两个地区的经济发展和社会稳定,从而使中苏关系更趋恶化。

伊塔事件后,新疆生产建设兵团农七师,在塔城设立第三管理处,在塔城地区的中苏边境线上,建立起了一批国营农牧团场,承担起了生产劳动和保卫边疆的双重任务,成为坚强的国防屏障。

这次社教地是农七师第三管理处所在的塔城,其目的首先是对广大兵团指战员,进行一次深入细致的政治思想教育,牢固树立热爱祖国、扎根边疆、保卫边疆的思想。第二,吸取伊塔外逃事件的教训,清理职工队伍,对职工思想状况进行摸底排查,对那些思想不坚定,还有少数混进职工队伍的"五类分子"(地、富、反、坏、右),迁送回原地,以纯洁边境团场职工队伍。第三,清查职工队伍中的盗窃、贪污等经济问题。

塔城第三管理处设社教总团,由农七师副政委刘长进任总团团长,每个团场设社教分团,我们137团入驻叶尔盖堤农场,团政治部主任刘增亮任社教分团副团长。连队设社教工作组,我们工作组进驻园艺队,距场部2公里,队部北面是边防公路,放牧人员可以在中苏实际控制的边防线以内放牧,其他人员不能随意进入边防公路以北区域。

工作组同职工实行"三同",即同吃、同住、同劳动,大部分同志白天同职工一起下地干活,了解情况,听取群众反映,少数同志留在办公室办理来往信函、接待等工作。

献血救人

临近春节,社教总团下达红头文件,让广大军垦战士过一个祥和、快乐的春节,各团场组织文艺宣传队,整个农七师第三管理处洋溢着浓浓的节日气氛。

正当人们欢庆节日时,紧急电话传来,有位军垦大嫂在医院大出血命在垂危,要马上输血抢救。社教分团组织二十多名年轻人到塔城医院献血。病人是 O 型血,经化验这二十多名年轻人中 O 型血的只有三人,其中一位是女同志,患有心脏病,不能献血,另一个虽然是 O 型血,但与病人血型不完全符合,把握性不大,只有我的血型最适合。

献血法规定,一次献血 200~400 毫升,一般情况下是不允许超量献血的。当时病人情况很危急,时刻都有生命危险,医生为了救命,征得我的同意,一次性献血 800 毫升。献血后我突然感到头晕、恶心、心慌、四肢无力、口干等,回到宿舍躺在床上,四肢有冰凉的感觉。食堂炊事员拿来牛奶煮鸡蛋让我吃,我没有一点食欲让他拿走了,后来按照我的要求,吃了一碗面条,也迟迟消化不了。大约过了一周后健康状况才逐步恢复正常。

工作组的同志责怪医院,为什么一次抽这么多的血,我解释不抽这么多血那个病人要死的,救人要紧。有的同志说我太傻,怎么同意一次抽这么多的血,不要命了!我想:我还年轻,身体强壮,多吃、吃好点,失去的血可以补回来,人死了救不回来,"救人一命,胜造七级浮屠,功德无量啊"。

两件特殊任务

古组长给我安排了两件特殊任务。第一件任务,要不定期地给一个姓夏的地主分子训话,要他定期给我汇报他的思想状况,让他平日老老实实不许乱说乱动。

有一天,我把这个姓夏的地主分子叫到办公室,看他神态很紧张,站在办公室一角低着头动也不动,头发有点花白,看来六十岁上下。我很严肃且审讯式问他:"你从哪里来的?"他说:"河南确山县。"我又问:"你是怎么窜到这里的?你到祖国边疆是否有什么目的?"他说:"我老了,老家没有人了,儿子学校毕业分到这里当兽医,生活没办法就跟儿子来了。"

为了表示我立场坚定,也表示对地主分子的仇恨,我给他训话时说:"你必须老老实实,不许乱说乱动,否则要砸烂你的狗头。"这时我看到他两行泪水唰唰落下。他走后,在场工作组的一位老同志说:"小张,不愧是北京来的高才生,把地主老财给斗哭了。"我当时感到很得意,这也算是一点小小的战果吧。

随着我年岁的不断增长,我一直在考虑,这位地主分子老人当时为何泪水涟涟落下。我经常责怪自己年轻不懂事,是否说话太尖刻,伤了他的自尊心呢?我也在想,我的这种想法,是否是我的阶级立场不坚定呢?

第二件任务,群众对连里司务长的经济问题反映很强烈,三年来无任何票据,定性难度很大,让我算他的生活账,以此为突破口要搞清他的经济问题。这可把我难坏了,其实这恰恰是我这次参加社教运动的最大收获。

古组长说:"算生活账并不难,关键是思路要清楚。首先要发动群众,依靠群众,让群众充分讲话;第二要作大量深入细致的调查研究工作,对群众反映的情况进行分析,弃伪存真,才能得出正确的结论。"

司务长中等个头,四十岁刚出头,听他口音是四川人。同他第一次接触时,我开门见山说明了四清工作组的想法,他很坦率地给我说:"我任司务长以来没有正规账目,多吃多占、白吃白拿是有的。"他承认过去有错误认识,认为常在河边站,哪有不湿鞋,防松了思想改造,走上了犯罪道路。他一再表态:愿意配合工作组搞清他的经济问题,白吃白拿的如数赔偿,争取组织宽大处理。他的态度还是比较积极诚恳。

我召集知情人员召开小型会议,有的进行个别谈话。知情者认为,司务长每月工资不到 50 元,他老婆没有工作,有三个小孩,孩子们穿的衣服、鞋都是买的,他老婆穿衣服很讲究。平常人家里一年吃不了几次肉,可他们家隔三岔五在吃肉,生活水平比一般群众要高得多。自行车、缝纫机、手表等大型物件,对于更多的人来说视为高档奢侈品不敢问津,而他们家样样齐全……

根据调查到的第一手资料,经过认真分析研究,反复核实,司务长三年来的生活开支至少也在 3500 元以上,而他三年的工资收入仅 1800 元,除了工资没有别的收入来源,没有向任何人借过钱,也没有任何亲朋好友给他资助,他们家至少有 1700 元的缺口,这 1700 元认定为贪污是无可非议。

大多数职工反映,司务长工作勤勤恳恳,待人和气,不抽烟,也不酗酒,就是他那个老婆不会过日子,倒霉在他老婆手里,三年来贪污 1700 元只少不多。一些老职工给我说:"我们是新组建的单位,刚到这里什么也没有,司务长工作很辛苦,只要承认错误、主动退赃,不要处分了。"在大量的事实面前,他也心服口服,就按这个数字定了性、退了赃,这样的结果职工们认为合情合理。

言传身教

我们工作组由九人组成,组长古志光是部队转业军官,任连指导员,很有基层工作经验。其他的魏连长、李副指导员、李会计都是五十岁开外的老同志。还有武装值班连的米排长,上海支边青年小陆,兵团农学院大二年级学生小金和小郭。

我是一个刚走出校门的书生,这样的工作平生第一次碰到,正是"老虎吃天爷,无处下手",好在实践工作经验丰富的古组长,还有其他老同志经常指点我,认真指导如何开展工作,哪怕是一句话,一个小的细节,他们不厌其烦地给我讲,使我在工作中得到锻炼,取得了长足的进步。几十年过去了,回忆这段经历,对他们感激有加。

有一次,我到一个 10 多公里外的连队调查索取旁证材料,正值隆冬季节,滴水成冰,骑自行车在雪地里行走很艰难。走了约一个小时,疲惫不堪,看到路边一块小水泥墩,下车坐在水泥墩上歇息。

眺望北面,茫茫雪原,那里是苏联的疆土,很有一番感慨,苏联曾是我们的老大哥,现在搞修正主义成为我们的对立面,世界上的事难以揣摸透啊!望南面山冈起伏,顶部建有一座五角形白塔,在这茫茫雪域世界,见到这样的景致,感到新奇,想到如果有相机一定拍下来,特有纪念意义了。

根据所学专业的本能,我从大衣口袋掏出笔和纸,把这一景致素描下来,当大轮廓画完,笔不出水,只好把笔和没画完的素描图放回口袋,推车向前行走不到 20 米,忽然身后有人大声喊叫:"站住!站住!"我转身看到,有人骑着大马向我疾驰奔来,让我恐慌万状,在这荒野之地碰上盗匪可麻烦了,不一会这人在我面前下了马,看到他头上的五角星帽徽,我想是边防巡逻战士,这才松了口气。

他问我:"你是干什么的?"我回答:"是社教团员,到前面连队有工作任务。"他检查了我的边境通行证件,向我很有礼貌地敬礼后,转身上马疾驰而去。

我再一次看那座五角型白塔时,塔上有人在走动,这才使我恍然大悟,这是我国在中苏边界线上的哨所,我国的边防战士为了祖国安宁,在这样极其艰苦的环境站岗放哨,履行着保卫伟大祖国的神圣使命,我发自内心地感激、敬佩,向这位战士深深掬躬致谢。

回到单位后，我得意扬扬地向古组长讲了这件事，古组长很严肃地给我说："你的这个行为是违法的。"让我把素描图拿出来，古组长说："如果边防巡逻战士看到这个图，把你视为特嫌，事情就麻烦了。"我这才知道事情的严重性。古组长给在座的人说："小张的行为是无意的，这张素描图当着大家面烧毁，这事以后谁也不要提。"工作组的伙伴们给我开玩笑地说："我们的张大学生初生牛犊不怕虎啊！"我感到很不好意思，显得太幼稚、太单纯、太无知了。

没有过几天，社教总团在塔城召开政策兑现大会，会议结束后，兵团农学院两位同学步行回单位，天色渐渐黑下来了，他俩把方向走反了，沿着一条道走到边防哨所，他们没有带任何证件，被边防战士扣在哨所，上报到新疆军区。

当天晚上，这两位同学所在的工作组、社教分团到处找人，无奈汇报到社教总团。此事，新疆军区通知新疆生产兵团，兵团党委同农七师党委及塔城社教总团联系，几天后通知社教分团去哨所领人，这两个同学多次做了深刻检查。不久，听说他们被退回学校，在"文革"期间如果视为特嫌，一时是说不清楚的，还会影响到他们的政治前途。我犯的错误同他们一样，多亏古组长作了及时处理，这对我的教育太深刻了。

还有一件事，令我终生难忘。一位在政策兑现大会上准备解放人员的爱人，代表被解放人员的家属讲话，让我给她写个发言稿，发言稿一直写到晚十点，这时屋外伸手不见五指，她说她的家距团部不远，一个人回去很害怕，要我送她回家，我不假思索，也没有征求组长意见答应送她回家。

我们俩离开办公室20多米，工作组小陆跑出来，说是他也要到团部去办事。我们到了离她家不远处，目送她回了家，小陆说："我不去团部，是古组长让来的。"回到办公室古组长讲："我们是清理他们的问题，如果怀有恶意，在黑夜里没有人看得见，被人说你的坏话报复你，败坏工作组名誉我不害怕，可你受不了，小伙子今后干什么事多留点神，否则要吃大亏！"我听后毛骨悚然，非常感谢古组长的关心爱护。

我们工作组的米振华，是值班连的一位排长，复员转业军人，在他身上我看到了山东人豪爽的性格。他比我年长几岁，经过了部队艰苦磨炼的他，经常以老大哥的身份，关心我这个刚从校门走上社会的小兄弟。看到我身上穿的衣服很单薄，抵挡不住西伯利亚严寒的侵袭，他把自己一双毡筒和一顶狗皮帽子送给我，说："有了这两样东西再冷也不怕了。"我很感激地叫了一声米老哥，说："你给了我,你咋办?"他笑嘻嘻地说:"我这里有部队发的棉鞋、帽子,再说我是军人出身,能抗得住,这是你嫂子给你小弟准备的,不要客气拿去用吧!"我心中暗暗念道:"米兄嫂,小弟永远谢谢你们了!"

1966年春节之际,西伯利亚的寒流直袭塔城,天气异常寒冷,工作组住处没有任何取暖设施,大家冷得在屋内跺脚取暖,脸上冻得阵阵作痛。这时邮递员送来《人民日报》,发表有长篇通讯《县委书记的榜样——焦裕禄》。大学生小金在读报,大家心情很沉痛,不少人在擦眼泪,大学生小郭哭得泣不成声。旧军人出身的李灿会计流着泪说:"这样的干部只有共产党才能培养出来,他的事迹太感动人。"李副组长深情地说:"焦裕禄同志为了兰考人民,献出了年轻的生命,我们现在挨冻这点困难算得了什么。"

当时提倡在社教火线入党,焦裕禄同志的先进事迹,对我触动很大,我向党组织递交了入党申请书,基层党组织根据我的表现,同意我加入中国共产党,上报社教分团。经组织部门发函了解,我原籍社教运动中,父亲被清洗出干部队伍,家庭成分补划为富农。这对我犹如晴天霹雳,让我背上了沉重的思想负担,古组长耐心开导我,让我要经得起党组织的考验,要求入党的愿望会实现的,希望我不要泄气。

春风吹拂,近二十天阴雨连绵,检查职工住房没有一家不漏雨的,工作组人员衣服、被子、鞋袜都湿透了。房屋漏得没办法,屋顶钉了几块塑料布,工作组九个人挤在塑料布下度日,雨水从塑料布上面流到屋地面,早上起来第一件事,用洗脸盆把屋内雨水一盆盆地送到屋外。

因为较长时间都在下雨,柴火都湿透了,吃饭成了问题。正值地面、周围山地冰雪融化,河水猛涨,通往师部奎屯的公路被冲毁,交通中断,粮食、燃料送不进来,三顿饭喝面糊汤充饥。在这种严峻困难下,没有一个人叫苦,说怪话,同舟共济度过困难,对我又是一个严峻考验。

春耕即将开始,接上级通知,社教工作即将结束,社教团员将回原单位参加春播工作,每个工作组做好社教工作总结。古组长让我写工作总结,团场广播站以"新人、新事、新气象"为题,多次广播我写的工作总结,我被评选为优秀社教团员,这是大家对我这个年轻人的鼓励吧!

"文化大革命"的前兆

1966 年 5 月初社教结束,每个分团有留守组处理遗留问题。我们分团的留守组组长是刘副团长,通知我也是留守组成员,让我搬到团部同刘副团长住一间宿舍。工作组同志在议论,刘副团长人称 137 团的铁笔杆,他爱才如命,对小张很感兴趣,以后肯定留他在身边工作,还给我开玩笑说:"哥们,以后在首长面前多给我们说点好话哟!"

刘副团长名叫刘增亮,是 137 团政治部主任,湖南支边青年,个头不高,三十岁刚出头,头顶就秃了,前面一颗大门牙掉了也没有补,显得有点苍老,背后有人叫他"刘光头"、"刘老头",有人当面也这样叫他,他就哈哈大笑。

他说很羡慕大学生,他只高中文化程度,出生在农村,家庭经济条件差,没念大学是今生最大的遗憾。以后完全凭借个人努力,高中毕业支边到新疆生产建设兵团,自学成才,很年轻就当上了团职干部,我很敬佩他的实干敬业精神。

刘副团长生活很简朴,没有架子,性格很随和。我是个刚走出校门的学生娃,受到他的宠爱,感到很荣幸,我们之间天南地北说话很随便,还在一块吃饭。他不挑食,但碰到辣子炒大肉,他一饱口福,因为湖南人太喜欢吃辣子。

一转眼,二十多天过去了,6 月 1 日《人民日报》发表了《横扫一切牛鬼蛇神》的文章,6 月 2 日《人民日报》全文转发北京大学聂元梓等七人的大字报。聂元梓等人,于 5 月 25 日下午 2 时在北大校园内,贴出了《宋硕、陆平、彭珮云在文化革命中究竟干些什么?》的大字报,还宣称这是一张马列主义的大字报。

刘副团长全神贯注认真阅读这两篇报道,大概两天时间几乎一言未发,吃饭——看报——睡觉,他让我也好好研究这两篇文章。每天吃完早餐,他就到收发室看新报纸来了没有。我怕打扰他看报和思索,就到团部附近去转悠,有时到社教过的园林队老乡家串门聊天。其实,我一刻也没有停止思考这两篇文章后面的背景,虽然没有像刘副团长那样深入思考,但预感到一场政治风暴即将席卷中华大地,是我们每个人谁也无法躲避得了的。

有一天,我俩吃完早饭,刘副团长向我单刀直入问道:"小张,从这两篇文章中你看出了什么道道?"我当时没有任何顾忌,不加思索地回答:"我感觉这两篇文章杀气腾腾,火药味很浓。在中央上层出了问题,是否要开刀解决问题? 社教是对下面来的,解决不了上层问题。"

刘副团长面带微笑地说:"还是北京来的大学生有政治头脑。"我反问他的看法,他说:"大体同你的看法有部分相似,不过还要看事态的进一步发展,一下子我也还是看不透。"我又说:"刘副团长毕竟是政界人物,对政治很敏感,看问题比我们要深刻得多、老练得多啊! 姜还是老的辣。"他很得意地笑了笑。

后来我同刘副团长讲话不太多,他反复不停地看报纸,我仔细观察他的面部表情,有时紧皱眉头,有时在摇头,有时站在一个地方一动不动,显然他完全进入深沉的思考之中。只要我们两个谈话,涉及目前国内形势的评价,我讲的多,想到哪里说到哪里,他听我讲,讲完了他只是笑笑不表态。我和他相处的这段时间,我也在深思着很多问题,政治上似乎成熟了许多。

6月中接到上级通知,留守组工作结束,七个多月的社教工作虽然时间短暂,但对我一生的影响非同寻常,它是我走上社会的第一个战场,所发生和经历的事情都是刻骨铭心的,所发生的每一件事至今历历在目,我也清醒地意识到,第二个战场在等待着我,必须做好充分的思想准备,去迎接更加严峻的挑战。

21. 教师集训队

1966 年 6 月中,我从塔城社教回到连队劳动,北京同学来信说,北京出现了红卫兵,要开始"无产阶级文化大革命",这是我所始料之中的事,但具体是怎么回事,我们却一概不知。

祖国西北边陲小镇乌尔禾,此时很平静,但我急切等待着"文化大革命"那一时日的来临,因为早晚会来的,晚来不如早来,我似乎有准备好了的感觉。

7 月中,接到上级通知,农七师党委利用中小学暑假期间,在师部奎屯举办三个总场中小学"教师集训队"。137 团带队的是团政治部主任刘增亮,我意识到这和"文化大革命"有关联,但师党委为什么要搞教师集训? 要达到什么目的? 我心中还是摸不透。

这次参加教师集训队的人员。除在职中小学老师外,还有我和另外两名在连队劳动锻炼的大学生。一个叫张××,1964 年天津师院物理系毕业,距场部 4 公里的一连劳动锻炼,听说家庭出身资本家,还因平时生活散漫,劳动锻炼一年还没有安排工作;另一个是骆××,1965 年陕西师大中文系毕业,家庭成分下中农,在距场部 20 公里的四连劳动锻炼,他为人朴实,群众反映不错。另外,从值班连抽调两名初中文化程度的男性复员转业军人。

我们自带行李,吃住在农七师水工团子弟学校,参加的中小学教师及领导五百余人。集训队领导会议通知我也去参加,刘主任给我一个笔记本,让我认真、仔细地搞好记录工作,我这才明白自己这次的身份是集训队的工作人员,且承担集训队秘书角色。

教师集训队安排,第一步是学习文件,学习《人民日报》发表的《横扫一切牛鬼蛇神》的社论、聂元梓等人的大字报,学习中央、自治区、生产建设兵团、师的有关文件,各级领导的讲话,在深刻领会文件、领导讲话基础上,每个老师必须认真写出书面发言稿。

第二步集体讨论，要求每个人要认真写好发言稿，会上大家必须踊跃发言，有什么谈什么，不限时间和方式，保证不抓辫子、不打棍子、不扣帽子，不要有任何顾虑。

有些人感觉在这么多人面前发言有点胆怯，还有点拘束；有些人平常不太关心政治，现在要高谈阔论讲政治，的确没什么可讲；有些年岁稍大点，经过 1957 年反右斗争的深刻教训，不敢再乱讲话了。所以，开头就没有人发言，经常冷场，领导不得不点名发言，大都只好把已经写好的发言稿念一遍，几乎是千篇一律，应付差事。

张××是个平日爱说话的人，更多场合为显示自己有学问，比别人懂的多，而且有胆量，在这个会上他没有准备发言稿，口若悬河地想到哪里就说到哪里。从中国说到外国，从希特勒说到毛泽东，从男人说到女人，特别对一些大人物的评价，好多老师听都没有听说过，所以大家喜欢听他天南地北地吹，这样也好打发时间。

有一次张××口里竟然冒出"毛主席嘴上没有胡子，像个女人"的话，我替他捏了一把汗，我想这小子狗胆包天啊！有一次他讲男人和女人的心理特点，讲到女人心胸狭窄，远不如男人，反复讲："最毒莫过女人心。"

有一次，他讲私生子，说私生子很聪明，不少著名人物是私生子出身，如希特勒等。大家对张××讲的话，前后联系起来，上纲上线分析，认为他攻击党和国家领导人，特别是污蔑伟大领袖毛主席的罪行成立，这次挨整他肯定是跑不了啦。

张敏强和沈国良是团子弟学校的青年老师，都有较强的工作能力，但互相不服。张认为沈出身不如他好，经常用出身压他，沈泰州师专毕业，脑子转得快，工作有魄力，看不起张。这样张想通过这次机会把沈整下去，故意挑起事端，煽动老师给沈贴大字报，于是沈一度成为教师集训队的焦点，也成为乌尔禾"文化大革命"两派形成的源头。

有一天，人们像往常一样拿着碗筷到食堂吃午饭，突然听到锣鼓声响，回头一看，有两个人戴着纸板做的高帽子，胸前挂着大纸板牌子，敲着锣鼓向饭厅走来，几十个人簇拥在前后看热闹，等走近我才看清楚，其中挂纸板牌的一个人是张××，另一个人是第二总场子弟中学的一位姓于的青年教师。

这位姓于的青年教师，于 1964 年毕业于北京师大历史系，在校任团总支书记。有人揭发他把学校党支部书记不放在眼里,反对党支部书记就是反党行为。并且说他幼年时跟着母亲到天主教堂受了洗礼,思想西方化。他俩胸前挂着的纸牌上写着"反党、反人民、反社会主义的三反分子"。

他们俩站在饭厅的打饭处,敲两下锣,高声喊:"我是反党、反人民、反社会主义的三反分子,我有罪,罪该万死!"一直敲着锣,高喊着,等大家吃饭走得差不多了,才让他们吃饭。这天下午"横扫一切牛鬼蛇神","打倒三反分子张××、于×"巨幅标语铺天盖地而来,气氛异常紧张。

第二天批判张、于的大字报贴满了驻地墙壁。下午教师集训队领导召开会议,三个总场的骨干分子也参加,会上让被揪出来的"三反分子"张、于交代他们的"三反"罪行。会场的布置和法庭很相仿,唯一不同的是没有法警。我是会议记录员,坐在距主持人很近的位置。

会议主持人宣布让"三反分子"进入会场。二总场的于×走进会议室,走到我的面前说:"你也是北师大毕业的?"我没有抬头正面看他一眼,只是很勉强、声音几乎听不出来地"嗯"了一声,他又说:"我们是校友啊!"这个时候我多么希望离他远点,怕沾上点边殃及我的头上。其实我心里也是极为空虚。主持人讲话措辞如此咄咄逼人,使会场气氛显得异常严肃。

主持人先让于×交代"三反罪行",于他讲述自己的成长经历,特别是从农村到北京上大学,对党感激不尽的情感。主持人打断他的讲话,说:"不要讲这些,讲你的'三反'罪行。"顿时他号啕大哭起来,约两三分钟时间泣不成声,边哭边讲:"我的今天是党给我的,大学时写了入党申请书,大学毕业之际向党组织又交了入党申请书,为表示对党的忠心,放弃了理想的工作单位,响应党'到边疆去、到祖国最需要的地方去'的号召,报名来到新疆生产建设兵团。"

此刻,他所讲的同我思想发生共鸣,我情不自禁热泪盈眶,如果我有掉泪、擦泪的动作,台下的人会看得清清楚楚,认为我不打自招同情这位"三反分子"。特别想到半年前家乡社教时,父亲确定为阶级异己分子被清洗出干部队伍,家庭成分补划为富农,我的立场在哪里?心里是多么忐忑不安、多么的恐慌啊!我极力克制眼泪,心想眼泪可千万不能掉下来,否则我将成为集训队第三个"三反分子"。

于×镇静了一下思想情绪,以正常的心态说:"你们一定要把'三反分子'这顶黑帽子,扣在我这个二十多岁的热血青年头上,我无法面对世人、面对父老乡亲、面对我的母校——北京师大,我只剩下一条路去死!"会议室顿时出现骚动,主持人感到气氛不对,宣布休息十分钟。我尽快走出会议室,眼泪危机总算解决了,有泪不能流,也不能擦,在常人来看,是件不可思议的事。

主持人让张××交代"三反罪行"时,他就号啕大哭起来,反反复复地说:"我错了,我有罪,我以后不再胡说了。"不管主持人如何提示引导,张边哭边反复上面讲的话,就这样持续了约一个小时,主持人感到会开不下去,和教师集训队领导小组临时碰头后,宣布"今天的会开到这里",就散会了。

此刻,我在深思,这两个"三反分子"都是 1964 年的大学毕业生,算是我的师兄、同龄人,是解放后红旗下成长起来的大学生,刚毕业工作一年,张一直还在连队劳动,还没有安排工作,就成了三反分子。于×的情况和我有更大的相似性,他积极要求进步,工作热情高,可能有骄傲自大、目中无人的毛病,对领导缺乏尊重。如果是上面这样的情况,我工作一年后再来个运动,准会成为"三反分子",真叫人不寒而栗。

这两个"三反分子"被揪出来了,集训队的工作松弛了不少,就很少开会。平日的任务是带着笔和笔记本去看大字报,该记的要记下来,准备写发言稿,心似乎放下来了,压力少了许多,但每个人都有写大字报的任务,如果不管不问就是态度不端正,写的不对出问题你照样担心,写大字报的篇数和字数多少,是衡量你政治态度的重要标志。

几天后,突然听说北京、乌鲁木齐的红卫兵来了,住在师部招待所,有些老师还和他们见了面。又过了几天,我们驻地出现一条大幅标语:"赖新大搞资产阶级反动路线! 打倒赖新!"赖新是师水工团的党委书记,这条标语是水工团的群众贴出来的,这个信息告诉了我们,"无产阶级文化大革命"已经到了师部。

种种迹象显示,我们对外部世界知之甚少,前景未卜。几天后,领队刘主任召集开会,说是老师们马上回校上课,至于教师集训队为什么不搞了,张××等人如何处理都只字未提。张××等人可能被斗怕了,也没有提出讨个说法。只有开头而没有结尾的教师集训队,就这样草草收兵,让人疑点多多! 留下更多的事让人去思考。我想,这同 1957 年反右派是何等的相似啊!

22. 回校闹革命

教师集训结束后,老师们回到各自的工作岗位,老师们说:"我们这些穷教师,这次总算开拓了一下眼界,看到了学校以外的精彩世界。"沈国良老师给我开玩笑地说:"这次教师集训犹如作了一场恶梦,但我的胆子比以前大了,看来以后还有更多的事要发生,我们必须要面对现实。"

我回到七连下地干活,与政治相关的事和职工很少谈及,在和同学们的书信往来中,对北京"文化大革命"形势有所了解。1966年"五一六通知"后,"无产阶级文化大革命"异常迅猛地发动起来,出现了红卫兵组织,毛主席《炮打司令部——我的一张大字报》,矛头直指刘少奇、邓小平。

8月18毛主席第一次接见红卫兵,先后共八次接见了1300多万红卫兵。9月5日,中共中央和国务院发出,《关于组织外地革命师生来北京参观革命运动的通知》,各地学生代表、教职工免费来北京,参观北京的"文化大革命",把红卫兵和学校师生的大串连推向高潮。1966年10月中央工作会议,指责刘邓推行的"资产阶级反动路线",出现"打倒刘少奇"的标语和攻击邓小平的大字报。

同学们来信说,中央同意六五届毕业的同学可以回校闹革命,我们班不少同学回校参加"文化大革命",也让我出来开阔一下眼界。得到这个消息已是12月中旬,正值北疆大地茫茫冰雪,气候极端寒冷,但不掏钱回日夜思念的母校去看望老师和同学,还可顺便回家乡看望父老乡亲,是再美不过的事情。于是我同陕西师大六五届毕业生骆长禄商定,先回老家看看,再到北京参观北京"文化大革命",然后从北京一同返回新疆。

骆长禄回到西安家中,他的爱人刘女士不同意我俩的计划,理由是北京很乱不安全。其实刘女士思夫心切,想早点带上小宝宝回新疆过安稳小日子。他们在老家刚过完春节,就回新疆乌尔禾了,团里给他们在子弟学校安排了住房。

我回到母校感到异常亲切,留校同学蒲恩竹让我到他家吃饺子,刘素梅请我到全聚德吃北京烤鸭。她们看到我身着一身兵团黄军装,身体比在学校时壮实多了。我给他们讲述在中苏边境塔城,参加社教运动和教师集训队的经历,他们很羡慕我能有这样好的锻炼机会。

我们班的部分同学回系闹革命,对少数原系领导进行了批判,同学们的心情我能理解。我在大学学习期间,少数系领导在极"左"思想指导下,他们的讲话也伤害过我的感情,我对极"左"行为表示过反感,但极"左"是那个时代的产物,认为"左"比"右"要好。这次我回母校,一是看望老师和同学,二是来学习的,以免以后犯错误,要斗某领导或者某老师的想法是不会有的。

在北京有短暂时间的停留,亲眼看见红卫兵高喊"革命无罪、造反有理"的口号,实施"砸、批、抄"的"革命行动",把一些人视为"黑帮分子"、"资产阶级代表人物"、"反动学术权威"、"反革命修正主义分子",这些人受到批斗、抄家、殴打、游街,遭受人格污辱,"打!打!打!杀!杀!杀!"的气氛笼罩了这座千年古都,心里感到很压抑,不想再看下去,就很快离开北京返回新疆。

这次离开北京时的心情,与刚毕业离开北京时的心情截然不同,感到从未有过的凄凉,对北京"文化大革命"的这种局面百思不解,尽管有各种各样的看法,但在当时的社会环境下,不能说一个"不"字,暂时理解不了的,随着时间的推移会有一个结果。在回疆的列车上思绪万千,但坚信一条,时代的列车奔腾向前,是任何力量也无法阻挡得了的。

从乌鲁木齐上午八点钟乘长途汽车,下午三点时分到了乌尔禾。走进团部,这里一片宁静的环境与北京形成强烈对比,感觉气顺畅了许多。突然看见一个人拿着扫把在清扫马路积雪,他的背影多么像我的好朋友骆长录啊!他怎么能在这里扫雪呢?旁边还有一个持枪的人在看守着他,我的眼睛走神了?

走过去距他不到百米处,看清楚了,他确实是我的好朋友老骆,此刻我傻呆了,怎么会是这样?到底发生了什么事情?当老骆看见我后,将扫把往地上一扔,拼命向我奔跑来,紧紧抱住我,嚎啕大哭,泣不成声地说:"老张,我不是现行反革命!我不是现行反革命啊!……"他不停重复着说。看守把脸背过去走开了,我明白了看守的意思。过了一会儿,看守过来让我走,老骆傻呆呆站在一旁,我安慰了他,感谢了看守,迈着极其沉重的步子向七连走去。

第二天一大早,我到团子弟学校,看望老骆妻子刘彩叶同志,虽然我们从未见过面,我一进她屋内,像是久别重逢的亲人,她紧紧握住我的手,泪水哗哗直流,她说:"老张啊,老骆出这么大的事,我孤儿寡母怎么活啊!"紧接着又说:"我把老骆给害了,我同意让他同你一起去北京,一同回到新疆,这样的事不会发生,我好后悔啊。"

待彩叶情绪稍稍平静,她赶紧给我让座,还倒来一杯茶,我极力克制自己的情绪,把刚满周岁的永平侄抱在怀里,十分平静地说:"老嫂子,你目前的处境我很理解,也很同情,我和老骆分配到这里一年多时间,朝夕相处,亲如兄弟,只要我在,你生活上不会有困难。"我给她介绍,老骆到乌尔禾一年来,从团领导到基层职工对他印象都很好,让她相信团领导会从实际出发,合情合理处理这件事的。

我的一席话看来起了一些作用,老骆爱人脸上有点舒展,快到吃午饭时,她一定让我留下吃饭。我称赞老嫂子的家乡长面饭是地道的陕西风味,真好吃啊,她脸上露出一丝笑容。

离开团子弟学校刘彩叶家,直奔团政治部刘主任办公室。我们俩虽然职务、年岁差距较大,但算是老相识了,在他面前还较随便。我说自己刚去看望了骆长禄的妻子,他笑了一下没有说话。我问他到底发生了什么事情,刘主任挺风趣地说:"人该倒霉的时候,走平路也会把门牙磕下来。"

刘主任介绍了事情经过,他说:"骆老师把他老婆接回团里后,我们把他从四连调到团子校,安排了住房。有一天他抱着孩子到屋外转,走进一间教室里,把孩子放在地上,在黑板上练起粉笔字来,开玩笑写了'张忠孝罪该万死',然后在这一行字的上面写了'毛泽东思想',刚刚学会走路的小孩走出教室,可能摔倒在地哇哇哭起来,骆老师急忙走出去把小孩抱起来就回家了。正好学校的一位老师进教室看到黑板上的字'毛泽东思想罪该万死',是条反动标语,他自己出身不好,怕犯包庇罪就向团部汇报了。"

刘主任表现出无奈的样子,他说:"这次你到北京亲自看到了,目前这种情况下谁敢说话啊!好在骆老师出身好,刚大学毕业,职工中印象不错,我们现在等待上级党委的处理意见。"

一个月后,农七师党委下达批复,骆××为一般性事故,回学校工作。但这件事留给他及家人的伤痛刻骨铭心,对我及社会上人们的教训是极其深刻的。

23. 快乐的连队生活

从北京回校闹革命回到连队,正值北疆二月大地冰雪茫茫,气温经常在摄氏 － 20℃,偶尔降至－30℃多度,寒风凛冽,一股股冷风好似钢刀割到脸上阵阵作痛。我用米排长给的毡筒和狗皮帽子全副武装起来,农工朋友们说:"张大学生这才像个新疆人的模样了。"

七连异常平静,显然人们对外部世界知之甚少,这里同北京是完全不同的两个世界。人们一天除了干活就是吃饭,至于北京"文化大革命"以及红卫兵造反,"打倒刘少奇"之类的,没有任何人谈起,可能是信息太封闭的缘故吧。我不作任何宣传,持冷静谨慎态度。农工们讲得好,"多吃馍馍身体好,多干活威信高,少讲话是非少",此时此刻,我非常赞同这个说法,我也是这样做的。

做一名合格的农工

要做一名合格农工,有几样农活你必须要学会:

第一样农活,使用坎土镘平整土地的基本功。连队冬天的主要任务是平整土地,班长给我发了一把新坎土镘,这种生产工具比铁锹要好用得多,在内地我从未见到过。同班的小伙子高怀志来自江苏农村,把他的坎土镘让我用,我的由他用,他说是自己的坎土镘刃口开了,用起来省劲,木把子也光滑,不要把大学生的嫩手给划破了。

甘肃小伙子于笃生,手把手教我如何使用坎土镘不费力,告诉我全身各部位动作要协调。没有多长时间,我掌握了使用坎土镘干农活的技术,肩上经常扛一把坎土镘感觉挺舒服,也表示我同连队的农工朋友们打成一片了。

第二样农活,学会"冬灌"技术,这是实现农业丰收的关键之一。一大片数百亩仍至上千亩的耕地,保证全部都要灌上水,不能出现高处没能浇上水,而低处大量积水(过湿影响播种)的情况,这是一件很不容易做到的事。我在经验丰富的"冬灌"能手指导下,结合大学地形测量学、水文学的知识,微地貌的观察,相对高度的目测,在较短时间内,基本掌握了"冬灌"技术,达到冬灌要求,"胡子"(没有浇上水的地)面积控制在允许范围之内,得到大家的赞赏。

快乐的军垦战士

第三样农活,是用镰刀割麦子。大地块麦田是用联合收割机收割的,小地块麦田用镰刀收割。我出生在农村,但收割小麦的农活从来没有接触过。连里规定每人每天收割小麦一亩,农工弟兄们,手把手教我如何使用镰刀割小麦。右手拿镰刀,左手同腿部、腰部有机协调,且让臂部有节奏地摆动。这种割小麦的动作,不仅明显加快速度,而且也不劳累。割、捆绑小麦一条龙地作业,我的技术水平几乎赶上中等农工的水平。

第四样农活,装载麦捆。麦子收割后每 10 多公斤绑成一捆,然后用汽车或拖拉机运到麦场上打碾,粮食晒干后才能入库。把 10 多公斤一捆的麦捆,用一根长约三四米的铁钗,扔上几米甚至更高的车上。刚开始我连一捆都扔不上去,试了几次,手臂很痛,腹部肌肉痛得直不起腰,我硬是凭着一股顽强的劲头,没几天工夫,一口气可以把几十多个麦捆扔到车上去。

经过近一年的劳动锻炼,我练就了一副健壮的身子骨,同时连里主要农活岗位都轮流干了过来,接受了工农兵群众的再教育,和大家的思想情感进一步加深,职工说:"张大学生没有架子,干农活可以抵得上一个壮劳动力了。"

和农友们打成一片

这个连只有我一个大学生,所以大家不叫我名字而直呼"大学生"。有一天全连百十号人会战挖水渠,王副连长宣布中间休息十分钟,有小孩的女同志回家给小孩喂奶,一些年龄大些的男人们坐在田坎上抽烟、聊天,剩余的年轻人以摔跤取乐。

来自湖北的已婚支边女青年陈××,个头接近小伙子,体重至少也在75公斤以上,性格大胆、泼辣,大家称她为"陈胖子",她大喊了一声:"我要和大学生摔跤!"一个箭步过来抱住我的腰部,两个人的脸部几乎贴在一起,我都不好意思,也无力招架,他轻松地把我摔倒在地上。我背部有一块土疙瘩垫得直痛,女青年几十公斤的体重压在我身上出不来气,围观的人们拍掌大笑:"快来看啊,陈胖子把大学生压倒了!"陈胖子爬起来后十分得意地说:"这下子我占了大学生的便宜了。"

我从地上站起来,抖了抖身上的土,感到痛、羞、恼,让人哭笑不得。在我的家乡,特别是土族,最忌讳女人爬在男人身上,认为是件很不吉利、不体面的事,但我还是冷静地想了一下,没露出半点儿生气的样子,只是一笑了之。从此后,大家认为我脾气好,有修养,没有大学生的架子,和大家更加拉近了距离,建立了感情。

兵团有一个特殊现象,就是男女比例严重失调,女人特别稀缺。20世纪50年代中期,国家动员组织山东妇女进疆,解决兵团转业官兵的婚姻问题。1965年我到七连,仍有不少二十多岁的小伙子为找不到对象发愁,大家管这个叫"僧多粥少"、"狼多肉少"。这些年轻人文化不高,大都只有小学文化程度,甚至还有不少文盲,自己写信都有很大困难。

一位老职工开玩笑地给我说:"干农活你得向他们学习,可找老婆写情书,离不开你这个大学生帮忙啰!"小伙子们找我代劳给他们的对象写信,他们中有的人父母已在家乡给他们找好对象,靠书信往来建立感情,有的靠朋友介绍牵线,把照片寄给异地的女方,靠书信往来加深互相了解,写信水平与婚姻成功率关系很大。经我写信帮助,连里有好几个小伙子找上了老婆,建立了幸福美满的家庭。

这期间闹出了一些笑话,有位十分憨厚的小伙子,高个子,相貌端庄,只有初小文化,从内地来的对象是个高中生,白白净净,连上小伙子们看到后眼球都鼓起来了,说怪话:"鲜花插在牛粪上,我们怎么碰不上?"这位姑娘嫌那个小伙子文化太低不愿意,要跟写了信的那个人,好心人劝她说:"帮他写信的人是个大学生,人家有老婆,不可能找你啊!"这个小伙子对那个姑娘一直很不错,姑娘认为既然来了不好意思再回去,兴许在这里有工作干,没有多久就结婚了,后来我听人们说,现在小两口日子过得很不错。

江苏小伙子高怀志原来不识几个字,我教他识字,又帮他写信从湖南农村找来姑娘八妹,后来八妹和他成了亲。当时高是临时工,工资很低,结婚时经济困难,被褥、床单、厨具,甚至结婚典礼上的水果糖,都是我拿钱买的。我经常到他们家吃饭,成了他们家的常客。

农垦连队生活极其单调,文化娱乐生活几乎是空白,连里没有图书阅览室,全连只有一份《新疆日报》,专供连队领导干部阅读,别人看不上。广播一天开三次,早晨广播"东方红",连队领导安排当天工作,中午广播语录歌半个小时,晚饭播放革命歌曲 30 分钟。我那时过着几乎与世隔绝的生活,每天只是吃饭、干活、睡觉,确实感到很无聊。

那时早请示、晚汇报制度雷打不动,每天要诵读毛主席语录,还要跳"忠"字舞,这些形式主义的东西,职工早有意见,但在政治压力下,必须积极参加。我们班在一次诵读毛主席语录时发生了一件令人啼笑皆非的事。

班上有位来自陕北农村的大嫂,没上过学,家乡口音又很重,诵读毛主席语录"领导我们事业的核心力量是中国共产党"时,把"核心"的"核"字的音读成"hēi"。贫农出身的李班长硬说她诬蔑毛主席,这位大嫂吓得豆粒大的汗珠从面颊上掉落下来。李班长再让她念一遍,她还是这样读,连读了几遍还是改不过来,惹得全班人哄堂大笑。

李班长大发雷霆:"笑什么? 你们一点阶级斗争观念都没有。"有人私下悄悄地议论说:"幸亏这位大嫂贫下中农出身,如果她地富出身就完了。"下来我给这位大嫂说:"大嫂,你不要怕,这是你家乡的口音,不好改,大家都知道,你是好人,你没有诬蔑毛主席。"大嫂这才放心地露出了笑容。

我结识了一大帮年轻人,其中一些是上海支边青年,我们几乎是在同一年,也许是同一列火车进新疆的,在七连的有黄锡财、陈海珠,外单位的有吴金寿、张秀棣、张翠芳、赵永康、顾洪德等,我们成为往来密切的挚友。后来从农七师奎屯中学分配来的学生有十多名,初中生年龄十六七岁,高中生二十岁左右。

这些年轻人把他们的青春活力带到了连队,处处可以听到他们高亢的歌声、悠扬的琴声,一直闲置不用的篮球场上开始有人活动了。尽管我的年岁比他们大几岁,但同是学生出身,有着天然情缘,因为年龄、学历比他们高,他们把我视为老大哥,和他在一起,我似乎年轻了许多,成为这些年轻人与老职工之间的桥梁。

上海支边青年黄锡财,是七连小学的教师,我们朝夕相处,交换有关"文化大革命"的许多看法,他让我度过了"文化大革命"最困难的时期,后来同七连的"连花"王凤兰结了婚。

王致果是奎屯中学 66 届初中生,和我是一个班,她喜欢和我谈心,因她爸爸是旧军官出身,思想压力很大。她平日说说笑笑,喜欢弹琴,却没有钱买琴,后来我从内地给她买来一把,她别提多高兴,多次提出要把她漂亮的姐姐介绍给我。

在七连劳动锻炼的日子里,干了些与自己身份极不相称、很不体面的事情。住集体宿舍时,青年职工的床底下堆放有不少西瓜、苹果,下班回来拿出来随便吃,他们也让我吃。我以为这些西瓜、苹果是连里给的,或者是他们讨钱买的,就不客气地吃了。

有一天吃过晚饭,几个年轻人窃窃私语了一会,天刚黑下来,他们拿着麻袋出了门,约过了一个多小时,背着三麻袋东西气喘吁吁回来了,打开麻袋拿出两个西瓜,让我去切瓜,从另一个麻袋拿出十多个鲜红的苹果让我吃。我好奇地问道:"这是你们偷来的吧?"其中一个人说:"那当然,不吃白不吃。"我非常胆怯地说:"这怎么能行呢? 连领导知道不得了。"其中另一个人说:"我们尽量不让领导知道,知道了死不认账,领导拿你也没办法,你张大学生顾脸面,我们脸皮厚着呢。"

白吃的次数多了,我也慢慢习惯了,以后逐渐参与偷西瓜、苹果,怕被逮住丢人,我在外围地带放哨,通风报信,帮助运输,这样我较快融入他们的圈子里了,生活上得到了不少帮助。"文化大革命"中不出钱的苹果、西瓜吃了不少,实质上这种做法与偷没有什么区别。后来回忆这段不光彩的经历,感到很可笑。

研制"920"

"920"学名叫赤霉素,这是一种植物激素,可刺激植物叶和芽的生长,应用于农业生产提高产量,在生产兵团不少团场都被推广应用。1971 年初,负责全场生产的李副团长,让我和团卫生队的向医生,负责我们团"920"的研制工作。

"920"的生产必须在无菌、适宜的温度和湿度环境条件下进行,一点马虎不得。要进行科学实验,必须要有质量纯真的"920"产品,否则没有效果,或者结果不准确。我们研制"920"严格按要求操作,生产出来的"920"产品,质地纯真,得到上级主管部门的好评。

将"920"配制成不同浓度的液体状,分别喷洒在白菜、芹菜、西瓜、苹果等蔬菜瓜果上,发现不同浓度下的植物生长状况大不相同。如"920"喷洒过的西瓜,有的长得个体很大,但不甜,喷洒浓度较大的西瓜长不大,说明有抑制作用,但这种瓜特别甜,我们试验的几个样品都叫别人偷吃了;喷洒在白菜、芹菜等蔬菜上,可刺激植物体的生长,大幅度提高蔬菜产量。

"920"的生产成本较高,如果广泛应用到农业生产,并以提高产量为目的,其意义不大,但进行科学研究还是很有必要。如"920"在治疗皮肤病方面有奇特疗效,同我住一个宿舍的龚仁义是七连农业技术员,脸部有皮肤病白癜风,面积在不断扩大,直接影响容貌,找对象难,为此他很伤脑筋。无意之中,他用"920"连续擦洗了一周后,发现肤色变了,两周后白癜风面积明显缩小。小学老师顾新佳使用后,也获得了同样的效果。

牧工陈锐腿部有一处烂疮,多年治不好,只好忍受着。他听说"920"能治皮肤病,到我工作室,用浓度较高的"920"擦洗患处,一周后烂疮结痂了,不痛也不痒,一个月后烂疮完全消失。这一消息像长了翅膀向全场传开,前来治疗皮肤病的人越来越多。

当我在对研制、利用"920"产生浓厚兴趣,并准备进一步深入研究探讨时,团人事部门下达通知,调我到子弟学校任教,我曾多次向上级部门和领导反映我的要求,最后还是没有得到同意,使团"920"研制工作终止,为此我深感遗憾,但这次工作为我以后如何搞科学研究积累了一定的经验。

24. 三支两军

三支两军势在必行

"无产阶级文化大革命"被林彪、"四人帮"所利用,他们利用红卫兵小将,支持造反夺权、揪叛徒、打倒走资派、打倒反动学术权威。江青等还提出了"文攻武卫","打倒军内一小撮走资本主义道路当权派","砸烂公、检、法"等煽动性口号,对党和国家领导人刘少奇、邓小平等人罗织罪名,施以批判和陷害,使党中央大部分领导、各省市主要负责人,都被排斥于领导岗位之外。

1967 年初,"文化大革命"进入"夺权阶段",全国处于"打倒一切"的全面内乱状态。地方党政组织陷于瘫痪和半瘫痪之中,公、检、法等机关失去作用。城镇居民失去了基本的生活保障,人民的生命财产受到严重威胁,武斗成风,工矿企业停产或半停产,交通严重堵塞,国家到了乱得不可收拾的地步,国民经济几乎到了崩溃的边缘。

1967 年 3 月 19 日,毛主席将"三支两军"作为一个整体性任务向全国全军提出。"三支两军"(支左、支农、支工、军训、军管的简称),是人民解放军介入"文革"的标志,对缓和当时整个社会的紧张局面,维护社会秩序、工作秩序、学习秩序和生活秩序,保护一批干部,减少工农业生产和人民生命财产损失,稳定整个局势起了积极的作用。

地处祖国西北边陲的新疆,面积辽阔,有漫长的边界线,属多民族地区,自"文化大革命"以来,社会治安形势急剧恶化,民族矛盾复杂化,自治区首府乌鲁木齐形势更趋严峻。

1969 年夏,我回老家探亲,在返回单位途中,在乌鲁木齐汽车站购不上车票,只好在市区内闲待了两天。亲眼看到街道秩序异常混乱，不同派系之间的厮杀、混战司空见惯，其方式从手持匕首、棍棒、长矛上升到机关枪、手榴弹、炸药包、迫击炮等现代化武器。有势力的群众组织安营扎寨、筑碉堡、私设公堂、封锁交通，高音喇叭声和枪炮声时时响起。

借此机会，我顺便去看望了在乌鲁木齐工作的一位老同学，他在一所学校任教。他任职的校门口，有手持红缨枪的红卫兵站岗，问我："你是干什么的？"我说："找×××，他是我的同学。"红卫兵说："不认识，我们学校没有这个人。"接着从校门口走出来一个老师模样的人，给站岗的红卫兵说："他找的人是×司令。"于是站岗的红卫兵对我客气了许多。

我由一位红卫兵带路去见×司令，中间过了两个关卡。教学大楼门口设的关卡很严，说我是×司令的同学，还是不放心，全身搜查，甚至摸到我的敏感部位，我想，这不是在侵犯人权吗？见了同学非告状不可。

×司令办公室门口也有红卫兵站岗，走进办公室，一位戴墨镜的人向我走来，说："老同学你是怎么来的？"他把墨镜摘掉我这才认出是他，我说："老×，在办公室戴墨镜这是干什么啊？"他说："为了安全，我进进出出需要戴墨镜和口罩，有人要追杀我，对方组织悬赏几万元，还要我的人头！"

母校北师大百年校庆时，同班一块去新疆工作的老同学开玩笑地说："'文革'中有次我被卷入到对方组织的俘虏营里，正巧碰见了这位×司令的老同学，我们双方用眼神对话，把我交给他亲自处理，他派学生把我送到了安全区。那次没有他相救，今天你们恐怕见不到我了，至少我避免了一次皮肉之苦。"

自治区首府乌鲁木齐局面如此混乱，直接关系到新疆乃至祖国大西北的稳定，关系到乌鲁木齐各族群众的生命财产和安定团结。当务之急，根据毛主席指示，开展三支两军工作，尽快稳定乌鲁木齐的局面势在必行，从而进一步稳定新疆局势显得尤为紧迫。

革命大联合势不可当

1970年7月，我有幸同全国爱民模范门合同志生前所在部队，参加乌鲁木齐市汽车运输公司三支两军工作队。该运输公司除承担该市汽车运输任务外，还兼有汽车修理等部门,员工约数百人,进驻的三支两军人员三十余名。

三支两军工作队进驻前,两派斗争激烈,1966年下半年"文化大革命"开始不久,公司领导定为走资派被打倒,以后四年多的时间,生产几乎处于瘫痪状态,多数员工三天打鱼两天晒网,自由主义、无政府主义思潮泛滥。

工作队进驻该公司,把工作队人员分配到各基层单位。我被分配到二保车间,首先组织职工认真学习毛主席著作,贯彻落实上级领导指示,当务之急是要稳定人心,坚持抓革命、促生产,要求工人必须按时上下班。

工作队员以身作则作出表率,对少数不服管理的职工敢抓敢管,在较短时间内整个公司生产形势出现好转,大多员工回单位开始上班干活,三支两军工作第一炮打响了,得到了公司员工的好评。

第二项工作,实现两派群众的革命大联合。公司自"文化大革命"以来,两派群众发生过无数次磕磕碰碰,打打杀杀,积怨太深,派性毒瘤处处作怪。一个车间的工人话说不到一起,活干不到一块,一丁点小事也能使矛盾一触即发。

工作队的同志,耐心细致地做好两派群众的思想政治工作,摆事实,讲道理,以国家大局利益为重,抛开过去积累的恩恩怨怨,把冻硬的冰块融化开,联合起来抓革命促生产。

三支两军工作队经过大量的工作,取得了显著成效,广大职工要求大联合的积极性很高。主要问题出在两派主要头头身上,工作队决定举办两派头头大联合学习班,公司实现两派大联合,把问题交给两派头头自己去解决,解铃还要系铃人。

两派头头学习班上,开始他们各自作了自我批评,讲的都是些鸡毛蒜皮的事,不说老实话。后来双方互相指责、扯皮,揭露对方这也不对,那也不对,甚至不顾主持人的再三劝阻,用粗鲁、肮脏的语言污辱谩骂对方,把工作队领导的批评教育置若罔闻。学习班无法坚持办下去。

头头学习班不欢而散,工作队队长李团长反而高兴地说:"我已经找到解决问题的办法了!"我们问李团长有什么高招,李团长胸有成竹地说:"不搬掉拦路虎,不可能实现大联合,现在到了非要采取组织措施不可的地步。"

公司召开的两派大联合动员大会上,李团长很严肃地指出:"是否坚决贯彻落实毛主席大联合的重要指示,是否忠于毛主席革命路线的具体表现,谁阻止两派大联合谁就不忠于毛主席。"李接着说:"我们公司两派主要头头对大联合态度不端正,两派头头学习班无法办下去,这是不忠于毛主席革命路线的表现,经工作组研究决定两派主要头头孙××、李××停职检查,由×××和×××分别负责该组织的全面工作。"

对李团长代表三支两军工作队宣布这一决定后,会场上报以热烈的掌声,他们认为工作队看得准,抓得狠,有胆有识,敢于碰硬,措施有力。这个决定得到两派群众的坚决拥护,两派群众大联合的通道被打开了。

工作队李团长让我起草"两派大联合宣言书",在由公司两派头头、群众代表和工作队负责人参加的会议上,对两派大联合宣言书三上三下广泛征求意见,经过无数次的修改,大联合宣言书定稿了。

两派大联合誓师大会召开这天,公司内外贴满了欢呼实现大联合的大幅标语,彩旗招展,组织宣传队,上街敲锣打鼓,向社会宣传乌鲁木齐市汽车运输公司两派大联合的喜讯,并向主管部门和首长报喜,公司上下沉浸在节日的欢乐气氛之中,这在社会上引起了强烈的反响。

大联合、抓严打

两派大联合的实现,使得抓革命促生产的新气象出现,派性、歪风邪气不敢抬头。下一步,根据上级部署,为保卫社会主义政权,严厉打击叛国投敌、反革命武装暴乱、抢夺财物、行凶杀人等危害社会主义事业的犯罪分子,开展声势浩大的严打斗争。

公司设立接待站,到处挂有检举箱,"把严打斗争进行到底","坦白从宽、抗拒从严"的巨幅标语张贴在醒目处,对犯罪分子形成了强大的威慑力。汽车司机卡得尔自杀,群众怀疑他参与了"东突"反革命活动。

我负责的二保车间,严打对象是被两派群众认定的张秀峰。张秀峰年近六十岁,身材魁梧,戴着近视眼睛,老家是陕西人,处事很圆滑,参加过国民党。他在平日跟周围的人炫耀,他和西北军阀马步芳之子马继援是铁哥们,1949年年底马继援逃往台湾时,他到机场送行过,所以人们猜测他是国民党潜伏下来的特务。

批斗张秀峰是在一天晚上,隆冬的室外非常寒冷,车间内煤火盆燃烧正旺,张秀峰面对着旺火弯腰90度呈喷气式,"打倒国民党特务张秀峰!""张秀峰不投降就叫他灭亡!"的口号在会场炸响,两派群众非常冲动。

出于派性,两派群众认为张秀峰是对方组织的人,怕把这个"屎盆子"扣在自己身上,结果两派批斗他都很起劲,气氛异常热烈。批斗会过了约一个小时后,张秀峰毕竟已年近六十岁的人,头上的汗水不停滴进火盆内,身体开始支撑不住,出现摇晃,如果这时他向前栽进燃烧正旺的火盆里,就会有生命的危险。

听说他有两个老婆,都还比较年轻,没有工作。他本人还患高血压,五个小孩至今没有一个成人有工作,全家八口人吃饭,全靠张秀峰一人的工资来支撑。如果张一旦有个三长两短,靠他养活的这七个人如何生活啊! 在我工作期间死一个人,是我的失败,我一生会不得安宁的。

此刻,我的思想斗争很激烈,这个局面该如何收场? 回想自己的父亲也是国民党员,前不久的四清运动中,被定为阶级异己分子而清洗出干部队伍,我头脑中冒出一个信条,还是救人要紧,管不了那么多了。当时我把桌子一拍,大叫一声:"张秀峰,你把狗头抬起来!"于是张把头抬起来,腰自然就不弯曲了,也就不在摇晃,排除了栽倒进火盆里的危险。

我慷慨激昂地说:"广大的无产阶级革命同志们、共产党员们、工人阶级同胞们,张秀峰的问题很严重,他态度很恶劣,把他交给我们工作队处理,请大家相信我们!"最后我宣布:"张秀峰滚下去!"随后给两派头头布置,各选派两名有责任心的职工,二十四小时把张秀峰监管起来,让他绝对不能自杀。

我从会场回到宿舍,躺在床上,头脑似翻江倒海,今天到底在干一件什么事? 张秀峰真的是国民党特务吗? 如果万一真的是特务,我的阶级立场在哪里? 领导知道了,将会是个什么样的结果? 张秀峰真的死了,他的老婆娃娃谁来养活啊? 这一大家子的日子怎么过啊!? 我这一辈子将会受到良心的谴责。

三支两军工作结束了,接我们的大轿车停在公司大门口,很多人前来给我们送行。张秀峰也来了,他紧紧握住我的双手,无限感激地说:"张同志,你不仅救了我,也救了我的全家。"我看他说话有点哽咽,眼泪在眼眶里打转,怕再说下去不好收场,更怕二保车间的职工看到我同张秀峰在一起的场面。和他握了手,说:"张师傅再见! 祝你全家幸福!"招招手,急忙上了车再也不敢往外看了。

在那阶级斗争盛行的年代,这件事成了我的一个隐私,很少对别人提起。但我心中经常在想,那时我是一个二十多岁的小伙子,靠我的智慧和胆量救人,想想很是欣慰。其实这个智慧和胆量,还是在塔城社教时,听古组长讲到他的一个故事时受到的启示。

25. 137 团子弟学校任教

　　我于 1972 年 3 月调入 137 团子弟学校,这所学校校舍极其简陋,教室、老师住的宿舍,是用胡杨、土坯、泥巴垒起来的干打垒房子。教学实验设备几乎是空白,全凭老师用口头教学。操场里仅有一副快要散架的篮球架。在我所见过的中学里,这是条件最差的一所。

　　学校设有小学部和初中部,为 137 团职工子弟上学提供方便,上高中要去师部奎屯。全校学生不足三百人,初中生不足百人,每个年级学生有二三十人。老师三十余名,其中本科、大专毕业的教师只有几名,大多是中专或高中毕业生,还有初中毕业生当老师的,师资力量差。

　　在子弟学校和老师们混熟了,了解到兵团把人分为三六九等。校长是个旧军人、地主出身,有名而无权,常年在家休息。副校长转业军人出身,只有初小文化,政治学习读报时经常读错字,如把欧仁鲍狄埃的“狄”字,读成“秋”,惹得大家哄堂大笑。可他是共产党员、贫下中农,有这三块“钢板”,是“响当当、硬邦邦”的左派,是兵团的上等人,当然要掌权。国家分配来的大中专学生、支边青年是二等人,但出身不好的地位也不高。九·二五起义的官兵,虽然起义有功,被列为第三等人,有时还被人带有污辱性地叫做“国民党病痞”。第四种人,大都是三年饥荒时期,从内地跑到兵团来度荒的人,叫“盲流”或“自流”人员,他们地位较低,后来对他们客气了点,叫“自动支边”。第五种人,是劳改刑满人员,在煤矿、沥青矿干活,他们的社会地位最低下。

　　在极“左”思潮泛滥的“文化大革命”期间,社会上公开流传:转业军人掌大权,支边青年加油干,九·二五起义的靠边站,自流盲流快滚蛋,劳改刑满老实点。这种唯成份论的错误观点,在兵团持续了较长一段时间,影响了一部分人的劳动生产积极性,不过时间长了大家也习惯了,基本上也认可了。

　　我在调入子弟学校前，因在教师集训队、"文革"中同一些老师有过接触，对学校情况比较了解。原7.3流血事件中被打死的×××，"文化大革命"中被判刑劳改的×××，都是子弟学校的关键人物，也是"联总"对外公开露面的头头。×××是子弟学校的教导主任，"文化大革命"中任"红造司"一号头头，在137团呼风唤雨，产生过不大也不小的影响。有人说："子弟学校是137团藏龙卧虎之地。"

　　子弟学校的老师们，对于我也有所耳闻。因派系相互间存在着一定的看法和成见，无意中给我的工作带来一些不利因素，这点上我有充分的思想准备，在学校必须处处谨慎小心才行，第一步该如何走出去，对我是至关重要的。

　　7.3流血事件后，137团被军管了，学校虽然复了课，但"文化大革命"的阴影一时无法消除，老师们经过教师集训和"文化大革命"，心存疑虑，教学积极性严重受挫，就得过且过，责任心不强。学生中无政府思潮泛滥，"革命无罪、造反有理"的烙印，深深印在他们脑海里，大部分学生有不同程度的厌学情绪。

　　我有一个信条，老天让我来到这个世界，国家把我安排在这个岗位上，只要活一天必须把工作干好，要对得起自己的良心，对得起国家每月给的这些工资，感恩父母养育之恩，感恩所有帮助、关心过我的人们，干好工作是对他们最好的回报。

　　上课的第一天，来的同学不到十人，只是全班人数的一少半。我和同学们举行了一个小型谈话式座谈会，首先，我准备给同学作自我介绍，一个同学说："老师我们知道你，你是北京来的大学生。"另一个同学接着说："你在'文化革命'中差点被活埋。"顿时同学们哄堂大笑。我只是向同学们微笑了一下，证实上述同学讲的情况属实。

　　我仔细了解这个班的人数、同学们的姓名、性别，并一一作了登记，要大家帮助我通知今天没有来的同学，明天一定要来上课。同学们临走时很有礼貌地给我打招呼："张老师再见！"这句话是我走上教师工作岗位后，学生们叫我"张老师"的第一次，何等地温暖着我的心啊！

　　第二天上课，教室几乎坐满了，我点了名，让他们一个个的脸庞在我脑海里拍了印象片，力争较短时间内能叫出他们的名字来。有两个同学没有来，当时我没有追问他们没有来的原因，准备下面单独了解情况。这节课我是结合自己的亲身经历，给同学们讲了"少壮不努力，老大徒伤悲"的故事，同学们听得津津有味，看来我和同学们的距离在拉近。

　　从此以后，我上课的秩序一直良好。根据工作需要先后讲授过语文、数学、物理、化学、地理等课。如果有的老师有病或有事不能上课,我就主动替他上课。有时间还带同学到校外考察,讲述魔鬼城的形成、乌尔禾盆地环境变迁等。初三毕业时,这个班在克拉玛依地区考试中获得优异成绩,在"文革"期间,学生们考出这样好成绩的并不多见。

"文革"后期,林彪一伙外逃蒙古国温都尔汗坠机身亡,全国掀起批林批孔运动。学校少数一些别有用心的人,把批林批孔运动的火点起来,企图烧到我的身上。有一天,班上一名男生组织同学唱样板戏,说是要搞批林批孔,要占用上课时间,干扰正常教学秩序,我采取疏导办法提高学生的认识,我批评了这个学生,坚持课余闹革命。

这个学生把目标对准了我,说我"反对批林批孔"、"反对学唱样板戏",要给我贴大字报。我及时和这个同学的父亲联系,在家长的大力帮助下,加上我在同学中的影响,学校的批林批孔运动没有搞得起来,我也避免了一场政治灾难,在人生道路上又迈出去了坚实的一步。

26. 今生不忘的乌尔禾

1977 年,"文化大革命"全面结束,我大学毕业在新疆生产兵团工作整十二年,似乎有服役期满的感觉。少年时代的梦想是:"长大了一定去看看黄河是从哪里流出来的,又流到了哪里去了。"踏入北京师大校门那一刻,下过决心:"要为家乡的地理事业作出贡献!"为了圆这个梦想,兑现承诺,必须要调回家乡青海工作。

但我的心情一直处在极度矛盾之中,家乡"四清"运动中,父亲被清洗出干部队伍,家庭成分补划为富农,回家乡工作会有政治压力。另则,当时兵团调动工作几乎不太可能,我曾找过团干部部门,我以少数民族为由,想调回家乡,回答是:"绝对不可能。"有"知识分子进了兵团插翅难飞"的说法。

1977 年年底,传出消息称兵团归地方管,我同家乡教育部门联系,当时初中同学赵廷祯在县教育局任局长,发来了商调函,给我帮了大忙。正巧这时 137 团交克拉玛依市管,克拉玛依市也想借此机会,把我调入市一中任教,但我仍以少数民族为由坚持要回家乡工作。

克拉玛依市人事部门答应:"你可以在石油管理局范围内随便挑选,但想调回老家不可能。"既然这样,我答应调到刚上马的乌鲁木齐石油化工总厂,以后调回老家比在兵团要好调得多,走一步看一步吧。

在克拉玛依人事处办好了调动手续,当天回到家,怕 137 团变卦不让走,当夜收拾东西,第二天上午在朋友帮助下找到一辆大卡车,下午带着老婆娃娃急急忙忙离开乌尔禾,前往乌鲁木齐石油化工总厂,十二年的兵团生涯从此结束。不久,国家紧急下文严禁兵团人调出,这次我太幸运了。

屈指一算,离开乌尔禾至今整四十个年头,回忆在乌尔禾的十二年,是我一生中最为宝贵的黄金时代,这里是我走上社会的第一个大课堂,同军垦战士朝夕相处、摸爬滚打,在同严酷环境的斗争中,建立了兄弟姐妹搬的亲密关系,学得了在学校、书本上学不到的东西，使我从一个白面书生，成长为一名坚定理想信念的军垦战士，在知识分子与工农相结合的大道上迈出了坚实的一步，使我的世界观有了一个质的飞跃，为以后的工作中取得良好成果，与这里打下的坚实的思想基础不无关系，这是一生中最为宝贵的精神财富。

更能让我刻骨铭心难以忘怀的是，在乌尔禾经历了我十年"文化大革命"生涯，经受了生与死、血与火的严峻考验。

我离开乌尔禾后，曾两次回故地重游，看望过去岁月患难与共的老朋友。1998年8月的那一次，是我离开乌尔禾二十年，我到生活过的七连转了一下，老职工有的已回内地，有的已不在人世，和我曾朝夕相处的高怀志、于笃生、彭元友、刘广天等人，亲如兄弟，无话不谈。曾经帮助过我的陈锐患病，到了神志不清的地步，我爱莫能助，心中极度难过。

2015年8月重游乌尔禾，乌尔禾的变化真让人难以置信。原来团部及其周围是土平房，现在几十栋高楼拔地而起，住在连队的职工在这里购房，住房条件发生根本性变化，环境舒适优雅。购物、宾馆饭店、医院、学

兵团职工新村

校、移动公司、交通等配套设施齐全。特别是魔鬼城旅游业的开发，乌尔禾戈壁彩玉受到游客青睐，全国各地乃至国外游客纷至沓来。

乌尔禾这个昔日的边陲小镇，今日成为北疆的一颗璀璨明珠。

27. 难以忘怀的 1976 年

1976 年对中国人民来说，是一个非同寻常、永远难以忘怀的一年。因为这一年，我们的国家发生了许许多多让人终生难忘的重大事件。

这一年的 1 月 8 日，我们敬爱的周总理，在经历了长期病痛折磨以后，溘然长逝。周总理一生一心一意做人民的公仆，他为这个国家和人民鞠躬尽瘁死而后已。1966 年"文革"开始，直到他去世的这段时间，他力挽狂澜，苦挥危局，成为中华民族危难之时的中流砥柱！他最后活活累死在为国家、为人民的工作岗位上，把一生无怨无悔地献给了他的国家和人民，他永远活在全国人民心中。

7 月 6 日，我们无比尊敬的朱德委员长，以九十岁高龄与世长辞，他是中国人民解放军和中华人民共和国的主要缔造者之一，共和国第一大元帅。戎马一生，功绩卓著，为新中国的建立及建设做出巨大贡献，受到全国人民的无比崇敬和爱戴，全国人民永远在怀念着他。

9 月 9 日零时 10 分，全国人民无比崇敬的伟大领袖毛泽东主席，因久病治疗无效，离开了他的国家和人民。他是党的第一代中央领导集体的核心，是领导中国人民彻底改变自己命运和国家面貌的一代伟人，是新中国的开国元勋，也是现代世界历史中最重要的人物之一。

上述三位共和国的开创者、缔造者，竟然都在同一年先后去世，这真是古往今来难得一见的巧合。噩耗接二连三传来，全国人民痛不欲生，人们听着哀乐，胸前佩戴着白花，一次又一次地含泪送别。

就在这个时候，以江青为首的"四人帮"一伙，磨刀霍霍，阴谋篡夺党和国家大权，人们心怀恐惧，因为如果他们阴谋得逞，中国人民要受二茬罪，要受二遍苦，回到过去暗无天日的苦难生活。很多人心中有一种"天塌下来"的感觉，真为中国的前途命运担忧。

毛主席逝世追悼大会场,设在团部一块宽阔平地上,回忆追悼大会的那一幕,已经过去四十余年,人们万分悲痛的情景历历在目。人们佩戴着自制的小白花,不约而同地从四面八方来到追悼会场,除了哀乐声,整个会场异常肃穆、宁静,人们的脸庞上挂满了泪珠。一会听到有人哭泣的声音,没有多久,听到有人开始号啕大哭,很快整个会场一片哭声,哀乐声和哭声交织在一起,那是一个什么样的情景,叫人无法形容。有许多年老者哭着昏倒了,及时抢救才脱离了生命危险。

这一年,国内连续发生多起严重自然灾害。3月8日下午,吉林发生极为罕见的陨石雨,3000多块陨石掉落,其中最大的一块陨石重1770千克,成为"世界陨石之最"。5月29日,云南发生两次强烈地震,死亡人员近百人,伤者近1500人。7月28日凌晨,河北唐山、丰南发生7.8级强地震,唐山被夷为一片废墟,死亡24.2万人,重伤16.4万余人,成为当时世界最大的灾难。

"天崩地裂"式的自然灾害,夺走了无数阶级弟兄的生命,造成的经济损失无法估量。老百姓怨恨老天爷太不公,为什么这样多的不幸灾难,一次又一次地落在我们中国人的头上,这就叫做"叫天天不应,叫地地不灵",老百姓有一种走投无路的感觉。

在中华民族面临危难的时刻,1976年10月6日,华国锋、叶剑英等老一辈革命家,代表中共中央政治局,对江青、张春桥、王洪文、姚文元及其在北京的帮派骨干实行隔离审查。"四人帮"被粉碎,这是历史性的胜利,结束了"文化大革命"十年浩劫。为之全国一片欢腾,中国有救了,中国人民有希望了,全中国人民脸上重新有了笑容。

28. 石化战线上的一员新兵

乌鲁木齐石化新城

乌鲁木齐石化总厂位于乌鲁木齐市东北部的天山北麓,建于1975年4月,占地面积28平方公里,是集炼油、化肥、化纤、化工、塑料于一体的石油化工化纤生产基地,是我国现代化大型石油化工企业之一。我于1978年元月调入该厂,那里到处是热火朝天的施工建设场面,一幢幢厂房、办公楼、宿舍楼拔地而起,让人激动不已。

我刚来没有住房,临时安排在新疆人叫地窝子的住室。地窝子是西北干旱地区特有的一种居住房屋,建在半山坡,依地势斜坡挖出 10 多平方米左右的凹地,其上盖木料、水泥板等,为防止漏雨,顶部铺上油毛毡或塑料,简单易行,成本低。建厂初期,住房条件有限,大多数人住地窝子过渡,我在低窝子住了半年多,不少单身汉一住就是两三年后才能分到新房。

石化技校的诞生

我被分配到石化总厂一中当老师,不久总厂教育中心教育科科长马荣福同志找到我,说是总厂从日本引进一套30万吨合成氨装置,当务之急要培训一批合格的技术工人,成立乌鲁木齐石油化工总厂技工学校。总厂干部处把机构人选确定下来,马荣福任校长,郭维天任书记,潘六明任副校长,吴荣华任总务处主任,让我任教务处主任。

一天,马校长把技校几位负责人,带到总厂北面一大片空阔的荒滩地,他说:"这里是我们将要创建的石化技校校址,一切白手起家,校舍(教室、学生宿舍、办公室、食堂等)、师资、教学计划、教学设备等,要靠我们大家来解决。"我听后感到茫然,心中一点底也没有,这样的工作我从未接触过,能胜任吗?

石化技校领导会议研究决定,让我和三位老师赴南京、上海化工院校进行调研,在认真学习这些学校相关院系教学的基础上,结合日本引进的30万吨合成氨装置,广泛征求专家教授们的意见,制定出符合乌鲁木齐石化技校实施的教学计划。

一个多月后,我们带着基本定稿的教学计划回到学校,这时来自全疆各地二百名各族学生如期报到,他们是当年考大学未能被录取的学生,住进了在技校校址上搭建的几十顶帐篷,年轻人生龙活虎,歌声嘹亮,弹起冬不拉,在帐篷前空阔的草地上翩翩起舞,看到此情此景,令我兴奋。

九月份算是如期开学,但校舍、教室、教师、教学设备什么都没有,马校长在开学典礼上作了动员讲话,总厂领导、老师和学生代表也讲了话,展望了石化总厂美好的蓝图,这美丽的画卷,由我们亲自去绘制,吹响了师生齐动员,创建石化技校的战斗号角。

第一个战役是打土坯,这是建房最基础的工作。把全体学生分为若干个班组,由总务处吴主任作技术指导,学校领导和老师都参加到学生中劳动,各班组之间掀起了比学赶帮超的热潮。校长马荣福身先士卒,脱掉鞋袜,跳进泥浆中和泥,像个泥人一样,他以身作则,给师生作出了榜样,仅一个月的时间,完成了打土坯的任务。

第二个战役是砌墙盖房子,这个活需要有一定的技术,于是学校从外面聘请了一批砌墙大工,学生当小工,没有几天,学生中涌现出了一些能工巧匠,他们拿起瓦刀干起了大工的活,使砌墙的速度大大加快。上屋顶需要一定设备,而且技术性较强,这个工作就承包给社会上的专业队伍去完成。

全校师生经过两个多月的奋力拼搏,使教室、宿舍、办公室、阅览室、食堂、收发室、厕所等基础设施在严冬来临前全部建成。一座别具风格的石油化工技校,经我们二百多名师生辛勤的双手,在戈壁荒滩上诞生了。

今生起飞的地方

在抓紧修建校舍的同时,我们把落实师资队伍放在极其重要的位置。数学、物理、化学等基础课教师我们自行可以解决,但专业课教师必须赴内地聘请。通过化工部的大力支持,我亲自到沈阳化工学院求助,得到学院和相关系领导的大力支持,选派二十多名讲师以上职称的优秀中青年骨干教师来校任教,他们风尘仆仆从祖国大东北远离家人到大西北的新疆执教,是多么的不容易啊。

老师们说:"我们被聘请到新疆讲学,为30万吨合成氨装置培养合格人才,这就是我们对国家的贡献,是对新疆各族人民的支持,为此我们感到很自豪、很荣欣。"聘请来的这二十多名老师,个个谦虚谨慎、任劳任怨,得到学校领导、老师和学生的一致好评。

我们清醒地认识到,为石化总厂培养出合格的化工人才,是时代赋予我们的历史使命。要保证老师们认真地教,学生们认真地学,是提高教学质量的关键,必须在教师的教和学生的学这两个管理层面上下大气力,我负有极其重要的责任,必须要营造优良的教与学的环境。

首先,要做好对沈阳化工学院老师的接待服务工作,在他们的饮食、住宿、日常生活等方面,除我直接插手外,还指派专人 24 小时负责制,做到态度热情,报酬合理,使他们感到温暖如家,工作舒心。

在学生的管理上必须有新招,一定要抓实。学生们的思想比较复杂,因为考大学落榜情绪低落,上技校以后当工人不甘心。从学生的思想实际出发,首先在加强思想教育的同时,制定简单易行的规章制度加以约束,如:一、上课认真听课,不迟到早退;二、不谈恋爱,集中精力学习;三、生活朴素,不穿奇装异服;四、尊敬师长,团结同学;五、不酗酒、不打架斗殴。

上述五条看起来很简单,但真正落到实处却很不容易,为此采取如下两点措施,要全体老师协助班主任必须认真实施。

一是抓早操锻炼。常言道:"一日之计在于晨。"晨练不仅增强了学生体质,保证了同学们按时开饭,按时上课,让同学们一天精神饱满,是一天的良好开端,也让同学们养成了良好的生活习惯。

二是丰富学生的文化娱乐活动,让健康向上的精神世界占领学生的思想,使那些不健康、低级、消沉、颓废的思想没有存活的空间。在国庆节、五一劳动节、春节等节日时组织较大型的文化娱乐活动,优秀节目给予奖励。各班级之间开展篮球、歌舞比赛活动,全校出现团结、紧张、严肃、活泼、生动的新局面。

石化技校四年的工作,在我一生来说是短暂的,但它对我有浓墨重彩的意义,因为这里是充分展示我人生价值的地方,是我事业真正起飞的地方,对我以后的工作奠定了坚实的基础。当时我出身不好,在这里得到了校长、书记等这些工农干部的信任,让我有职有权放开手工作,他们的思想品格深深地影响着我的工作。李振建、吴厚义、夏前龙三位小伙子是我的下属,都是年轻的共产党员,对我的工作给予了有力的支持,我们配合得十分默契。

在石化技校,由于党组织的培养教育,领导和老师们的支持,我光荣地加入了中国共产党,获得了政治生命。曾两次被评为新疆石油管理局劳模,获新疆维吾尔自治区优秀教师称号,在我的成绩中都凝结着他们的心血。离开石化技校四十多年,至今我仍然非常思念、感恩他们。

坚定走自己的路

石化总厂是现代化国家大型企业,职工万余名,文化层次比较高,科技人员数百名,他们对子女寄予厚望。石化一中开办以来,由于师资、生源、教学设备及教学管理等多方面的原因,教学质量一直上不去,生产第一线的职工,特别是广大科技人员,为子女前途担忧,要求学校提高教学质量、提高升学率的呼声很强烈。

厂领导为稳定生产第一线职工情绪,1982 年 8 月决定把我从石化技校调入一中委以重任,让我放开手大干,改变石化一中的面貌。我毕业于师范院校,有一定的工作经验,厂领导的信任更使我充满信心,打算也像在石化技校一样大干一番,不辜负党的培养和领导的信任。

走马上任来到一中,原来的校领导没有离开学校,我党员一年预备期到了,向校党支部写了党员转正申请书,也作了书面思想汇报,但党员转正石沉大海,迟迟不予解决,找到总厂党委负责组织的副书记,他很不耐烦地说:"你急什么? 耐心等着,到时候会解决的。"根据党章第七条规定,我早超过一年的预备期,将面临取消党员资格的危险境地,我怎能不着急呢?

临近延长预备期还有一个多月时,原从石化总厂调到石油局的刘凯书记,又调回石化总厂任书记,他得知我的情况后气愤地说:"像张忠孝这样优秀的同志不让按时转正,你们想干什么?"这样我很快就转正了,可谓"贵人相助"啊。

学校领导分工,让我负责学生管理工作。一天,有位姓王的老师找我反映学生情况,说是有两个初中男学生,经常在校内滋事,学校领导对他俩没有办法,说你张校长只要把这两人控制住,其他学生就很好管理。我听后,感到很纳闷,学校领导连两个初中生闹事都管不了,这岂不是咄咄怪事吗? 要么这其中必有隐情。

有一天,有个学生跑来给我反映,有两个男学生在一间空教室里"审问"一个女生,让这个女生老实交代和哪些人发生过性关系。我闻讯赶到现场,断定这两个男学生是王老师说的学生,我对他俩说:"你们的这个行为是私设公堂,是违法侵权行为。"他俩立刻承认了错误,而且态度很诚恳地说:"校长我们错了,保证以后再不干这样的事。"

没过多长时间,学生又找我反映,两个男生在"审问"一个女生,还拳打脚踢。我赶去一看,还是过去的那两个男生,女生还是原来的那个,我很气愤,严肃地指出:"你们简直是耍流氓、无赖,你们的行为国法不容,不管你们的后台是谁,我一定要处理。"

我对这两位学生的批评,特别是说到的"不管后台是谁,我一定要处理"这句话,很快传到厂长那里,厂长命令教育中心派工作组到中学,要解决我的问题,说白了要撤我的职。这一决定遭到教育中心领导的抵制,工作组没有派成,但后来我听说,教育中心这位领导的工作受到了一定影响。我这才明白了,石化一中这潭水又深又臭,的确让人喘不过气来,我的位置岌岌可危,工作积极性严重受挫。

为了提高石化一中教学质量,学校从外县调来校长,又从上海聘请了二十多名教学经验丰富的退休教师,其中有一名是一所重点中学的校长,名叫徐为之。我同他接触一段时间后,他语重心长地给我说:"小伙子,不要贪图石化较优越的生活条件,根据你的条件,回到家乡的高校从事教学科研工作,肯定会大有作为。"徐校长的这一席话,说到我的心坎上了。

20 世纪 80 年代初,时任党中央总书记的胡耀邦同志到青海视察工作,提出"立下愚公志,开拓青海省"的豪言壮语。此刻,黄河的波涛声在我耳边再一次回荡起来,少年时代曾立下考察黄河源头的誓言,激动的心情怎么也平静不下来,最后毅然放弃了优厚的生活待遇和工作环境,谢绝了领导和周围同志们的挽留,于1984 年年底来到了青海师大,在乌鲁木齐石化总厂整整工作了七年,那时我已到了四十五岁的不惑之年。

第四辑

赤子心、故乡情

29. 到青海师大后的前三年

万山之祖——苍莽昆仑山

　　我对家乡——青海,总有一种无比眷恋、感恩之情。虽然这里并不富饶,但这里是养育我的地方;虽然这里自然条件差,但这里是我梦想诞生的地方;虽然这里地势高亢,冰雪茫茫,但这里是中华水塔所在地。还有,青海历史悠久,是中华民族昆仑文化的发祥地……正因为如此,在我四十五岁的不惑之年,从工作和生活条件相对优裕的新疆,义无反顾地来到青海师大工作生活。

　　到青海师大工作,换了一个全新的工作和生活环境,这里人生地不熟,碰到了一些原来不曾料想到的困难,但对家乡的无比眷恋、感恩,转化为克服困难的勇气和动力,使我在非常艰难的逆境中行走,让我一步步地走到了今天。

生活条件差我没有退缩

1984 年 12 月 31 日下午,我到青海师大人事处报到,因为翌日便是元旦,人事处的同志在办公室准备包饺子辞旧迎新。一位年龄约四十岁的男同志给我说:"今晚你住校招待所,明天后勤处给你安排住处。"

第二天,是 1985 年元旦佳节,校内外充满欢乐的节日气氛。我一直在招待所等待后勤人员安排住房,一直等到下午 5 点钟夕阳西下,后勤给我安排住房的人来了,我扛着行李跟在他后面来到校门口西侧旧楼的三楼上。

门锁打开,开了灯,这间屋有 10 多平方米,空空荡荡,里面有一张单人铁床,走在木地板上面吱吱嘎嘎,声音很刺耳。我把行李放在床上,转过身准备给这位后勤人员打招呼时,已不见人的踪迹,可能我一进门他就走了。

我因连续几天颠簸,感觉很疲惫,15 瓦的电灯泡,光线特暗,屋内是个啥模样看不清楚。摸了一下暖气片还有点热度,想喝口开水也没有,没办法先清扫一下铁床上的尘土,把简单的行李卷打开,躺下去就睡着了。

半夜冻醒了,听到屋外狂风呼啸,听到窗户不停的晃动声,感到有股刺骨的冷风钻入屋内。下床仔细看了一下,发现窗户上缺一块玻璃,暖气片冰凉冰凉的。好不容易等到天亮,我仔细看了这间房子,墙角墙面有不少蜘蛛网,地面木板上面是一层厚土,我走过的脚印在地板上清晰地印了出来,一面墙的下半部是湿的。

出门仔细看看两侧房间,一面是堆放杂物的库房,另一面是厕所,而且厕所的门是开着的,因为楼上没有住人,无人清扫,厕所里散发出一股臭气,可能是厕所漏水,把靠近厕所的墙面弄湿了。很显然这是一间很久没住过人的房子,我远道从新疆来家乡工作,学校对我的这种接待,让我感到好凄凉啊!

月中是发工资的日子,我的工资 150 多元,仅是我在新疆工资的一半多 10 多元,只是青海师大和我同一届大学毕业老师工资约三分之二。有老师给我说:"在青海工作满二十年可晋升一级工资,你在新疆白干了二十年,这一级工资你享受不了,调到青海工资吃了大亏啰。"

我的住房条件、工资待遇,和新疆比较真是天地之别,但我面对恶劣的生活环境和低工资,没有一丝一毫动摇回家乡的决心和信心,因为我是来建设家乡的,不是为了生活享受,不会因为生活条件差而退缩,更不后悔当初的决定。

　　3月初开学,为弥补近二十年来专业知识的不足,我到母校北师大进修学习,先后在北师大、北大、北师院(首都师大)三所大学地理系交叉听课。系里安排让我进修回来讲"中国自然地理"课,边听课边备课。在北师大、北大专听近二十年来地理科学发展的新进展,如地理信息、地理学系统论、地理生态环境等。北大著名教授陈传康先生讲的旅游地理学,打开了我心灵的窗户,把我带进了一个全新的旅游世界,他精湛的学术造诣对我有极其深刻的影响,从此我和他成为莫逆之交。

　　听课之余,我一头扎进北师大图书馆,搜集整理了20余万字的有关青海地理的资料,涉及青海省地质—地貌、气候、水文、土壤、生物、自然资源、人文环境等诸多领域;节假日专程到西单新华书店,购置了千余元有关青海的图书,为以后青海地理教学和科学研究铺垫了基础。

　　我讲授中国自然地理课,同学们说:"张老师你讲的课深入浅出,条理清楚,联系实际,我们听得很轻松。"我心头上的这块石头终于落地了,总算松了一口气。我给学生们亮了底:"我在新疆是中学地理老师,大学毕业二十年了,怕讲不好,你们多提意见,我会努力改进的。"

和李书记的第一次谈话

　　1986年是我到青海师大的第二学年,没有上课任务。开学初的一天,系办公室的同志通知,让我到李书记办公室去一趟。李书记名叫李承业,藏族,五十多岁,是青海省有名望的老教育家,长期担任青海民族师范学校的校长,为青海的民族教育事业贡献青春年华。他调入青海师大后,创办了青海师大民族部,为我省民族师范本科教育事业积极努力。

　　走进李书记办公室,他微笑着走过来同我握了手,并把我仔细端详了一番,让我坐定后,给我倒了一杯茶水。他开门见山地说:"你的讲课学生反映不错嘛!还是北师大的学生有水平啊!"李书记说得我不好意思,我说:"李书记您过奖了,我的专业知识水平有待进一步提高。"

　　李书记说:"青海的条件比新疆差,你主动来家乡参加建设,我们很欢迎,希望像你这样永久牌的人越多越好。"借此机会,我暴露了自己的活思想,我给书记说:"我回家乡的时间晚了点,年岁也不小,今后在教学上肯定有很大压力,让我全身心投入到教学科研工作中去,为青海的地理教学和科研多干点实事,别的杂事我是没有精力干了。"

李书记很风趣地说:"你们这些人,现在已经成熟,到了该挑大梁的时候了,教学、科研、行政一齐上,这样才能看出你的真本事来。"他又说:"正如我们青海人说的,是骡是马,还是拉出来遛遛看。"李书记的讲话直白、哲理性强,而且有很强的鼓动性,让我以后的工作受到很大的启发。

李书记还给我讲了一个故事:"我们家乡有一种草叫'鞭草',老百姓连根拔回家放在屋檐上晒干,第二年埋在土里照样能发芽生长,我们要学习'鞭草'的精神,放到哪里都能顽强地生活工作。"这个故事深深地触动了我的心灵,我也领悟到李书记给我讲这个故事的良苦用心。

我同李书记第一次见面,感觉他待人和气,平易近人,说话诚恳,他那一副饱经风霜的面孔,给我留下难忘的印象,我很喜欢这样的领导,能碰上这样的领导是我的福气。在以后的工作中,我碰到过不少困难,但想起李书记给我说的话、讲的故事,这些困难迎刃而解,我们年轻一代不要辜负老前辈的谆谆教导,要尽职尽责地搞好自己本职工作。

他退休后,逢节假日我去看望他,汇报我的工作、思想情况,陪他聊天,这也许是我对他的感恩,其实我从他那里能获得书本上学不到的知识。他经常鼓励我:"小张,你干得很不错,出了不少成果,对国家有贡献,是我们青海人的骄傲,也是我们少数民族的光荣!"鼓励是鞭策,他希望我迈向更高的高度。

和孙队长的冲突

我和李书记谈话后不久,因地理系领导到教育部举办的系处级干部学习班去学习,校党委研究决定,让我临时负责地理系工作。看来李书记找我谈话,是有目的的,摸摸我的底,并在给我鼓气。

上任没有几天,发生一件预想不到且令我今生难以忘记的事。因我爱人去新疆大学进修学习,我把孩子们都带到了西宁,岳父母思念外孙心切,于 1986 年 4

月底乘火车来到西宁,晚上 8 点多下火车。当时西宁还没有出租车,晚上 8 点钟公交车也不发了,从火车站到师大足有 10 多公里,两位老人年近七十岁,从火车站到师大的交通工具无法解决。

我到校车队办公室,值班的是我们系魏廷玉老师的爱人,我给她说明了情况,她说:"这种情况必须要派车去接,但要车队的孙队长批准才行。"我去车队办公室给孙队长说明了情况,孙队长总是不开口表态,脸上也毫无表情,我在他面前站了好大半天,最后不好意思地给他说:"不行,我交钱行吧!"他终于开口说话了:"谁稀罕你那几个臭钱。"我万万没有料到,他不仅不愿意派车,态度还如此蛮横无理,一点也不尊重人。

无奈之下,我找到当时主持学校日常工作的副书记,说明了情况,副书记说:"你给孙队长说,是我说的要派车接。"我把副书记的意见传达给了这位队长,他还是不吭声,我说:"你不信我们一块去见书记!"我的话音刚落,他转过身来向我胸部猛击一拳,这是我今生受到的最大一次人身攻击和污辱,我丝毫没有犹豫,把他衣领一把紧紧抓住,尽管多少人前来劝阻都无济于事,这时我头脑冲动到极点,但仍极力克制自己,可以辱骂他,可以不停地摇晃他,但千万不可以动手打人干出愚蠢的事。

这位队长虽是军人出身,但瘦弱的身体像是吸了鸦片的烟鬼,那时我四十多岁,体魄健壮,又经过新疆特殊环境的历练,他哪能是我的对手。平日他在老师和学生们面前狂妄嚣张,今天在我面前像是老鼠见了猫一样。这时人群中有人大声说:"这狂小子今天终于遇上这位愣头青了,想不到也有他倒霉的时候,最好扇他几个耳光让我们看看。"

持续了一个多小时,有人过来给我说:"车已经派了,你快去接人吧!"我看时间不早了,这时我把这个家伙使劲向前一拉,然后狠狠往后一推,差点给他来个仰面朝天。上了车,这位司机同志给我说:"这个人很坏,得罪的人很多,但人家有后台,我们敢怒不敢言,在学校谁敢惹他啊。"

第二天是星期六,按照学校惯例,星期六上午是全校系处级干部学习会。会议刚开始,书记还没有讲话,我壮大胆子,把我昨天在校车队发生的事给大家讲了。顷刻像捅了马蜂窝似的,到会的人们纷纷争先恐后发言,控诉、声讨这位校车队长,列举他的斑斑劣迹,人们群情激愤,大约持续了一个小时。李书记在大会上表态:"这件事学校会认真处理。"

星期一的下午,学校下文免去了这位校车队长的职务。此后,有人称赞我"血气方刚,够爷们",也有人说我"很野蛮"! 总之对我褒贬不一。也有好心人提醒我:"这家伙不给你派车,是你没有给他送东西,人家之所以那样猖狂,是有后台,以后你可要小心点,他不会甘心罢休,会找机会报复你。"从此后,我在青海师大却有了一定的名气。

两件棘手的事

我临时负责地理系工作,坚持以身作则,加强督促检查,上任不到两周时间,办公室行政人员迟到早退、老师上课迟到早退等问题基本没有了,地理系的教学秩序很快进入了常态化。

随着工作进一步深入,系里深层次的问题逐渐暴露出来,我发现极少数学生上课趴在课桌上睡觉,上课还经常迟到,甚至旷课,还有极少数学生索性不上课,我还发现有个用白纱布包着头部的学生在上课,虽然这些是极个别现象,但背后是什么的情况? 这引起了我警觉,我必须要正本清源,搞清问题出在哪里。

经过一番调查得知,有几位男同学晚上出去同社会上无业人员酗酒、打架斗殴,那个用白纱布包头部的同学,他的头部是被流氓打伤的,我同这位同学进行谈话,后来情况有了一定好转。

更让人不安的是,有几个女生在校外谈恋爱,有的已经造成了严重后果,有个女同学,同社会流氓混在一起,干脆不来校上课,严重旷课。又听到风言风语,另一个女同学怀孕了,还有些女生也快陷进去了,形势异常严峻,这样的事我过去没有经历过,不知如何办才好,心里感到很恐慌。

正好校党委办公室来电话,让我给李书记汇报工作,在场的还有党办主任唐志远同志。我向李书记汇报目前地理系的情况,把新近发现的问题也如实作了反映。李书记对我的工作给予了充分肯定,希望我克服困难,团结师生,使地理系的工作有新的起色,李书记的鼓励增强了我克服困难的决心和信心。

不久,两件棘手的事终于发生了。

第一件棘手的事。根据各系上报的教学日志,那位同社会流氓混在一块的女同学,旷课天数已达到学校退学规定,学校教务处经研究决定给予她勒令退学的处分，并通知家长将该同学领回。这件事学校没有给系里通气，我没有任何思想准备。

这个学生的父母接到通知后，心急如焚，从很远的农村老家直奔师大地理系办公室，泣不成声，两口子扑通一声跪在我的面前说："张老师，求你啦，救救我的女儿，再给她一个改正错误的机会吧！"我赶忙把他两口子扶到凳子上，办公室工作人员给他俩倒了开水，尽快把紧张气氛平静下来。

我给这位同学的父母说："你们的心情我完全理解，你们的女儿同我的女儿是一样的，我会给学校领导反映你们的要求，尽我最大努力把这件事处理好。"这件事使我的心情一直平静不下来，老百姓把孩子送到我们学校，而我们没有很好地教育他们，工作失职，对不起家长和学生，感到问心有愧啊！

我找到学校负责学生工作的任副校长，说明这个同学旷课的原因。任副校长说："这样的问题，难道系领导没有教育？旷课天数如此之多，难道系领导不知道？"原系领导曾说："只要不给我抱孙子就行了。"这种不管不问的态度，系领导有不可推卸的责任。我请求学校把这个同学留下来，由我负责对她的教育。最后给了留校察看一年的处分，总算给这个同学保住了学籍。

对这位同学的教育，我费了一番心血。先是敞开心扉的一次谈话，我像对待自己的女儿一样对待她，在我面前她失声痛哭，十多分钟说不出话来，她决心痛改前非，彻底断绝和那些不三不四人的来往，好好学习，不辜负父母亲、学校领导和老师们的一片苦心和信任。

征得本人同意后，对这位同学的平日活动作了必要限制，规定她平日不得出校门，如果星期天出去，要有同学陪伴。我找了几个表现好的女同学，一方面帮助她把学习补上去，另一方面也看着她的行动，又找了四五个身强力壮的小伙子，以便在和她有过来往的男人出现在校园时，采取必要的措施。

后来这位同学的学习成绩很快赶了上去，毕业考试成绩全部合格，可惜受过留校察看的处分后，只能拿肄业证书。听了解她情况的一位同学说，她到一个偏僻山村当了一名代课老师，结了婚，还有一个活泼可爱的儿子，日子过得很甜美，提起你张老师很感激，但不好意思来看你。

另一件棘手的也是一个女同学，班上负责填写教学日志的同学反映，我们班又一个女同学接连好些天没来上课，如果如实给学校报上去，会像上面的那个同学一样将受到处分。我说暂时不上报，等把情况落实清楚后再说。

星期天,我到这个女同学家去家访,突然出现在她家门口,她满脸通红,不知所措。这个女同学身高约一米六,身材瘦弱但很匀称,脸色白皙,有着青海女孩所特有的"红二团",一双水汪汪、精明透亮的大眼睛中透射出无穷忧伤,性格内向,有大家闺秀的风范,有人说她生活作风有问题,总让我难以置信。

这个女同学原籍是陕西,她父亲操一口浓重的陕西口音,在政府机关里是一般职员。他说:"我女儿最近一段时间闷闷不乐,脸上很少有笑容,从学校回来进她自己的房间后很少出来。猜不透姑娘在想什么,不知到底出了什么事。"她的母亲说:"姑娘大了,当妈的不好管,问多了她不耐烦地说'很烦,不想活,想死'。我们俩认为她可能是失恋了吧,也没有引起重视。"

我到这个女同学房间和她单独聊天,她低着头一直在哭,怎么也不回答我的问话,半个多小时过去了,我觉得她有启齿难言的隐情,就改变了问话方式。我说:"小×啊,你有天大的事给老师说,第一给你绝对保密,第二帮助你一定解决。"她不哭了,突然说:"张老师我怀孕了,我不想活了。"我故意装作不以为然的样子,说:"原来是这样,这个事也是可以想办法解决的。"

我想起当时上大学时,我们班的一位女同学怀孕,她休学一年,生完孩子跟下一班上,没有给任何处分。我从这里受到启发,给她说:"先休学半年,到九月份开学跟下面的班上。"她说:"太丢人了,我说不出口,没办法见人,张老师,我真不想活了。"我赶忙又说:"可千万不要胡思乱想,只要好好活下来,我们可以想办法。"

经过商量,从医院开个根据身体状况无法坚持正常上课的证明,再写个休学半年的申请书,经系里研究同意后报学校通过。这才使这位同学低着头微微笑了一下,这是我看到她后的第一次微笑,也是她的最后一次微笑。

我向任副校长汇报了这个女同学的情况,任副校长认为这样处理比较稳妥,同意她休学一学期。

1986年9月开学,这个女同学拿着休学证明书,到系里报到。这时春风得意的系领导,恶狠狠地给她说:"你被开除了,还上什么学?"这个女同学又羞又气,她知道我不是系领导就没有找我,当天晚上回家就服毒自杀了。一个如花似玉的少女就这样断送了生命,每当我回忆起这件事,心隐隐在作痛。

我的任职风波

1986年6月中,青海师大党委负责组织的领导找我谈话,经校党委研究决定,我任地理系副主任。这次全校提拔的系处级干部共十三名,凡是校内人事变动,不到三天时间将会家喻户晓,因我和原校车队长发生过冲突,这次又提升,大家对我的议论自然是比较大的。

6月底,在教育部系处级干部学习班学习的系领导,课程还没有结束就提前回校,那时正值毕业班学生开始分配工作。学生中传出风来,系领导答应家在州县的×××同学毕业后留西宁工作,×××同学留系工作。我是严格按照分配原则办事,除了少数工作需要,或者考虑健康状况,坚持哪里来哪里去的分配原则,坚决杜绝分配工作中的腐败行为。作为一条纪律,分配方案在学校未批准前,毕业生分配领导小组的任何人不能私自外传。

刚开完会,系领导的亲信×老师,有意将分配结果泄露出去,系领导答应留西宁的这个学生找我大吵大闹,使我的工作很被动。紧接着,这位系领导及亲信在校内散布"张忠孝是从中学来的,他还能教大学吗?""他是青海人(当时有些外省区教师看不起青海人),又是少数(即少数民族),张忠孝打人,太野蛮了"等。这位系领导还煽动系里一些老师和学生,编造谎言,网罗莫须有的罪名,到学校告我的黑状。

放暑假前几天,校党委下达文件,原研究决定提拔的13名系处级干部,12名下达文件走上各自岗位,唯独没有我,也没有同我谈话解释为什么要取消我。找到学校相关领导,他们支支吾吾也没有说出个所以然来。

于是校内更多人议论猜测,有人说:"校党委取消张忠孝系处级任职资格,发现他肯定有问题。""不是生活作风,就是经济上贪污腐败。"更有甚者还说:"他在新疆中苏边境工作过,可能有里通外国之嫌。"有些出于公心的人说:"没有确凿证据,不能妄加评论一个人。"

针对人们对我的议论猜测,我虽没有必要一个个地去说明,但却给我造成极大的思想压力和精神伤害。回忆我大学毕业在新疆工作二十年,入了党,获得过劳模、优秀教师的称号,任中学校长。为了建设家乡,放弃良好的工作生活环境回到青海。我任职发生的这一风波,完全是人为因素所造成。也许是被赶下台的原车队队长,起到了意想不到的作用。

走出自己的脚步

我没能走上地理系副主任岗位,系领导也不给我安排上课任务,我只好无奈地沉默、忍耐,对于外界的议论猜测一概置之不理,尽快把心平静下来,继续完成在北师大进修时"青海地理"讲义稿的整理,着手在大学时代关于青海省综合自然地理区划的研究工作。何况这两项工作需要充足的时间和精力。我心想不要因个人情绪浪费大好时光,只有平静下来才有精力投入研究。

1987年元月份,我放寒假回新疆探亲,爱人坚持要我调回新疆。通过老同学的帮忙,新疆教育学院领导同意让我调到该院刚组建的生(物)地(理)系工作,担任临时负责人,还给了一本《气象学与气候学》的教科书,开学要给学生上课。爱人自然很高兴,但我心中总是不甘心,好不容易调回家乡工作,要圆我的黄河之梦,碰到一点小困难就迈不过去,这算什么啊?

3月份刚开学不久,学校负责组织工作的领导让我到他办公室。走进办公室,他装作写东西连头都没抬一下说:"新疆的商调函来了,我们同意放。"我一句话也没说,走出他的办公室。此刻我的脑子清醒了许多,拿定了主意,在哪里摔倒的,就在哪里爬起来,决心要混出个样来。

第二天是星期三,下午是各系政治学习时间,系领导先是传达上级文件,他一副春风得意的神态。刚念完文件,马上换成铁青脸色,清理了一下嗓门,操着浓重的陕西腔说:"谁要是给我过不去,我就让他滚蛋!"此刻我从座位上站起来回应:"你不要高兴得太早,我不走了!谁笑到最后,谁笑得最美!"在座的一些老师莫名其妙,不知到底发生了什么事情。

经过深思,我首先把精神状态调整好,每周星期三下午政治学习时,我服装整洁、满脸笑容地走进会议室,坐在这位系领导的对面,他的讲话有纰漏时我给予纠正,如果他不讲理向我要脾气,我平心静气地和他讲道理,搞得他经常很恼火、很尴尬。有老师说:"现在系领导不信口开河随便训人,对老师客气多了,开会时讲话也少多了。"

不给我安排工作，我主动找事干，系里没有开设"青海地理"课，我主动给学校提出要开这门课，已写好的《青海地理》讲义，征得学校教材科同意，由教材科打印成册，作为正式教材。

我所撰写的《青海省综合自然地理区划初探》，青海师大学报编辑部认为有地方特色，有一定的学术价值，同意在师大学报上刊登，这是我今生写的第一篇学术论文，为研究家乡青海迈出的第一步。

参加了"青海旅游资源调查与开发研究"课题，经过野外实地考察，认真钻研学习有关旅游专业知识，撰写了《青藏公路沿线旅游资源调查与开发利用刍议》的文章，在《青海社会科学》上发表。另一篇题为《我省旅游业发展初探》的稿子，约一万余字投到《青海日报》，该报分四期连载。对于经济欠发达落后、信息闭塞的青海省，这样的文章使人们耳目一新，把人们的视角引入一个全新的世界，在社会上引起强烈反响。

因工作需要，1989 年 6 月中旬，校党委下达文件，任命我为地理系副主任，在全系教师会议上宣布任职决定时，还特别明确让我分管教学、科研工作。我走马上任当上系领导，大多老师认为是顺理成章的事。

我需要"地理系副主任"这个头衔，因为它能还我一个清白，但毕竟来得太迟了，要是早两年，那个聪明伶俐、讨人喜欢的少女不会白白死去，人生不再，青春不再哪！

30. 教学改革是地理系发展的动力

要改变地理系的面貌,当务之急就是要进行教学改革。一是要紧跟地理科学发展的新前沿,再不能沉迷于过去"地理"的旧框框、老调子,扬弃地理教学中陈旧、繁杂的内容,大量注入最新的地理科学新成果。二是要紧扣青海经济建设市场需求,除了为全省中学培养合格地理教师外,还要培养旅游人才、环境保护人才、城镇规划建设人才等,要为青海经济建设服务。

地理学是一门古老学科

地理学是我国古老学科之一。春秋战国时期,关于地形、物候、水文、动植物地理、地图、区划等方面就有了一定的研究成果,人们把"天文"、"地理"相提并论,认为两者涵盖了全部的自然知识。中国先秦典籍《易经》中有"仰以观于天文,俯以察于地理"之说,所谓"地有山川原,各有条理,故称'理'也"。

1871 年世界召开国际地理大会,至今有近一百五十年的历史。1922 年成立了国际地理联合会(IGU)。近代 1897 年,上海南洋公学留学生班开设地理课程,由张相文任教,他于 1901 年编著中国最早的地理教本《初等地理教科书》、《中等本国地理教科书》,1908 年编著《地文学》,是中国最早的自然地理教科书。1909 年中国地理学会成立,张相文当选为会长,至今有百余年的历史。1920 年我国不少高校设立"地理系"或"地学系",中小学普遍开设"地理课"。

地理学在我国的发展有着悠久的历史,它能发展到今天成为一门科学,有它自己的生命力,在社会实践中有着广泛的应用,需要地理工作者发挥专业优势,充分发挥地理科学的强大生命力。

地理系改名潮

新中国成立后,我国高校"地理系"规模不断扩大,但由于旧中国基础薄弱,20世纪50年代后期又受到苏联"地理学"的影响,地理科学的发展一直不景气。直到80年代后期,地理科学仍不被国家所重视,中小学地理课多次被砍,地理教师在学校地位低下,地理系毕业生不好找工作。造成高中毕业考大学,几乎无人愿意报考地理系,地理系生源几乎都是调剂来的,因而学生中闹专业思想很普遍。

面对上述情况,地理学界人士为地理系的前途、命运担忧,国内一些设有地理系的大学,系领导、老师们,纷纷向学校及上级主管部门建言献策,最能立竿见影的办法是改名字,"穿上马甲"后颇有雾里看花之感。

我国最早改名的地理系,是中国成立最早的北京大学地理系,改名为"资源环境学院",以后全国不少大学地理系效仿北大地理系的做法,改名为"资源环境学院(系)"、"城市与资源学院"、"资源环境与旅游学院"、"城市与旅游学院"等。

改名的目的很简单,就是为了学校的招生和学生的就业,因为社会上更多的人不知道"地理学"是学什么的。换上了"资源"、"环境"、"城市"、"地理信息系统"等时髦名称,或者包装得绚丽多彩,尽管还是原来的那个地理系,就立马身价倍增,令人刮目相看。地理系改名后的一段时间,其招生、工作分配等一时火爆起来。

在全国大环境的影响下,我校领导把地理系改名为"资源环境系",我得知后很气愤。写出书面报告,表示坚决反对,严肃指出:"为了学校招生和学生就业,将地理系改名为'资源环境系',这是不懂科学、弄虚作假和回避矛盾的做法,是不可取的,我们必须通过教学改革,从根本上解决问题,坚决不同意改名。"

地理系改名只是形式,当今全球人与自然环境、自然资源的矛盾日趋尖锐,这正是地理学研究和要亟待解决的问题,所以地理系今后的出路关键在教学改革,满足越来越现实而紧迫的社会需求。只要教学改革成功,有了广阔的市场需求,地理系毕业生会大有用武之地。

我国大多数地理系没有改名,他们根据地理科学所固有的特点,根据各地的实际情况,坚持与当地生产建设相结合的科学之路,办出了自己的特色。学校尊重了我的部分意见,将"地理系"更名为"地理环境系","地理"这两个字总算是保留下来了。

地理系教学改革

为了促进地理系教学改革的进程和权威性,系里组织部分教师成立"地理系教学改革领导小组"。我任组长,申报了"新形势下地理系教学改革新方案"的省级课题,其思路基于如下四个方面的考虑:

地理系教学改革讲话

凸显地理学的优势和特点:

地理学是研究人地关系,具有鲜明的综合性和区域性特点。这是任何一个学科都不具备也无法比拟的优势。

第一点,自然地理学与人文地理学的有机结合

人类在自然地理环境中生活,为了生存必须向自然界索取生活和生产资料,有意无意地与自然地理环境发生关联,两者之间产生了永远无法脱离的关系,由此而产生了地理学,它是专门研究"人地关系"的。人类对自然地理环境施加的影响,运用而产生了人文地理学,它同自然地理学并驾齐驱,构成了完整的地理科学。

长期以来,受到政治、文化等多种因素影响,自然地理和人文地理呈割裂、对立状态,严重阻碍了地理学整体的综合发展。现代大量研究表明,在一个重

大自然地理环境演变中,总是渗透着人类活动驱动力的影响。研究某一区域,只有人地关系协调发展,才能实现该区域资源、人口、环境、社会、经济的持续发展。

第二点,实现地理学研究方法的现代化

过去的地理学长期停留在只是对个别地理事物进行记载的阶段,对地理现象的归纳解释,大量是定性的文字描述,无法解释地理现象发生、发展规律的全过程。只有通过对自然过程模拟实验、定位观测等科学方法,对获取的大量数据进行定量分析研究,才能真正揭露地理现象发生、发展规律的全过程,使地理学从经验科学走向实验科学。

第三点,进一步加强地理科学的应用性

一个学科,在社会实践中有广泛应用价值,将会得到蓬勃发展。当今世界,与地理学相关联的人口发展、旅游发展、环境保护、资源保护、灾害防治、城市和农村发展等问题成为社会的热点,以 CIS 技术应用为龙头的地理信息和 3S 技术应用产业化,也以前所未有的速度发展起来,增强了地理学研究成果的广泛应用价值。

课程设置的改革:

课程设置关乎培养什么样人才的方向问题。现地理系四年要开设近三十门课程,课程存在有"三多三少"的特点。"三多":地理基础课和专业课交叉重复的多,陈旧内容多,没有使用价值的多;"三少":国外地理新成果少,应用价值少,现代科学技术手段少,地理学科的发展远落后于其他学科的发展。

根据目前市场需求,课程设置门类要减少,交叉重复的要统一,陈旧内容要删去,腾出更多的课时增加市场需求的新课程。我们先后到北京师大、西北师大、陕西师大等兄弟院校地理系学习取经,开设了一批如"旅游地理学"、"环境保护""计量地理学"、"地理信息"、"灾害学"等市场需求的新课程。

开办非师范专业:

青海师大地理系姓"师",是为全省中小学培养合格的地理教师,同时也给社会输送合格的地理科学工作者。为了满足社会需求和地理科学的发展,在办好地理本科师范专业基础上,开办非师范地理专业人才是大有潜力的,也是我系健康发展的必然选择。我们开办了"旅游管理专业"、"环境保护专业"、"城市规划专业"、"地理信息专业"等非师范专业。

和学生们在一起

加大师资队伍培养力度:

加强师资队伍的培养,是地理系教学改革成功的关键。根据学校和地理系的实际,师资队伍培养走内外相结合的两条道路,有计划地每年派 1~2 名青年教师,到内地高校地理系进修学习,提高青年教师专业理论水平。

对内加强教师科研能力的培养,支持老师审报校、省、国家级科研项目,申报费由系里承担;鼓励老师写论文,凡是发表论文要交的版面费由系里支付。鼓励学生写论文,学生论文定期评奖。老师指导一篇学生论文,折合 6 节课时工作量,学生论文获奖,老师又加课时量。我们实行的这种办法,在全校是唯一的,极大激发了老师和同学们的科研积极性,如学生侯光良同学,曾获全国大学生挑战杯二等奖,在青海高校是唯一的,那一年西北地区甘、新、宁挑战杯奖是空白。

我们在当时系经费很困难的情况下,购买地理图书,订阅地理期刊,专门成立师生阅览室,开阔知识面,购置计算机等教学设备。

"新形势下地理系教学改革新方案"这一课题,最终获青海师大教学成果一等奖,青海省教学成果二等奖。经学校负责教学的领导及教务处同意,地理系教学工作安排按课题成果进行开展,为地理系健康发展并阔步前进奠定了坚实基础。

常言道:"十年树木、百年树人。"这次教学改革是在 1990 年,课题成果实施十年后的 2001 年,全校新批准五个硕士学位授权点,地理系占了两个(自然地理、人文地理），我们是凭借教学、科研、师资实力获得的，证明十年间地理系教学、科研成果突出，师资队伍有了长足发展。又经过十多年后的 2013 年，自然地理博士授权点获批，填补了青海师大博士授权点的空白，地理学科为省级重点学科，挤入全国高校特色专业建设点。

二十多年的时光，青海师大地理系坚实地迈出了两大步，之所以走到今天的辉煌，是两代人努力拼搏的结果。归根到底讲，是 1990 年实施教学改革结出的丰硕成果，充分证明教学改革是地理系发展的推动力！

31. 青海旅游研究第一人

青海首个旅游课题诞生

党的十一届三中全会的强劲东风,吹进了具有两千多年悠久历史的高原古城西宁,过去很少见到的高鼻梁蓝眼睛的外国人不断增多,他们中的大多数人是到黄教圣地塔尔寺游览观光。挎小背包的国内年轻人,在市区大街小巷、公园等公共场所时有可见,西宁这座长期处于封闭、半封闭的古城正悄然发生着变化。

对于更多的人来说,西宁市的这些细微变化,他们习以为常,甚至熟视无睹。而我们系的青年教师魏晓春,他思路敏捷,洞察力强,看在眼里,记在心中,这些现象的出现,意味着青海旅游的春天即将到来。他同系里几个志同道合的老师,于1986年年底,成立了"青海旅游资源调查与开发研究"课题组,向省科技厅提交了课题报告,申请了科研经费。

青海第一部旅游著作
《青海旅游资源》

我们提交的课题报告,引起了省科技厅领导的高度重视,没过多久课题获得批准,课题经费三万元,这在当时是个不小的数额。为确保这一成果保质保量完成,课题经过司法公证,校长张广志在公证书上签了字。

对于"旅游"这一新生事物,地理系大多老师还不大理解,系领导说风凉话:

"旅游！旅游！游手好闲、游山玩水、不务正业。"所以，一些想加入小魏旅游课题组的老师心存疑虑，有些老师想加入课题组，又怕得罪系领导不敢加入。

我在北京大学进修学习时，听过陈传康教授的旅游地理学课，预感到这是地理学发展的一个新方向，有着广阔的发展前景和无限的生命力。为此，我欣喜若狂地报名加入课题组，并把它视为我今生新航程的一个重要方向和起点。

我国的改革开放，使经济发达的东部地区旅游业蓬勃发展，地学界，特别是地理学界的专家、学者，站在开创中国旅游兴起的最前沿，如北大陈传康、北师大卢云亭、中科院郭来喜、中山大学黄进、四川大学杨振之、青岛大学孙文昌等，都是全国知名的旅游地理学专家，他们为我国旅游业发展推波助澜，做出了极其重要的贡献。

为使我们的课题研究进展顺利，为今后青海旅游业的发展指明方向，课题组特聘请陈传康和卢云亭两位教授、省旅游局局长康振武同志为顾问，他们三位欣然答应，这为我们课题研究成功奠定了坚实基础。

1987年7月中，陈传康和卢云亭教授，从首都北京风尘仆仆来到西宁，指导我们的课题研究工作。针对什么是旅游，什么叫旅游资源，如何进行旅游资源调查，如何进行旅游开发研究等进行详细讲解。并给我们拟定旅游资源调查和课题报告撰写提纲。他们把以前印的讲义和写的文章发给我们，使我们对完成青海首个旅游课题充满信心。

当时课题组共有十二人，大都是刚大学毕业不久的年轻人。分北、中、南三线进行旅游资源调查。北线赴祁连山地和柴达木盆地调查，南线赴青南高原玉树、果洛、海南三个藏族自治州调查。北线和南线这两条线路，因缺乏调查经验，加上自然条件、生活条件等诸多因素，调查人员出发不几天就回校，没有达到预期目的。中线我陪同卢云亭教授进行调查，经过一个多月调查达到了预期目的。

1988年是我到青海师大的第四年，也是旅游课题研究实施的第二年。我个人处境虽然仍不看好，但我在青海旅游开发研究上看到了一丝光亮，感到似乎还有那么一小片天地可以让我施展才华。

不久，课题发起人魏晓春离开师大去外地发展，组长准备职务升迁调走，两位主要成员也先后调离师大。课题组人手少了，人心有所涣散，剩下的成员几乎全是年轻的女老师，让我忧心忡忡。

青海地域辽阔，自然条件复杂多样，大多地域为高海拔区域，不少是无人区，具有多民族、多宗教的特点，要搞清青海的自然和人文旅游资源，难度很大，要耗费巨大的精力,这要求我们不仅要懂青海地理,还要懂青海历史、民族、宗教、考古、经济发展等多方面的学科知识。

面对上述严峻形势,我经过深入考虑分析,继续课题研究这一重担必然要落在我的肩上,因为我是这个课题组唯一的一名共产党员、老同志,也想起了李书记说的话:"是骡、是马,还是拉出来遛遛。"千古名句"山重水复疑无路,柳暗花明又一村"使我头脑突然亮堂起来。我默默下定决心,通过这个课题,要彻底改变我目前的困境。

此后,我的心就完全静下来了,在没有领导安排下自觉投入到课题研究之中,有计划、有步骤地进行旅游资源的全面调查工作。后来经师大领导提名,省科委批准,让我接任课题组组长的工作。

根据合同协议,课题必须在 1989 年年底结题。7 月暑假我回新疆探亲,经医院检查我患肝包虫病,囊包时刻有破裂而使包虫液流散的危险,只好在新疆做了手术,来不及休息,于 9 月初返回学校,投入到紧张的课题结题工作中。

结题报告由我执笔撰写,课题组成员帮助抄写文稿、打印,在较短时间内我撰写完成了 10 万余字的结题报告。1989 年 12 月底的最后一天,由兰州大学地理系冯绳武教授组成的评审组对课题进行评审。评审组认为:"在极其困难条件下,工作扎实,分析问题科学性强,填补了青海旅游资源研究的空白,省内处于领先,为青海省旅游业的发展提供科学依据。"

旅游资源考察

旅游资源是旅游业发展的物质基础,搞清楚旅游资源的禀赋状况,是旅游课题研究的前提和关键。青海省首个旅游课题"青海旅游资源调查与开发研究"的质量,与旅游资源的调查直接有关。

旅游资源调查准备工作

首先,利用严冬季节,着手大量的室内准备工作,出入青海师大图书馆、青海省图书馆、青海省社科院资料室等。从浩瀚的,甚至可以说是杂乱的各种文献资料中,寻找青海省有旅游价值的东西,认为有一定旅游价值的地方,用卡片登记的办法,把资料一个个汇集起来,哪怕一篇豆腐块小文章也不放过。

还有些问题自己搞不明白,需要向别人请教,我就专程到省内著名专家、学者的办公室或者家中讨教,从他们那里大都可以找到准确的答案。经过半年室内文献资料的查找、向专家请教,从全省筛选出有潜在旅游价值的名胜景区点五百余处。

青海湖鸟岛考察

对筛选出来的五百余处名胜景区点的分布地域进行分析,约70%的名胜点分布在面积只占全省5%的东部地区,其中以河湟谷地为精华地段。所以,重点对青海东部地区,特别是河湟谷地旅游资源考察,是完成本课题任务的关键所在。

第二步,从五百余处名胜景点中,经过再一次的筛选,筛选出百余处旅游价值高、调查难度较小的名胜景区点,走出去亲自实地考察,以验证室内工作的可信度,搞清每个名胜景区点的详细情况。从此,我开始了漫长而艰险的野外调查和考察工作。

野外实地调查和考察,要有充分的准备工作,包括思想准备和物质准备。必须有学校开具的介绍信,以便得到政府部门的帮助和支持,获取交通、相关资料等的支持;物质准备有测高仪、罗盘、背包、相机、笔记本、水壶、必要的药品;吃苦耐劳的心理思想准备也是很关键的。

青藏公路沿线旅游资源考察

我与卢云亭教授、曹风荣老师一行三人,负责中线青藏公路沿线旅游资源考察。虽然时间只有一个多月,但能有机会同我国著名旅游界的大咖卢云亭教授一同考察,学到了别人可能学不到的知识,得到预想不到的收获,有机会再一次成为他的学生,这一切都让我感到很荣幸。

1987 年 8 月初,当时火车只通到格尔木,在省旅游局局长康振武同志的亲自安排下,我们搭乘旅行团行李旅游车进藏,要穿越千余公里的生命禁区,这在当时来说是一件不可思议的事。国内流传"出国容易进藏

和卢云亭老师在唐古拉山口留影(5231 米)

难"的说法。卢老师五十多岁,第一次从低海拔的华北平原,进入海拔 4500 米以上的青藏高原,我特别害怕卢老师的健康出现意外。

卢老师平生第一次登青藏高原,表现得很兴奋,当他登上日月山哑口海拔 3500 米的日亭月亭,他很有感慨地说:"这里是文成公主进藏的通道,也是我国自然地理著名的分界线。"山体东面阡陌良田,一派塞上江南风光,西面草原茫茫,群山环抱,一幅塞外风光,这种气势磅礴的风光,在国内实为罕见。

小车穿过倒淌河镇,奔驰在青海湖南岸的青藏公路上,卢老师对青海湖区美景赞不绝口,他很风趣地说:"这里古代曾有东方君主周穆王拜会西王圣母的传说,因青海湖风光十分迷人,加上西王圣母特有的美貌,发生过周穆王乐而忘返的故事。"曹风荣老师不解地说:"还有这样的风流韵事?"我脱口而出:"就是神也有七情六欲啊!"

到鸟岛考察,已是八月份季节,候鸟们完成了生儿育女的任务,大都已返回南国过冬,鸟儿不多。卢老师说:"这里蓝天白云,湖水碧波荡漾,湖周草原牛羊成群,金黄色的油菜花,天空鸟儿翱翔,是神话般的世界,太美了,难怪周穆王乐不思归呢。"

沿途经过因盛产食盐(大青盐)而闻名的茶卡盐湖,这里已有千余年的开采史,盐储量达 4.5 亿吨,据说可供全国人民用近百年。乾隆二十八年(1763 年)开始开采,迄今有二百多年历史。现机械化生产优质原盐,除供应省内,还畅销全国二十多个省区及出口日本、尼泊尔、中东等地区。

我们到达格尔木,在这里休整了两天,顺便在市区作了旅游资源调查。卢老

师提出格尔木具有三口穿心形的区位优势,从格尔木向北、向东和向南,分别穿过当今山口、橡皮山口和唐古拉山口,到达甘肃西北部的河西走廊、青海东部和西藏,格尔木处于其交汇点上,旅游区位优势很明显,是未来青海西部,乃至我国西部地区旅游中间枢纽地。

从昆仑山口至藏北羊八井的近千公里,是海拔 4500 米以上的可可西里、藏北羌塘高原无人区,其中唐古拉山口、风火山、念青唐古拉山海拔均在 5000 米以上。大部分人从这里通过,都有强烈的高原缺氧不适反应。

卢老师初来到海拔 2260 米的西宁,就有轻微的高原缺氧不适反应。这次较长时间在更高海拔区域通过,头痛、头昏、心慌、气短、食欲不振、胸闷、胸痛的高原不适反应是必然的,所以出发前作了必要的体检,还带了红景天、止痛片、消炎、治感冒等药品。

为防止意外情况的发生,晚上我们住进条件尚好的沱沱河兵站。吃不下饭,睡不着觉,剧烈的头痛即使服了止痛片也无济于事,索性躺在床上静养忍耐。隔壁房间住的是上海来考察的大学生,我听到忍受不了有哭鼻子的呢,看来我和卢老师的反应是正常的。

卢老师怕我担心,极力安慰我,他说:“我俩可能是母校第一个进入青藏高原腹地的人,很光荣,坚持到明天下午到了拉萨河谷地,那里海拔低了,要好受得多。”卢老师的这一番话,让我的担心少了许多,但我想仍不可掉以轻心。

考察途中卢老师忍着强烈高原不适,边走边给我讲有关旅游方面的知识,还对青藏高原旅游资源的认识及其开发谈了许多独到的见解。每到一个有吸引力的景点,他要起个名称,如在纳赤台附近格尔木河东西两条支流汇流处,由于流水长期侵蚀,形成了一个高约 30 米的柱体,卢老师起名“两流夺柱”;到了昆仑山口,卢老师朗读毛主席作的词“横空出世,莽昆仑,阅尽人间春色”,起名“苍莽昆仑”;到了世界上海拔最高气象站之一的五道梁气象站,看到几位青年男女在这里工作,十分敬佩,起名“测天极站”等。这些我都一一记在笔记本上,至今记忆犹新。

我们在拉萨游览了雄伟壮观的布达拉宫,卢老师多次给我说:“我过去对藏民族接触、了解太少了,看到了布达拉宫,看到藏族是一个伟大的民族,我有生之年还要来。”我们返回西宁后,我认真归纳总结了这次考察收获,撰写了《青藏公路沿线旅游资源调查与开发刍议》《我省旅游业发展初探》的文章,在省内报纸、杂志上发表,其中很多是卢老师的观点,凝结着卢老师的智慧和心血。

青海东部河湟谷地旅游资源调查

4月份,西宁地区天气逐渐变暖,我骑着一辆破旧的自行车穿行在西宁市大街小巷。渴了、饿了,有自带的水和馍馍充饥。沈那遗址、北禅寺、扎马隆凤凰山、虎台遗址、东关清真大寺、马步芳公馆等,每一个景点都拍了照,作了详细的文字记录,这大约花了一个多月的时间就完成了。

日月山日亭和月亭

5月中,青海东部河湟谷地大地回暖,树枝发青,嫩草露出地面,不少花朵含苞待放。旅游资源考察工作从西宁市区推向西宁周边的大通、湟中、湟源、互助、平安等县。这些县城驻地距西宁35~60公里,我是乘长途公交车前往的。

考察中采取先易后难、先重点后一般的原则。先考察县城驻地,如湟源县先考察丹噶尔古城、城隍庙,然后沿青藏公路线,考察石堡城、东科尔寺、日月山;大通县先考察桥头镇老爷山、娘娘山,距县城较远的鹞子沟、宝库峡、广惠寺、牛场、石林等景点,我用学校开具的证明求助县政府派车、派人协助考察。

黄教祖寺——塔尔寺

　　互助县是我国唯一的一个土族自治县，那里的风景名胜点较多但很分散，我同县政府办公室联系，他们给我派了车，还派了一位小伙子带路，我对北山林区、五十乡佑宁寺、南门峡镇却藏寺这些省内著名的风景名胜地作了认真考察。

　　我多次到塔尔寺进行重点考察，因为它是宗教改革家宗喀巴的出生地，他所创立藏传佛教格鲁派（黄教）对全球佛教界有重大影响，被誉为一代大师，尊为"第二佛陀"。

　　塔尔寺不仅是佛教圣地，也是一座藏汉文化的艺术宝库，融藏汉建筑艺术为一体的明、清建筑群，依地势高低错落有致，上下层建筑物相互映照，组成佛教建筑园林。酥油花、堆绣、壁画，堪称塔尔寺的艺术"四绝"。千姿百态的佛神像、浩瀚的经文藏书、琳琅满目的法器，还有用金、银、象牙、玛瑙、珊瑚、玉石制作的精美文物古迹难以计数。

　　乐都县重点考察柳湾墓葬遗址。20 世纪 70、80 年代，中科院和青海省考古工作者，对柳湾墓地进行大规模的考古发掘，发掘墓葬 1730 座，出土文物 3.5 万余件，其中彩陶品 1.7 万余件，成为我国迄今已知的规模最大、保存完好的一处原始社会氏族公社墓地，距今约四千五百年，为研究

西宁东关清真大寺

原始社会氏族制度提供了史料。

　　柳湾遗址出土马家窑文化彩陶制品数量之多、墓葬之密集、文物之丰富，中外考古学界认为："可以和埃及金字塔、西安兵马俑相媲美。"使人们看到了一条流淌在黄土地上的人类古文化的彩陶长河。

　　日本友人小岛镣次郎援建的柳湾彩陶博物馆，展示出土彩陶文物 2.4 万件，彩陶数量之多在全国首屈一指。彩陶精品有裸体人像彩陶壶、彩陶靴、人头像壶、提梁壶、人面罐等。彩陶上有百余种符号，如："＋"、"－"、"0"、"×"、"工"等。

专家们研究认为,这百余种符号很可能是我国最原始的文字,有极高的考古研究价值。

瞿昙寺是乐都县境内的又一著名景点。由明朝开国皇帝朱元璋批准建成,为典型的明代宫殿式建筑群,建筑布局形如北京故宫,所以素称"小故宫"。因珍藏文物十分丰富而闻名,如明、清皇帝所赐御碑、匾额、金印、象牙印、佛珠、青铜巨钟等。近千平方米的壁画,是国内藏传佛教壁画中历史最悠久的遗存之一,壁画场面宏大、形象逼真、画技高超,采用天然矿物颜料,历经数百年,至今仍然鲜艳夺目。

暑假期间,我同课题组刘毅华、王玲两位女老师,从西宁乘长途公共汽车,到黄河谷地循化撒拉族自治县考察。在街子参观游览了街子清真大寺、骆驼泉、尕勒莽和阿合莽墓,对青海独有民族撒拉族的来历、生活习俗、宗教信仰、生活环境等,有了较全面的了解。撒拉族的祖先在六百多年前,带着手抄《古兰经》,从中亚撒马尔罕地方,跋山涉水来到这片土地上繁衍生息,创造了撒拉族文化。

我们来到茫茫林海的孟达景区,从黄河边木厂村爬山近千米,到了景色如画的天池,湖水清澈,与四周崇岭、茂密森林相映成趣,胜似仙境。两位女老师看到如此美的景色,高兴地蹦跳起来。

孟达天池

孟达景区特殊的生态环境,遗留了一些热带和亚热带的植物种类,植物种类达500余种,许多物种是国内水平分布的西部边缘,被称为"青海高原天然植物园"。我们就孟达风景区的旅游价值,并如何开发旅游业进行了探讨。

太阳快要落山,我们准备返回山下寻找住处时,迎面走过来一个背着行李包和猎枪、满脸络腮胡的男人,我估计他身上还会带有刀子之类的凶器,当时吓得腿肚子发软、打战,冒出了一身冷汗,心想,碰上土匪啦! 千不该,万不该,不该带这两位美女到这荒草野林,性命都有危险。我暗示她俩距我远点,万一出了问题我把这家伙抱住,她俩可逃跑脱险。

这个人走到我面前,笑着说:"这位老兄,我的这个打扮吓着你们了吧?"我一听这人不是坏人,顿时心中一块石头落了地,我深深出了一口气,问他:"您是干什么的?"他坦诚地说:"我叫李伟,是西宁一家百货公司的会计,喜欢摄影,是不是让你们看着怪怪的,现在不应该怕了吧!"

根据李伟的建议,我们当晚住在天池畔一间木屋内,吃着李伟带的压缩饼干和牦牛肉干,喝着泉水,欣赏天池夜景。以后我和李伟成为挚友,我出版的《世界屋脊——青海游》一书,不少照片是他提供的,他现已成为青海省著名的摄影家。

9 月份开学前,我对黄河谷地内的贵德县玉皇阁、扎仓温泉,尖扎县坎布拉风景区,化隆县夏琼寺,民和县南部三川土族之乡,黄南州同仁吾屯(热贡)佛教艺术、隆务寺等风景名胜点,都进行了实地考察。

祁连山地旅游资源考察及风波

9 月份开学,系里没有给我安排工作,我把 4 月份以来对青海东部河湟谷地旅游资源的考察,连同去年 8 月对青藏公路沿线旅游资源的考察资料,进行分析整理。至此,我已对全省 80% 以上的旅游资源进行了考察,有了较为完整的资料。

青海省北部的祁连山地,由祁连县和门源县组成,景色秀丽,地域狭小,考察难度不大,有 3 ~5 天可完成考察任务,我决定在入冬达阪山口道路封冻前去考察。

考虑在考察中保证安全和工作需要,我决定找一位来自祁连县的男学生陪同我前往,二年级的刘峰贵同学来自祁连

岗什卡雪峰

县,藏族,班干部,身体壮实,对当地情况熟悉,他是最理想的人选。

对此,我作了慎重考虑和周密安排。一个星期三下午的课外活动,我找到刘

峰贵同学,让他陪我到祁连山地考察,他爽快地答应了,有关事项我给他作了较详细地安排。晚饭后 8 点钟,我到刘峰贵同学的班主任老师家中,替刘峰贵请三天假,学校规定班主任给学生有三天的准假权,请他暂不要给系领导讲。这位老师是北京某高校 66 届毕业生,我和他算是同龄人。

我和刘峰贵约上午 10 点钟到了祁连县城,这个县城并不大,但让人感到很温馨。我们见过了小刘的姐姐和姐夫,吃了午饭,就去县城附近的牛心山、卓尔山、佛爷崖考察。佛爷崖造型奇特,如虎豹相戏、凤凰回首、和尚打坐。祁连县城到处绿绿葱葱,自然风光秀美,可与欧洲阿尔卑斯山区瑞士风光相媲美。

第二天上午乘车沿黑河谷地向西 40 余公里,我们来到亚洲最大的半野生鹿驯养基地,这里有马鹿、白唇鹿和梅花鹿千余只,是生态旅游的最佳景点。黑河,是我国第二大内流河,穿越祁连山地流入河西走廊,形成的黑河大峡谷无比壮观。

下午我俩乘车赶到门源县浩门镇,拜见了小刘的父母亲,晚饭是小刘大嫂做的青海特色饭。浩门镇原来是海北藏族自治州的首府驻地,州府现搬迁到原子弹研制基地西海镇。晚上住进一个价格便宜的小旅社,有两张小木床和一只不太亮的电灯,设备极其简陋。

旅社没有电视,为了消磨时间,我给小刘讲了我的身世,他听得很入迷。最后讲了我调来青海师大的原因,同系领导结怨的来龙去脉。接下来的是我们离校的第三天,我让小刘必须赶回学校,否则他会违反校纪校规。小刘给我说:"张老师,你当了一学期的系领导,我们了解你,请放心,你说的意思我明白,我会处理好的。"

我到门源县县志办收集到了一些资料,一位同志问我老家是哪里?我说是"民和人",他说:"我们的穆县长也是民和的,是你的老乡啊。"我顺便去穆县长办公室结识了这位老乡,他是回族,中午他在家用手抓羊肉招待了我,下午派车让我到海子、古城、岗什卡雪峰脚下考察。后来穆县长当上了青海省副省长、省人大常委会副主任,有时我到省上开会还能碰上他,但从来没有利用他手中权力为自己办过事。

我是第四天返回学校的,课题组一位老师到我家中说:"你和刘峰贵走后,小刘的班主任老师怕承担责任,如实把此事告诉系领导,系领导高兴地到处扬言:'这下子你张忠孝的把柄落在我手里了,带学生到处游山玩水。'亲自执笔起草了处分你俩的报告,由系秘书抄写五份,分别送给五位校领导。"又说:"刘峰贵回校后系领导找他谈话，要让他揭发你，否则要开除学籍，刘峰贵没有说话，表现还不错。”

星期一上班，我到系办公室，系秘书一反常态低着头不吭气，我不想惊动她，怕给她为难，悄悄离开办公室回了家。下午刚上班，系办公室派学生通知我：“下午上班让我到任卫东副校长办公室。”

走进任副校长办公室，尽管她没抬头看我，我看清她脸色是阴沉沉的，但我并不怕，旁边有两位三十多岁的男士，后来打听得知一位是学校干部处的，另一位是教务处的。任副校长说：“你带学生到处游山玩水，知道犯的什么错误吗？”接着又说：“你要老实交代，根据你的态度学校研究决定对你的处分。”

我非常平静地说：“‘青海旅游资源调查与开发研究’这一省级课题，是张广志校长签字并作了司法公证的，这是学校承担的省上一项课题。大雪封山之前到祁连山地进行旅游资源考察，考虑安全因素，找刘峰贵同学陪我去，我没有带学生去游山玩水，我没有犯什么错误。”

我接着说：“我没有教学任务，刘峰贵的三天假我替他在班主任那里请的，班主任有三天批假的权力，按学校规定返校，没有违犯学校的规章制度。”听过我的一番话，原来紧蹦着脸孔的那两位男士，脸上表情松弛了许多，他俩虽然始终没讲一句话，但心中却有数了。

任副校长为给自己下个台阶，说：“根据张老师谈的情况，看学校领导研究处理决定。”我一听“处理”二字，头脑冲动起来，说：“你们敢处理我，我会昂首阔步走出青海师大校门，永不回头。”临走前我又说：“为了完成学校承担的任务去工作，还要受处分，地理系领导把学生活活逼死，你们为什么不处理？”我气呼呼地走出任副校长的办公室。从此，这起风波学校再也没有人提起过。

柴达木盆地旅游资源调查

柴达木盆地位于青海省西北部，四周被东昆仑山、祁连山、阿尔金山等高大山脉所环抱，面积20万平方公里，是我国海拔最高的盆地，也是我国西北干旱荒漠区的重要组成部分。盆地内蕴藏有丰富的盐、石油、天然气、煤等资源，享有“聚宝盆”的美称。

柴达木盆地是个很神秘的地方，不论是人文景观，还是自然景观，在我国乃至世界都不可多见,它的无穷魅力深深地吸引着我,我曾多次进入盆地进行过旅游资源的考察工作。

柴达木盆地历史悠久,距今有两三万年的人类历史。古代这里是西部羌人的主要活动地,如塔温塔里哈遗址,是一处典型的诺木洪土著文化。曾建立过西王母古国,传说昆仑河源头区的黑海便是西王母瑶池。

柴达木盆地荒漠景观

公元4世纪,吐谷浑从辽东来到这里,建立历时三百五十余年的吐谷浑王国。都兰热水大型墓葬群,有200余座,专家研究认为,这是古代吐谷浑王国的墓葬。经考古发掘,出土文物极其丰富,对研究吐谷浑历史、中西文化交流以及西部民族探讨有重要价值,为1996年全国十大重大考古发现之一。

热水吐谷浑墓考察

专家认为,东昆仑山脉玉虚峰脚下,是产生于明代末年道教混元派的道场所在地。这个教派不断向海外发展,近年来,众多海内外道教徒来此寻祖访道,修行练功。

来自于内蒙古呼伦贝尔大草原的蒙古人,同当地各民族在生产、生活、文化交流中,形成了具有青海高原特色的蒙古族民俗风情。

柴达木盆地自然景观多姿多彩,被称为中华万山之祖的昆仑山,以东西向横贯盆地南缘,全长 2500 公里,青海境内称东昆仑山,长 1200 公里,海拔 5500 ~ 6000 米,布喀达坂峰海拔 6860 米,是青海省最高峰。昆仑山被称为昆仑文化的发祥地。

柴达木盆地地质时期,是一片碧波荡漾的海域,青藏高原隆起,海水退去,盆地相对沉降,封闭的内陆环境,形成大小盐湖近 30 个,五光十色的盐海景观,成为柴达木盆地靓丽的风景线。察尔汗盐湖,面积 5800 平方公里,是世界上最大内陆盐湖之一,蕴藏有氯化钠 500 亿吨,供全世界人口可食用 1000 年,还蕴藏有丰富的钾、镁、锂、硼、碘等矿产资源。

诺木洪戈壁荒滩上,有一条长 2000 米、高数十米的由贝壳和沙粒混合状组成的小山梁,人称"贝壳梁",是古海洋环境的遗迹。

盆地西北部,有近百平方公里风蚀地貌区,外部形态如古城堡、金字塔、桌子、蘑菇、圆柱、麦垛、巨人、兽类……身临其境,犹如进入迷宫,景色壮观,是大自然艺术"巨匠",经过漫长的地质时期"雕琢"而成的。为国内分布范围最广、最典型的雅丹地貌分布区。

万丈盐桥

柴达木盆地地处青藏高原向西北干旱区的过渡区,因而生物具有荒漠特点,代表性植物是胡杨林、梭梭林,根系发达,耐盐碱和干旱,抗逆能力和适应性强,对防风固沙、水土保持、改善生态环境等方面显示出其他植物所不可比拟的优势,被誉为"沙漠卫士"。

野生枸杞分布广,生长茂盛。枸杞含有丰富的人体需要的营养物质,是一种具有调节生理功能的生物活性成分很高的保健食品。这里的枸杞颗粒大而饱满,肉质肥厚而核少,是国内最优质的枸杞之一。

圆柏,常绿针叶乔木,树龄都在五百年以上,一株胸径 1.5 米的古柏树龄 1435 年,是柴达木盆一道亮丽的风景线。吐谷浑古墓葬,用去了数万株以上的柏树。

柴达木盆地生态恶化,圆柏仅在自然条件尚好的都兰、乌兰、德令哈柏树山星星点点分布。

格尔木市昆仑山口西,于2001年11月14日,发生的里氏8.1级的强烈地震,使地表形成了一条长426千米的地震破裂带,成为迄今为止我国唯一、世界罕见且保存最完整、最壮观、最新的地震遗址。

新中国成立后,柴达木盆地发展日新月异,昔日戈壁荒滩上建成中国盐湖城——格尔木,成为我国钾肥、能源基地,西部最具活力的新型现代化工业城市,西藏、新疆、青海三省区的交通枢纽。

盆地绿洲香日德,凭借气候优势,创造了小麦亩产1013公斤的世界高产纪录,巴梨果、萝卜、大蒜、大白菜等获得高产。凭借在干旱荒漠严酷自然条件下创造出的奇迹,高原绿洲农业载入了世界农业史册。

柳(园)格(尔木)公路、青藏铁路有32公里长在察尔汗盐湖上通过,竟无一座桥墩和一根梁柱,十多吨重的大卡车飞驰,几十节车厢的火车来回奔驰,用盐铺成的"万丈盐桥",成为世界交通史上的一大奇迹。

近二三十年来,德令哈托素湖的"外星人遗址",以它的无比神秘名扬国内外,吸引着无数的探奇者。2002年秋,我带着研究生进行过一次实地考察。

德令哈市西南40多公里的怀头他拉草原上,有两个美丽恬静的湖泊,北面的叫克鲁克湖,南面的叫托素湖,发源于祁连山地的巴音河,先流入克鲁克湖,后经过7公里的河道流入托素湖,使克鲁克湖成为淡水湖,托素湖成为微咸水湖。

外星人遗址

托素湖南岸有一座相对高度约150米,长300米的小山丘,当地蒙古族群众叫"察罕诺尔",即"白山"之意,有人也称"白公山"。

这个小山丘由砂岩组成,在迎湖面一侧底部约居中位置,有一处深约6米、高约8米的洞穴,正对岩壁有一根直径40厘米的疑似铁管物穿过,从上向下足有4

米多长,洞口有十余根直径 10～40 厘米疑似铁管物斜穿入岩体,管壁与岩体之间十分紧密而无缝隙。

从洞口至湖边的沙地上,可以看到粗细不等的疑似铁管物,不少石块有凿孔装管痕迹。湖边及湖水中也有粗细不等的疑似铁管物和造型奇特的石体。可能由于长期强烈的风化,这些疑似铁管物只要拿起来便被粉碎。

青海省地矿化验室高工谈芹,对疑似铁管物测定,铁的含量 32%。有人对疑似铁管物化验,氧化铁成分占 60% 以上。看来,这疑似铁管物是铁质的毋庸置疑。

现代人们对上述现象难以理解、无法解释时,认为是"外星人"的作为。猜想这里是星际交往的最佳地带,是外星人搞实验建造的发射塔。

这次考察后我写了《托素湖"外星人遗址"应有科学的说法》一文,刊登在《柴达木开发研究》2003 年第一期。

我的观点:

1. 据最新科学研究成果表明,宇宙太空中唯有地球上才有生命,有人类的活动。外星人之说,缺乏科学依据。

2. 史前中华版图西部的青海高原,羌戎部落联盟建立了西王母古国,较强的经济、军事势力,曾帮助大禹导河积石,帮助黄帝克蚩尤于中冀。考古发掘,省内沈那遗址出土圆銎宽叶倒钩铜矛、贵南尕马台出土铜镜、夏格日山峰顶的"镇山石柱"等,是存在一定冶炼技术的有力证据。

3. 西王母"穴居",相传天峻关角西王母石室、托素湖石洞,是西王母居住、接待宾客和发布命令的地方,是西王母政治活动的中心。西王母还喜欢住在湖边,湖即被称为"瑶池"。托素湖"外星人遗址",是西王母用铁管加工装饰的重要居住地。

旅游论著

经过较长时间的野外考察,我查阅了大量文献资料,先后撰写出版了《青海旅游资源》、《世界屋脊—青海游》、《青海旅游指南》、《青海旅游线路精选》、《青藏高原旅游开发研究》、《青藏铁路游游指南》、《指西海以为期》等旅游地理学著作。

发表旅游研究方面的学术论文 40 余篇,其中《丹霞文化研究》、《青海省旅游区划探讨》、《青藏高原自然地理环境与藏文化》等文章，被国内同行所认同。我被台湾桃园观光杂志社，聘请为"大陆撰述委员"，其上发表介绍青海和西藏自然和人文风光的旅游文章60余篇。

以上旅游地理著作及文章，总字数约为300万字。这些出版的旅游著作中，《青海旅游资源》、《世界屋脊—青海游》、《青藏高原旅游开发研究》被国内学术界所公认，对青海省、青藏高原旅游开发研究具有较高的学术价值和实践意义，并对促进青海省乃至青藏高原旅游业的发展起了一定的作用。

《青海旅游资源》

《世界屋脊－青海游》

《青海旅游资源》是专门研究青海旅游资源的学术专著，是在"青海旅游资源调查与开发研究"这一课题研究基础上，又经过两年多时间的调查研究、潜心钻研而写成，于1992年3月由青海人民出版社出版发行，全书20万字。

冯绳武教授不仅是我国西北地区，也是全国著名的地理学家，曾在青海进行过多次地理科学考察，对青海地理科学发展有着重要贡献。课题评审结束后，利用饭前休息的短暂时间，他语重心长地给我说："看得出来，你的研究很扎实，再加一把劲深入下去，写成一部著作意义更大，对我们西北地区是一个贡献，如果有困难找我，我会竭力帮助。"我当即表示由衷的感谢，并表示以后一定去拜访并向他请教。

后来我在撰写《青海旅游资源》过程中，碰到不少困难，正当我准备去兰州大学找冯教授请教时，噩耗传来，冯教授于1991年11月份离开人世，我为失去一位德高望重的恩师而悲痛万分。

我在撰写《青海旅游资源》专著过程中，得到过恩师卢云亭和陈传康教授的指导。我拜读卢云亭教授的《现代旅游地理学》一书后，茅塞顿开，眼前一亮，受到很大启示,于是我按照卢教授的思路研究撰写,其中就旅游区划、旅游资源评价这些关键问题,参考了卢教授的观点。

就青海省旅游区划,我结合省情实际,对旅游区划的目的意义、遵循原则、区划方案进行探讨,撰文在全国期刊杂志上发表,这在当时处于全国领先水平。旅游资源定性评价,采用卢教授提出的"三、三、六体系",定量评层采用层次分析法,取得了良好效果。

《青海旅游资源》在全面分析全省基本概况基础上,分析归纳了青海旅游资源的特点、分类、数量、成因、规模、评价(定性和定量评价)、旅游区划。在上述研究成果基础上,对青海省旅游业开发战略构想、旅游线路的设计、近期内拟开发的风景名胜区(点)等,进行卓有成效的探讨。

陈传康教授对《青海旅游资源》文稿,提出了不少修改意见,并为该书作序,对该书的科学价值给予充分肯定。

《青海旅游资源》这一论著,填补了青海旅游研究的空白,成为青海旅游研究的开创之作,为青海旅游资源及旅游开发奠定了必要的理论基础。我省著名作家、文化名人鲍义志先生,在《青海日报》上撰文,对该书的科学价值、学术价值及实践意义作了充分肯定。

1993 年 6 月,《青海旅游资源》一书在青海省第三次哲学社会科学优秀成果评奖中获二等奖。这一论著出版至今二十余年,它对青海旅游业的发展做出了重要贡献,2015 年由甘肃科学技术出版社再版。这一著作中有老一代已故专家的心血,也有年轻一代的心血,它是许多人共同智慧的结晶,我们永远不能忘记他们所作出的贡献。

《世界屋脊—青海游》

《青海旅游资源》一书,对青海省的旅游资源从理论层面进行了探讨,但对于分布在省内的旅游风景名胜,如青海湖、塔尔寺等驰名中外的景区,人们虽早有所耳闻,但对其丰富的自然和文化内涵知之甚少。此外,省内还有许多鲜为人知的风景名胜。发展青海旅游业,必须把分布在省内的旅游风景名胜搞清楚。这一工作难度颇大,是需要付出巨大的努力才能完成的一件大工程。

我对青海旅游资源的研究,从 1987 年旅游课题研究开始,至 1997 年 5 月《世界屋脊—青海游》一书出版,整整花了十年的时间。室内大量文献资料的查阅,走出去对自然风景地、宗教寺院、民族聚落、古遗址等大量实地调查研究,对众多风景点从历史文化、艺术观赏、科学研究三大价值的分析对比中,筛选出有较高旅游价值的名胜景区点 120 余处。

对 120 余处名胜风景区点经过综合分析,划分为优、良、中、差四个等级。将筛选出的 120 余处名胜景区点,分别放在四个旅游区内介绍。由于全省旅游资源从数量、质量上分布不均衡,全省 80% 以上的优良景区点分布在河湟谷地区,所以河湟谷地介绍的景区在优良以上。青南高原景区点少,所以差的景区点也要介绍。祁连山地和柴达木盆地优、良、中景区都得介绍。这样入选的景区点共计 108 个。优良景区是青海旅游的精华、灵魂,有力地支撑青海旅游业的发展,作为重点进行介绍。

这本书定名为《世界屋脊—青海游》,于 1997 年 5 月由青海人民出版社出版发行,成为《青海旅游资源》的姊妹篇,这两本书被称为青海旅游的开山之作,被青海省旅游局指定为全省旅游工作者必读书目,全省导游考试参考书目。《世界屋脊—青海游》出版后,受到旅游者和省内广大读者青睐,连续多次再版。2000 年获青海省哲学社会科学优秀成果奖。

多个旅游发展总体规划的制定

进入 20 世纪 90 年代,青海旅游业发展不断升温,不少单位自发组织群众搞旅游,取得了良好的经济效益,如海南州共和县王忠等人,在美丽的青海湖畔设帐房宾馆,开展藏族风情旅游,成为青藏公路沿线亮丽的风景线。我曾被他们采访过,

坎布拉丹霞地貌

还为他们发展旅游出谋献策,结合外地经验,提出过不少合理化建议。

互助是我国唯一的土族自治县,土族善歌善舞、民风淳朴、热情好客,安昭舞、轮子秋表演深受游客青睐。互助县城附近小寨村的土族农民,利用土族独特的民族文化,最早在全省开展土乡民族风情游。

省内有些州、县的领导,他们赴外地开会学习,参加各种形式的旅游活动,从中受到启发。为更好地发展当地经济,他们远见卓识,把发展旅游业放在重要地位,以旅游业带动相关产业的发展,积极筹措资金,聘请专家制定旅游业发展规划。在较短时间内,我曾主持、参与多个旅游业发展总体规划的制定工作。

第一个旅游发展总规项目

《坎布拉地区旅游业发展总体规划》,于 1997 年实施。随着我省黄河谷地水电业的发展,李家峡大型水电站也将建成投产,形成了 32 平方公里的人工水面,加上坎布拉地区森林景观、丹霞地貌、宗教文化、半牧半农藏族风情,成为省内发展旅游业不可多得的一块风水宝地。

李家峡工委负责人杨竣岭同志,是省测绘局下派干部,思路开阔敏捷,在李家峡水电站开工建设之际,他对发展旅游业的思路已经形成,在全省最早成立旅行社,由工委办公室主任辛全林同志亲自担任总经理。他们主动联系我,筹措资金,制定坎布拉地区旅游发展总体规划。

1987 年 3 月开学初,青海师大地理系老师进入坎布拉实地考察,重点突出丹霞地貌的特殊地位。中山大学黄进教授是我国研究丹霞地貌的权威专家,又是我国丹霞地貌旅游学术研究会的负责人。经黄教授大力支持,全国第四届丹霞地貌旅游学术研讨会在坎布拉举行。

参加会议的除全国丹霞地貌旅游学术研究会代表外,还邀请国内知名旅游地理学家北大陈传康教授、北师大卢云亭教授、台湾著名学者等。陈传康教授 6 月中回信,因病不能前往。中山大学黄进教授提前半个月到达坎布拉考察,他是我国研究丹霞地貌的权威专家,被誉为“当代徐霞客”,因坎布拉交通条件极差,他年老不宜山地行走,曾骑着毛驴进行考察,在当地传为佳话。

1997 年 8 月初,中国第四届丹霞地貌旅游学术研究会在坎布拉如期召开,与会专家学者,通过实地考察,评审通过了由青海师大地理系编制的“坎布拉地区旅游业发展总体规划"。一致认为:"坎布拉丹霞地貌是我国迄今新第三系红层中发育最为典型的丹霞地貌群,具有很高的学术研究价值和旅游观赏价值。"代表们一致签名上报国家,建议建立以丹霞地貌为主体特征的国家级风景名胜区。

在这次会议上,我发表了《丹霞文化浅析》一文,在国内首次提出"丹霞文化"概念。2004年"第十届全国丹霞地貌旅游学术研讨会"上,卢云亭教授所撰写的《我国丹霞地貌区丹霞古文化研究》文章中说:"笔者非常同意张忠孝先生提出的'丹霞文化'这一科学概念,在旅游研究中很重要。"他将丹霞文化按其性质进行分类,这种分类在国内学术界也属首次。

第二个旅游业发展规划项目

果洛藏族自治州旅游业发展总体规划。7月8月,是青南高原最美的黄金季节,草原一片碧绿,到处盛开着姹紫嫣红、灿若云霞般的各种野花,构成了一幅极美的天然画卷。1999年7月底8月初,果洛州举行建政45周年赛马会,同时有

和果洛州旅游局长贡拉留影

物资交流、歌舞比赛、服饰表演、赛马等体育比赛,活动内容丰富多样,热闹非凡。

果洛州旅游局局长贡拉,是位四十岁出头的藏族,中等个儿,黑红脸庞上显示的憨厚、微笑,让人产生亲近感。他按藏族的习俗,给我献了一条洁白的长哈达,邀请我参加果洛州建政45周年赛马会,请求会后帮助果洛州搞旅游业发展规划,我欣然答应。

果洛州位于青藏高原腹心区,中华民族母亲河——黄河的发源地,也是藏族英雄格萨尔的诞生地,是中外游客向往的神奇的旅游目的地。参加此次旅游调查的,还有一名专搞果洛旅游画册的摄影师,旅游局长贡拉同志几乎全程陪同调查。另外还配备了一辆适宜高原行驶的小吉普车,专派一位小伙子负责我们的生活,

车上备有液化气、蔬菜、肉、油、帐篷等。

黄河源头区为世人所瞩目,源头区扎陵湖、鄂陵湖之间的措哇尕什则山,海拔4610米,被藏族同胞尊崇为"神山"而朝拜煨桑。山体顶端建有河源牛头铜碑一座,高5米,上有胡耀邦和十世班禅大师分别用汉文和藏文题写的"黄河源头"。碑式别致,书写雄浑,象征着中华民族历经沧桑的悠久历史和勤劳朴实的品格。

登措哇尕什则峰眺望四周,鄂陵湖、扎陵湖在群山环抱之中,犹如镶嵌在高原上的两颗晶莹闪亮的蓝宝石,蜿蜒的黄河似一条金链将两个蓝宝石系在腰上;又像是一对难分难舍的姊妹,手拉手、肩并肩伫立在黄河源头,所以人们称这两湖为黄河源头姊妹湖。

山脚下的措哇尕什则多卡寺,是一座以宁玛派为主兼有格鲁派僧侣的寺院,长达数百米的嘛呢石经墙排列有序,数座用嘛呢石叠成的石佛塔形态各异、高耸入云,石佛塔之间用绚丽多姿的经幡相连接。寺正对面是烟波浩渺的鄂陵湖,寺院显得格外雄伟壮观。

阿尼玛卿峰(6282米),由于伸入到山底下的冰舌消融逐渐后退,形成万顶帐房景观和高约近10米的冰碛堤。为拍摄阿尼玛卿峰日出日落的景色,我们在阿尼玛卿峰脚下的帐篷里过了一夜。仰望满天星斗,星星比城里的多,光亮得多。草原上的小昆虫发出各种声响,有的还发出亮光。深夜,帐篷外野狼在嚎叫。清晨,多种鸟儿啼鸣声悦耳动听。

年保玉则又称果洛山,仙女湖内几十头牦牛在漫游,成为一道高原特有的风景线。主峰5369米,发育有现代冰川,冰雪融水,形成众多河流湖泊。南部玛柯河原始森林,林海松涛茫茫。原始森林景观典型,气候温和,是果洛州的河谷农业

迷人的年保玉则

区和半农半牧区。1936年7月,中国工农红军经过这里,有珍贵革命遗存,让这里成为青海省红色旅游胜地。

果洛州虽然寺院不多,但宗教派系比较多,有藏传佛教格鲁派、宁玛派、觉囊派,且表现出古老性。如班玛县阿什姜贾贡巴寺,是我国藏区并不多见的觉囊派寺院。拉加寺是黄河源头区著名格鲁派寺院,香萨活佛被认为是宗喀巴大师母亲转世,历代高僧多有著述传世。白玉寺是青、川、甘边界地区著名的宁玛派寺院。查朗寺三百余位僧人,曾为著名油画家、中央美术学院教授朱乃正举行超度法会。朱教授在青海工作期间,经常到果洛藏区采风,留下了诸多名作,同查朗寺僧众结下了深厚的友谊。

史学界及藏学家研究认为,果洛是格萨尔的故乡,现在的"格萨尔大王狮龙宫殿"为纪念藏族英雄格萨尔而建,十世班禅为此撰写了题为"格萨尔祈祷吉祥河右旋"的祈祷文。

此次实地考察,经过分析评价,上述十余处风景名胜区点可具备优、良级别,为发展果洛州旅游业提供资源保障。但果洛州地域辽阔,景点分散,海拔均在4000 米以上,自然条件差,经济发展滞后,旅游业发展受到一定的制约。从本州实际出发,大力发展挑战极限户外体育旅游很有潜力,如阿尼玛卿峰和年保玉则可发展体育登山、黄河源头探险、科学考察等,但必须要做好安全保障措施。

第三个旅游发展总体规划项目

2000 年的西宁市旅游业发展总体规划。西宁市是青海省省会,西宁市旅游规划的制定及旅游业发展对全省影响很大,为使西宁市旅游发展规划达到高质量、高水平,特邀请北京师大卢云亭教授、北京市绿色环境设计服务中心鲍晟同志参与该项目的制定工作。

当时西宁市辖大通一县,一周时间即完成旅游资源调查任务。规划文本由卢云亭教授执笔撰写,规划初稿由西宁市园林旅游局组织省市相关专家审查,广泛征求意见。卢老师根据专家提出的意见,对规划文本进行认真修改。

与会评审专家一致认为,这一旅游总体规划是一个大手笔、大动作,是很有前瞻性的规划,旅游总体规划目标,要把西宁市建成我国高原休闲旅游度假地,为提升西宁市旅游地位,促进西宁市旅游业快速发展,卢教授提出了以下颇具前瞻性的建议:

1. 北禅寺有近两千年历史,规划要彰显西宁市悠久文化的历史地位。

2. 加大南北山绿化力度,使西宁市成为高原生态走廊。

3. 大通县生态屏障建设,提升西宁市旅游生态质量。

4. 西宁市南山建立青藏高原野生生物园。

5. 东关大街商贸区、东关清真大寺、馨庐,形成伊斯兰文化圈。

西宁市北禅寺

6. 西宁市定位"青藏高原东大门",其文化底蕴更加丰富深刻。

卢教授是"中国十大旅游策划人"之一,20 世纪 80 年代初,他作为"青海旅游资源调查与开发研究"课题组顾问,亲临青海指导工作。这一次年逾六十岁的他第二次登上青海高原指导工作。今天青海省、西宁市旅游业发展的态势,充分证实了他有高瞻远瞩的战略目光,他对青海旅游业发展的贡献是功不可没。

第四个旅游发展总体规划项目

2004 年四川大学来也旅游发展有限公司承担的青海省海北州旅游发展规划。我应负责人杨振之教授之邀参与此项目。

7 月份我带着研究生侯光良和蒋贵彦,参加了青海湖和门源县旅游资源考察,亲自撰写总体规划中的相关章节。当规划文本书上交到省旅游局,该局一位领导指着文本上我的名字,说:"这个人必须删去,否则这个规划我们不批。"

杨教授得知我和省旅游局有著作权纠纷,很有礼貌地给他讲道理,这位领导非但不听,还给杨教授说了许多"不堪入耳的话"。杨教授说:"这种思想行为的人当旅游局领导,真是不可思议。"不久,中国最具影响力的来也旅游策划公司退出青海旅游市场。

第五个旅游业发展规划项目

2005 年 7 月,北京师大卢云亭教授和他的学生王建军教授承担的海西州都兰县旅游总体规划制定。卢老师考虑都兰县地域辽阔,面积达 4.5 万平方公里,旅游资源丰富,野外考察难度较大,我是他的学生,又在青海从事较长时间的旅游研究,特邀我参与该项目。

我给卢老师和校友王建军教授说明了我同省旅游局发生的著作权纠纷以及上次同四川大学来也旅游公司合作,省旅游局领导对我有成见,给来也公司领导搞得很尴尬。卢老师说:"这是县级规划,直接上级是海西州旅游局,省旅游局没有理由插手,何况我们同州旅游局关系很好,你放心来吧。"

贝壳梁

这次我同卢老师一同在都兰县旅游资源考察近二十余天,以往我考察过热水墓葬,这次卢老师对墓葬的旅游价值、开发利用的前景进行了深刻分析,我收获很大。能有机会考察塔温搭里哈遗址、贝壳梁、考肖图冰瀑布、古柏林等景区,弥补了我过去对柴达木盆地考察的不足。

都兰县旅游规划工作从旅游资源考察、旅游策划、撰稿,全过程我都参与。规划工作完成后,州旅游局组织专家评审,并邀请省旅游局领导参加。省旅游局的一位领导得知我参与本项目,提出:"他张忠孝参加,我们不参加评审。"这位局领导在污辱我人格的同时,给州旅游局领导施加压力,也给规划组的卢教授和王老师刁难。我想只要为青海旅游干了工作、付出了,省旅游局领导对我的工作承认与否是无关紧要的。

32. 青海第一部《青海地理》专著问世

地理学是研究地球表面与人关系的一门古老学科，曾被称为科学之母。由自然地理学和人文地理学两大部分组成。《青海地理》顾名思义，是研究青海这个行政区域内地理环境与生活在这片土地上人们的关系的一门学科。

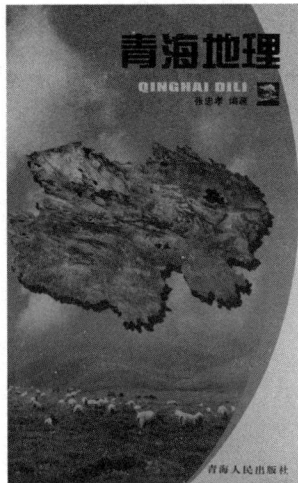

青海地理（第一版封面）

《青海地理》是我一生的梦

我出生在青海东部的黄河之畔，少年时代曾立志探索黄河源头和黄河入海处，还要写成书告诉家乡的人们和世人。因为有了这个梦想，高中毕业报考了北师大地理系，在新疆工作二十年后，放弃较为优越的工作和生活环境，在四十五岁的不惑之年，义无反顾地到青海师大地理系。刚到青海师大，处境是那样的艰难，我像一粒钉子深深钉在了这里，开始了《青海地理》的教学与研究生涯。

我同《青海地理》有着不解之缘，也有着天时地利的优越条件。

青海是世界上海拔最高的青藏高原的重要组成部分，也是我国面积较大的省份。境内有冰峰雪山、茫茫草原、荒漠戈壁，江河横流、湖泊棋布，民族众多、文化灿烂、资源丰富……，青海是那样的无比神奇、美丽而壮观，毫无疑问她将成为我国旅游领域有广阔前景的处女地。

青海复杂多样的自然地理环境，孕育了特殊的人文地理。这里我国东部季风区、西北干旱区、西南青藏高寒区的自然景观兼备，是我国三大自然地理区域交汇点,因而自然和人文景观异彩纷呈、多姿多彩,为其他省(区)所不能比拟,这里为我从事区域地理研究提供了广阔天地。

《青海地理》——走进历史深处

先秦时期青海广袤大地是戎、羌部落游牧活动地,存在着一个人与自然相处和谐,具有较强经济、军事实力的西王母古国,有西王母帮助大禹导河积石的神话传说。公元前 985 年,东方君王周穆王带着白圭、玄璧、绫罗绸缎等礼物,从遥远的东方来到美丽的青海湖畔会见西王母,得到西王母的盛情接待。

西汉,赵充国入河湟地区屯垦戍边,对湟水流域自然地理环境进行考察。东晋高僧法显,南朝僧人法勇,北魏僧人宋云经青海去天竺(印度)取经,对青海境内沿线自然风光和风土人情均有较详细描述。

黄河源头牛铜碑

4 世纪,吐谷浑在柴达木盆地、青海湖区建国三百五十年,开辟了丝绸之路南线青海道。后由于人口急剧增多,生态环境遭到破坏,经济日渐衰落,被吐蕃王朝所灭。

隋大业五年(609 年),隋炀帝西征吐谷浑,亲自察看了青海东部河湟地区自然地形,在拉脊山地进行大规模的军事演习,并在祁连山地大通境内大宴群臣,爱妃金娥儿猝死于金山。

7 至 9 世纪,青藏高原上建立了吐蕃王朝,唐蕃联姻,唐朝派员对黄河源头区作了较详细的调查和记载。1315 年,元代翰林侍读学士潘昂霄写《河源记》一书,这是我国研究黄河源头,也是研究青海地理的最早论著。

1641 年地理学家徐霞客,溯金沙江而上探长江源头。明、清两代多次指派专人考察河源，"测量地度，绘入舆图"。

鸦片战争以后，俄、英、法等外国地理学家、探险家、旅行家到青海进行过一些零星的、各怀目的的考察，其中俄国人的影响较大，如 H. M. 普尔热瓦斯基、T. H. 波塔宁、B. A. 奥布鲁切夫等，有的多次来青海考察，有一定研究成果，但带有侵略行为。他们窜入河源地区勘察地形、绘制地图，并将扎陵湖和鄂陵湖改名为"俄罗斯湖"和"探险队湖"，打死、打伤藏族群众 40 人。

20 世纪初至 1949 年新中国成立，我国一批地理学界老前辈，如陶懋立、周希武、谢家荣、刘慎谔、顾执中、张其昀、李玉林、严德一、李式金、李承三、周廷儒、宋家泰等，克服重重困难，对青海高原实地考察研究，先后撰写《青海之研究》《玉树调查记》《甘青藏考察记》《青海之矿产》《西北地理》《到青海去》《青海省人文地理》《甘肃青海地理考察纪要》《柴达木盆地》等一批涉及青海自然地理和人文地理的研究成果。

1947 年地质学家关佐蜀等在柴达木盆地考察，发现油沙山等地区的油苗，极具开采前景。

新中国成立后，为适应青海经济建设的需要，国家组织多学科对青海综合考察，涉及地质、矿藏、气象、水利、经济、工业、农业等众多领域。

20 世纪 50 年代中青海师大地理系成立，为我省培养地理教育及地理工作者千余名；80 年代，成立省农牧业综合区划研究所，编写和搜集了省、地、州、县农牧资源与区划资料和各类图片，是研究青海地理极为珍贵的资料；90 年代青海省高原地理研究所成立。

探访黄河源头牧民

20 世纪末，全球兴起青藏高原研究热，"青藏高原研究会"成立，标志着青海地理科学研究迈上了新台阶。《青藏高原的形成演化》《中国的青藏高原》《青海可可西里地区自然环境》《三江源生物多样性》《柴达木盆地盐湖》《青海省综合自然区划》《青藏高原气候》等一大批与地理学科密切相关的学术专著问世，极大地丰富了青海地理科学研究。

突出特点是《青海地理》的灵魂

《青海地理》的研究，必须突出青海省地理环境的特点，这是《青海地理》研究的灵魂。应重点突出如下内容：

高海拔控制着青海自然地理演化的全过程

由于地壳差异运动，全省各地海拔高度差异很大，直接影响了各地的热量状况，使各地农牧业经济发展水平悬殊。如青海东部平均海拔2500米以下，年均气温3℃～

神奇的青海高原

8.9℃，为全省的暖区，是省内的主要农耕区，也是全省经济发展的重心地带；柴达木盆地海拔3000米，年均温2℃～5℃，为全省的次暖区，是省内的半农半牧区，青海省的绿洲农业主要分布在这里；青南高原平均海拔4000米以上，年均温－2℃～－6℃，为全省的冷区，除少数河谷外，几乎是高寒草原，是全省高寒畜牧业分布区。

山地区垂直景观带谱，青海东部的河湟谷地区表现明显，从谷地底部至山体顶部，从暖温带、温带、寒温带至冰雪覆盖的寒带。农业景观依次为川水区、浅山区、脑山区、冰雪区。

全省平均海拔3000米以上，年均温－5.6℃～8.9℃，比我国东部同纬度地区要低8℃～20℃，好像全省纬度向北推进了近20℃，似乎到了寒温带。形成了青海长冬无夏、春秋相连的气候特点。

青海气温的这种分布状况、气候特点，都是因海拔所引起，即地势越高，气温越低,地势每升高 1000 米,气温降低 6℃。全省热量不足,气温低是基本省情特点,经济建设必须从这一省情实际出发。

青海是我国三大自然地理区的交汇区

我国地理学界在全国综合自然区划时,把全国划分为东部季风区、西北干旱区和青藏高寒区,季风、干旱、高寒分别是它们的特质。更多地理学家认为,青海自上新世以来同青藏高原同时隆起,同时还考虑到共轭发生学原则,把青海全境划入青藏高寒区。

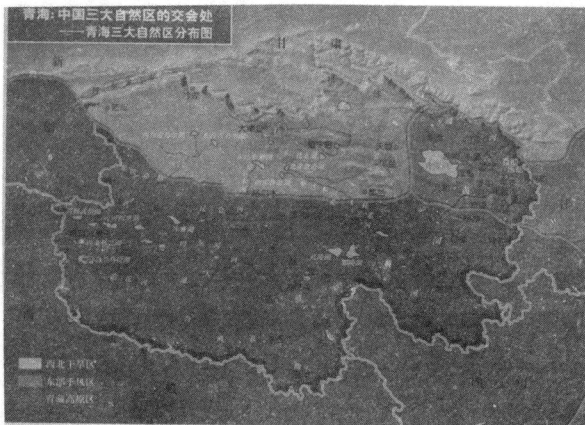

青海省是我国三大自然区的交汇点

我在北师大地理系上学时,老师组织同学讨论我国综合自然区划时,我在会上曾提出过,我出生的青海东部区自然景观,与青藏高寒区截然不同,与我国黄土高原有极大相似性,地理学界把青海全境划入青藏高寒区,是不科学的。

当时,我读了南京大学地理系任美锷教授等人的区划方案,提到青海高原内部自然地理环境的极大差异性,以及柴达木盆地属于干旱荒漠自然景观,同青藏高原有质的差异,应划入西北干旱区。他的观点对我启发很大,也给我壮了胆。

二十多年后的 1985 年,我在北师大进修学习期间,撰写的《青海省综合自然区划初探》初步成稿。回校后进一步修改,于 1987 年发表在《青海师大学报》上,将全省划分为东部温带半干旱黄土季风区、西北部温带干旱荒漠区、南部高寒区,这三个区与全国划分的三大自然区是完全相吻合的。

进入 21 世纪,我撰写《青海地理》时,又一次把自然区划的研究纳入进来。就自然地理区划的目的意义、遵循的原则、区划方法等理论进行较深入探讨,其中的区划原则从青海实际出发,坚持区划的科学性,坚持为经济建设服务的根本宗旨。

国内有专家认为,青海东部面积不到全省面积的 5%,为了保持地域完整性,可以忽略不计。但我认为,青海东部地域虽狭小,但比宁夏、台湾、海南等省区的面积要大。更何况这里历史悠久、文化灿烂,是省会所在地;全省人口、耕地、城镇、工业主要分布在这里,在青海经济发展中有着举足轻重的作用和地位。所以,以面积狭小可以忽略,不符合自然区划为经济建设服务的宗旨。

这次综合自然区划时,采用聚类分析法,选取影响综合自然区划的多种因素,经过分析比较,量化数据显示:东部河湟谷地区与我国东部季风区具有极大相似性,较小差异性;南部高原区与青藏高寒区具有极大相似性,较小差异性;柴达木盆地区与西北干旱区具有极大相似性,较小差异性。

本人多次深入到柴达木盆地、青南高原实地考察,青海境内的这三大区域,不论地形地貌、气候、生物、水文等组成的自然景观,还是由此而引起的人文景观都差别极大,上述所采用的聚类分析结果是完全符合实际的。

青海东部河湟谷地区、南部高寒区、西北部柴达木盆地区,面积分别占全省面积8%、32%、60%,新构造运动及地貌特征、气候、外营力及水文、植被土壤动物、人类活动、分异规律、利用改造、人文景观等方面,这三个区各有特色,形成了质的差异。

综上结论:青海省位于我国三大自然地理区域交会处,青海湖位于这个交汇处的交汇点。

我国生态大省

青海省大部分地域地势高亢,生境严酷,生态环境极其脆弱、敏感,一旦遭到破坏,在短期内难以恢原。生态系统复杂多样,有森林、草地、荒漠、湿地、淡水、盐泽等,是世界生物多样性最丰富的地区,对广大高原的自然地理环境乃至周边地区、东半球的环境产生极其深刻的影响。

青南高原平均海拔4000米以上,是长江、黄河、澜沧江的发源地,它们水量的20%、49%和15%来自于这里。这些河流的中下游地区,社会发展历史悠久、文化灿烂、人口稠密、经济发达,如果生态一旦恶化,不能给下游提供纯净、足量的水源,其后果不可设想。这里有世界上面积最大的高寒湿地、高寒草原、灌丛和森林并存,关系到我国乃至世界的生态屏障安全。

青海湖对青海东部,乃至向东甘、宁、陕等省区具有"生态环境调节室"的作用,阻挡了来自西部荒漠区风沙对这些区域的侵袭。祁连山地有"五河之源"之称,成为河西走廊、柴达木盆地干旱荒漠区生态环境的天然屏障。

资源富省

青海特殊的地质构造和自然地理演化过程,

三江源自然保护区纪念碑

造就了这里丰富多样的自然资源,以盐湖资源为主的矿产资源,以石油、天然气、水力、煤炭为主的能源资源(还有太阳能、风能、地热能、可燃冰等新能源)、土地资源、草场资源、野生动植物资源、旅游资源等得天独厚。

资源总体组合较好,为发展盐化工、能源工业、有色金属工业、畜牧业、旅游业提供了坚实的物质基础。青海是我国自然资源总量相对富集的资源大省,按人均占有

辽阔的高原草地

量计算,在国内乃至在国际上有一定地位。

但青海省自然资源有很大缺陷和不足,如全省热量条件差,多数地区降水普遍少,水热条件差,直接影响生物的生产量。又如森林资源贫乏,不利于高原生态环境的改善和环境的调节,还有低温、干旱、大风等不利的自然条件,使得适宜人类生存的区域狭小,资源开发难度大。

多民族、多宗教、人口分布不均衡是主要省情之一

自古以来青海是多民族聚居地,全省除汉族外,有四十多个少数民族,世居少

数民族有藏、回、土、撒拉和蒙古族,少数民族人口占全省总人口的 45% 以上。

多民族的省份

藏、土和蒙古族几乎全民信仰藏传佛教,少数信奉苯教或萨满教;回、撒拉族几乎全民信仰伊斯兰教;汉族大都信仰道教、佛教,还有部分汉族群众信仰基督教或天主教。每个宗教派系中还有繁杂的支派。宗教对各民族的思想意识、文化形态、经济、生活等诸多方面产生深刻影响。寺庙林立,是省内特有的一种人文景观。

青海省地广人稀,人口分布极不均衡,全省 70% 以上的人口集中在适居性好、只占全省 5% 面积的东部地区。西部、南部广袤地域,人类居住条件严酷,人口密度很低,不少地域是"无人区"。这种状况的形成,根本原因是全省各地人类适居性差异大。

青海高原是昆仑文化的发祥地

昆仑文化是中华民族最为古老的文化。从历史学、考古学、地理学等多学科的视角,对青海高原古文化的走向进行探讨,大量的文化遗存及众多史籍记载,当中华版图东部夏、商、周朝或更早时,版图西部广袤的大地上是逐水草而居的羌、戎各部落活动的游牧区,他们从氏族到部落、部落联盟,出现了西王母古国。中华民族推崇的昆仑文化,是从西王母古国时的羌戎文化中演化而来的。所以,人们把昆仑

舞蹈彩陶盆

文化又称江河源文化。

概观全省自然地理环境和社会历史发展,东部是以汉民族为主体、多个民族共同创造发展的河湟文化地理圈,南部高原是以藏民族为主体、藏传佛教为其显著特点的文化地理圈,西北部是以柴达木盆地干旱荒漠自然景观为特点的绿洲文化地理圈。每个文化地理圈有各自鲜明的区域特色,对各族群众的思想观念、生产、生活,以及全社会精神文明建设产生着深刻影响。青海是以昆仑文化为源头,多元文化并存的一个区域。

别具特色的旅游目的地

青海是我国三大自然地理区的交汇点,季风、干旱、高寒兼备,草原、荒漠、盆地、峡谷、高山大川、冰川湖泊、野生动物等自然风光多姿多彩。在这种自然地理环境下孕育的人文旅游资源更是绚丽多彩,远古文化、奇异的民风习俗、神秘的宗教文化等,对来自异国他乡的旅游者有着特殊的诱惑力。

现代旅游,向着个性化、多样化、文化化的方向发展,追求参与性和娱乐性,旅游已经成为人民群众重要的生活方式。因而各种内容丰富、新颖独特的旅游方式和旅游项目将应运而生。对于更多的旅游者来说,形式多样的休闲度假、生态旅游、户外运动、探险考察等受到青睐。青海独具特色的旅游资源,为开展上述旅游提供了优越条件,青海将会成为我国不可多得的旅游胜地。

青海经济发展建设的思考

我国政府实施西部大开发战略,特别是加入 WTO 后,青海经济发展面临着一系列严峻的现实问题。为使青海经济发展同世界经济发展相接轨,以适应加入WTO 后经济运行的新态势,必须摆脱计划经济体制时代的传统发展模式。

从青海省省情实际出发,对省农牧渔业、工矿业、交通运输业、城镇体系建设等直接关系全省经济建设的产业和部门,用地理学新的理论观点进行探讨,提出独特的新思路。如农牧渔业发展的思考,分四大农业区探讨发展方向与途经;发展工业循环经济的思考;交通运输业发展布局的基本思路;城镇体系等级规模的确立等,对全省经济建设将会有一定的参考指导作用。

综合经济区划

实行区域经济发展,是目前全球经济发展的大趋势,科学合理地划分经济区域,是实现跨越式发展的重要前提。

根据综合经济区划的基本理论,从全省自然区域条件、经济内在联系、商品流向、民族文化传统、社会发展需求,特别是考虑未来生态环境建设等诸多因素,将全省划分为东部综合经济区、柴达木盆地资源开发经济区和草原牧区生态保护经济区。

综合经济区划同综合自然区划、农牧业区划、旅游区划和生态建设区划之间保持了较大的相关性,增强了在实践中较强的可操作性,提高了这些区划的科学性和实践性。

单之蔷眼中的《青海地理》

《中国国家地理》杂志,是全国最畅销的科学杂志之一,单之蔷先生为该杂志的执行总编。该杂志于 2006 年 2 月期出刊"青海专辑"。单之蔷做客新浪网,就"青海专辑"与广大网友进行交谈时说:"青海专辑特别让我感到惊讶和觉得特别神奇的是,我们制作青海专辑使我们杂志的

和单之蔷先生敦煌留影

行量跃过了四十万大关,尤其超过了我们国家地理杂志历史上的最高水平。"

单之蔷先生,看了我于 2004 年 6 月出版的《青海地理》后,对书中的"我国三

大自然地理区域交会区"一章特别感兴趣,在为"青海专辑"撰写卷首文《青海的三面孔》时,对这一章进行了淋漓尽致的分析点评,现将文章内容摘录如下:

使我能够如此认识青海,需感谢青海师范大学的张忠孝教授,是他一本《青海地理》的专著,使我重新认识了青海。

就大尺度的自然区域而言,整个中国可以分为三大区域:内蒙古和新疆所在的西北干旱区,东部诸省市所在的东部季风区和青藏高原区。

青海省区别于中国其他省区的独特之处在于:她是中国三大自然区的缩影,在一省之内有三区,这是中国其他省区所不具有的。许多地理学家已经智慧地将青海大地划分为三大自然区:青南高原高寒区、西北干旱区和东部季风区,但没有人向"青海属于青藏高原"这种传统的观点挑战。张忠孝教授不满足于把青海笼统地划入青藏高原的做法,他提出了青海是中国三大自然区交会处,青海湖就是这三大区的交会点的观点。

用这种眼光看青海,一切就豁然开朗了。许多人认为青海像西藏,甚至青海的许多人文学者也将青海的文化完全归属于西藏,以为青海没有自己的独特性。其实不然,青海的文化不同于西藏,也不同于新疆,更不同于甘肃,青海的文化就是这三大区文化的交汇和融合。

过去我对青海曾做过这样的描述:对边疆,她像内地;对内地,她像边疆。譬如西藏人把许多办事机构设在青海的格尔木市,甚至他们在格尔木还有自己的交警。他们把青海当成了内地,然而内地人在心理上却把青海当成边疆,将其与西藏、新疆等同视之。这既有历史上的原因,也有自然上的原因,用青海是中国三大自然区交会处的观点,很容易理解这些。因为在历史上,中原的汉文化只是活动在青海的东部季风区,青海的另外两大区域,在中原的汉民族看来,就是与西藏和新疆没有太大的差别。因此在内地人看来,青海是边疆,因为内地人看青海,往往忽略了青海的东部季风区,看到的是另外的两大区域;反之,边疆的西藏人看青海,忽略的是青南高原,看到的是东部季风区,因此感到青海像内地。

前不久,我与张忠孝教授一起进入柴达木盆地的西部考察,我们深入到冷湖一带,晚上住在青海油田冷湖办事处的招待所里。我们了解到这里油田开发的早期勘探工作,得力于一位新疆维吾尔族老人的帮助,是他带领着勘探队踏遍柴达木盆地的西部。由此我想到柴达木盆地与新疆的关系,我觉得柴达木盆地很像是新疆塔里木盆地的一个缩小版,柴达木周边的一条条从雪山流下来的河流,养育了一个个绿洲,这与新疆塔克拉玛干沙漠中的绿洲生态模式何其相似。当我们沿着柴达木盆地边缘的青藏公路奔向西宁时,沙漠、戈壁、雅丹、红柳、胡杨、骆驼等景观不断地扑入视野,这就是青海像新疆和内蒙古的那部分土地。当我穿过柴达木盆地到达西宁时,青海的西北干旱区的形象已深深地印入了我的脑海。

柴达木盆地的南缘横亘着一座雄伟壮观的山脉——昆仑山。昆仑山以南是高原,被称为青南高原,这里是青藏高原的一部分,是青海像西藏的那部分。无论从文化还是从自然的角度讲,这里都是青藏高原的一部分,然而这个区域对中国的意义十分重大。从自然的角度看,这里是中国最重要的两条大河——黄河与长江的源头所在,著名的国际河流——湄公河也发源在这里。因为黄河与长江的源头在这里,中国人的想象也顺着两条江到达了这里。

由昆仑山我想到青海的青南高原这块在自然上属于青藏高原的土地,在文化上像西藏又不像西藏。说她像西藏,是因为那里生活着藏民族,但是那里的山那里的水已经和中原的汉文化发生了种种精神上的关联,已经被中原的汉文化涂上了种种绚丽的色彩。

青海的另一副面孔——东部季风区是最接近东部中国的,无论是自然上还是文化上。这个区域包括祁连山东部、青海湖盆地和河湟谷地。河湟谷地中的河是指黄河,湟是指湟水。河湟谷地是指这两条河沿岸的适宜农耕的谷地,范围是从湟水汇入黄河的河口算起向西季风能作用到的地区。这片区域最东部有一部分在甘肃,但大部分在青海。东部季风区是青海最富饶的地区,虽然这里的土地面积还不到青海面积的十分之一,但全省三分之二的人口居住在这里。省会西宁坐落在湟水河畔,紧靠青海的东部,远离全省的大部分地区,全国的省会分布在这种位置的,可能只有黑龙江省的哈尔滨可以相比。从地理空间看,好像很不合理,但从人口分布、生活环境等角度看,又是合理的,因为这里物产最丰富、生活最舒适、人口最集中。

这个区域最值得一提的是河湟谷地,这里是来自太平洋的东南季风能吹到的最西界,也是古时候来自中原的汉文化能够到达的西界。这个区域是中国也是青海三大自然区的交会点,也是三大自然区上所孕育和滋养的文化的交会点,来自中原的汉文化,来自西域和蒙古高原的游牧文化与来自青藏高原的藏文化,在这里交融碰撞。文化的碰撞更多的时候是兵戈的碰撞,这里的每一寸土地都经历过浴血的争夺,在中国恐怕没有哪一块土地经历过像河湟谷地那样多的战争。

　　一个个民族走马灯似的来了,又一个个地消失了。这些历史在一些地名和山名中留下了痕迹,在这里,有的山是藏族的名字,有的是蒙古族的名字,有的是土族或撒拉族的名字,地名也是如此。像西宁和海晏这样的地名已经是浓缩了历史的故事。

33. 青藏高原旅游开发研究

"青藏高原旅游开发研究"这一课题,于 2007 年申报成功,国家下达的计划任务书要三年完成。但在实施过程中,由于研究范围很广,涉及的内容多,加上中途课题组人员变动较大,2012 年结项,历时六年时间完成,课题成果于 2013 年 3 月由科学出版社出版发行。

这一研究成果,对宣传青藏高原,特别对青藏高原旅游开发研究提供一定的科学依据,并对旅游开发有一定的指导意义。

值得深思的几个问题

《青藏高原旅游开发研究》

青藏高原是世界上独具特色的一个区域,占我国国土面积的四分之一。2006 年 7 月 1 日青藏铁路全线开通,制约赴青藏高原腹地的交通瓶颈被打开,国内外游客似潮水般涌进这块旅游处女地,青藏高原正在成为国内外游客向往的旅游目的地之一。这无疑让青藏高原经济腾飞插上了时代的翅膀,使各族群众生活水平的提高有了可靠的保障。

但青藏高原所固有的特殊性，不得不让我们认真地深思以下问题，并进行深入的研究探讨：

生态环境保护问题

青藏高原具有极高的生态价值，不仅对我国，而且对东亚乃至全球的生态环境产生极其深刻影响。但青藏高原生态环境极其脆弱、敏感，一旦遭到破坏，在短期内是难以恢复的。随着青藏高原旅游资源的开发和游客数量的增加，势必给青藏高原原本极其脆弱、敏感的生态系统造成压力。高原生态环境保护任重道远。

第三极风光

社会稳定问题

青藏高原位于我国西南边陲，交通闭塞，长期以来处于封闭、半封闭状态，人们的思想观念滞后。这里又是多民族、多宗教的特殊区域，各民族在生活中有较多的禁忌，较繁杂的宗教仪规，游人都必须尊重和严格遵循。随着旅游业的发展，大量外地游客进入，带来新的思想观念、生活方式，与当地差异很大，有的甚至与当地格格不入，因而发生文化抵触，甚至造成外来文化与本土文化发生冲突，这当中也会出现民族歧视等现象，这种情况势必影响到民族团结及全社会的和谐稳定大局。

民族文化的保护问题

世居青藏高原的藏、羌、纳西、土、彝、回、撒拉、蒙古族等民族，有着灿烂的民族文化，是中华民族优秀文化不可缺少的组成部分。旅游业的发展，大量游客的涌入，使旅游活动带来更多的经济、文化等方面的冲击，外来强势文化的介入以及产生的"文化采借"行为，很大程度上会影响

土族风情

本土优秀文化的传承以及民族心理的平衡。

受经济利益的驱使，宗教文化、民族文化旅游商业化趋势会不断加剧，各族群众市场意识增强，价值观不断改变，使原本原汁原味的高原文化面临着外来文化的巨大挑战，甚至有被吞没而消失的危险。在旅游业发展的同时，对区域特色文化进行合理保护，是一个严峻的现实问题。

旅游公共保障安全体系建设问题

青藏高原旅游适合开展以探险、猎奇为主要内容的挑战极限户外旅游，如登山、漂流、攀岩、冰雪运动、高原越野跑等，这些都是具有鲜明地域特色、时代特色和个性特色的度假旅游产品，具有强烈的刺激性，深受当今更多旅游者青睐。但挑战极限户外旅游方式，深深打上了探险的烙印，存在着很大的风险性，因而旅游公共保障安全体系建设显得十分重要，必须未雨绸缪。

高原缺氧不适反应对旅游发展的影响问题

缺氧是游客在高原旅游时的最大障碍,大部分游客在海拔 3000 米以上,将出现不同程度的缺氧反应,进入 4000 米以上反应较强烈,极少数还会出现危及生命安全的情况。

青藏铁路全线贯通,沿途车厢内有供氧设备,内地游客可安然无恙地穿过昆仑山口至羊八井、海拔 4500 米以上的生命禁区,较顺利到达海拔近 3700 米的拉萨。但下了火车进入缺氧环境,缺氧不适反应,仍影响着一些游客的身体状态和旅游活动。

从拉萨赴地势更高的日喀则、阿里、那曲等地旅游,随地势升高,高原缺氧反应则会加剧。一些不适应缺氧环境的游客,不得不停止旅游活动,还有极少数游客因缺氧危及生命安全。如何较好地解决这一难题,是青藏高原旅游中一个关键问题。

鉴于上述几个问题的思考,我们于 2007 年向国家社科规划办申请了“青藏高原旅游开发研究”课题,将青藏高原作为一个完整、独立的地域单元进行旅游开发研究。这一项目对青藏高原旅游开发具有填补空白的意义,难度很大。我们特别聘请著名旅游地理学家卢云亭教授为课题组顾问,课题组成员为青海师大地理系教师和研究生十余人。

项目获批后,组织课题组成员对青藏铁路沿线,拉萨及其周边的日喀则、山南、林芝地区,青南高原玉树和西藏昌都地区,滇西北香格里拉、丽江、大理,川西阿坝和甘孜州,甘肃的甘南和临夏州等地进行了实地考察。课题组顾问卢云亭教授,曾进藏考察四十余天。

研究成果

“青藏高原旅游开发研究”这一课题,从以下七个方面进行了较深入细致的研究,并获得了丰硕的研究成果。

旅游环境的研究

青藏高原位居我国西南部,以海拔4000~5000米的高度突兀于地球中纬度地带,成为世界上海拔最高的高原,有"世界屋脊"之称。包括青海和西藏全境,还有甘、川、滇、新的一部分,面积250万平方公里。

珠穆朗玛峰下留影

这一广袤区域,有喜马拉雅、冈底斯—念青唐古拉、喀喇昆仑—昆仑、唐古拉、阿尔金山—祁连、横断山、西秦岭等山系,海拔5000~6000米以上,有11座海拔8000米以上的冰峰雪山。高大山系之间有山南谷地、中心高原(藏北高原、青南高原)、柴达木盆地、雅鲁藏布江大峡谷。宽谷、高原、盆地、峡谷相间排布,地貌具有网状结构的特点。

青藏高原是世界上距太阳最近的地方,太阳辐射强,日照时数多,对流运动强烈,含氧量少,多大风,山地气候垂直变化显著,是全球气候变化最为剧烈的地区之一。气温低,大部分区域年均温0℃以下,常年冰雪覆盖,形成雷同南北极的"第三极"自然景观。

青藏高原是我国现代冰川集中分布地,众多冰峰雪山融水成为我国乃至世界著名大江大河的发源地,江河纵横,享有"江河之源"的美称,主要的江河有长江、黄河、澜沧江(湄公河源)、巴吉拉堤河(恒河源)、雅鲁藏布江(布拉马普特拉河源)、狮泉河(印度河源)、怒江(萨尔温江源)等。

高原湖泊密集,有世界最大的盐湖察尔汗盐湖,世界最高湖泊纳木错湖。高原湖泊风光奇特,成为游客向往的旅游目的地。有的湖泊宗教气息浓厚,如西藏四大神湖,成为中外信徒朝拜之地;青海湖为我国最美的湖泊;更多高原湖泊成为重要的天然水源涵养地,有很高的生态价值。

青藏高原是世界生物资源的宝库,物种丰富多样,高原特有珍稀濒危物种多,是世界上最高的野生动物天然乐园。

青藏高原矿产资源百余种,金属矿产资源铬、铜、铁、铅锌、钨锡潜力巨大。非金属盐湖资源得天独厚,钾、硼、镁的开发远景居全国之首,锂资源居世界之冠。水能理论蕴藏量占全国近一半。地热能、太阳能、风能等新能源蕴藏量巨大。

古人类学家研究认为:青藏高原及其周边地区有可能是古人类发祥地之一。居住在高原上的人们,创造了灿烂的高原古代文明,建立过西王母、象雄、吐谷浑、吐蕃、南凉等古国,使青藏高原成为昆仑文化和藏文化的发祥地,留下众多珍贵的文化遗迹。

以藏族为主体的各民族同胞,创造的民族文化异彩纷呈,由民俗、文学艺术、科学技术、宗教文化等组成的藏文化博大精深,成为中华民族文化的重要组成部分;纳西族东巴文化的象形文字、羌族的祭祀文化、黄南同仁的热贡艺术和土族於菟舞,均被称为人类历史文化和艺术的"活化石",而闻名于世。

旅游资源及其评价

根据国家实施的旅游资源分类标准体系,开展了对旅游资源的调查、评价、等级评定、旅游区划。青藏高原旅游资源类型多样,八大主类景观全部都有,亚类除海洋岛礁外全部齐备,基本类型应有尽有。

旅游资源定性评价:众多旅游资源都具有"世界之最"的垄断地

雄浑壮观的布达拉宫

位,具有唯一性、不可复制性,使青藏高原成为世界顶级旅游地之一。除海滨海岛类等少数类型外,绝大部分资源类型均具备。生态旅游资源在我国具有典型性、代表性。宗教旅游资源的神秘性,民俗风情旅游的独特性,特种旅游资源的丰富性,为建立青藏高原为我独有、非我莫属的旅游模式奠定了物质基础。

采用层次分析法(AHP)对旅游资源进行定量或半定量评价。495 个单体旅游景观:其中世界级 17 个,占总单体旅游景观数的 3.4%;国家级 232 个,占 46.8%;地区级 246 个,占 49.7%。

旅游生态环境保护位居重中之重

课题十一个专题研究中,有三个专题都是针对生态环境保护的,其中青藏高原旅游开发与生态安全研究,包括旅游资源安全、旅游环境安全与区域生态功能保护和维护三个方面,核心是旅游生态安全的评价,采用 PSR 评价模式。

以青海湖旅游景区为例,对影响旅游地生命周期的研究,发现影响因素较多,但生态环境质量是影响旅游地生命周期的关键,要延长旅游地生命周期,加强生态环境建设及保护最为关键。

"西宁、拉萨旅游容量的研究",目前多采用旅游生态足迹法,为西宁、拉萨这两个城市旅游业的健康发展提供必要的科学依据。测量青藏高原每个旅游景区、旅游中心城市的旅游容量,其游客数量严格控制在旅游容量的阈值之内,才能有效保护青藏高原的旅游生态。

民族文化旅游资源开发探讨

千百年来,生活在青藏高原上的各族人民,创造了极具地域特色,又多元并存的地域文化旅游资源。青藏高原展现的古文化、民族文化、宗教文化、民俗文化,是优秀中华文化的重要组成部分。

热贡佛教艺术

对文化旅游资源价值评价极其重要,但具体实践上还有一定困难。以青海省为例,从各个区域文化景观的密集度、差异性、多样性、知名度和特殊性等方面进行定量分析评价,综合得出结论:青海东部河湟谷地文化旅游资源价值最高。

青藏高原文化旅游资源的开发,必须坚持保护与开发相结合,坚持公众参与等原则。开发构想:青藏高原北部以"丝绸之路"为中心,中部以"唐蕃古道"为主轴,南部以"茶马古道"为纽带,发展文化旅游资源开发。

生态旅游是青藏高原旅游的必然选择

青藏高原生态旅游资源具有种类丰富、美学特征明显、垄断性、较集中地分布于交通干道沿线的特点。同时也具有生态旅游资源较强的脆弱性、敏感性的特点。

生态旅游开发战略,首先构建生态旅游空间网络体系,形成两个一级旅游网络体系(西宁、拉萨两个增长极)和八个二级生态旅游网络体系(果洛、玉树、昌都、林芝、格尔木、日喀则、那曲、狮泉河八个增长极)。

就青藏高原旅游开发而言,青海省及西藏周边区域,必须从西藏旅游的"阴影区"走出来,必须建立竞争与合作开发的良好机制,走出"形象遮蔽",加强"形象叠加"。启动青藏高原"大环线"生态旅游的开发模式,形成发展的合力是实现青藏旅游开发中必须面对的一个重要问题。发展生态旅游,才能保护青藏高原生态环境,实现青藏高原旅游业持续健康发展。

挑战极限户外旅游是青藏高原旅游的主体

挑战极限户外旅游,源于20世纪60年代的欧美,20世纪80年代传入我国,成为当今世界最具时尚的旅游活动项目,也很快在神州大地受到中青年旅游者的追捧和参与。

特别是随着现代人生活节奏越来越快,工作压力越来越大,生活空间越来越小,为寻求以发泄压力、释放能量,更多的人走出家门,回到大自然的怀抱,挑战极限户外旅游便应运而生。

挑战极限户外体育运动形式多样,目前国内主要有登山、攀岩、自行车越野、极限越野、漂流、攀冰、山地滑雪、科学探险、狩猎探险等。显著的特点是以野外为活动场地,带有探险性或体验探险的体育旅游方式。青藏高原独特的自然和人文风光,使其具备优越的条件开展挑战极限户外旅游,可以开展几十种乃至上百种户外旅游项目。

青海湖国际公路自行车赛

近十多年来,青海省开展的环青海湖国际公路自行车赛、世界杯攀岩精英赛、国际抢渡黄河极限挑战赛,是享誉国内外的挑战极限户外体育旅游项目。青藏高原上的其他省份,挑战极限户外体育活动发展很快。为青海的挑战极限户外体育活动发展提供了宝贵经验。

青藏铁路沿线旅游

青藏铁路东起西宁,西南至拉萨,全长1956公里,其中三分之二路段是4500米以上区域内通过,是世界交通史上的奇迹。

青藏铁路奔驰在唐古山脚下

青藏铁路沿线旅游资源丰富,几乎囊括了青藏高原所有的旅游资源类型及特色,有一批世界级旅游资源,如布达拉宫、大昭寺、罗布林卡、青海湖、可可西里、塔尔寺、柴达木盆地雅丹地貌等。拉萨、西宁、格尔木为国家优秀旅游城市。

青藏铁路沿线集生态、宗教、民族风情、江河探险、登山、狩猎、徒步、科考等旅游资源于一体,我国要把青藏铁路沿线建设成为具有世界影响力的旅游产品与线路,是有得天独厚的理想条件和保障的。

青藏高原"渐进阶梯式"旅游模式探讨

青藏高原缺氧、严寒、大风、强辐射等条件,会使进入高原的游客产生一系列不适反应,且多发生于进入高原数小时或 1 ~ 3 天内,一般经 3 ~ 10 天的高原适应后症状将逐渐消失。还有急性高原肺水肿、急性高原脑水肿,对人体健康存在较大威胁。

高原低氧环境及急性高原病,对进入高原人群的健康不利影响很大,然而人体对高原环境也具有强大的习服适应能力,在一定限度内通过采取适当的措施和手段,可以有效提高人体对高原的习服适应过程,帮助人们在高原区进行良好的旅游活动。

促进习服的措施,主要有阶梯习服、适应性运动锻炼、药物和食品营养等。其中采用"渐进阶梯式"旅游模式效果良好。游客从东部低地区乘火车进藏旅游,从兰州(海拔 1500 米)、西宁(海拔 2260 米)、格尔木(海拔 2800 米),然后进入更高区域旅游。由低到高呈阶梯式进入高海拔区,对高原环境有一个逐步的习服过程,高原缺氧症状将大大缓解,游客将会获得良好的旅游效果。

学术价值

这一研究项目的学术价值,主要表现在如下三个方面:

首先,把青藏高原作为一个完整的、统一自然地理综合区域进行旅游开发研究,这在国内外尚属首次。青藏高原是一个完整的自然地理综合区域。这一区域行政区划包括青、藏、甘、新、川、滇六个省区,但它们在地缘、经济、文化等多方面有较大的关联性。

把青藏高原作为一个完整的综合区域进行旅游开发,这样可以优势互补、资源共享、市场共建、信息互通、共同发展,最后达到利益分享的双赢目标。

随着我国政府对西部实施战略大开发,交通条件极大改善,现代化的铁路、航空及高等级公路将青藏高原紧密联系在一起,世界旅游业区域联合发展大趋势,让人们有必要重新从全新角度审视和认识青藏高原的区域经济现象。

第二,青藏高原有望成为世界旅游热点

青藏高原在世人面前充满无限神奇、神秘之感,有着极其强大的诱惑力。全球进入20世纪80年代后,欧、美主宰世界旅游市场的局面已被欧、亚、美三足鼎立的新格局所替代。国际旅游向着个性化、多样化、文化化的方向发展,追求参与性和娱乐性。

进入21世纪,我国政治局势稳定,经济持续增长,旅游业保持强劲的发展势头,向世界旅游强国迈进。我国政府要把青藏铁路沿线建设成为具有世界影响力的旅游线路。位于青藏高原上的三江源旅游区、大香格里拉旅游区,成为我国重点旅游功能区。青藏高原将成为我国乃至世界旅游的"热点"。

第三,探索出一条适合青藏高原地域特色的旅游发展新模式

青藏高原独具特色的自然和人文旅游景观,在世界上是独一无二的,这里的旅游业如何搞？在世界上找不出同它雷同可以借鉴的经验,必须创出自己的发展道路。

本项目探讨的八个专题,如生态旅游、文化旅游、旅游地生命周期、挑战极限旅游、旅游环境容量等,紧紧围绕着为建立具有青藏高原地域特色旅游发展新模式进行,上述专题研究成果,为建立具有青藏高原地域特色旅游发展新模式提供了科学依据,将对青藏高原旅游业的健康发展,使我国成为世界旅游强国均具有重要意义。

正当课题研究接近尾声,准备将稿件送给卢云亭教授把关定稿时,得知卢教授突然心肌梗死,来不及抢救就离开了人世,我们课题组的全体成员无比悲痛,决心以优良的成果寄托对他的无限哀思。

34. 三川为大禹故里的探讨

我省文化名人、省政协副主席鲍义志先生对喇家遗址的考古发掘工作给予了高度关注,凭借他扎实深厚的历史文化积淀、敏锐的社会洞察力,提出了官亭是大禹故里的观点。引起省内史学、考古学、地学等学术界乃至官方人士的高度关注,纷纷发表文章进行了有益的探讨。

鲍义志先生曾打电话给我,就这个问题让我从历史地理学的角度进行探讨,我觉得这是一个很有现实意义的大课题。我查阅了相关资料,还带着研究生侯光良赴喇家遗址的考古发掘现场进行参观,对遗址地理环境进行较详细考察,特别对地震遗迹进行深入分析研究,撰写了《官亭是大禹故里》一

喇家遗址塑像

文,在全省组织的"大禹故里研讨会"上发言,同与会专家交换了意见。

大禹,姓姒,亦称夏禹,是中国古代传说中第一位杰出的治水英雄,与尧、舜并为传说中的古圣王,相传为夏王朝的开国君主。他婚后离家十三年,曾三次路过家门而不入的精神被传为千古佳话,成为中华民族精神的代表。

史书记载:"禹东巡狩至于会稽而崩",现今在浙江绍兴附近的会稽建有大禹陵。几千年来,后人为纪念大禹治水的丰功伟绩,沿着黄河流过的地方,建有不少禹王庙进行祭奠。至于大禹故里具体在哪里,人们不得而知。喇家遗址的全面发掘,结合大禹导河积石的昆仑神话传说故事,为证明三川地区就是大禹故里提供

了强有力的依据。

众多史学家、考古学家、民俗学家研究认为，史前远古时期的青海高原，存在着一个在当时生产力发展水平较高的西王母古国，柴达木盆地、东昆仑山脉、青海湖盆地至甘青之间的大夏河流域，是他们活动的广阔区域，大夏河流域是夏国的发源地。

史书中记载，黄帝讨蚩尤之暴失败而忧愤成疾，西王母派遣医术高超的使者治好了他的病，又派遣将领运用西王母排兵布阵策略，"克蚩尤于中冀"；派遣武将向黄帝献图，中原版图由"九州"扩充到"十二州"；虞舜摄政之后，西王母将昆仑玉加工成精美玉器赠送；大禹治水前，曾"学于西王母国"，西王母国还调动大批劳力，帮助大禹导河积石，大禹为帝后，曾西去拜会西王母表示感谢。

《史记·六国年表》说"禹兴于西羌"。《新语·术事》说"大禹出于西羌"。说明大禹出生于西羌地，而且同西王母古国有着非常密切的往来。

环境学家研究认为，四千年前乃至以后千余年是全球性间冰期，气候温暖湿润，西王母故地处在青藏高寒区，降水比现在多，暖季来到，冰雪融化，加上这里是地质构造异常活跃区，洪水、泥石流、滑坡、地震灾害频发，西王母古国在治理多种灾害方面积累有一定经验，所以大禹治水前，曾"学于西王母国"，西王母国也调动大批劳力，帮助大禹导河积石是可信的。

西王母时代具有较高的冶炼技术。贵南尕马台墓地出土一面铜镜；德令哈托素湖畔一奇异石洞内的铁管物，测定三氧化二铁含量32.9%；夏格日山峰顶的"镇山石柱"，专家考证，是迄今五千多年前的混合金属。从中我们可以推测，西王母时代就能制造较先进的金属兵器和导河工具，从此帮助黄帝"克蚩尤于中冀"，帮助大禹导河积石。

喇家遗址，位于官亭镇南3公里的喇家村黄河二级阶地上，距离黄河仅500米，高出黄河水面30米。这里地势平坦，土质肥沃，具有充沛的光热和水源条件，这样优越的自然地理环境，在远古生产力水平低下的情况下，为建立较大型部落或邦国中心地提供可靠的环境条件。

遗址出土四千年前的长方形大型壕沟、黄河磬王、中国第一玉刀、祭祀遗址和祭祀面条等，这是古代大型聚落乃至一个古国城堡的重要标志，出土的黄河磬王、玉刀是至高无上权力的象征。专家认为，这是齐家文化时期地区的权力中心，还被认为是中国早期国家夏朝活动的核心地带。

中国历史上"导河积石"的积石峡,位居喇家遗址西5公里左右。史载大禹和他父辈们生活过的大夏河流域同喇家遗址咫尺之遥。所以,大禹在喇家遗址地建立部落联盟乃至夏朝国都的可能性是很大的。

考古、地学专家发现,灾难遗址房址地面上,有一层棕红色黏土,还夹杂着波状沙质条带沉积物,沉积物中悬浮总体占90%左右,显然是黄河洪水带来的,这种棕红色黏土和沙质沉积物,在官亭盆地二级阶地上广有分布。可以确认黄河异常洪水,是造成喇家遗址被毁灭的根本原因。那么黄河水怎能长驱直入高出河面30米的喇家遗址呢?

我和我的研究生侯光良,在喇家村老百姓的房子周围、园子里,发现地面有裂缝几十处,宽4~5厘米,地表下0.5~2米,裂缝断面呈楔状,上宽下窄,向下逐渐闭合,地裂缝中充斥了大量的细沙,以及陶片等文化遗物,其上被棕红色洪堆积或灰白色洪堆积所掩埋。

这些地表现象,是地震灾害后所留下的遗迹,从裂缝的宽度、深度以及在地表的长度,初步推断震级为里氏6级以上,且发生在洪水来之前,地震和洪水间隔时间不太长。

有理由可以推断,当地震发生后,距喇家遗址西5公里外的积石峡两岸红色沙砾岩,崩塌坠落至黄河中,形成堰塞湖,阻挡河水东流。堰塞湖的水量蓄积到一定高度时,超过了湖堤承受能力而溃堤,湖水以数十米高的巨浪千钧一发之势向河的下游冲去,喇家遗址首当其冲,先民们防不胜防,遭到灭顶之灾,夏王朝中心地伴随着洪水灾害顷刻而消失。我的这一推理,数年后通过有关专家碳14测定,被证实是完全正确的。

经特大洪水灾害后,喇家遗址夏王朝中心地消失,大禹带领他的百姓开始漫长而又十分艰辛的疏通河道之路。最先疏通长10多公里的积石峡水道,要搬走河水中的石块至少成千上万吨,工程如此之宏大,至少也要五至十年时间或更长时间才能完成。史书上大禹辟积石导黄河的故事就发生在这里,"导河积石"闻名于世,载入了史册。

史前黄河水患主要是来自于源头区的青藏高原,这里冰雪茫茫,天气变化无常,如果冰雪融水过多,来水量超过河床承载量,易造成洪灾。那时黄河经过的黄土高原区,植被未经破坏,生态环境良好,不存在有大量水土流失问题,黄河下游段河南、山东境内的地上河也不可能存在,水患灾害极少发生。

后来由于中原人口猛增,黄土高原植被破坏使水土流失加剧,黄河下游地上河日益增高,黄河水患灾害从源头向东、向中下游区转移。专家研究认为,距今4000~2750年间,官亭盆地内黄河洪水曾经泛滥了数十次,这段时间也是整个黄河流域洪水多发期。大禹和他的弟兄们,从黄河源头开始,沿着水系向东开展异常繁重的治水任务,为重建夏王朝积蓄力量。

我的故乡就在官亭盆地下川寺沟峡附近的桑布拉,小时候听老人们讲,寺沟峡内河边石头上有大禹治水时留下的脚印和手印,还有大禹坐在一块石板上留下的痕迹,还有洗脚盆、擂鼓台、灶房、座椅、斩蛟崖等奇特的造型地貌,以及石刻岩画,很有神秘色彩。

大禹的故事在民间世代相传:大禹治水很忙,他老婆经常把饭送到工地上。有一次他老婆生病,由大禹妈妈亲自送饭,正在赤身干活的大禹看到母亲来送饭,来不及穿衣躲藏,一急之下跳进了波涛滚滚的黄河水中。

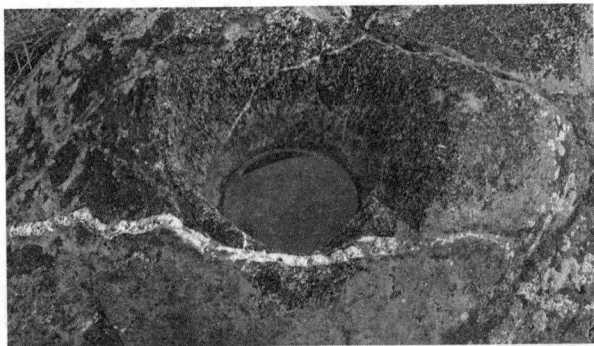

大禹水缸

据说早年民间还有祭祀圣人大禹的习俗。

当地有关部门及老百姓,为了弘扬民族传统文化,缅怀大禹先辈的丰功伟绩,发展旅游业,将原来寺沟峡名称改为禹王峡。经过旅游总体规划,修筑道路,植树造林,展现大禹生活场面的造型地貌,注入更加丰富的文化内涵,建成别具风格的禹王峡风景区,供游人游览观光。

35. 极其艰险的野外考察

1987 年,我承担了青海省旅游开发研究课题后,便开始了二十多年极其艰险的野外考察生活,从东部的河湟谷地到西部的可可西里无人区,从北部祁连山地到世界第一高峰的珠穆朗玛峰脚下,出没于冰峰雪山、戈壁荒漠、高原湖泊、高山草地、古迹遗址、宗教寺院、民族村寨……,全省的许多地方都留有我的脚印。

大量的野外考察工作,几乎全是在高海拔区域进行,必须忍受缺氧不适反应和强烈的紫外线照射。还经常风餐露宿、受冻挨饿,甚至多次有过生命危险。年复一年,日复一日,经过多少个春夏秋冬,如果没有

阿尼玛卿山野外考察

顽强拼搏的精神,没有坚定的理想信念,几乎让人难以支撑下来。

在我的记忆中,有几次野外考察刻骨铭心,是生与死的抗争,是坚持与放弃的心理较量。

唐古拉山口北坡的险境

1995 年 7 月底,广州地理所有三名年轻人来到西宁,让我做向导去黄河源头和西藏游览考察。我想这是赴西藏进行考察的一次极好机会,当时我五十岁出头,身体健壮,在 1987 年 8 月课题考察时,曾和卢教授一块去过西藏,有一定的经验,就欣然答应了。

我们租用了一家单位的北京吉普车,先到黄河源头的鄂陵湖,登措哇尕什则峰(海拔 4610 米),在河源牛头铜碑前拍照留念,眺望黄河源头,满眼都是原始、粗犷、纯正的自然风光,这让来自南国的三位年轻人异常兴奋,不停拍照留念。

在向西藏的进发途中,经日月山、青海湖区、鸟岛,他们激动地说:"百闻不如一见,青海风光如此美丽,出乎意料。"当天到达格尔木市,为了更好适应高海拔环境,第二天休整了一天,参观游览万丈盐桥、盐湖风光。

8 月 1 日清晨从格尔木出发,准备当天入驻那曲宾馆。翻越昆仑山口(海拔4767 米),一位女士出现了高原缺氧反应,我让她坐在副驾驶员的位置。小车奔驰在平坦无垠的可可西里无人区。由于景色单调,或是轻微缺氧反应所致,三位年轻人昏昏欲睡。我们在沱沱河镇吃了中午饭。

下午 5 点多,快要翻越唐古拉山口(海拔 5231 米),太阳落下山不到两个小时,我心里有点着急,怕太晚到那曲找不到住处,让司机把车开快点。在过一条小河沟时由于车速过快,在强惯性力的作用下,小车后半轴断了。我预感到麻烦事来了,心里开始紧张起来。

这里海拔至少 5000 米以上,太阳一旦落下,气温骤降至零度以下,大家还穿着单衣,又严重缺氧,寒冷很快会袭来,来自南国的三位年轻人会承受不了的。我心急如焚,强行拦了一辆车,把他们三人送上车,让他们直达拉萨,在拉萨饭店等我。

同司机商量,让他看车,我去出事点较近的安多县城购后半轴。这时司机说他头痛,我让他吃了两片止痛片,并把我带来的皮大衣给了他。安多县城位于唐古拉山南坡脚下,要过唐古拉山口,我又拦了一辆货车,上车后十分感激这位司机,听他口音是青海东部农村人,我跟他说我在青海师大任教,让他需要帮忙时找我,并把写有我名字的纸条交给了他。果然十年后他拿着这张纸条,为他女儿上大学一事来找我,我必须要兑现在难中许下的诺言。

约晚 10 点多钟,司机说:"快到安多县城了。"当时外面一片漆黑,伸手不见五指,司机放慢车速让我下车,车还没有停稳,突然从路边草丛里窜出来两个手持铁棒的小伙子,其中一个人抓住司机的衣领,不断地用藏语大声吼叫,我俩听不明白是啥意思。

当我上前去理论时,另一个小伙子在我胸部猛击几掌,把我打翻到路边草丛里,我半天出不来气,在草丛里足足挣扎了半个多小时,司机挨了几下铁棒,口袋里的钱全部被掏走。显然我们俩遇上拦路抢劫,司机吓得开着车跑了,我从草丛里爬起来,悄悄离开这里走了约 1 公里,住进了安多县城一个十分简陋的旅舍里。

第二天,我忍着剧烈的胸部疼痛去购买小车后半轴。安多县城只有县政府是铁皮房,几家小商店、小餐馆,不是土板房,就是牦牛帐篷,没有砖木结构的房子,这是我今生见到的最差的县城,这里怎能买到我要的小车后半轴呢?

我急忙搭了两个多小时的车到了那曲,这儿卖汽车零部件的也只有两三家。我拿着购到的小车后半轴返回出事地点,已到下午 6 点钟。司机精神状态很差,他说他的头痛得要炸开,后半轴因不匹配无法安装,车不能前行,这让我心灰意乱,有了黔驴技穷、穷途末路的感觉。

这时太阳落下山,天渐渐黑下来了,阵阵寒风袭来,气温骤降,人冻得发抖,缺氧不适反应让我俩无法忍受,生命安全亮起了红灯,死亡似乎在时刻威胁着我们,从未有过的恐慌和绝望从心底生起。司机让我搭车去拉萨找那三位广东年轻人,怕他们不安全。他说:"我这次生死难保,只好听天由命了,若能碰上好人,能救我一命,等着菩萨保佑吧。"

我把身上仅有的三片止痛片和一块烧饼给了司机,焦急地等待过路车。按常规,晚上 10 点钟后几乎没有过往唐古拉山口的车辆,已是晚 11 点钟了,我心想,现在就看我的命了,来车我能活,不来车活活冻死,长眠于唐古拉山口北坡,我向家乡的方向祈祷,求神佛保佑。快 12 点钟,全身几乎冻僵了,突然在北面发现一束亮光,车来了,兴奋的热泪滚落下来。这次我深深体会到了求生的欲望是个什么滋味。

唐古拉山口是青藏公路的最高点,行人因缺氧或夜间寒冷被冻死的不乏其人。这一次我责任重大,同行人出现死伤无法交待,我不顾年过五十,24 小时之内,没有休息一刻,三次翻越唐古拉山口,又遭到歹徒袭击,总算是过来了,想起来让人后怕、恐怖。

发生在澜沧江畔的险情

1998 年 7 月初,青海省政协副主席卓玛及政协科技界委员,共四十余人,乘坐三辆面包车赴青海南部的玉树、果洛州视察,时间约一个月。这是我到青南高原进行地理、旅游考察的一次极好机会,得到卓玛副主席的同意,同他们一道前行。

澜沧江过吊桥藏族姑娘

一天,我们考察组从玉树州府结古出发,前往州西南部的杂多县。杂多县是亚洲第六大河澜沧江的发源地,县境内称扎曲,发源于唐古拉山北麓海拔 5388 米处,在囊谦县娘拉附近流入西藏,经云南省出境,我国境内称澜沧江,流贯于中南半岛,称湄公河,是中南半岛的母亲河,最后注入南海。

考察组进入杂多县境内,进入了一条深邃的大峡谷,两边高山峻岭,谷底澜沧江从西向东奔流而来,看起来水量同我家乡的黄河一样。远远望见河面上架有一座吊桥,确有仙境之美,走近时看到两位藏族少女,在吊桥上由南岸向北岸走来,这是一幅多么绝妙的画卷啊,我请求司机把车停一下,想把这千载难逢的美景拍下来。

车停的位置比桥所在的位置过去近百米,我怕影响工作造成领导不悦,跑到桥头旁,并让这两位少女向我走得近一点,到桥的中间位置拍照。拍完后我用藏语说了句"尕正奇"(汉语意为"谢谢"),说完跑步去追车,因步伐过急,造成缺氧昏倒在公路上,不省人事,可把大家紧张坏了。他们急忙把我抬上车,不停地按我人中穴位抢救。苏醒过来后司机说："可把我吓坏了！"大家开玩笑地说："张教授爱美女，差点把命都豁出去了！"

两次险些掉进玛柯河

　　果洛州建政45周年赛马大会结束后，便开始对该州旅游资源的考察工作。通过查阅果洛州文献资料，位于该州东南端班玛县境内的仁玉风光，给我留下了深刻印象，吸引着我前往进行实地察看。

　　发源于果洛山的玛柯河，从北向南流贯班玛县境，河谷两侧山地有以紫果云杉为主的原始森林，是青海省的主要林区之一。河谷底部海拔较低，气候温和，可种植青稞、豌豆、马铃薯、油菜等农作物，还可种植白菜、萝卜等蔬菜，是果洛州主要的河谷农业区和半农半牧区。半山腰上的藏族碉楼是用石块和木料砌筑而成，依山势而建，高低错落有致，显示出一派南国气息。

　　我曾读过我省著名藏学家蒲文成先生撰写的《觉囊派》一书。觉囊派是藏传佛教的一个派系，在省内乃至藏区最具代表性寺院是阿什姜贾贡巴寺，该寺位于班玛县江日堂乡阿什姜村，是国内为数不多、历史悠久、规模较大的一座，初奉宁玛派，后改宗觉囊派。

　　走进阿什姜村，三座30多米高的古塔引人注目，向导说那就是阿什姜贾贡巴寺，当地群众称之为"三果洛"的发祥地，有不少极其神秘的传说。走进该寺院，三座古塔建筑风格各异，塔体异常雄浑壮观。据了解，该寺初建于元至正二十七年（1367年），至今仍在讲

阿什姜贾贡巴寺

习觉囊派的他空见，并有一整套独特的修习方法和活动方式，寺僧主要诵读有关

时轮九神的经典,颇重视瑜伽的修炼,是十分珍贵的宗教文化旅游资源。

来到县域南部玛柯河林场场部,这里森林郁郁葱葱,景色迷人,不少藏族妇女头戴浅灰色红军帽。原来1936年7月,中国工农红军第二方面军进入这里休整,红军建的哨所,走过的桥、山谷,被当地藏族同胞亲切地称为"红军岗哨"、"红军桥"、"红军沟",当年红军在岩体上写下的"北山响应全国抗日反蒋斗争!"的标语,至今仍清晰可见。

在调查中有位藏族同胞说,沿玛柯河北岸向东约10里处有一座寺院虽然规模不大,但特别神奇。出于对藏文化的兴趣,我们想亲自看看神奇在哪里。负责我们生活的小伙子认为,已下午四点多,路面又不好走,忙碌了一天,因他有保护我们安全的责任,便说今天算了,有机会再说。但我想,以后来的机会恐怕是不会有的。于是我征求这位小伙子驾驶员的意见,想让他带我去看一下,他是省一所高校在读生,年岁还不到二十岁,是贡拉局长的亲戚,暑假回家帮忙的,他向我微笑了一下,表示没问题。

道路是沿玛柯河北岸半山坡开凿的,几乎只能容一辆小车过得去。从右面车厢内伸出头向下望去,距河水面垂直距离足有50米,咆哮、奔腾的河水使人心惊胆战,左面是看不到顶的悬崖绝壁,真让人心惊肉跳,不寒而栗。

小车开进十多分钟,天空浓云沿河谷从东向西铺展过来,一会狂风夹杂着倾盆大雨,周围什么也看不见,路面是红土,遇到下雨特别滑,车不敢动,因为若不小心掉下滚滚的玛柯河,死亡将威胁到车内的每个人,大家一时间都处在忧虑、恐慌之中。

几分钟后雨风全停了,烈日当头,我们这才松了口气,虽是一场虚惊,我的好奇心全然消失了,等路面晾干,往前走了数百米,小车调转车头原路返回。

赶往班玛县城途中,夜幕降临,因夜间车辆较少,司机把车灯打开,将车速加快,累了一整天的我们昏昏欲睡。突然小车一个紧急刹车,车身强烈震动了几下,我的头碰到车篷上,好痛好痛。惊醒后问司机发生了什么事,司机说:"好险啊!差点把车开进河里了!"他接着说:"灯光下看路面和水面都是白白的,误把水面当成路面了,稍走近点看到前面的路面在晃动,且有点耀眼的感觉,再走近点时,听到了水流的声音,感觉不对劲就来了个急刹车,对不起,惊吓了大家。"

下车后我们实地查勘了一下,小车距前面河水面仅剩不到20米,这只是二三秒钟的工夫,差点要了我们的命。由于刚才下大暴雨,玛柯河涨水把公路给冲垮了。

柴达木盆地两次遇险

2005 年 8 月初，《中国国家地理》杂志执行总编单之蔷先生，邀请我同他环绕祁连山地作一次地理考察，我很高兴地答应了。到了兰州，和我们同行的还有兰州大学的一位历史学教授、《民族画报》摄影记者张超英同志。

从兰州出发，沿河西走廊西行，游览参观武威、张掖两座历史文化名城，这位历史学教授给我们作了高级导游，让我们对河西走廊的自然地理以及悠久的文化内涵有了更深了解。在敦煌莫高窟，研究所领导接待了我们。我们受到了贵宾般的接待，观看了十多处不对外开放的洞窟壁画，真是三生有幸。

离开敦煌，穿过阿尔金山和祁连山地之间的当金山口（海拔 3800 米），进入到了青海境内，视野更加开阔，当天晚上住在花土沟镇，这座小镇是伴随着青海石油工业发展而兴起的城镇。

从众多文献资料中得知，柴达木盆地青新公路以北一里坪、南八仙、开特米里克等地数百平方公里内，分布有一种特殊的地貌类型，学名叫"雅丹地貌"，当地人称"开特米里克地貌"。此前我多么希望到此亲眼见，却一直没有这样好的机会。单总编和张摄影师，就是被这里神秘雅丹地貌所吸引，从北京远道而来的。

从花土沟镇往南有一条石油勘探时修的便道，它从北向南穿越柴达木盆地西北部，至南端的南八仙接青新公路，据说这条便道穿越雅丹地貌分布的核心区域。

我们离开花土沟镇约一个小时，车程 50 多公里时，公路两侧便陆续出现雅丹地貌，但零零散散，且不太典型。小车行驶两个多小时后，壮观的雅丹地貌展现在我们面前，分布区域之广阔、类型之多样、造型之奇异，我是从未见到过，单总编不由自主且叨叨不停地说："太妙了，太神奇了，大自然鬼斧神工的威力，亲自不来看看太亏了！亏大了！不虚此行啊！"

我们下车观景拍照，远远望去，形态各异的小丘起伏不平，似鲸鱼、游龙在沙海中翻腾，驾云滚动，景色壮观。近看千奇百怪的造型地貌，如古城堡、金字塔、桌子、蘑菇、圆柱、麦垛、巨人、兽类……身临其境，犹如进入迷窟仙宫。

单总编惊奇地问我，这种地貌是如何形成的？我说："干旱荒漠环境下，因褶皱隆起或因断裂破碎而裸露的第三纪地层，经阵发性暴雨洪水侵蚀切割，又经过长期强烈风力侵蚀,软硬岩层抗蚀能力存在差异,形成了这种地貌类型。"

正当单总编和我兴致勃勃观景拍照时,张超英同志走过来说:"我们已经进入雅丹地貌中心地带,最精华的地貌已经看到了,再往前走也就是这样。这条便道质量差,我们走了三个多小时,除了我们的车,没有第二辆

柴达木盆地雅丹地貌

车从这里通过,前面能否通车没有把握,这条道很有可能已被废弃。"

单总编对张摄影师说的话没有任何反应,继续聚精会神地拍照。张继续说:"现在车里的油也不多了,同外面的信息全断了,如果再走下去很危险,为了安全起见,我们原路返回到花土沟镇,走 315 国道回西宁。"

单总编听到张提出现在要原路返回时,他走到张旁边很生气地说:"这不行,坚决不行,有问题我承担。"这时的张一点也不示弱,他俩脸红脖子粗地争吵起来,吵得越来越冲动,越来越激烈,还发生推推搡搡的肢体小冲突。单总编对张很不客气地说:"在这荒山野地,你想绑架我吗?"张据理反驳、争辩。

在这种情况下,我不便表态,但从心里倾向单的意见,虽然很危险,可到这里来考察一次也太不容易了,不能半途而废,但回想起昔日"南八仙"发生的故事,我也很恐惧。一旦没油了或车出故障,手机没有信号,吃的、喝的都没准备,我们将面临无法走出去的困境,有生命的危险。

50 年代,曾有八名来自于我国南方的女地质队员走进这里,因迷失了方向,最后长眠于这亘古荒原上,"南八仙"这一地名就是这样来的。

小车原来是由张驾驶的,现在由单亲自驾驶,向前走了二三十公里,路边见到一间房屋,从里面走出一个四十多岁的男人,单总编向他询问了情况,这人说:"这条便道年久失修,没有多少车辆往来,昨天有一辆车通过,还有两个小时可以到南八仙。"这样我们的心总算石头落地了,我看单和张之间的紧张气氛缓和了不少。

到了南八仙天完全黑了，只看到两排平房，有个小饭馆。还停放有一些车辆，别的什么也看不清了。

我们晚上约9点钟赶到了德令哈市，吃了晚饭，因张超音同志明天上午9点乘飞机返京，他出国到巴基斯坦的机票已预定好，所以今晚必须要赶到西宁。这时车由张驾驶，即将竣工的青新公路，路面非常平展，加上深夜几乎没有别的车辆干扰，张放开胆子以每小时120码的速度在行驶，疲劳了一整天的我和单总编昏昏睡去。

突然整个车体猛烈跳动，我的头碰到车的顶篷上，头剧烈疼痛几乎昏过去了，感觉腰椎部像断裂了一样，此刻我头脑中很清楚地闪出这样的意识，今天发生了车祸，必死无疑，这就是我生命的终结。

车停了，单总编坐在副驾驶位置上，他系了安全带，车门被打开了，但他没有被甩出去，他第一个下车就赶忙过来问我怎么样。我在单总编的后排座位，前后两个座位椅子把我挤压得动弹不了，胸部挤压得几乎不能呼吸，单用劲把椅子掰开，我下车了，感觉胸部疼痛难忍。张鼻孔出血了，方向盘也歪了。我们三人没有生命危险，真是不幸中的万幸。

车灯还亮着，我们察看了周围环境，看看到底发生了什么事情。青新公路修建还没有完工，前面要修建一座长约10米左右的水泥桥，桥墩地基挖好了，深4米，旁边没有任何警示牌。幸好张警惕性极高，脑子机灵，看到前面的水泥沟，在千钧一发之际，紧急把方向盘向右打，开上一座砂石料堆上，避免了这起悲剧的发生。如果小车来不及拐弯开进水泥沟，我们三人必死无疑。

经过联系，德令哈公路警察队赶到，他们说："这种情况下十之八九人车都完蛋！"我们提出为什么不设警示牌，他们支支吾吾无言回答，单总编非常生气，认为这是一个陷阱，这些家伙太卑鄙，拿人的生命在开玩笑，他又开玩笑地说："别怨了，只要平安一切让它过去，我们沾了转世灵童张教授的光，佛祖保佑了我们。"

《中国国家地理》开办大讲堂，单之蔷同志在2009年大讲堂讲"青藏线壮观美景"时，还讲到了这段故事。

36. 三江源考察

进入 21 世纪,我国政府实施西部大开发战略,国内更多有识之士对青海的发展给予高度关注,有位在京工作的著名人士,将对青海发展的建议呈给中央,中央将他的信转发到青海省人民政府落实,于是省政府办公厅召集省内相关专家研

三江源考察队

究具体落实方案,我是被邀请去的专家之一。

专家们从各自所从事的专业角度出发,集思广益、畅所欲言谈了自己看法。本人长期从事青海地理和青海旅游研究,会上我从自己的专业角度,提出考察三江源的建议。

黄河、长江、澜沧江这三条世界级的大江大河,发源于青海省西南部,使青海省享有"三江之源"、"中华水塔"、"东亚水塔"的美誉,在我国、亚洲乃至全球享有很高的知名度。

这三条河流中下游区历史文化悠久、人口稠密、经济发达,是古代文明的发祥地,因而这三条河流国际地位极其显赫。但它们的源头在何处,至今没有一个科学定论。这对生活在源头区的青海各族人民来说,对历史悠久、文化灿烂、经济正在腾飞的新中国来说,不能不说是一件憾事。

我的发言在与会专家中发生共鸣,大家一致认为,我们处在江河源之地,充分利用现代科学新技术,认定黄河、长江、澜沧江这三条江河源头,利在当代、功在千

秋,确定这三条江河源头是青海人责无旁贷的事,建议考察三江源头,报青海省人民政府批准。

为促进青海社会经济发展,特别是大力促进旅游业蓬勃发展,推进青海生态大省的建设,青海省人民政府于 2007 年 12 月决定,以确定长江、黄河、澜沧江源头地理位置,测量平面坐标和高程,开展地球空间信息变迁监测与研究为目标的三江源头科学考察工作,由政府相关部门及测绘、遥感、水文、冰川、气象、地质、地理、新闻媒体组成三江源头科学考察队,由国家测绘局指导、武汉大学测绘学院技术支持、青海省测绘局负责实施。

三江源头科学考察工作,由青海省测绘局局长杨俊岭同志全面负责,成立由有多名院士在内的专家组,我是成员之一;成立办公室,处理相关事宜;成立后勤组,保障科考时后勤供应工作。挑选业务精良、身体强壮、有自我牺牲精神、能吃苦耐劳的中青年科技、新闻工作者四十余人组成科考队,测绘局唐副局长任队长。

科考队员中有三名是我的学生,刘峰贵年过四十岁,接替我担任地理系负责人,他在澜沧江源头科考时感冒发烧,有肺水肿迹象,差点回不来了。侯光良、刘国是我的在读研究生,工作勤勤恳恳、任劳任怨,受到考察队领导、队友们的好评,刘国还把一小瓶长江源头水带给我作纪念。记者曾采访过我,以师生三代考察三江源为题进行了新闻报道。

科考队于 2008 年 9 月初开始,在海拔 4500 米以上的三江源区考察,历时 41 天,总行程 7300 公里,他们风餐露宿,克服缺氧、低温严寒、大风、强紫外线等恶劣自然条件,利用卫星定位系统(GPS)、地理信息系统(GIS)、遥感技术(RS)等现代测绘技术,对长江、黄河、澜沧江源头区的 19 个源头支流进行实地考察,采集了源头地理坐标、高程、重力等数据,并开展了源头区气象、水文、冰川、地质、地理等综合研究和数据采集,填补了三江源地区地学数据的多项空白。

2009 年 7 月 14 日,青海省人民政府组织召开了"三江源头科学成果评审会",由七名两院院士和十余名相关学科专家参加,按照国际上确定河源的惯例和专家委员会认定的"三江源头科学考察技术方案",一致同意三江源头科学考察队提出的长江源头为当曲、黄河源头为卡日曲、澜沧江源头为扎阿曲的成果。这是我国也是世界上首次同时确定国际著名江河长江、黄河、澜沧江源头的壮举,这一成果达到了同类科研成果的国际先进水平,毋庸置疑应被视为一次伟大的地理大发现。

37. 上海世博会的情结

世界博览会,又称万国博览会,简称世博会、万博。是一项由主办国政府组织或政府委托有关部门举办的、有较大影响和悠久历史的国际性博览活动。参展者向世界各国展示当代的文化、科技和产业上正面影响各种生活范畴的成果。

首届世博会于1851年5月至10月11日在

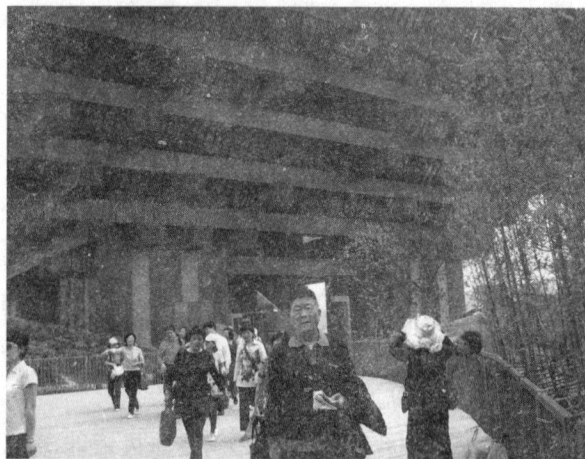

上海世博会中国馆

英国伦敦举办,当时中国广东商人许荣村,将十二捆自己经营的"荣记湖丝"托运至伦敦展出,获得大奖。世博会因其发展迅速,享有"经济、科技、文化领域内的奥林匹克盛会"美誉,至今有一百六十余年的历史,先后举办过四十届。

1999年12月,在国际博览局第126次全体会议上,中国政府正式宣布申办2010年世博会,并决定在上海举办。

上海世博会为第41届世界博览会,于2010年5月1日至10月31日举行,为我国首次举办,主题是"城市,让生活更美好",中国政府投资317.01亿元人民币,创造了世界博览会最大规模纪录,参观人数达7308万人,也创历届世博会之最。近200个国家和50多个国际组织参展。

上海世博会设有中国馆,由国家馆、各省区市馆、香港馆、澳门馆、台湾馆组成。青海馆具体工作由省外贸厅负责，为了使青海馆上档次、上水平，省上专门成立了上海世博会青海馆专家组，以省政府名义聘请省内相关专家十余人参加，我由负责此项工作的王令俊副省长钦点参加。

专家组的任务，重点讨论确定青海馆的主题，即让青海馆突出青海省最本质的特色。专家们所从事的专业不同，对青海省本质特色理解也不尽相同。搞历史文化的认为，青海是昆仑文化的发祥地，要突出文化特点；搞资源开发的认为，青海是我国矿产资源丰富的一个省份，突出美丽富饶的特点；搞民族、宗教的认为，青海省是一个多民族、多宗教的省份，要突出各民族团结和睦、宗教文化灿烂的特点等。

本人长期从事青海地理和青海旅游研究，从地理和旅游发展角度认为，长江是我国第一大河，世界第三大河；黄河是我国第二大河，世界著名大河之一；澜沧江为世界第六大河。这三条大江大河，均发源于我省西南部面积不足 10 万平方公里的土地上，被称为"三江之源"，这在世界上是绝无仅有的。它们分别水量的25%、42.9%、15% 来自这里。

如果从我国东部低地、亚洲东南部仰望世界屋脊，三江之水从数千米高空飞流而下，好似一座巨大的天然水塔，这让三江源享有"中华水塔"之称。三江源对中下游区域社会历史和经济发展产生极其重要的作用，使这些地区成为世界文明的发祥地，而且在我国、亚洲乃至全球有极高的生态价值。据此，我提出上海世博会青海馆的主题是：中华水塔—青海省，这一看法得到专家们的一致认同。

但省上一些领导认为青海馆的主题"大美青海"为好，这下专家组的专家们感到很为难，认为省领导表了态，不好反对，我还是旗帜鲜明地表态："'大美青海'的提法太笼统、太抽象，不能反映青海最本质的特点。"最后上海世博会专家组认为"中华水塔—三江源"为宜，青海馆的主题就是这样确定下来的。

省商贸厅领导答应，组织专家组成员到上海世博会参观，费用由省商贸厅承担。我等不及，于是在 7 月中旬上海最闷热的季节参加旅行社世博会七日游。世博会虽然人山人海，但组织有序。每个参展国家都有自己的场馆，发达国家场馆有气派，内容丰富，人们争相去参观，热门场馆有中国、瑞士、法国、德国、西班牙、日本、意大利、沙特阿拉伯、英国、美国等。

参观热门场馆要排队，少则一个多小时，多则两三个小时，上海闷热的天气对青海人来讲太难受。我排队参观了法国、美国、日本、意大利、英国、韩国、俄罗斯等国家的场馆,听说沙特场馆搞得很有气派,所以参观排队时间更长,我就放弃了。

为了鼓励参观者也要到小国场馆去参观,世博会组织者搞了一个签证办护照的游戏,十多元买一本"护照",每到一个场馆在你"护照"上盖章,意思是你办理签证到了这个国家。我的护照上盖了五十多个国家的章子,成为我参观上海世博会的一个重要纪念品。

中国馆是世博园里最吸引人的一个馆,建筑外观展现"东方之冠、鼎盛中华、天下粮仓、富饶百姓"的构思主题,上大下小的斗拱建筑、紫红色调,表达中国文化的精神与气质。

中国馆的国家馆居中升起、层叠出挑,成为凝集中国元素、象征中国精神的雕塑感造型主体——东方之冠;地区馆水平展开,以舒展的平台基座的形态映衬国家馆,形成开放、柔性、亲民、层次丰富的城市广场。"东方之冠"将作为永久性建筑,屹立在黄埔江畔。

参观中国国家馆要有专门的入场券,这个入场券去哪里找呢? 急中生智,我用青海馆专家组成员名义,通过青海馆负责人的帮忙,从上海世博会办公室申请两张入场券,我和我的同伴很幸荣地去参观国家馆,由于参观者太多,也排了足足三个多小时的队。

中国国家馆以"寻觅"为主线,带领参观者行走在"东方足迹"、"寻觅之旅"、"低碳行动"三个展区。

第一展区探寻"东方足迹",展现我国三十多年来的城市建设,这在世界上是举世瞩目的,令世人震撼。给我留下深刻印象的是,中国馆的镇馆之宝,活灵活现的"清明上河图",采用高科技手段,生动、真实反映北宋汴京城市风貌和社会各阶层的生活状况,传达中国古典城市的智慧。

第二展区展开"寻觅之旅",采用轨道浏览车,以古今对话的方式,让参观者在最短时间内领略中国城市营建规划的智慧,完成一次充满动感、惊喜和发现的参观体验。

第三展区聚集"低碳行动",聚集以低碳为核心元素的中国未来城市发展,实现中国城市可持续发展的道路。在寻觅中发现并感悟"城市发展中的中华智慧"。

"中华水塔—三江源"几个醒目大字进入我的眼帘,这就是我们专家组精心设计的青海馆。有一座白雪皑皑的雪山,在金色阳光照耀下银光四射,冰峰雪山下滴滴融水汇成溪流向下成为江水，流淌在碧绿的高山草原上，牧人骑着大马、挥动鞭子、高唱草原牧歌，散落的无数牛马羊群好似天山降落的无数星星，构成了一副尽善尽美的天然画卷。

国内外媒体对 2010 年上海世博会给予高度评价，认为"上海世博会将是一次探讨新世纪人类城市生活的伟大盛会"，"是世界各国人民的一次伟大聚会"，"将成为人类文明的一次精彩对话"等等。

2010 年 10 月 31 日 20 时 30 分，为期 184 天的上海世博会落下帷幕，有 12 项记录入选世界纪录之最。

2010 年 12 月 27 日，上海世博会总结表彰大会在京召开，为世博会成功举办作出过贡献的单位、个人进行表彰奖励。时任国家主席胡锦涛同志讲话，他高度赞扬上海世博会取得的巨大成就，他说："上海世博会的成功举办，实现了中华民族百年世博梦想，向世界展示了中华民族五千年灿烂文明，展示了新中国 60 年特别是改革开放 30 多年的辉煌成就，展示了我国各族人民为实现全面建设小康社会而团结奋斗的精神风貌，增强了全国各族人民的民族自豪感、自信心、凝聚力。"

上海世博会围绕"城市，让生活更美好"的主题，秉承和弘扬理解、沟通、欢聚、合作的世博理念，创造和演绎了一场精彩纷呈、美轮美奂的世界文明大展示，以一届成功、精彩、难忘的世博会胜利载入史册，为祖国和人民赢得了荣誉。

上海世博会荣誉纪念证书

会后，给我颁发了由当时任国务院副总理、上海世博会组委会主任委员的王岐山，任上海市委书记、上海世博会组委会副主任委员的俞正声签名的奖牌，这一奖牌成为我今生又一荣幸和珍贵纪念品。

38. 收徒育英才

2001 年 10 月我满六十岁,按照国家政策,到了该退休的年龄。但那时正值学校大发展,经省专家评审通过,青海师大增加五个硕士研究生招收点,其中地理系有自然地理和人文地理两个研究生招收点。因工作需要,经学校上报,省有关部门批准让我继续工作,担任地理系研究生导师。

带研究生在牧区实习

我是自然地理学教授,因系里没有人文地理学方向的老师,我的专业方向转向人文地理学。从 2002 年秋开始招收人文地理学研究生,面向全国招生,前后有"资源调查与开发"、"国土整治与经济区划"、"旅游资源调查与开发研究"三个方向,共招收五届,有 24 名硕士研究生毕业。

这些学生中,有 9 名是应届本科毕业生,约占总人数的三分之一,其余是走上工作岗位后又考进来的。这两部分人,其年龄、专业基础和社会经历参差不齐。但他们有一个共同点,非常珍惜这来之不易的学习机会,因而勤奋好学、团结互助、尊敬师长、政治思想要求进步。年龄大的对年小的师弟妹关怀有加,年龄小的对年长的视为兄姐。他们在研究生学习期间取得良好的学习成绩。

　　他们中的大部分毕业后，或者毕业后走上工作岗位不久，又考取了博士研究生，16名获得了中国科学院、北京大学、北京师大、兰州大学、武汉大学、陕西师大等科研机构、著名高校博士研究生学位。他们良好的思想作风和品格，获得博导们的好评。

　　如陈琼同学原是在省测绘局工作，本科毕业于武汉测绘学院，是单位的骨干力量，一个孩子的妈妈。她以优异成绩考入我的"资源调查与开发"方向研究生，为了更好地适应这一方向的学习，主动到地理系本科班听相关课程。毕业后留校任教，讲授的"地理信息系统"课，理论与实践相结合，很受同学们的好评。后来她又考取北京大学地理系蔡运龙教授的博士研究生，学习刻苦努力，毕业论文优秀，获得三好学生称号。

　　陈英玉读本科时是我的学生，毕业工作多年后，考取我的研究生，毕业后在青海大学工作。年近四十岁，她顽强拼搏，中国科学院攻读博士学位，研究第四纪，不断探索新的领域，现赴加拿大博士后流动站工作，她坚韧不拔的学习精神，感动了同班同学们。

　　我在招生中尽量招收本省或者愿意留在本省工作的生源。青海是个穷省，经济发展滞后，急需建设人才，我们培养出来的人才要尽量留住，这就是对青海建设的有力支持。我的24名研究生中，毕业后有15名留在青海工作，其中11名进入青海师大、青海大学、青海民大高校任教，充实了教学第一线，他们在各自所从事的教学和科研岗位上崭露头角，获得领导、老师和同学们的好评。

　　如青海师大地理系侯光良，读本科时是我的学生，他撰写的《青海大通县贫困山区可持续发展初探》一文，获第五届"挑战杯"全国大学生课外学术科技作品竞赛二等奖，显露出了他出众的才华。读研究生期间，在《地理学报》刊物上发表文章。毕业后留校任教，获北师大地理学博士学位。现为青海师大地理系教授，硕士生导师，国家自然科学基金委函评专家。研究方向是全球变化与人类适应，重点研究青藏高原史前人类活动与环境演变关系，发表学术论文30余篇，有较高的学术造诣，成为青海师大有成就的青年教师之一。

　　2006年青藏铁路全线开通，进入西藏的交通瓶颈被打开了，为青藏高原旅游发展插上了翅膀。为促进青藏高原旅游业健康发展，培养更多旅游人才，我将2006年研究生招生方向确定为"旅游资源调查与开发研究"，招生人数由4名扩招到7名，为"青藏高原旅游开发研究"项目的完成，起到了重要作用。

9月份学生报到后,我给学生讲授青藏高原自然地理概况,青藏高原是举世瞩目、颇具诱惑力的旅游目的地。青藏铁路开通后,青藏高原旅游如何搞,是值得研究的一个大课题。于是我和学生们共同讨论,向国家社科规划办申报2007年度青藏高原旅游开发研究的项目,特聘请北师大卢云亭教授任顾问。

2007年7月这一项目获批,我组织学生赴西藏、青海南部等地实地考察。同学们在高海拔缺氧环境下,吃苦耐劳、任劳任怨,通过实践学到如何进行旅游资源调查,如何进行旅游研究的实际本领。卢云亭教授赴西藏各地考察,为课题研究提出了极其宝贵的意见。

这个课题分十一个专题进行研究,其中七个专题作为毕业论文分配给同学,要求他们在指导老师的指导下完成。《青藏高原旅游开发研究》论著,于2013年由科学出版社出版发行,这是我和我的学生、地理系部分老师共同完成的成果,其中也凝结着卢教授的心血。

赵霞和张约瀚两位同学,研究青藏高原旅游环境容量评估,来确定旅游活动对生态环境系统造成的"阈值"。采用目前国际上先进的旅游生态足迹法,对西宁和拉萨这两座高原城市旅游环境容量研究,为这两座城市旅游发展,提供必要的科学依据。他俩撰写的《西宁、拉萨市旅游容量分析》一文,收入《青藏高原旅游开发研究》。

由陈蓉撰写的《青藏高原生态旅游开发研究》、侯光良撰写的《青藏高原旅游开发与生态安全研究》、薛华菊撰写的《青藏高原"渐进阶梯式"旅游开发模式研究》,均被收入《青藏高原旅游开发研究》一书。

我招收的这些研究生中,有些是旅游专业毕业的本科生,还有一大部分可能是因为受到我的影响,毕业后从事旅游方面的教学和科研。省内三所大学旅游系的教学与科研,省上旅游系统的培训工作,几乎都是由他们承担。他们的研究成果,发表的文章,培养出来的一批又一批学生,将会对青海省旅游业发展做出贡献。我的学生们踏着我走过的足迹,从事青海旅游研究,而且取得了比我更大的成果,正可谓"青出于蓝,而胜于蓝",后继有人,这确实令我感到莫大的欣慰。

陈蓉和薛华菊都是旅游专业毕业的本科生,读研究生毕业后留校任教,后考取陕西师大旅游环境学院博士。现在她俩活跃在青海师大旅游教学和科研舞台上,风格各异。陈蓉潜心研究"青藏高原生态旅游",形成了独到的见解,她还在陕西师大读博期间,撰写了一批关于青藏高原生态旅游开发的较高质量的文章,还主持参与多项国家级、省部级关于青藏高原旅游研究项目。

薛华菊是我学生中唯一来自南方的女生,她热爱青海,热爱所从事的旅游专业,在游客进藏旅游中,对于开展"渐进阶梯式"旅游模式,从医学生理理论方面作了大量研究,发表论文二十二篇,参编教材三部,主持参与国家级、省部级、校级项目多项。

蒋贵彦研究生毕业后,在青海民族大学旅游系从事教学和科研,重点研究青南高原藏区生态旅游环境承载力、青海省旅游气候舒适性评价及不利因素分析等,撰写研究青海省旅游业发展的论文十余篇,参与国家、省社科项目,编制《西宁市城西区"十三五"旅游发展规划》。

李生梅同学是农家女孩,性格活泼,父亲早逝,母亲好不容易供她上了大学。她又经历波折,获得读研的机会。并在硕士毕业后留校任教,考取兰州大学博士研究生,多年来她致力于青海省生态环境变迁与经济发展,取得了一定研究成果。

李小玲同学读本科时是我的学生,研究生期间学习刻苦钻研,研究生毕业被青海大学录取任教,承担城市地理学、城市生态与环境、旅游规划等课程教学。她后来又考取兰州大学人文地理学博士,在国家核心期刊发表学术论文十余篇,参与多个国家级生态市建设规划项目。

其他同学在省气象局、测绘局、质监等部门工作,他们工作兢兢业业、踏踏实实,受到领导好评。刘国是我研究生中年龄最小的一个,读研期间当选2008年北京奥运会火炬手,参加过三江源头科学考察。毕业后在青海省基础地理信息中心工作,坚持在第一线,他完成的"数字青海空间地理信息基础设施建设"项目、《2012版青海省领导工作用图图册》,获青海测绘学会优秀测绘科技一等奖。

张连生读本科时是我的学生,读研期间参加"青藏高原旅游开发研究"课题,承担本课题中"青藏高原旅游资源及其评价"的撰稿任务,工作难度很大,他勤奋钻研,独立思考,出色完成任务。毕业后为孝敬年迈的父母亲,放弃在省城工作的机会,回父母所在县上计委工作,专搞该县经济发展中长期规划工作,重点搞旅游、扶贫等专项规划,长期深入基层,获得上级领导和基层群众的一致好评。

据了解回到内地工作的同学表现也很突出,如苏建军同学,在山西运城学院任教授,旅游管理教研室主任,经济学博士。主要从事旅游管理、区域经济学的教学与科研工作。在《旅游学刊》等刊物发表旅游经济方面学术论文七十余篇,其中核心论文四十篇,主持和参与省(校)级课题十余项,出版专著一部。

朵海瑞同学,藏族,青海师大研究生毕业后,考取中国林业科学研究院博士研究生,现在北京林业大学博士后流动站工作。多年来,以中国林业科学研究院和北京林业大学为平台,从事保护区建设标准制定、软件研发和技术推广、自然保护区管理和生物多样性监测等方面工作。五年来在导师帮助下,与别人合作出版专著五部,有较高的学术研究价值。

朵海瑞对青、藏、川、滇、甘、新等十五个省(区)自然保护区实地调研,开发可行性保护措施。主持分布于我省的三江源等五个国家级自然保护区数字保护区建设项目。主持青海湖区普氏原羚系统调查和综合保护规划项目,主持隆宝自然保护区黑颈鹤迁徙研究项目,拟探知隆宝保护区黑颈鹤的迁徙通道。参与可可西里湖泊和冰川变化、扎陵湖、鄂陵湖和青海湖湿地的专项监测研究。

我还有一个比较特别的学生,他叫密文天。本科是学教育专业,研究生是人文地理专业,读博士是地质专业。这三个专业之间几乎没有直接的联系,但他刻苦钻研,爱好广泛,所学专业实现跨越式的发展,最后成为一名古生物学与地层学专业的博士,现任内蒙古工业大学地质工程系主任。

密文天在读博、博士后流动站期间至走上正式工作岗位,十年间在中文核心期刊发表地质学方面学术论文十一篇,其中十篇是第一作者,参与国家自然科学基金项目两项,主持内蒙古工业大学"普通地质学"课程教学改革项目,撰写专著一部。上述成果显示出他的聪明才智和较高的学术水平。我为能有这样一位开拓进取的学生而自豪。

39. 我的父亲

家乡的山神庙内立有一块高1.5米、宽30厘米的石碑,上面记载立碑的撰写人是张善述。我父亲也叫张善述,莫非是我父亲他撰写的? 我详细看了立碑时间,这时父亲才是十来岁的娃娃,不可能有此举动,经过一番了解,才搞清其中的缘由。

在家乡好几个村庄联合建起一座山神庙,庙里定期举行宗教活动,还在庙里聘请官亭地区张公爷当私塾先生,让老百姓的孩子识几个字认得自己的名字。这个张公爷远近闻名,他的名字叫张善述。父亲在张公爷这里念私塾,因为他天资聪慧,学习勤奋,又很尊敬师长,成为老师的得意门生,

和父亲的合影

得到众乡亲们的夸奖,爷爷为能有这样一个儿子沾沾自喜。

以前家乡有个习俗,凡是老师看得起的学生,老师将自己的名字赠送给这个学生,张公爷把自己张善述这个名字赠送给了父亲,父亲的名字由此而来。父亲原名叫张喜联,石碑上的文字是张公爷写的,不是我父亲写的。

父亲以优秀的学习成绩考上了省城的国立师范,毕业后在西北军阀马步芳手下谋生,在一家叫德福盛的商贸公司任会计,不久得到马的赏识,升任到总经理的位置。马步芳将自己的签名照片送给了父亲,父亲还和他的儿子马继援交上了

朋友。

1949年8月初的一天,父亲从西宁匆忙回到家中,非常神秘地给爷爷奶奶说着悄悄话,不让我们小孩听,还从他的包内拿出约巴掌大小的几张相片,让爷爷奶奶一张张仔细观看。爷爷看了后说:"这些人面善,看来都是好人。"弟弟张忠元那时还小,大人没回避他,这一幕他清楚地看到了,后来得知,那些相片是毛主席、朱总司令、周总理等人的。

父亲这次回来是同爷爷奶奶商量他的退路,是跟马步芳逃到台湾,还是留下来不走的事。爷爷给父亲分析:"你干的事是同钱、物打交道,没有干与政治有关的事,共产党不会把你怎么样,不要走。"爷爷还有个习惯,当拿不定主意时要占卜,看神佛的明示,占卜结果不走为好。这样父亲打消了跟随马步芳逃到台湾的念头,再也没有回西宁工作的地方。

几天后,兰州战役打响了,马步芳的残兵败将从我家门口大路上过了几天几夜,父亲把形势看得更加清楚了,国民党彻底完蛋了,马步芳也彻底完蛋了,以后是共产党的天下。他怕碰见熟人,一连躲在家中好些天没敢出门。

10月的金秋季节,中国人民解放军来到我的家乡,11月寒冬渐渐来临,早晚还时有雪花飘舞。有一天吃晚饭时,父亲穿着一件灰色的棉大衣回家,胸前还佩戴着一朵用红纸做的大红花。他非常激动地说:"我是共产党的人了!共产党让我当乡长,这件大衣是上级领导给的,还亲自把大红花佩戴在我的胸前。"从此以后,父亲早出晚归,我们很少见到他的人了。

家乡刚刚解放,国民党残余势力纠集社会上的一些不法分子,到处实施打、砸、抢、烧、杀等罪恶活动,人民的生命财产受到严重威胁和损害。为了让百姓过上幸福安定的生活,父亲配合解放军武装小分队的同志,同这伙反动势力开展斗争,多次冒着生命危险,同小分队的同志一道进入到土匪黑窝的东山上,宣传党的政策,耐心细致地做分化瓦解工作,使大部分违法分子向政府投诚,对少数顽固分子实施追剿抓捕。

父亲参加了家乡的土地改革运动,严格按照党的政策办事,受到上级领导的表扬。为了让分到土地的农民尽快富起来,他根据上级的指示组织农业生产互助组,发展生产。在官亭镇办起了"吕文德农业生产合作社",同农民实行同吃、同住、同劳动,使这个合作社在省内外远近闻名,社长还到北京参加全国劳模大会,受到毛主席和中央领导的接见。

他在总结创办农业合作社的经验教训时，撰写了《民和县第五区官亭农业生产合作社是怎样解决组织不纯问题的》一文。1955年元月我放寒假回家，到官亭镇看望父亲时，他让我把这篇文章工工整整抄写两份，说这是上报到省上的材料。

这篇文章以中共民和县第五区委书记胡俊德同志的名义，刊登在1955年7月20日《青海农村工作参考资料》第10期。毛主席给这篇文章写的按语中写道："这一篇文字差一些，对于不纯分子的活动也缺乏详细的描写，但是内容重要，值得一读。"这篇文章收录在《中国农村的社会主义高潮》一书中，这是我今生干的最为骄傲、最为光荣的第一件事。

父亲是从国民党旧政府过来的人，他弃暗投明，向政府坦白交代了自己的历史，在党和政府的培养教育下，成为一名国家干部，在经历剿匪、镇反、土改、农业合作化、1958年和三年饥荒中，立场坚定、坚持原则、吃苦耐劳，受到党和政府的信任、广大群众的好评，在我心目中树立了良好的形象。父亲是我学习的楷模和榜样，是我的好父亲，对我以后的成长起了很大作用。

1965年秋，家乡搞的四清运动中，在极"左"思想的指导下，认为大多数乡镇干部有问题，特别是父亲是从旧社会过来的，参加过国民党，家乡一些别有用心的人，为泄私愤、图报复，给他头上扣上了一些莫须有的罪名，父亲在无奈之下只好忍受不白之冤。父亲曾给我写信诉苦，我回信让他正确对待群众，相信党，经得起时代的考验，思想要想得开，多给老百姓办好事。

当时我大学毕业后，在新疆生产建设兵团塔城搞社教，我想对父亲这样"有历史问题"的人，四清中受到冲击是在情理之中，但他的历史问题早已向党组织交代清楚，经济问题多吃多占，甚至白吃白占都可能会有，但贪污盗窃、生活作风问题等不可能，因为他深知自己的政治背景，平日做事谨小慎微，怕违犯国家政策、法规，怕得罪同事，更怕得罪他的顶头上司，我相信他是清白的。

最后，家庭成分补划为富农，父亲被确定为阶级异己分子，清除出干部队伍。父亲对组织上这样的处理决定没有怨恨，认为只要平平安安回家务农，就心满意足了。后来父亲多次给我说："共产党对我不薄，我对共产党怀有无比感激之情，对我的这种处理是少数人报复的结果。"

1966年"文化大革命"开始，父亲被视为"五类分子"，大队书记拉拢、煽动少数不明真相的群众，制造假证据，准备借批斗之际，实施捆绑拷打，还要伤其筋骨，让他成为一个生活不能自理的残疾人。好心的民兵将这一信息透露给父亲，要他尽快离家躲避起来。

奶奶、继母的娘家是在离家不远的甘肃山区，父亲到那里的亲戚家躲藏起来，大队书记组织民兵去那里搜捕，由于两地分属不同行政区域，加上大队书记的口碑又太差，多次去搜捕却一无所获，还吃了不少苦头。父亲在老百姓的保护下，总算躲过了这场灾难。

有一天深夜，父亲走到院子里小便，发现北面大半个天空是红红的，他感觉不对劲，上房顶仔细查看，发现是大队书记的房屋火光冲天，草房着火了，草房和住房连在一起，很快将会烧到人住的房屋。危急时刻他把乡亲们从梦境中叫醒，大家拿着水桶、脸盆、扫把、铁锹、榔头等工具，从四面八方赶去救火。

因救得及时，大火很快被扑灭了，住房和粮食保住了，人身安全，房主大队书记紧紧握住父亲的手不放，感激地流出了热泪，一个劲地说："乡长阿吾（土语，叔叔），谢谢了，太谢谢了！没有您我家全完了，你是我们全家的救命恩人。"

救火的人们在回家路上纷纷议论："过去他（指书记）把张乡长（指我父亲）整得那么惨，但人家不计前嫌，叫大家来给他家救火。"一位年近五十岁的老者说："如果今天没有张乡长，死人不死人难说，但这些房子肯定要烧光，粮食也保不住。张乡长心地善良，是一个难得的好人啊！"

党的十一届三中全会，父亲冤案得到平反，重新走上工作岗位。退休后回到家乡，自学医学知识，收集民间特效药方，在自己身上练习针灸，他用针灸、按摩、推拿等民间医疗技术，十多年如一日，给十里八乡的乡亲们治病，解除病痛。针灸、按摩、推拿等使用的医疗设备、酒精、棉球等消耗品，都是用自己的钱购买，无偿地给老百姓治病，减轻乡情们的痛苦和经济负担，而且他对病人不厌其烦，态度好，深受当地群众赞誉和怀念。

父亲身体一直很硬朗，在家除了给村民看病、养花、饲养牲畜、打扫卫生，甚至做饭等活他都干，特别对他家中三个孙辈的生活、学习上的关照更是无微不至，使他（她）们的学习成绩在班上名列前茅。其中两个考上了大学本科，现成为国家干部，分别从事教学和医务工作。

父亲对我的工作很支持，也很理解。随着年岁的增长，父亲体质及承受能力逐渐下降，生活状态不断恶化，他有时甚至连吃水都发生困难，还经常受到精神上的折磨，思想上受到很大刺激。他怕影响我的工作，宁可自己难受，从不轻易向我表露。等到病情恶化，到了很危险的地步，硬是撑着迟迟没有告诉我，导致失去了最佳治疗机会,等我知道后急忙赶到家时,大夫给我说:"你父亲患的是尿毒症,病情已恶化,现无回天之力,抓紧准备办理后事吧!"

大夫的话犹如晴天霹雳,父亲去世的那年七十三岁,他没有三高症,是国家干部,有工资收入,看病可以报销,他患有前列腺病,这种病大都老年人都有,只要干活不要太累,生活质量好些,不生气而开心地生活,活到八九十岁,应该是不成问题。怎么会得尿毒症? 甚至到了无回天之力的地步,我几乎不相信大夫的话,但是难受、后悔到极点了。作为他儿子的我没有尽到孝心,没有保护好他,让他受到那么多的委曲,感到终生遗憾。

我强忍着悲痛同父亲交谈了约一个小时,他说:"你来我放心了!"我违心地说:"父亲你不要胡思乱想,病会好的。"此刻我难以控制极其悲痛的情感,想号啕大哭,但在老人面前千万不能,走到房后面的园子里平静了一下思想情绪,抹去了悲痛的泪水,责无旁贷,他的一切后事处理落在了我的身上,这是我对他最后的尽孝。

我从十四岁起在外乡上学、工作,对家乡丧葬习俗一概不知,好在表哥谢文德先生给我做了顾问,具体事务由叔伯哥张忠英操办。父亲每时每刻有咽气的可能,但棺材和丧葬衣物都没有准备,当务之急,必须尽快把这两样东西准备齐全才行。

弟弟张忠元负责做棺材,棺材木料我在一年前就买好了。我骑自行车赶到20里外的官亭镇,采购布匹等丧葬必用物品。嫂子甘西梅、弟媳辛英花、儿子等抓紧缝制丧葬衣服,约到吃晚饭时,她们把丧葬衣物缝制好了,这才让我松了一口气。

晚饭后约七点钟左右,父亲让相关人员到他住的西房,他在炕上半卧姿势靠在被子上,继母、父亲的外甥谢文德、干儿子张保英、唐哥张忠英都在炕上,我和老哥赵发录坐在炕边,两个弟弟张忠元、张忠良及三个儿媳妇在下面站立着。这大概是父亲临终告别吧,他就家族出现的问题及遗产分配讲了近一个小时,精神很好,思路很清晰,可能是临终前的回光返照吧。其中他专给我说:"忠孝你对我很孝顺,属于我的那部分房子给你,这个庄廓及大门,还有周围的园子都给你,你有孩子以后有用,这些房子质量不好,不要嫌弃,你有能力可以盖好的……"

我曾在和父亲闲聊时说过,父亲死后这个家我不想来了,家里的什么东西也不要。父亲临终时的这一席话,是针对我过去说的话,我当即跪在父亲面前哭着说:"父亲,你哪怕给我一根草,我视为金条领受,谢谢您对我的厚爱,谢谢您对我全家的关爱。"

他讲完后,要求从西房搬到北房(正房)的炕上,开始出现情绪烦躁不定十分痛苦的样子,我就把他抱在怀里同他聊天。父亲说:"我要离开人世了,我舍不得离开你啊!"他那干枯的眼睛紧盯着我说:"你也很难受吧。"我频频点头,泪水洒落在父亲的脸庞上。

父亲说话开始断断续续连不起来,他很吃力地说:"我有好多话,还没有来得及给你说啊!"旁边还有继母和弟弟张忠元,我给他说:"父亲你想说的我知道,等你病好了慢慢说,安心休息吧。"父亲点了点头,就躺在我怀里停止了呼吸,此时此刻我真正体会到了"生死离别"是个什么样的滋味!

幼年母亲去世,对母亲的思念直到今天,有人辱骂我而侮辱到我的母亲,我怎么也接受不了,我和这种人以后永远不会有来往的。爷爷对我培养教育恩重如山,但我对他也没有尽到孝心。后来我对母亲和爷爷深深的情感,不知不觉地转移到了父亲身上,认为对父亲尽孝,等于给爷爷和母亲尽了孝,是对我的最大宽慰。

我从新疆调回青海,对父亲的情感被释放出来了,对他的生活、思想给予了无微不至的关心,后因家庭问题准备调回新疆时,父亲他无法接受,他感觉很孤单,怎么也不想让我走。就父亲、事业与家庭之间,我毅然选择了前者,放弃了调回新疆的念头,默默承受了家庭离散的悲痛。

父亲的葬礼是按照当地习俗进行的,是土葬,遗体摆放在北屋正中,炕上喇嘛们在诵经,西房间道士们吹吹打打,院外的果园里近百名老人念嘛尼,院内外挤满了人,却没有一个人大声喧哗,显得异常肃静,人们超度死者早日到达天国。我的心情是那样的不平静,坐在父亲的灵柩旁,想起了很多心酸的往事,热泪似涌泉般不断流下来,怎么也控制不住。

第二天,民和县政府、县委统战部和父亲工作单位的领导来吊唁,统战部领导的悼词中,对父亲给国家作出的贡献予以充分肯定。父亲是我们子女们的光荣,也是家乡人民的光荣。

父亲的吊唁中,还来了一位不速之客,他是按照当地习俗,穿得干干净净,手里拿着一包烧纸和一把香,还拿出一张崭新的 10 元钱,在父亲棺柩前跪下磕头,用汉语哭着说:"我的恩人啊!你没有嫌弃我这个要饭的穷光蛋,给我治病,给我衣服穿,给我饭吃,你没有嫌弃我穷,你是阳世间最好的大好人啊,我这一辈子忘不了您,您走好!"

父亲出殡那天,晴空万里,下午五点钟准备要出殡时,先是一阵猛烈的狂风,摆放在院子地面上的东西被搞得乱七八糟,紧接着是一个势力很强的旋风,在院子里旋转几圈后冲到屋顶,然后向西北方向走了,时间约持续十多秒钟。这时乡亲们齐声喊道:"走了!走了!"人们抬着棺材向墓地出发。

棺材放进墓穴要填土时,我无法控制情感,跳下墓穴趴在父亲的棺材上,终于失声大哭起来。几天来我伤心的泪水无法控制,想号啕大哭,但就是哭不出来,胸闷憋气,特别难受。今天终于哭出来了,气似乎顺了些,胸闷憋气好多了。

父亲走了,我的心比以往更加平静了,郁积在心里的气释放出来了,晚上头放在枕头上一觉睡到大天亮。女儿张丽说:"自从爷爷去世后,爸爸比过去慈祥多了。"是的,父亲走后,我的感情不知不觉转移到儿女身上。父亲留给我的精神财富太多太多,最大的收获是要做一个对社会有用的人;第二个受益,是要做一个知足、感恩的人,这是做人的基本准则。

40. 我和台湾老人宋安业先生的忘年交

　　宋安业先生是台湾桃园人,祖籍山东,年近百岁。1965 年创办《桃园观光》杂志,亲自担任杂志社社长和发行人。创刊宗旨:"立足桃园、拥抱台湾、心怀大陆、放眼天下。"他亲自撰稿,无私地将自己一生奉献给了中华民族的文化事业。该杂志发行网遍及世界三十多个国家和地区,在全球华人世界是极富影响力的杂志之一。

　　我和宋安业先生是在 1992 年 5 月份福建潮州全国旅游学术研讨会上认识的。那时他已是七十余岁高龄的老人,身材魁梧、满面红光、精神矍铄、言谈举止大方,对人讲话总是笑容满面,是一位真诚坦率、心地纯朴善良的老人,古稀之年还

和宋安业先生合影留念

在办刊,奔走于海峡两岸之间,让我肃然起敬,有幸能结交上他,是今世有缘啊!

　　他得知我是来自于青藏高原的一位少数民族学者,就将几期《桃园观光》杂志赠送给我,并诚邀我为该杂志大陆撰述委员,同我合影留念。

　　从 1994 年起,我作为《桃园观光》杂志大陆撰述委员,开始撰文投稿。我以"神奇的青海高原"为总标题,逐一介绍青海的自然和人文风光,第一篇文章《青海高原的神奇》,介绍青海省的地形地貌,刊登在该杂志第 307 期上,以后陆续介绍青海悠久的历史、三江源头、美丽的青海湖、黄教圣地塔尔寺、绚丽多彩的土族、博

大精深藏文化、彩陶王国等,有时几乎连载。撰稿工作督促我外出调查,写出质量上乘的文章,拍摄更美的照片。我利用此机会,撰写了一批较高质量的旅游地理文章,并将这些文章进一步加工整理,于1997年5月出版《世界屋脊—青海游》。

我多次赴藏考察,对西藏进行了较全面的了解,以《雪域行》为栏目,介绍了西藏壮美的自然风光、悠久的历史、神秘古老的宗教文化、多姿多彩的民族风情,特别是用更多的照片,把雪城风光展示在更多读者面前。

二十多年来,在《桃园观光》杂志上发表介绍青海和西藏的文章六十余篇,这对青海和西藏旅游业的发展起了一定作用。同时《桃园观光》杂志给我提供展示才华的平台,把我推向一个更加广阔的天地。在该杂志上发表的两篇文章,至今给我留下的印象还很深刻。

1995年8月中珠穆朗玛峰之游让我终生不忘。我们早晨从定日县城出发,沿着卵石滚滚的河滩、无定型的沙石路面,到达珠穆朗玛峰脚下的绒布寺,天完全黑了,70公里的路程,足足走了十多个小时。绒布寺海拔5200米,是世界上最高的佛寺,从这里可见到珠峰顶端阳光灿烂,光芒四射。

珠穆朗玛峰是世界第一高峰,藏语意为“美女神”。峰顶一年四季被云雾笼罩,好像戴了一顶草帽,很难见到它的真容。绒布寺广场等待拍摄珠峰的游人很多,他们一直在等着珠峰摘掉草帽的那一时刻,有的等了好几天都没有拍摄到,千辛万苦来到珠峰脚下,而拍摄不到珠峰真容,那岂不是一件让人遗憾的事吗?

我的相机是“傻瓜相机”,档次很低,没有长焦镜头,在绒布寺广场肯定拍不到珠峰全景。第二天我起床很早,动员其他三人一块溯绒布河而上,一步一步地、非常艰难地向一座小山包攀登。小山包相对高度600米,因为严重缺氧,足足攀登近两个小时,登上小山包顶部,我发现海拔仪失灵了,没有任何显示,估计这里海拔高度约6000米以上,我们没有吸氧设备,这是我今生攀登的最高点。

从小山包观珠峰全景一览无余,那是一片纯净的冰雪世界。珠峰顶部虽然云雾弥漫,但看得很近、很真实、很过瘾。停了几分钟,一阵轻风吹过,珠峰顶部云去雾散,珠峰全貌完完全全暴露在我们面前,这一刻让人激动万分,如果没有严重缺氧我会蹦跳起来,我们抓住这千载难逢的机会拍照。

仅仅一分多钟,珠峰又被云雾笼罩。又过了十多分钟,珠峰再次露出真容。此刻,我仿佛看到一位身着藏服的美女撩开神秘面纱向我微笑、向我点头、向我招手、向我走来! 兴奋极了,这是极大的精神享受,有完美无缺的感觉。后来我特别撰写了《珠穆朗玛向我撩开了神秘面纱》一文,刊登在《桃园观光》杂志,至今难以忘却。

2006年7月1日,举世瞩目的青藏铁路全线通车,我撰写的《举世瞩目的青藏铁路旅游线》一文,在台湾《桃园观光》杂志上以头条特别报道刊发,并作了适当修改,抒发表达了宋老先生"世界数第一,打破千年来西藏无铁路的历史之感慨"。

由近期寄来的杂志,得知宋老先生已九十三岁高龄,但他仍亲自执笔著作及审阅文稿,他所整理的50余万字桃园文献资料,价值极其珍贵,是留给后人十分珍贵的精神财富,他由此获"第二届桃园文史记录坚持奉献奖"殊荣。他的崇高品德永放光芒,是我们永远学习的楷模。

我和宋老先生结识二十多年来,《桃园观光》杂志每月按时给我寄出,近些年来,我由于年老、健康等原因没有撰稿,但宋老先生的公子宋孝明先生接班后仍按时寄来刊物,仔细阅读每一篇文章,都是令人十分快慰的精神享受,我将这些杂志整整齐齐摆放在书架上,已有二百多册,还有宋老先生寄来出版的著作,成为我的珍藏秘籍。

台湾老人——宋安业老先生是我的长辈,在我今生取得的点滴成果中,也凝结着他的心血,他成为我事业上的引路人之一。

2014年10月,我随同青海省"青藏国际旅行社"赴台旅游,台湾是祖国的一个宝岛,那里的一草一木、一山一水,是那样的亲切,台湾人就是我的兄弟姐妹,虽然在台湾旅游时间如此短暂,但却让人如此抒怀,永志难忘。

听导游说,我们回大陆的飞机是在桃园机场起飞,在机场停两三个小时,我心中多么想见宋老先生一面啊,这一愿望告诉了导游,导游说时间短来不及,我心中好难受,又想到要九十多岁高龄的老人到机场见我,的确是件很困难的事,于是就此作罢,但这个遗憾变成了美好的思念和牵挂,祈愿宋老先生健康长寿!

41. "走遍中国第一人"——宋小南

1997 年夏季的一个下午,我正在家中备课,突然有人敲门。开门一看,一个身高近一米八、体格壮实、满脸黝黑且留着大络腮胡子、穿着藏袍的人站在门口,特异的相貌打扮,让我不知所措。他先开了口:"这是张教授的家吗?"我说:"我是张忠孝。"他看出我有点害怕的样子,说:"你不要害怕,我不是坏人。"

和宋小南合影留念

我让他进了家门,他从包中拿出一本书,是我前些日子出版的《世界屋脊—青海游》,他说:"张教授能否给我签个字?"他简单作了自我介绍,并把他的书法作品"大好河山"送给我。他说:"我是刚从玉树来的,这件藏袍是玉树朋友送的。"

按照我们青海土族人的习俗,主人要留尊贵客人吃个饭,用青稞美酒给客人接风洗尘。我说:"小宋,今天的晚饭在我家吃。"他一口答应:"行。"并提出:"要出去一会儿马上就回来。"我等了一个多小时,他拿着两大包吃的东西回来了,一包约两斤的熟羊肉,另一包是虾,足有一斤。我说:"你这样,我真不好意思。"他挺爽快地说:"有缘千里来相会,很不容易啊。"

为了招待好尊贵的客人,我把珍藏多年的青稞酒拿出来,每人几杯酒下肚,好像久别重逢的亲人,无拘无束,我们之间互称"老哥"、"小弟"。我们从每个人的家庭、学习、经历、理想等谈起，似乎情投意合，到了无话不说的地步。一直谈到快深夜十二点，我们俩合影留念，他坚持回旅社住。

这一别再也没有见过面，记得有几个春节他给我寄来贺年片，因为他一年之中至少十个月是在路上，不好联系，我只是默默地为他祈祷平安！平安！祝小弟平安归来！！

小宋离开我后，我经常回忆、品味着他这个人。他身上有不少我的影子，我们俩都从小失去母爱，都有倔强的性格，有顽强拼搏的精神，有要为国家做一番事业的决心和信心，但我的胆量和吃苦精神远不如他。

宋小南1964年6月出生，十五岁辍学参加工作，辽宁大学中文系函授毕业，又在美术学院进修中国美术史。后去北京大学中文系进修，兼学历史、考古、哲学、地质、心理学等课程，提高多学科专业理论水平的同时，他的思想认识水平也在不断提升。

畅谈中，他向我表白："我们作为伟大中华民族的一员，对这个民族、对这个国家应做出特殊贡献，中华民族即将进入文明史的第六个一千年，我愿用自己的青春，填补中国历史五千年来无人走遍全中国的空白。"

当我们俩饮酒到了一定程度，他很激动地说："在我这短暂的一生中，我用身体丈量伟大祖国的辽阔大地，这是我坚守的心灵之约和毕生之梦。"决定"走遍中国"，成为"走遍中国第一人"，创造"吉尼斯世界纪录"，展现我们这个时代年轻人的风采，为国争光，为时代争光。这位血气方刚年轻人的一席话，深深地打动了我的心，使我也受到了极大的震撼。

1987年3月24日早6点13分，宋小南这位年仅二十三岁年轻人，在北京天安门广场升国旗时刻，立下宏愿，做"中国第一行"，立志用二十一年的时间，将足迹踏遍中国的每一个县市，孤身走遍全中国两千五百多个市、县，从国旗下迈出了坚实的第一步。

宋小南向世人发出誓言："我坚信世上的一切艰难险阻都不能挡住我们前进的脚步，纵使有一天苦难和岁月会打倒我们肉体，但是永远也不会有任何东西能够打倒我们的意志和精神。"宋小南这位年轻人，决心用自己的生命在充满荆棘的道路上实践承诺。

1987年夏天的一次暴雨，他被困在湖北长江畔一处悬崖上，为抵抗水流冲击，他爬上一棵树，树在飘摇欲坠之时，还是老天爷帮了忙，他竭尽全力爬上山崖，侥幸逃生。

在翻越海拔4122米的苍山去大理时,他曾跌落山谷,当场昏迷。在西双版纳原始森林中误陷沼泽,又遭受蟒蛇突袭,他依靠沉着、智慧和运气,化险为夷,保住了性命。

最让人敬佩的是,宋小南多次登上世界屋脊的青藏高原,在珠穆朗玛峰绒布冰川拍摄,不幸掉进四米多深的冰裂缝,面临生命的危险,在冰壁上挖出台阶爬出裂缝,却永久性冻坏了左手小指。

高原腹地藏北阿里,海拔4700米以上,在这茫茫"无人区",他行走数月,严寒、缺氧不适、饥饿不时袭来,绝境、孤立无援,甚至经常有生命尽头的感觉。西藏东南部的墨脱、波密县,交通条件极差,穿越在雪山、原始密林,塌方、泥石流经常发生,他遭到蚂蟥袭击,也差点遭遇泥石流而丧命。

1992年宋小南走进新疆这片神秘土地。从乌鲁木齐出发,翻越天山到库尔勒,沿塔里木河穿越塔克拉玛干沙漠到达若羌县,再沿沙漠南缘环绕塔克拉玛干沙漠向西抵南疆重镇喀什,走遍了二十个市县。沿途饱览多民族奇风异俗,经受旱、强紫外线、风沙弥漫等重重困难以及惊心动魄的突发事件。

在这里我要特别说明的是,塔克拉玛干大沙漠是世界大沙漠之一,也是我国最大的沙漠。"塔克拉玛干"是维吾尔语,其意是"进去出不来"。宋小南孤身一人徒步穿越塔克拉玛干大沙漠,这是需要多么大的勇气,是要付出多大的生命代价,这是一个伟大的壮举。

宋小南对友谊十分珍惜。1992年9月26日,被称为"南侠"的余纯顺,从新疆征战到阿里,被称为"北侠"的宋小南,从四川独行到阿里,他们在阿里地区首府狮泉河镇不期而遇,虽然他们两人不曾相识,双方却彼此猜中了对方,他们紧紧拥抱在一起,久久说不出话来,泪水夺眶而出,在两张黑紫皲裂的脸上流下。在宋小南眼里,身材魁梧、长发披肩、健步如飞、阳刚之气的余纯顺,永远铭刻在他的心中。

两人在一家小饭馆,对坐在破旧的凳子上,奢侈地喝着啤酒,就着久违的炒辣椒、西红柿,畅谈人生远大理想和抱负,在世界屋脊上找到了"同感"、"知己",令他们不时放声大笑又几乎落泪,打开闸门,一口气畅谈了十三个小时。四年后,余纯顺梦断罗布泊,这对宋小南是个沉重的打击,但他并没有因此而停止前进的脚步,擦干眼泪,去完成他们俩还没有完成的事业,继续走着他们还没有走完的路。

有人问宋小南的资金从何而来,小宋很坦率地说,他家里对他的支持,但他也很节省,一年也就用两三万吧。有许多商家希望在他的衣服上印上标志,他们愿给予资助。宋小南说:"希望他的行走越单纯越好。"许多商家就这样被拒绝了。

2000年6月,宋小南走完了我国西部西藏、青海、新疆所有市县,这三个省区面积占全国的三分之一,至此,他成为世界上旅行探险家中完整走遍新、青、藏的第一人。

关心宋小南的网友知道,他从1987年3月24日从天安门五星红旗下迈出第一步,至2003年初已行走十七年,走完两千个县(市、旗),行程超过12万公里,拍摄照片12万多张,书写考察日记600多篇,收集县志等资料无数,各省、市、县人大均为其办理了通关文牒,他穿坏了几十双鞋,用坏了数台相机,这些都是将作为他是"中国第一行"的重要凭证。

按照宋小南的计划,到2008年3月24日该是他完成这个计划的日子,可这个日子早已远去,为何媒体一直没有关于他成功的消息?勇者的壮举,深深牵动着无数人的心。2009年5月26日,一位不知名的网友在文章中写道:"'走遍中国第一人'——宋小南,你还活着吗?原计划到2008年3月就结束的旅程,现在早已过去,但宋小南仍没有消息,不知旅途是否顺利。"这位网友还作诗表示怀念:"总有些事让我们感动/总有些人让我们牵挂/你还活着吗/为什么一点消息也没有。"

宋小南与余纯顺、饶茂书是中国20世纪八九十年代民间探险的代表。1985年6月24日,"长江第一漂"勇士饶茂书遇难;1996年6月11日,"徒步环行全中国"的余纯顺在新疆罗布泊长辞人间。而与他并肩作战的宋小南,在此之后,还在追寻着自己的梦想,继续孤独地行走,立志走遍中国每一个市县。2008年3月过去了八年,宋小南在哪里?我一直还在思念、牵挂着曾经相识过的他。

42. 我的良师益友

良师益友指使人得到教益和帮助的好老师和好朋友。今生我得到教益和帮助的人实在是太多太多了,今天我要说的良师益友,是指我从新疆调到青海师大任教至今帮助过我的人们。有的能叫出他的姓名,且终生不忘,有的帮助过我但没有留下姓名,我对他们只能道一声"好人一生平安"。一个成功者后面总会有一帮人支撑着,常言道:"一个好汉三个帮,一个篱笆三个桩。"充分诠释了这个道理。

朝夕相处的良师益友

从新疆调到青海,初来乍到人生地不熟,生活上的困难我早有准备,我也能承受得了,但在工作上、思想上碰到的困难却是很多,有的甚至到了迈不过去的地步。这时我得到了好心人的帮助,他们中不少是我的土族同胞,如老干部鲍生海先生、原省政府马元彪副省长、原省民委主任祁明荣等老前辈。还有同乡人张正录、宋璞先生,他们在生活上对我无微不至地关怀,更重要的是思想疏导、鼓气,使我在较短时间轻装上阵。几十年过去了,他们的那种真情我还牢牢地记着。

在长期的教学、科研生涯中,我结识了一批朋友,与他们结下了真挚的友情,不仅有知名专家学者、各级领导,还有更多的是平民百姓、学生。如我撰写出版的多部著作,发表的几十篇学术论文,大量文稿是学生们帮助抄写的,如刘峰贵、胡成西、马正录、张恩权等,他们是在校大学生,有繁重的学习任务,抽出宝贵的时间给我抄写,字体非常工整,我的成果中包含着他们的心血。

王占青是青海师大在校物理系学生,是我的同乡,为了给我帮忙,他住在我家一块生活了四年,帮助我抄写稿子、做饭、打扫卫生、辅导我孩子学习等。特别让我感激的是，他动员我购买了电脑、打印机、扫描仪，还教我如何使用，写出来的文章可以直接改，又可以直接打印出来，再不用求人去抄写，使我如虎添翼，工作效率不知提高了多少倍。我之所以在较短时间内，能做出较多的科研成果，与使用电脑、打印机不无关系。

当时年逾七十岁高龄的谈家祥先生，把《世界屋脊—青海游》20多万字的稿子，花了一个多月的时间，用毛笔小楷工工整整一个字一个字地抄写一遍，他的右手腕好长时间酸痛酸痛的。当我表示感谢时，他风趣地说："我用你的纸练了手，我应感谢你才对啊。"

我担任系主任，负责系里的教学、行政工作。系总支书记张俊彪同志，是从部队转业下来的团职干部，他为人朴实，工作责任心强，他的任务应该是系里的党务工作，但他为了让我有更多时间搞教学和科研，把系里大量的行政工作承担起来了，和老师同学们关系很融洽。特别是在我处于逆境时，他为我遮风挡雨，给我工作帮了很大的忙，是我今生值得感恩的一个人。

刘永丰老师在地理系教学改革中表现出色，"旅游管理"、"生态环境保护"这两个非师范专业，是他提出并同省上有关部门联系建立的，上级主管部门很快就批下来了。在他建议下成立"青海省教育旅行社"。2001年他创办省内首家外国语学校，至今十五年来，在这所学校参加学习的各类学生达20多万人次。荣获西宁市社会力量办学先进单位、全国剑桥少儿英语优秀培训机构、全国民办教育先进单位等称号。

曾在黄南州李家峡工委工作的杨峻岭和辛全林同志，支持我在坎布拉进行旅游资源调查及规划工作，资助全国第四届丹霞地貌旅游学术研讨会在坎布拉举行。后来我出版《青海地理》等论著时，涉及很多地图方面的事，他们也提供给了我很多方便。在三江源科学考察工作中，我们互相支持，配合密切，我所取得的成果与他们的大力支持是分不开的。

我撰写出版了多种旅游书籍，特别要感谢青海人民出版社陈浩同志，他完成出版社办公室繁重的行政工作，也为我撰写的旅游书做编辑工作，他的文字功底很深，工作责任心极强，由他做编辑出版的几种青海旅游书籍，深受来青游客和读者青睐。

我撰写的书大都是在青海地矿印刷厂印制，厂长张启元同志给我特殊照顾，力争把出书的费用压得最低，而质量要求得最优。该厂承担《青海地理》印制任务时,因工期很紧,又要保证质量,张启元同志亲自到车间检查、指导。该书在省哲学社会科学评奖中获一等奖,与他们厂精良的印制水平也有一定关系。

我经常到旅行社营销点做社会调查,小伙子、姑娘们迎上前来,亲切地问我:"老先生到哪里去旅游?"我说:"我来看看你们。"问我是哪个单位的,我说是青海师大的,他们问:"你认识张忠孝吗?"我笑着半天不吭气,他们猜中眼前的这位老者就是"张忠孝",我向他们点头认可时,他们脸上显露出的那种高兴的样子,我很感动,倒水的,递板凳的,是那样的热情。一位显得老练、稳重的女孩说:"我是看到你的书走上旅游这条道的!"另一个男孩说:"我们是看着你的书成长起来的。"看到此情此景,我内心感到由衷的高兴。

省内的一批知名专家学者,如少数民族文学家鲍义志、藏学家蒲文成、考古学家赵生琛、民俗学家赵宗福、历史学家张得祖等,他们为人厚道、学术造诣深,我经常向他们请教学习,从他们那里学到了不少宝贵知识,我的成果中也凝结着他们的心血。

我的工作曾得到过省内媒体朋友的鼎力相助,有这么几次印象特为深刻。1990年6月5日,是世界第19个环境日,我和地理系的同学们上街宣传环境保护法。这时一个中等个头,年约五十岁,身体比较瘦弱的记者采访了我。他说自己是《青海日报》经济部主任张志道。当他得知我为了家乡建设,从工作生活条件较好的新疆来到青海时很感动。过了两天采访见了报,文章题目是"赤子心、故乡亲",这个题目太暖人心了。在我这本书中的一辑,即采用了"赤子心 故乡亲"的标题,以后我和张志道先生成了挚友。

我在省内旅游开发研究作了点工作,稍有点起色时,西宁电视台的同志对我进行了采访,在"话说西宁"栏目里制作的片子,对我及我所从事的旅游工作进行了全面报道,片子生动活泼,在社会上有较强的反响,使我进入了更多人的视线,我成为所谓的"旅游专家"可能由此开始。

《西宁晚报》记者张春云同志,浓眉大眼,对人总是带着微笑神态。他第一次到我家说要搞一个"雅丹地貌"专题,我知道他是学园林专业的,对"雅丹地貌"这一地学概念很陌生,所以我从"雅丹地貌"的成因、形态、分布等作了较详细介绍,他做的专题比我想象的要精彩得多。以后我们经常在一起探讨青海旅游发展的事,他对我在省内从事旅游开发研究给予了很大支持。

也许是受到我的影响,张春云离开西宁晚报社到西部矿业集团发展,他对茶卡盐湖旅游策划获得成功,将茶卡盐湖打造成"中国天空之镜",使该景区在省内乃至国内特有名气,慕名而来的游客络绎不绝,2017 年游客人数突破 276 万人次。有人问他是哪个大学旅游专业毕业的,肯定是博士生吧? 小张回答:"我是青海师大地理系张忠孝教授的校外研究生,读了十几年还没有拿上文凭。今生没有读他的校内研究生是我的一个憾事。"是的,我为能有这样一个实干的学生值得骄傲。

在我著作侵权斗争处于逆境时,省内媒体朋友们给我伸出援助之手。《西宁晚报》刊登《我省首起著作权案审结》,《西海都市报》发文《著作被抄袭,大学教授怒讨说法》,《青海法制报》发文《人家的"苹果"你别摘》,《青海科技报》刊发《我省首例著作权侵权案判而难结,教授赢了官司赢不了钱》。青海电视台法制栏目组录制"我省首起著作侵权案始末"节目,青海电视台、二台多次播放,江苏、湖南等省级电视台转播。有力地打击了侵权者的嚣张气焰,给我撑了腰、壮了胆。

2001 年 5 月省人民医院诊断我患晚期肺癌,我在医院遇见了张志道同志,他从口袋里掏出采访本,对我的工作详细询问了解,哪怕一个小的细节也记在采访本上,最后他紧紧握住我的手,动情地道了声"老朋友保重"就消失在人群中。我从北京动完手术回到西宁,朋友说:"《青海日报》上发表了一篇《旅游事业的辛勤开拓者》的文章,有数千字,写的是你的事迹。"这篇文章算是张志道同志对我的纪念文章。等到 10 月份我去找他时,他的同事说他两个月前退休回安徽老家了,我能理解他的心情,他怕悲伤。

在同病魔抗争的过程中,我得到过好多人的关爱。我被医院确诊为晚期肺癌,张秉莲女士帮助我办理了出省治疗手续,并陪同我去北京治疗。谈家祥先生两口和他们的女儿谈芹,慷慨解囊,资助一万元让我去治病。在北京 301 医院胸外科得到著名医生张效公大夫的精心治疗。患病期间,还得到我弟女婿王文旭老师、儿子张源的精心护理。从北京手术后回到西宁养病,果洛州旅游局的贡拉局长,带着珍贵的虫草来看我。这些人为我付出了大爱,让我永远不忘。

大家（咖）级的良师益友

如果一个人想要取得更大的成果，需要一批良师益友的鼎力相助。我有幸结识了一批大家（咖），如中国著名地理学家郑度院士、北京大学陈传康教授、北师大卢云亭教授、中山大学黄进教授、四川大学杨振之教授等，在我成长的关键时刻，是他们给我指点方

和郑度院士合影

向，使我沿着正确方向走下去，最后取得了优于别人的成果。

1985 年 3 月我在北京进修学习，听了陈传康教授旅游地理学的课，使我茅塞顿开，他把我引入了地理学的又一个世界，他给我他所撰写的旅游地理学讲义和发表的文章。我们相识了，建立亲密的师生关系。

1987 年，我承担了"青海旅游资源调查与开发研究"省级课题，陈教授作为顾问，风尘仆仆来到高原古城——西宁，给课题组老师讲授旅游学基本知识，拟定了旅游资源调查提纲、课题报告提纲。1992 年底，我撰写出版《青海旅游资源》一书，陈传康教授作序，对该书的研究成果给予很高评价，是对我的极大鼓舞。

陈传康教授是全国旅游专业委员会主任。1992 年 5 月，他让我参加福建潮州召开的全国旅游学术研讨会，由他引见认识了台湾老人宋安业、中山大学黄进教授、青岛大学孙文昌教授、台湾彰化师范大学纪洁芳教授等海内外一批名人学者，使我第一次从省内走向全国更大舞台，开阔了眼界，增长了见识，结交了海内外更多朋友。

1997 年 7 月，坎布拉全国第四届丹霞地貌旅游学术研讨会，曾特别发函邀请陈教授参加，想得到他对我们课题研究的指导，不幸的是他已患病，给我的回信中

说："因病不能参加，祝会议圆满成功。"这是我和他的最后一次书信往来。陈教授于1997年10月因患骨癌病逝，享年六十六岁。

陈传康教授是中国著名的地理学家、旅游学家，发表四百多篇（部）论著，担任中国地理学会副理事长等四十多个职务，在我国地理学界、旅游学界有崇高的影响和地位。他是我导师级的良师益友，他把我引上旅游研究之路，是我永远的学习楷模。

另一个导师级的良师益友是卢云亭教授。1960年9月我考入北师大地理系时，他任系团总支书记，他那一双炯炯的目光，显露出几分年轻人的朝气和聪慧。冬天戴着一顶圆形式样

和陈传康教授在三亚

的冬帽，白净的脸庞总是向同学微笑，显示着他的干练。当时正值国家困难时期，他给同学们作的艰苦奋斗、渡过难关的报告，让我至今记忆犹新，他还是北京市学习毛主席著作的积极分子。

1978年我国全面实施对外开放政策，我国旅游业以前所未有的速度迅猛发展，与旅游相关的地学工作者，在旅游业发展中身先士卒，卢云亭教授率先与地质学界人士联合，成立全国首个"旅游地学会"、"旅游开发规划公司"，成为当时我国旅游界最具代表性的人物之一。

20世纪80年代初，他作为"青海旅游资源调查与开发研究"课题组顾问，同陈传康教授一同亲临青海高原指导工作，给我们课题组老师讲课，我同他一起进行青藏公路沿线旅游资源考察，考察途中他忍着强烈高原不适坚持工作，同他短短一个多月接触中，我学到了极为丰富的旅游知识，开阔了眼界、增长了才干。卢老师是使我走上研究青海旅游的引路人。

2000年，邀请卢老师指导"西宁市旅游业发展总体规划"的制定工作，他第二次登上青海高原进行野外考察，亲自撰写规划文本，提出了关于西宁市旅游发展

的独到见解。今天青海省、西宁市旅游业发展的大好局面,充分证实了卢老师远见卓识的战略眼光,他为我省旅游业发展出过力、流过汗,功不可没。

2007 年我承担"青藏高原旅游开发研究"国家课题,聘请卢老师为课题组顾问,他已是七十多高龄,克服体弱多病、生活不太习惯的困难,第二次进入青藏高原腹地西藏,走遍了大半个西藏,对课题研究提出了极为宝贵的意见,亲自拟定课题编写提纲,这里凝集着他对青藏高原旅游开发研究的智慧。

卢老师鼓励课题组成员说:"青藏高原世界所独有,我们的成果也应该是世界独一无二的,研究成果有世界意义!"卢老师的这一番话,是对课题组成员的极大鼓励。

卢云亭教授凭借自己扎实的专业理论水平,十分敏锐的社会洞察力,在我国旅游地学研究的百花园里,数十年如一日,经过大量的实地调查与考察,获得了十分珍贵的第一手资料,不断总结前人和目前更多旅游地学的研究成果,全力以赴地投入我国旅游资源及开发的研究工作,几十年的辛勤耕耘结出了丰硕成果。

与卢云亭教授在柴达木盆地考察合影

他所撰写的旅游学术论著达十余部,论文近百篇。《现代旅游地理学》《旅游地学概论》《旅游研究与策划》《生态旅游学》《观光农业》等是他的代表作。他是"中国十大旅游策划人",中国旅游规划界的"常青树",是我国现代旅游地学事业发展的重要奠基人之一,对我国旅游事业的贡献巨大。

刘峰贵是我的学生,比我要小二十多岁,和我算是忘年交。他现已是四十岁的中年人,任青海师大地理科学学院书记兼院长。他在我眼里算不上什么大家,但他经过努力拼搏,在青海地理学界、旅游学界有一定贡献和知名度,我将他对我事业上的帮助铭记心中,我愿意把他放在这里进行介绍。

刘峰贵写的钢笔字如同印刷体，我写的论文、起草的十几万字的旅游课题报告，在那个没有计算机和打印机设备的年代，由他一个字一个字地抄写，我修改一次，他抄写一次，他任劳任怨，感人至深。我发现他的文字功底扎实，他在抄写时，发现错别字，甚至有文句不通顺的，会帮助我改过来，让他抄写文章我很放心。后来我们彼此往来频繁，他成为我值得信赖的一个人。

对他帮我抄写稿子一事表示感谢时，他很风趣地说："这件事我还要感谢你啊，不花纸墨钱让我练字，何乐而不为呢！"他又说："给你抄稿子，学到了你写文章开门见山的风格，学到了如何写论文，甚至如何做人，我能有今天的成就，与那时给你抄写文章有很大关系。"

1990年7月，刘峰贵本科毕业留在师大民族部任学生干事，两年后调入地理系担任学生干事，并开始担任生态环境学的教学工作。参与我主持的多项旅游发展规划，共同完成国家、省级和校级研究项目，撰写出版《青海百科大辞典·地理分篇》《青藏铁路旅游指南》等著作。

我担任青海师大地理系主任、省地理学会理事长等职务，精力、能力很有限，很多工作是他帮助我完成的。为了支持我的工作，他迟迟没有去读博，后来到北师大地理系读方修琦教授的博士研究生，主攻气候环境变迁。由于他专业功底扎实，勤奋好学，为人忠厚质朴，深得方教授的欣赏。

正当他撰写博士毕业论文时，我主持的"青藏高原旅游开发研究"课题到结题时间，课题组顾问卢教授离我们而去，研究生都毕业走了，原来写的文章还须充实修改。刘峰贵得知后，组织几位读博老师完成了课题任务，任务的完成凝结着我和他们的共同心血！

刘峰贵为青海省"135人才工程"拔尖学科带头人，青海省工程与自然科学学科带头人。国内外著名学术刊物发表论文五十余篇，主编和参编出版《人类环境学》《古地理》等专著九部，主持和参与课题项目十余项。主攻青藏高原区域地理、环境演变与自然灾害。

最近因中科院之邀请，他和他的学生们参加第二次青藏高原综合科学考察。

他接替我任青海省地理学会理事长，常言道"青出于蓝而胜于蓝"，这是社会发展的必然趋势。说我和他是莫逆之交，或是拥有共同事业的挚友，都是恰如其分的。

对手—良师益友

我已退休在家颐养天年,想起今生走过的历程,我的视野、胸襟比过去开阔了许多,对朋友的含义有了新的理解。过去曾攻击过我、污辱过我的人,当时恨得咬牙切齿,恨不得把他们置于死地而后快,可现在老了,思维方式发生转变,没有这些人把我逼上梁山,切断我的后退之路,我也无法取得今天的这些成就,所以人们常说的"要成功,需要朋友,要取得巨大的成功,需要对手"是很有道理的。一个人没有永远的朋友,也没有永远的敌人,"朋友"、"对手"在特定环境下是可以相互转化的。过去将对手视为敌人,今天看来大可不必,只能说我心胸太狭窄,过去被认为的对手,理所当然也应该是我的良师益友。

1985 年初,我从新疆调入青海师大,已是到了四十五岁的不惑之年,校内一些职称较高、有一官半职或自以为有身份有地位的人,对我进行过恶毒的人身攻击,他们说的话当时深深刺痛了我的心,更伤了我的民族自尊心,但它却给了我无穷的精神力量,使我产生强大动力向既定目标去奋力拼搏。

我到青海师大的十年间,全身心地投入到青海旅游和青海地理的教学和科研,著书立说,填补了青海省这两个领域的空白,晋升到教授职称,走上地理系领导岗位,获得享受政府特殊津贴殊荣。我在短期内取得这些成果,没有这些人对我的激励,似乎是不太可能,他们从另一个侧面成就了我的事业,所以我非常感激这些人。

自 2001 年同青海省旅游局发生著作权纠纷以来,旅游局领导不但不承认错误,赔礼道歉,反而恼羞成怒。我对他们的这些不雅行为,采取了置之不理的态度,反而下定决心,拿出更多、更优的成果,我想这是对他们最好、最有力的回敬。

我在同省旅游局维权斗争的同时,加快了科研步伐。这期间,近 70 万字的《青海地理》论著,于 2004 年由青海人民出版社出版发行,2006 年获青海省哲学社会科学一等奖。

这期间,我还撰写出版了《青海旅游指南》、《青海旅游线路精选》、《青海湖国际公路自行车赛旅游指南》、《指西海以为期》、《青藏铁路旅游指南》等旅游著作,这些书籍在北京、西宁新华书店销售,在省内较大型宾馆饭店也能购到,当时宣传青海的旅游书籍几乎都是我写的,而省旅游局的宣传品几乎是空白。

这期间,我还参与了海北州、海西州都兰县旅游总体规划制定,我和我的学生们都作了很多工作。

在此期间,我申报的国家社科项目《青藏高原旅游开发研究》获批,同西藏旅游局进行卓有成效的合作,获得了丰硕的研究成果。

2007年4月,我同省旅游局长达五年半之久的著作权纠纷案获胜后,被侵权的《世界屋脊—青海游》一书,2008年以图文并茂完全崭新的面貌重新出版发行;和西藏旅游局合作完成的国家社科项目《青藏高原旅游开发研究》成果,于2013年由科学出版社出版发行。

今天我坦言,我同省旅游局维权斗争的这几年,是在暗中同他们进行了一次真刀真枪的较量,这短短的几年,成为我人生第二个成果高峰期,晋升到二级教授职称。我直言不讳地说,这些成果是省旅游局的领导们给我帮了大忙,他们中只要不是被定性为腐败分子揪出,他们同样是我的良师益友,仔细回味,确有一番人生感慨。

43. 同病魔的抗争

　　我的一生中有过两次同病魔进行抗争的经历,病魔并没有把我征服,我反而在同病魔斗争中磨炼了自己的意志。与病魔抗争的经历使我更加坚强,珍惜生命、更加热爱生活,成为我工作、生活的原动力。

　　第一次,是在 1958 年的"大跃进"年代,那时上高中一年级,当时正在进行土法上马大炼钢铁,我是班上负责运输铁矿石的。带着班上十个男同学,用人力车到互助县一座山顶上拉铁矿石。因年轻缺乏经验,大汗淋漓后又被风吹雨淋,继而遭遇夜间气温骤低,饥饿

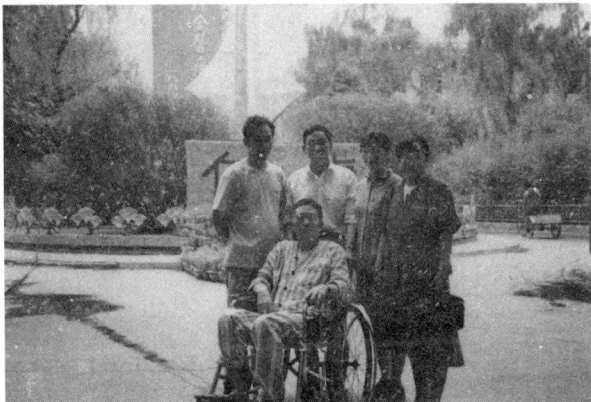

住院期间亲人的关怀

严寒一起袭来。回到学校,关节突然红、肿、胀、痛,行动十分艰难。

　　在当时特殊的政治气氛下,轻伤不下火线,我仍坚持在工地上干活,病情越加严重,几乎不能行走了,才去找医生,被诊断为急性风湿性关节炎,让我抓紧治疗,否则转入慢性反而难治,如果侵犯心脏,引起风湿性心脏病,将直接危及生命。

　　我从小没有生过病,也没有什么社会经验,医生的话给了我极大的精神压力,心想怎么年轻轻的得这种病,心中很是恐惧,有死亡很快来临的感觉。在无助又无奈的情况下,医生的话几乎成为我的最高指示。

　　疼痛难忍时,医生对我实施肌肉封闭,无数次把治痛药水用又粗又长的注射

针送到痛痛部位,让我针灸、喝药酒、服止痛片,这一切效果甚微,我绝望了,晚上睡觉经常整夜不能入眠,伤心的泪水从眼角流到脸颊,把枕巾都湿透了。

有次到足球场散步,见几位小同学在踢足球,我是多么的羡慕啊。一会足球慢慢滚动到我的脚下,我头脑一热,用尽全身之力把球踢了回去,便倒在地上,腿部剧烈疼痛无法忍受。到校医院说给医生听后,医生严肃地说:"小伙子,不要拿自己的生命开玩笑啊。"

疾病的折磨,使我的精神状态极差,班主任李老师批评我:"身体有病,思想可不能有病啊。"老师对我的忠告,是对我的关心,在同疾病的斗争中,我感到自己在成长,思想不断在成熟,意志不断在坚强。慢慢领悟出对待疾病的态度:一是抓紧治疗,二是对疼痛要有必要的忍耐。上初中时获得的自信心告诉我,我早晚会战胜病魔的,内心比以往平静了许多。

转眼到了考大学的时候,为实现人生梦想,我报考的志愿是北京师范大学地理系。我最担心的是体检过不了关,在填写体检表时没有把患风湿性关节炎填上。当时体检不太严格,或者体检水平没有现在先进,于是我顺利通过了体检关,心中总是抱着侥幸心理,感谢老天保佑。

上体育课,我给老师如实反映了自己的身体状况,老师让我上体育保健班。上保健班的是一位五十岁左右的女老师,和蔼可亲,她让我们树立通过体育锻炼增强体质、战胜病魔,为祖国健康工作五十年的决心和信心。老师的这一番话犹如一股暖流注入我的心间,老师教我们学习二十四式简化太极拳,她说:"太极拳是我国文化的瑰宝,它会让我们终身受益,有病不要丧失信心,坚持下去会有奇迹出现。"

有次我同这位老师聊天,她说:"治疗风湿性关节炎几乎没有什么特效药,循序渐进坚持长跑是最好的药。"她又说:"一开始每天跑几十米,慢慢增加到二三百米、五百米、一千米,循序渐进慢慢加,坚持半年会初见成效,一年会见效,'流水不腐、户枢不蠹'就是这个道理。"老师的这一席话,使我心里豁然开朗起来,第二天我就开始了我的长跑体育锻炼之路。

开始跑动作要轻、要慢,循序渐进增加长度。学校操场跑一圈500米,开头跑一圈,两周后跑一圈半,三周后跑二圈,慢慢增加长度,两个月后跑三圈,也能支持下来,半年后出现了奇迹。1961年国庆节,我与同学们从师大走到天安门广场,接受毛主席及中央领导检阅,又从天安门广场较轻松返回到师大。在我看来这就是奇迹,多年来沉重的思想包袱终于甩掉了。

从 1962 年开始,一位五十岁开外的老同志出现在操场上,同我一块长跑,我跑四五圈就回宿舍,那时我住学 11 楼 402 室,宿舍到操场距离约 250 米。这位老同志跑两圈就不跑了,速度还比较缓慢,可能是年岁大了的原故。1963 年我们还经常一块跑步,有时见面互相微笑点个头,但始终没有讲过话。他是后勤人员?我看不像。是教授?还有点教授排头。是领导?一点没有听说过,也没见过,是不可能。

后来我才知道,这个人叫程今吾,是北师大第二党委书记兼副校长,后来我拜读了北师大出版社出版的《程今吾教育文集》,得知他是一位中国现代教育学家。我们俩长跑的一个共同特点:每天早晨六点半风雨无阻,天天如此。

1964 年五四青年节 45 周年纪念日,校学生会组织千人越野长跑比赛,奖励前六十名优胜者,围绕学校跑一圈约长 7 公里。最后我获得第七十名,虽然没有获奖,但让我异常兴奋的是,这次是对我健康状况的一次检查,我彻底战胜了病魔,真正体会到坚持就是胜利的深刻含义。

我荣幸地参加建国 15 周年国庆仪仗队,以健康的体魄接受毛主席和国家领导人的检阅,这是战胜病魔后最美的感受。现在我已是快要临近八十高龄的老人,关节疾病再没有缠身,腿脚灵便硬朗,到欧洲十四国、美国、加拿大、俄罗斯、澳大利亚、新西兰等国外旅游,比我年轻许多的游客步伐往往赶不上我。从北京乘机十七个小时到达美国旅游目的地,下飞机精神还是那样饱满。这一切,得益于上大学时那位女体育老师的教诲,我至今仍对她怀有无比感恩之情。

第二次与病魔抗争,是 1965 年 7 月大学毕业后,我被分配到新疆生产建设兵团农场劳动锻炼。一年后的"文化大革命",学校的师生不想上课,走上街头搞造反。机关干部怎么把领导们赶下台,谋划着他们自己的未来。连队的职工,也闹起了革命,农工不愿意下地干活,牧工不愿意去放牧。

我害怕陷入"文化大革命"的政治旋涡,借此机会要求去放牧,一干就是半年多。因为缺乏畜牧知识,这段时间里传染上了"包虫病",这是畜牧业地区一种人兽共患的寄生虫病,危害性大,治疗难度也很大。

1972 年 6 月,我的第一个孩子出生不久,一天我陪朋友到团卫生队看病,无意中通过胸透发现我肺有一块阴影,医生确诊为肺脓疡(肺脓肿),住院诊治近一个月没有任何效果。到奎屯师部医院化验,确诊为"肺包虫",这种病只有手术摘除病灶是唯一有效的治疗办法。

第一次做了胸腔大型手术时,因小孩生下才两个月,爱人不可能到医院照顾我,好在有同室病友们互相帮助,加上当时还年轻,身体还健壮,动完手术后一个多月就出院回家了。

第一次手术十七年后,1989 年 7 月暑假回新疆探亲,深感腹胀不适,经医院检查肝包虫,怕囊包破裂使包虫液流散出来,医生再三提醒我不能多活动、挤压,无奈于 8 月初在新疆作了手术。

进入 21 世纪,由于我工作繁重,过度劳累,旧病复发,低烧不退。通过医院 B 超、CT、化验等综合检查,低烧是因肝部炎症引起的,且非手术不可。我于 2000 年 7 月做了肝切除手术,耗时六个多小时。大夫说这次手术,是因上次肝包虫手术遗留的后遗症,排除故障有困难,故手术时间长。这是我因感染包虫做的第三次手术。

这次手术后仍咳嗽不止,且痰中带血。2001 年 5 月,青海省人民医院会同北京医院联合诊断为晚期肺癌,省医院要给我作手术治疗,我深感死到临头,强烈的求生欲望,认为只要有一丝生存的希望,就要拼命去争取,于是坚持到北京高级医院去治疗,就是死了,也要死个明白。

经朋友介绍,我省化隆籍一位名叫张效公的大夫,是北京 301 医院胸外科著名医生,医术很高。当时通过一位好心人的帮助,为我办理了出省治疗手续。7 月初我来到了北京 301 医院,直接找到张效公大夫求医。

张效公大夫年近六十岁,中上个头,匀称的体态显得很精干,他虽然离开家乡时间较长,但在言语中仍有很多的乡音,让人听了感到很亲切。可能出于职业习惯,他脸部表情严肃,安慰我不要害怕时,他却说了一句俏皮话:"我们 301 医院没有治不好的病。"此时他脸上显露了一丝笑容。

手术由张效公大夫亲自主刀,手术非常成功。经活检排除了晚期肺癌的嫌疑,是包虫惹的祸,这下子我完全放心了。术后张效公大夫每天来亲自给我换药护理,第十天出院。这一次是我因患包虫病做的第四次大型手术。

44. 我与青海师大

青海师大前身是成立于 1956 年的青海师范专科学校,开设物理、化学、历史、地理四个专修科。1958 年,扩建为青海师范学院,开始招收本科生。1984 年 3 月更名为青海师范大学。

青海师大留影

1984 年的最后一天,我满怀豪情地跨入青海师大的校园,认为这里是我实现梦想的地方,决定把我人生后半辈子的全部精力、情感都投入到这里。直到 2009 年 10 月办理退休,我在青海师大整整工作生活了二十五个春秋。在这里奋力拼搏,终于圆了我的梦,青海师大成为我今生魂牵梦绕的一个圣洁的地方。

刚到青海师大,学校四周还是被农田所包围,学校不通公共汽车,从市区通往学校的土路两边,是杨家寨村民的住房。学校大门很土气,我心想:"这哪里像个大学的样子。"校舍很简陋,当时学校唯一的标志性建筑物,是四层高的教学大楼,据说由苏联专家设计建造,可谓苏式建筑。在校生约 600 人,教职工 200 余人,讲师数量不多,没有教授,教学实验设备严重不足,科研机构几乎空白,师专的帽子还是没有完全摘掉。

经过二十多年的发展,青海师大的面貌发生了翻天覆地的变化,现有各类学生万余人,教职员工 1100 多人,其中教授、副教授 600 人,享受政府特殊津贴专家 21 人。现在有 60 个本科专业,3 个一级学科博士学位授权点,11 个一级学科硕士学位授权点,20 余个实验室,24 个研究机构。形成以本科教育为重点、以文理为主、多学科协调发展、具有鲜明高原地域和民族特色的省属重点大学。

青海师大承担国家"863"高科技"汉藏科技机器翻译系统"、青藏高原生态环境保护等科研项目,为国内科技界所瞩目。女子篮球队,多次获得西北、全国乃至世界大学生篮球赛冠军,多名学生在奥运会、全运会上获得奖牌。这些成就使青海师大成为国内知名度较高的师范院校之一。

1956 年建校时就设有地理系,招过两届学生,1958 年被撤。1982 年恢复招生,缺教师,我是趁这次机会调进来的,当时全系教职工不足二十名,大都是二十来岁的年轻人,很有活力。我的到来受到老师们的欢迎,我决心同这些年轻人一道,把青海师大地理系办好。

这里的工资收入、住房、气候等诸多条件比新疆要差,但我心里很平静,没有丝毫反悔。学校极其复杂的人事关系,使我当时没能如期走上地理系副主任的岗位,尽管外界对我评论纷纷,但我很快调整了心态,依旧全身心地投入到教学和科研上。不管寒暑假,只要有时间就外出考察,收集资料,搞研究,写文章。多篇文章先后在省内乃至国内著名学术刊物上发表,由于视角独特新颖,引起社会上读者的广泛关注。

四年时间过去了,校党委任命我为地理系副主任,我把工作的重点很快转移到教学改革上,通过教改使地理系尽快走出困境,重点是课程设置和师资培训,这直接关系到培养什么样人的问题。在提高地理专业教学质量的同时,开办旅游管理、环境保护、地理信息等非师范专业,使地理系各项工作有了新的起色。

几年后,地理系的教学改革结出了丰硕成果,2000 年两个硕士学位授权点获批,2002 年开始面向全国招生;2013 年经国家批准地理学为博士学位授权点;地理科学为省级重点学科、全国高校特色专业建设点。现地理系 70% 老师获得博士学位,承担青海省、国家一级研究项目,为青藏高原生态环境保护作出了积极贡献。上述这些成果的取得,是地理系几代人努力的结果,成果来之不易啊!

本人凭借青海师大地理系这个平台,全力投入到"青海旅游"、"青海地理"这两个领域的教学和研究工作,在学校领导和老师们的帮助下,填补了青海省在这两个领域的空白,获得享受国务院特殊津贴的殊荣和二级教授待遇。2006 年青海师大 50 周年校庆,获得"青海师大十大名师"的荣誉。我从内心感谢青海师大对我的培养教育,我与青海师大结下了难以割舍的情缘,地理系这个大平台,是我梦想成真的大舞台。

在青海师大从事教学和科研的二十余年中，有两位领导是我终生不能忘记的。一位是刚进入师大时遇到的党委书记李承业同志，他在我身处逆境时在精神上给予我多方鼓励，让我在充满荆棘的道路上没有沉沦，

享受国务院特殊津贴证书

而是勇往直前地走下去。他退休后我还经常去看望他老人家，从他那里得到的教诲令我终身受益，这些教诲直到今天仍在我耳边回响。

另一位是乔正孝同志，他是我的土族老乡，任师大校党委书记。我的年龄比他大，我们之间讲话很随便。有一次我到他的办公室，他说："我没本事把师大教学质量很快提上去，但准备把校内一些破旧房子拆掉，建一座上档次的综合科技实验大楼，把旧教师住宅楼拆掉，建几幢高层住宅楼，这样学校的教学环境、教师住房条件会有一个根本性的变化。"

仅在两年时间，雄伟壮观的综合科技实验大楼、五幢很有气魄的教职工住宅大楼，在青海师大校园内拔地而起，老师们怀着无比感激之情说："乔书记有胆有识，是个干实事不讲空话的共产党人。"

第五辑

告老还乡　享受夕阳

45. 享受夕阳之美

　　国家公职人员工作到一定年龄,按规定退出公职,享受一定待遇以终养天年,这就是我们讲的退休,是现代社会一项重要的人事制度。据专家研究,这一制度在我国周朝时就已出现,但退休一词最早见于唐宋文籍,即辞官于朝,赋闲于家,颐养晚年之意。

　　根据我国现行人事制度规定,2001 年 10 月我六十周岁,到了该退休的年龄,因教学工作的需要,到 2009 年 10 月退休,这样我今生整整工作了四十五年。

　　退休意味着自己所从事的工作划了一个句号,这是人生的一大转折,你在社会上所处的角色变了,你必须得从自己的实际情况出发,考虑重新开始一个新的生活。我决定告老还乡,过田园生活,欢度晚年,享受夕阳之美。

　　我作出这样的决定,主要还是基于以下三方面的考虑:

　　首先,考虑的是自己的健康状况,因在新疆工作期间感染上了包虫病,曾做过四次大型手术,元气大伤,健康状况比一般人是要差,特别是三分之一的肺被切除,平常状况下呼吸感到困难,保护好肺成为我身体健康的关键。

　　西宁对我来说海拔有点偏高,大城市空气质量相对差,在这样的环境下生活,对我肺部健康有较大影响。我的家乡地处青海东部的黄河之畔,这里海拔较低,气候相对暖和,几乎没有污染,空气清新,不缺氧,环境幽静。特别这里是生养我的地方,我对这里有着天然的故乡情怀,这里是理想的养老之地。

　　其次,我在青海师大地理系工作二十多年,较长时间担任系主任职务。现在的系领导是我的学生,老师们大都本系毕业留校任教,后来上了研究生,攻读博士学位,专业水平、学术造诣远在我之上,他们中不少获得硕导、博导头衔,在校内、省内甚至国内稍有名气,看到此情此景倍感后生可畏,欣喜有加。

　　我在省内从事地理、旅游研究时间较长,也取得了一些成果,得到社会上的普遍认可,虽然人退休了,我所拥有的社会效应仍然存在,更多场合人们希望我能参与,认为我年岁大,资格老,比年轻人更具权威性。周围的一些同志也劝我:"你身体还健康,地理、旅游研究在省内非你莫属,应该发挥余热,还可以继续干一段时间后休息。"

我怕地理系领导和老师有我放不开手脚,退休后很少到系办公室,更不发表任何相关意见,怕干扰他们的正常工作,最后还是选择离开西宁到外地生活,好让他们在没有任何阴影的宽松的环境下工作,其实对我来说也是彻底的解脱。

"青出于蓝而胜于蓝",他们干的会比我强十倍、百倍,给党和国家做出更大的贡献,那时我会自豪地说:"他们是曾经同我一起战斗过的战友,他们中有不少曾是我的学生。"

再次,我从七岁上小学,二十四岁大学毕业,念了十七年书,工作了四十五年,在六十多年的漫长岁月中,一直处在非常紧张的节奏中。退休了,给自己留点清静、宽松的空间,回忆梳理这几十年是如何走过来的。想着如果有可能,写一本有一定价值的回忆录,给全社会、给曾支持帮助过我的人们,交一份较为满意的人生答卷,这也是一件功德可言的善举。

再说,退休后没有工作压力,悠闲生活往往缺乏生活规律,很容易使人散懒起来。写回忆录,通过回忆往事,整理、收集资料,动手、动脑,产生激情,均能起到促进大脑积极活动的功效,利于老年人的身心健康。

为了使晚年生活更有意义,我在家乡黄河之畔的官亭镇何家村,购置了一块约一亩大小的园子,四周用红砖墙围起来,显得很安全。园内建了70平方米面积的住房,有卧室、客厅、厨房和卫生间,屋内设施同城市几乎没有两样,唯一不同点,打开房门,一个偌大的花园展现在眼前,实现人与自然和谐统一,这样的生活对于住在城市的人来说是奢侈的。

园子里栽种有苹果、杏、桃、梨、葡萄、樱桃等果树,还栽种银杏、泡桐、太平花、丁香、野生木瓜等较名贵植物。当3月中地面刚刚解冻,野木瓜花蕾含苞待放,鲜艳夺目的小红花把院子装扮起来。4月初,各种果树相继开花,院内成了银白色的花海。5月中月季花、芍药、玫瑰花相继怒放,有白色、粉红色、紫红色的,香气四溢,招来蜜蜂、蝴蝶采花蜜。周围大树上的麻雀、喜鹊、布谷鸟也多了起来,欢乐地鸣叫,也有野鸡等野生鸟类进院内觅食。鸟语花香,满园春色,住在这里别提有多惬意!

我邀请亲朋好友前来坐客，欢聚一堂畅谈几十年经历的风风雨雨，饮酒、唱歌、玩麻将，无不高兴。他们称赞这里是世外桃源，说我过着陶渊明式的生活，当然这也是我曾梦想过的一种生活方式。

和好友们聚会

为了能吃到绿色蔬菜，自己动手翻地、浇水、施肥、除草。种植技术有些是小时候从大人那里看到的，有的是在新疆生产兵团连队劳动时学到的，还有些是向当地乡亲那里请教的。种的蔬菜品种较多，有小白菜、萝卜、香菜、南瓜、豆角、黄瓜、西红柿、辣子、茄子、甘蓝、芹菜等十余种。施用的肥料是自己的粪便，还有从老乡那里买来的家畜粪便，是地道的农家肥，不施化肥。自己种出来的蔬菜，味道纯正、环保无污染，做出来的饭菜格外香甜。

8月底9月初，硕果累累，树枝被压弯了，有的树枝被压得还断了枝，一派丰收的景象展现在眼前。10月渐渐入秋，是丰收的季节，摘下的各种果实，给人以无限成就感，让人兴奋。适度的体力劳动，有助于身体健康，还能领略回归自然、享受田园风光的欢乐。

46. 捐赠图书

书籍是人类进步和文明的重要标志之一，是传播知识和思想、积累人类文明的重要工具。我从七岁背上书包上学，直到退休的几十年间一直和书打交道，一刻也没有离开过，书成为我生命中的一部分。

回顾今生，书籍就是一盏指路明灯，照耀着我

捐赠图书

前行的大路，指引着我勇往直前。书籍又如一叶扁舟，帮助我到达知识的彼岸。今生之所以在事业上获得一点成就，除了老师、朋友们的帮助，一大批较高质量的书籍也起到了非常重要的作用，让我从书本上获得了更多的知识。

我是一个爱书如命的人，别人向我借钱或借物，我一般可以不加思索地慷慨答应，但要借我的书就不那么爽快了。一般情况下找借口不给借，但有时情面抹不开给借时，不管是谁要给我写借条，如果不按时还书，就打电话督促他还书，因为我怕书被人弄丢，或人家干脆忘了这回事，为了书别人把我视为"小气鬼"，我一点都不在乎。

几十年过去了，有一件事至今令我记忆犹新。有两位家乡来的大学生来家拜访，闲聊之中谈到我们虽为土族，但对自己的民族并不了解时，我顺手从书架上拿来"土族"的一本小册子，借给他们看。

　　他俩临近放假来还书，却把书卷得像炒鱿鱼，书面磨损得失去了原样。我心中一种无名火油然而起，我板起面孔不满地说："怎么把书糟蹋成这个样子，一点都不知道爱护书呢？"搞得他俩下不了台，不一会他俩很不好意思但很有礼貌地离开我家，但我仍余怒未消。

　　我想他俩在回去的路上一定议论，温文尔雅的张教授原来是个"吝啬鬼"，这本书也值不了几元钱，至于耍这么大的脾气吗？后来我们见面时很尴尬，我为我的不雅举动至今还在后悔。

　　我的书房有10多平方米，除了电脑桌和办公椅就是五个大型木制书架，书架上摆满了各种各样书籍，地理、旅游专业方面的书籍最多，还有不少有关历史、民族、宗教、艺术类书籍。我较长时间潜心钻研青海旅游，到文化古迹、民族村寨、宗教寺院进行实地考察，必须要懂得青海的历史、民族、宗教、古迹、文物等方面的知识。

　　我撰写出版了有关青海地理、青海旅游的著作十余部，学术论文五十余篇。这些成果很大程度上都是从这些书籍中汲取了营养和智慧，这些书帮助成就了我的事业，成为我最亲密的朋友。每当我拖着疲惫的身躯回家，只要走进书房看到这些书，饮一杯青稞美酒，疲劳就似乎消失一大半，甚至跑到九霄云外。

　　我的藏书有万余册，其中的学术著作是我半个多世纪的时间积累起来的。这些书籍的来源主要有三个渠道：

　　第一个渠道，是自己掏腰包购的书，占藏书的七成。学生时代只要是喜欢的书，不吃不喝饿着肚子也要把书买回来。工作后挣了工资，不吸烟，穿衣朴素，吃饭简单，拿出较多的钱购书。每次赴北京等大城市出差、开会，总要腾出一天时间去新华书店看书，选购一批图书，这是我生活中最奢侈的事，有时我甚至把家人让我购衣物的钱拿去购书，引起家人的不悦。

　　第二个渠道，是别人赠的书。每次参加学术研讨会，不少专家学者把自己出版的书拿到会议上进行交流，每次我至少可以得到赠书三五本，多时也有十多本，我把这些书视如珍宝，带回家认真阅读学习。我这一生参加的大小学术研讨会，至少也有几十次，所获得书籍的数量占藏书的相当一部分。

　　第三个渠道，是"要书"。平日我不轻易接受别人的赠物，有句口头禅："无功不受禄。"但向别人要书一点都不客气，脸皮还是比较厚呢。

　　省统计局出版的统计年鉴，省计委、党校、社科院，还有些厅局级印发的图书资料,大都是上报国家、省领导,政府部门之间进行交流,大都结合省内实际,资料性很强。这种图书内部发行,书店买不到,我只好到各相关单位通过熟人索取。这些书籍印发数量不多,要保密,所以很珍贵。在我的书籍中,这类书籍的数量也相当多。

退休了,决定告老返乡享受田园生活,这一万余册价值数万元的书籍如何处理? 存放家中别人看不到,起不到传播知识的作用,是极大的浪费行为。留给搞经济学教学的儿子,专业不对口。如果送给废品站卖几百元钱,我怎能忍心,那样做是对知识极不尊重的行为,最后我决定将这些书捐赠给青海师大图书馆。

2014 年 1 月 8 日,在师大图书馆楼前举行隆重的捐赠仪式,会上我发表感言:"书是教师宝贵的财富,我在青海师大二十多年,在这里成就了我的梦想,这批图书应该捐赠给青海师大,这样做是我事业继续、生命延续的最好方式。"

会上校党委副书记马德明、馆长刘霞同志发言,对我捐赠图书的举动给予了高度赞扬,说我是以大爱之心对知识财富的倾情相赠,还给我赠送了珍贵的纪念品。

本人撰写出版的一批图书,有《青海地理》、《世界屋脊—青海游》、《青藏高原旅游开发研究》,基本涵盖了我所研究的领域,为表达我的感恩之心,将这三种书捐赠给了北师大图书馆、北师大地理学与遥感学院资料室、青海图书馆、青海师大生地学院资料室。以上单位给我颁发了捐赠证书,对我的大爱之心给予了充分肯定。

47. 关心家乡建设

三川地区著名宗教人士"朱喇嘛"于 1936 年回到家乡,开创了三川教育发展的先河。八十多年过去了,"朱喇嘛"圣者当年的善举,在三川大地生根、开花,结出了丰硕之果。我是从朱喇嘛创办的"镇边初小"走

在中川中学给师生讲话

出来的,能走到今天,无比感恩这位老前辈,决心以他为学习榜样,为家乡的建设添砖加瓦,力所能及做点事情。

献爱心活动

20 世纪 90 年代末,我在广东潮州举行的海峡两岸旅游学术研讨会上,结识了台湾彰化师范大学的季洁芳教授,她得知我来自大陆西北贫困地区,就赠送我一批台湾出版的书籍,这些书籍是有关商业贸易、财会、公共关系、礼仪等方面的,很有实用价值。

1999 年我获得曾宪梓"高等师范院校优秀教师奖",将 5000 元奖金全部用来购买适用于农村百姓阅读的书籍,连同季洁芳女士赠送的共计 200 余册书,捐赠给家乡的"三川科技文化中心",让家乡的人们提高科学文化水平,多学习各方面

的技能,让他们生活得更好。

2009年年底退休后,我将有关地理、旅游专业性较强的近万册书捐赠给青海师大图书馆。其余藏书,还有我自己撰写出版的《青海地理》、《世界屋脊—青海游》、《青藏高原旅游开发研究》等多种书籍,捐赠给了家乡的官亭土族中学和中川中学。

我给官亭土族中学和中川中学的学生开讲座,讲述我的人生之路。我从一个不懂事的放羊娃,一步步从家乡的小山沟到县城、省城,乃至京城著名大学求学,在党和人民的培养教育和老师们孜孜不倦的教诲下,凭借自己坚韧不拔的精神,走上了大学讲坛,走进了科学的殿堂,经过奋力拼搏,获得了丰硕成果,为家乡的父老乡亲交了一份满意的答卷。

我用大量的事例证实,1949年后,从三川这块弹丸之地走出去的人才数以千计,有副省级领导干部、教授、劳动模范、企业家,省内外有影响的书画家、歌唱家、艺术家。省内三所正规大学,有两所大学的主要领导是三川土族。这些人为国家作出了贡献,为家乡争了光,为民族争了气,是三川人民的骄傲。

从三川走出去的更多成功人士,都是拼搏出来的,我告诉同学们,只要他们勤奋读书、吃苦耐劳,发扬老一辈的光荣传统,一定会成为一个对国家、对社会有用的栋梁之材。这些现身说法,激励了同学们的学习积极性,在同学中反响较大。

土族是个能歌善舞、酷爱艺术、爱美的民族,特别在服饰文化上最能引人注目。土族群众喜欢在服饰上绣上美丽的图案,土族妇女的盘绣花纹均匀细腻、色彩鲜艳协调,非常高雅华贵,被列入我国第一批国家非物质文化遗产名录。

刺绣制品除了装扮自己,还作为珍贵礼品送给长辈或亲朋好友,或作为爱情的信物,有的也作为敬献佛神的供品。随着我国改革开放进一步深入发展,人民生活水平不断提高,土族刺绣的发展迎来了千载难逢的机

土族刺绣学习班讲课

遇。为弘扬中华民族刺绣文化,邓西银老师组织成立民和县土族刺绣协会,他的

爱人朱二奴在祖辈熏陶下,是家乡远近闻名的刺绣能手,他俩在当地政府的大力支持下,开办土族刺绣学习班,培养出的刺绣能手百余人,一批批新颖独特的土族刺绣产品走上市场,为当地老百姓脱贫致富开创一条新路子。我被土族刺绣协会聘请为名誉顾问,在刺绣学习班为他们讲课,为土族刺绣业走向世界发挥余热。

納顿会是土族民间文化的奇葩,每年从农历七月十一日开始,我家乡的纳顿会是农历七月十四日。这天我起得很早,穿上了节日的礼服,精神饱满地来到纳顿会场,这时整个会场异常热闹。我很尊重当地家乡人的

跳纳顿舞

习俗,为纳顿会捐款资助,给每个参加纳顿会的舞者敬酒,然后参加到纳顿会行列中跳了起来。

我是今天纳顿会年岁最大的舞者,服饰与其他舞者不同,会场上有人在喊"今天张教授来跳纳顿了",使一些人的目光自然对准了我,我感到有点不好意思,开头步子有点乱,手势放不开。纳顿会服务人员给我敬了酒,我的胆量似乎壮大了,尽情地跳跃,似乎又回到了童年时的感觉。

建言献策

三川地区在全省乃至全国来说,是一个很有特色的区域,这里有被称为东方庞贝的喇家遗址,中华民族母亲河缓缓流过,奇异的土族风情,大禹故里,加上优良的高原自然地理环境,是省内发展旅游业最具潜在力的地区。特别是2013年底,喇家遗址被国家文物局第二批国家考古遗址公园立项获批,在国内古文化旅游中占有特殊地位,成为在省内同青海湖、三江源并驾齐名的又一王牌旅游景点。

由此引起民和县、海东市,乃至省上领导的高度关注,把三川地区的中心官亭—中川确定为民和县副中心,把旅游业发展提到议事日程。委托中国科学院地

理研究所编制《青海省民和县旅游总体规划》，委托同济大学编制《青海民和县官亭—中川副中心总体规划》，为民和县三川地区旅游发展和城镇建设，展示了一个宏伟蓝图和提供了必要的科学依据。

我从事地理专业，在高校长期从事青海省旅游资源考察及旅游开发、全省城镇体系布局研究，上述编制的这两个总体规划，和我的研究对口，我又出生在三川本土，过去曾写过有关三川地区旅游业发展的文章，所以这次县上旅游局和官亭镇领导，让我对这两个总体规划提出意见，对我来说是为家乡贡献力量的一次机会，我就欣然答应。

这两个总体规划的编制者，从我国东部繁华的大都市北京、上海，来到大西北穷乡僻壤的三川，克服生活上的困难，作了大量深入细致的调查研究工作，编制的总体规划基本符合三川实际，有较强的可操作性。可能由于时间紧迫，加上在考察过程中，同当地群众语言沟通不畅，考察材料有误的比较多，还有些地方没有考察到，如丹霞地貌、朱家寺等风景名胜缺乏详细资料，对当地深厚的民族文化底蕴理解较肤浅，分析问题往往高谈阔论，结合本地实际的少。

我接到这个任务后，特邀请对三川地区熟悉，了解土族文化的鲍生田老师，一块去考察丹霞地貌、朱家寺、寺沟峡大禹文化园。我虽然是本地土族，但从小离家赴外地上学，对土族文化可以说一概不知，鲍生田老师给我作了详细介绍，使我对自己的民族有了更加全面深刻的认识和了解。

针对这两个总体规划中的不足，我提出了下面三点建议：

第一点，以旅游业带动官亭—中川副中心城镇的建设，特别是喇家国家考古遗址公园建成，将会带动与旅游相关产业的发展，如餐饮、旅馆、交通、购物等相应发展起来，会极大地推动城镇化建设的步伐。

第二点，坚持生态旅游的大方向。本区域干旱半干旱气候类型，生态环境脆弱，本区又处在黄河上源区，黄河上源区生态环境的保护，给中下游提供纯净的水源，坚持生态旅游是三川旅游业发展的必然选择。

第三点，坚持旅游扶贫之路。三川地区，特别三川地区的山区贫困面广，所以在旅游开发中，应该充分考虑到当地群众的权利，鼓励和引导当地群众参与到旅游景区的建设和管理中来，让他们通过参与旅游业，走上脱贫致富之路。

为发展家乡的旅游业，我写了《三川为大禹故里的探讨》、《三川地区旅游业发展的思考》两篇文章，均收集在这本书里，对指导三川地区旅游业发展均有现实意义。我参与禹王峡风景区旅游规划的评审工作,任评审委员会主任,就禹王峡风景区今后旅游业发展思路,进行了较为全面深入的探讨。

同当地教育界的腐败行为作斗争

2009 年 8 月的一天,我在官亭镇街上闲逛,有位四十岁左右、身着干部装的人,走到我的面前,向我微笑且很有礼貌地问:"你是张教授吧?"我回答:"是的,我叫张忠孝。"他又说:"你这个人,我早有耳闻,今天见到你很高兴,我是官亭土族中学的老师,很想和你聊聊天。"于是我们俩人找了一个僻静处闲聊起来。

这位老师说:"我们学校领导,伙同县教育局个别领导,用县教育局名义下发文件,没有任何理由地把学校十名高中教师移交('移交'一词是县教育局下发文件上的用词)给官亭镇学区,这十名教师全部是土族。"

这位老师又说:"这位校领导再三叮嘱他的亲信们,这一事情暂时绝对保密,更不能让那十个人知道,谁要泄露出去就处分谁。"我听到这一情况后感到很震惊,心情很不平静。他问我:"你是教授,懂得国家政策,你看我们怎么办好? 想听听你的意见。"我说:"等我回家考虑好后给你回答,告诉大家一定要冷静,暂时不能告诉第二个人。"

我回到家,对这位老师反映的情况,进行了认真的分析思考。我很快联想到近年西藏、新疆极少数民族分裂分子,借民族问题大搞民族分裂活动。2008 年西藏拉萨发生"3·14 打砸抢烧事件"。刚在一个月前,新疆乌鲁木齐发生"7·5 打砸抢烧事件"。这两起事件的起因,是极少数别有用心的人,利用民族问题有意挑起事端,严重影响国家的安定团结,给当地各民族群众带来不安定因素。

国务院办公厅,于 2008 年 4 月下发国办发 33 号文件,明确指出:"禁止对任何民族的歧视和压迫,禁止破坏民族团结和制造民族分裂的行为。""严格执行民族平等政策,坚决纠正和防止发生损害民族团结的行为。"2009 年 7 月底,国办下发了关于检查贯彻落实国办发［2008］33 号文件的通知,重申严格执行党和国家民族政策,禁止对任何民族的歧视和压迫,维护边疆少数民族地区的安定团结。

乌鲁木齐"7·5 事件"发生不到一个月,就在这样一个非常敏感时期,官亭中学这位领导和县教育局个别领导,不但不认真贯彻执行国办发 33 号文件精神,反而变本加厉歧视和压迫土族同胞,破坏民族团结,他们是否也想在三川这个土族群众聚居区,故意挑起事端,制造混乱。此事引起我这位老中共党员的高度警戒,我告诉自己,必须要擦亮眼睛,识破少数人的阴谋诡计,必须要冷静地处理好这一事件,处理不好有可能引发社会的不安定。

第二天一大早,我找到那位老师,非常严肃认真地告诉他:"告诉这十位土族老师,此事对任何人保密,头脑不要冲动,更不能在土族群众中扩散。"我对这位老师千叮咛,万嘱咐,让他们头脑要清楚,千万不要上少数人的当,干出亲者痛、仇者快的事。并给这位老师明确表态:我是一名共产党员,请相信我,通过上级有关部门,一定尽快帮助你们把这一问题妥善处理好。

这十位土族老师的心稳定下来后,我便开始了紧张的社会调查。官亭地区是我省土族群众集聚区之一,占全省土族人口的25%。1949年前,官亭土族著名人士"朱喇嘛"家乡兴办教育,使这里具有深厚的文化底蕴。1949年后国家对民族教育重视,成立官亭土族中学,这是青海省唯一、全国唯一的"土族中学"。半个世纪,从这所学校毕业的学生万余名,遍布全县、全省,甚至全国,为我国社会主义建设做出了贡献。

这所学校老师由汉、土、回、藏等民族组成,学生95%以上是土族。2005年前,教职工中土族占60%~70%。不少土族老教师为家乡的教育发展呕心沥血,付出了毕生的精力,受到全社会的尊重。

2005年9月,官亭土族中学来的这位新领导,任校长兼党支部书记。老师们说:"这位新领导上任有两个显著特点,一是专横跋扈,全校大事小事由他一人说了算,很霸道。第二,把土族老师和学生视为眼中钉、肉中刺,极力歧视、排斥,搞大汉族主义,好像对土族怀有刻骨的仇恨。"

他一上任,首先把一些土族老教师调离教学岗位,安排去打扫卫生、当门卫。有的从高中部调整到初中部任教,等待以后撤销初中部时,很自然地将他们从官亭土族中学推出去。

这一次他趁撤销初中部的机会,伙同县教育局个别领导,将十名高中部土族教师,借用县教育局的力量赶出学校。他上任四年来,被他解聘或被迫调走的土族教师多达三十多人,使官亭土族中学土族教师所占比例降至30%。

我在老师和学生中以及社会上,对这十名土族教师作了调查了解。这十名土族教师,男八名,女两名,全部本科生,平均年龄三十五岁,年龄最大的五十岁,最小的还不到三十岁,党员两名,教龄最短的八年,最长的三十年。多名老师多年来担任毕业班、重点班的班主任,并承担教学任务,教学效果大都优良水平,全部是一线骨干教师,不少人多次获得过上级教育部门的表彰奖励,没有一个人受过任何处分。

这一事件,在官亭土族中学师生中产生强烈反响。有一老师说:"我们学校有些老师连课都上不下来,学生反映那么大,也没有调离,这十个老师中没有一个人是不能上课的。""学校高中部还缺教师,偏要把土族老师弄出去,明明是在打击报复人。"有几个土族学生说:"为什么解聘的十名老师全是土族? 太欺负我们土民了吧! 我恨死这些家伙。"一位不愿意透露姓名、自称是汉族的老师说:"这些家伙这样干是别有用心,他们搬起石头砸自己的脚,不信你等着瞧吧!"

职称评定时,这位校领导在大会上直言不讳指着土族教师说:"只要我当校长,就不让你们评高级。"平日在校园里,在学生面前,他随意辱骂土族教师,特别用当地老百姓的口头禅,很难听,极不尊重老师们的人格,土族教师敢怒不敢言,怕他打击报复,只好忍声吞气。

根据上述调查到的情况,我向省领导、省民委、教育厅、民和县委作了书面汇报。省教育厅王予波厅长亲临民和调查处理,民和县委书记赵雄同志亲自接待我,对我关心家乡教育事业,敢于同教育界的腐败恶势力作斗争,给予了高度赞赏。在上级有关部门和领导的敦促下,官亭中学十名土族教师重返工作岗位,这位领导调离官亭土族中学,并给予记大过处分。还是那位汉族老师说中了:"他们搬起石头砸自己的脚!"

通过这一事件,我深感同腐败分子较量不是一件容易的事,需要冲破来自多方面的干扰阻力。后来有人给我说,那次我进县委书记办公室时,就被人跟踪监视,甚至在我走出县政府大楼,进饭馆吃饭,都在一些人的跟踪监视之内,这种特务做法,让人不可思议。

我的这一善举,对促进当地民族团结、维护当地社会稳定和教师的合法权益、震慑当地教育行政部门少数人的腐败行为,在全县教育界产生强烈反响,教育界的腐败行为有所收敛,广大教师拍手称快,得到良好的社会反响。

48. 三川地区旅游业发展的思考

旅游业发展条件的评价

优质高品位的旅游资源

以喇家遗址为龙头的人文旅游资源。喇家遗址被称为"东方庞贝",其历史较意大利庞贝古城还早两千多年;2013年年底,国家文物局公布第二批国家考古遗址公园立项名单,喇家遗址成为青海省首个获

金碧辉煌的朱家寺

批立项的考古遗址公园,在国内古文化旅游中占有特殊地位。

临津渡曾是古丝绸之路青海道和唐蕃古道要津之一,是我国古代东西方经济、文化联系的重要通道。

丹阳古城展现了土族祖先可歌可泣的英雄壮举。

奇异的土族风情。土族历史悠久,千余年来,他们凭借辛劳的双手和智慧,创造了灿烂的土族文化。纳顿会、婚礼"道拉"、刺绣成为土族文化的精华。

浓厚的宗教文化气息。佛寺林立,土族对神佛虔诚至极。

以黄河为龙头的自然旅游资源。中华民族的母亲河——黄河,从三川大地奔腾流过,哺育了三川这片沃地;黄河两岸形成的色如渥丹、灿若明霞、奇峰秀美的丹霞地貌艺术画廊;春回大地,桃、杏、梨花竞相怒放,形成的三川杏雨美景令人陶醉。

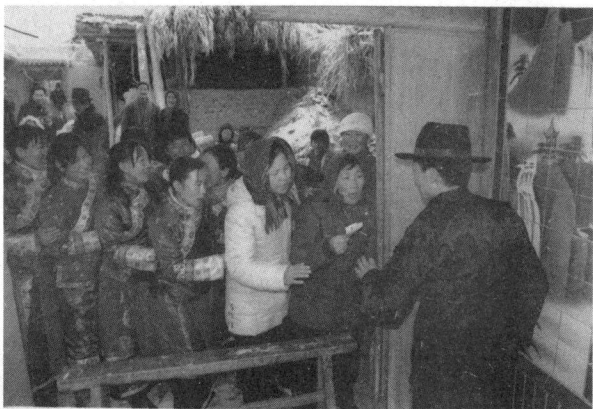

婚俗骂媒人

炳灵寺水电站建成,在铧尖寺形成面积4.67平方公里的高峡平湖,碧波荡漾,犹如漓江山水风光。

优良的自然地理条件

三川地区地势平坦、土质肥沃,是全省海拔最低、热量条件最为优越的区域,阳光充足,湿度适宜,没有污染,黄河从境内流淌而过,水量充足,瓜果飘香,为全省最适宜人类居住的区域。

区位条件

良好的区位。三川地区有川(口)官(亭)公路直达,北距民和县城川口镇60公里,县城川口镇距西宁市和兰州市各100公里,高铁、高速公路相联结。有西宁曹家堡和兰州中川机场。向南沿川(口)官(亭)公路过黄河大桥,进入甘肃省积石县及临夏回族自治州,交通条件便利。

三川地区具有优越的旅游发展条件,经过较短时期的规划建设,有望在省内成为同青海湖旅游景区并驾齐驱、在国内外有一定影响力、别具特色的5A级人文旅游景区。

旅游业发展思路

1. 把三川地区旅游开发与本地区乃至全省及全国旅游发展紧密相连,使其成为青海省对全国乃至世界开放的一个旅游窗口,宣传青海的重要平台,会极大促进青海经济的发展。

2. 把青海喇家国家遗址公园,打造成中国的"庞贝古城"。公元79年维苏威火山爆发,约厚5.6米的熔岩和火山灰把意大利南部庞贝古城掩埋,顷刻之间庞贝古城从地球上消失。但庞贝古城现已得到开发利用,被联合国教科文组织定

纳顿"三将"

为世界文化和自然遗产,成为"天然的历史博物馆",每年有数以万计的各国游客前去游览观光。

喇家遗址与"庞贝古城"有惊人的相似,从"庞贝古城"保护、开发利用中得到启示,把青海喇家国家遗址公园打造成中国的"庞贝古城",打造成具有国际影响力的重点旅游产品,实施国际化旅游战略。

3. 打造喇家遗址是大禹故里。随着喇家遗址的全面发掘,出土了大量珍贵器物,可以联系大禹导河积石的昆仑神话传说故事。当地民间有祭祀大禹的习俗和传说,三川地区为大禹故里就有了充足的依据。

4. 坚持生态旅游理念。本区域处在黄土高原向青藏高原的过渡区域,属干旱半干旱气候类型,生态环境表现脆弱敏感,以保护生态为主导的生态旅游是旅游业发展的必然选择。

开发生态旅游的目的,就是促进当地社区经济的发展和生态环境的保护,当地社区居民是生态旅游开发的核心,在开发生态旅游的过程中,应该充分考虑到

当地居民的利益和权力,鼓励和引导当地居民参与到生态旅游景区的建设和管理中来,让他们通过参与生态旅游的开发和利益的分配,体会到发展生态旅游的好处,从而能够配合政府的旅游开发行为,而不是对生态旅游开发持抵触态度,生态旅游中凡是排斥当地社区居民参与,势必会引发大量的社会问题。

5. 加强合作,实现多赢。三川地区同周边西宁、兰州、临夏等区域在地缘、经济、文化等多方面有较大的关联性,以这些区域作为旅游发展的支撑点,在规划时作为一个完整统一整体,充分发挥各地旅游资源的互补性,以获取最佳的经济、环境、社会效益。

6. 旅游人才的培养。高质量的旅游专业人才,是实现三川地区旅游业发展经久不衰的关键。三川地区旅游人才的培养,在引进高端人才的同时,应坚持立足本地的原则,重点就地培养,只有这样,三川地区旅游业才会有生命力,这已被国内众多旅游景点的经验所证实。

7. 旅游宣传是保证充足客源、实现旅游三大效益的关键。

大力宣传官亭是我国极富特色的历史文化名镇,东方庞贝古城——喇家遗址、大禹故里、奇异的土族风情、清清黄河水,是这座千年古镇的四张名片。

主要旅游项目

1. 古文化游

古文化旅游是三川地区旅游的灵魂,国家喇家遗址考古公园将吸引世界各国游客纷至沓来,参观游览遗址博物馆、大禹纪念馆和喇家部落。参观游览黄河临津渡口、丹阳古城,参观吐谷浑后裔土族人今天的生活现状。

禹王峡风景区

2. 悠悠黄河之旅

游览母亲河——黄河,置身于母亲河的怀抱之中,这是每一个中华儿女的夙愿。从临津渡口向东沿黄河至铧尖寺水库28公里,建沿黄河景观大道,修建木板路供游人步行,水泥道供自行车通过,沥青小车道供小车通行。

开展黄河漂流挑战极限活动,漂流工具可用皮筏、木筏,铧尖寺水库开辟一系列水上活动,如皮筏游、快艇、摩托艇、水上降落伞等,让游人充分体验黄河雄浑、壮观的自然景观。观赏黄河两岸丹霞地貌的美丽景色,远比广西漓江风光要惊险气派。

3. 休闲度假旅游

目前多数游客停留在观光旅游水平,观赏自然景观和文化古迹、领略民俗风情,是以增长见识、开阔眼界和愉悦心情为目的旅游,这属于较低层次旅游行为。

休闲度假旅游,相对于观光旅游,是一种更高层次的旅游形式,以消遣娱乐、康体健身、休憩疗养、放松身心为目的。追求安全、宁静的优美环境、丰富多彩的娱乐生活、增进身心健康的游憩设施和高品质的服务。

4. 土族风情游

纳顿会、婚礼舞、道拉现场表演;土族饮食的生态性,肉、面、蔬菜就地生产供应,提倡环保、返璞归真。土族居住环境地游览参观。

5. 宗教文化游

参观游览宗教寺院,观赏寺院建筑、绘画、雕塑、壁画艺术;参观跳欠、晒佛等佛事活动。还有信教游客和宗教人士接触,进行朝拜、诵经、摩顶等活动。

6. 三川水利风景游

官亭泵站建于1969年10月,至今有半个世纪的历史,为官亭、中川人畜用水、农田灌溉、保护生态环境等起到了巨大作用;炳灵寺水电站大坝建成,在古刹铧尖寺脚下形成一个偌大的人工湖泊,为水上游览、水面养殖提供条件。

7. 购物游

土族刺绣、果品、黄河奇石、民间手工艺品、葡萄酒、服饰等农副土特产品购物。

49. 出国旅游

旅游目的

　　第一个目的,在上大学期间,我的一些曾留学于欧美和苏联的老师,他们在上课时,对国外优美的自然风光津津乐道,如北美尼亚加拉大瀑布、科罗拉多大峡谷、苏联北部绵延数千公里的泰加林、南欧地中海风光、雄伟的阿尔卑斯山脉等。还有欧式建筑、雕刻、绘画艺术,纽约、巴黎、罗马、莫斯科等繁华大都市,欧洲古老异国民族风情等人文景观。

　　这些奇特的自然风光和人文景观,让我心驰神往,一直深深地在吸引着我。所以,我在上大学时就打算退休后,有了一定的经济能力,要到国外像欧美等一些发达的国家去游览观

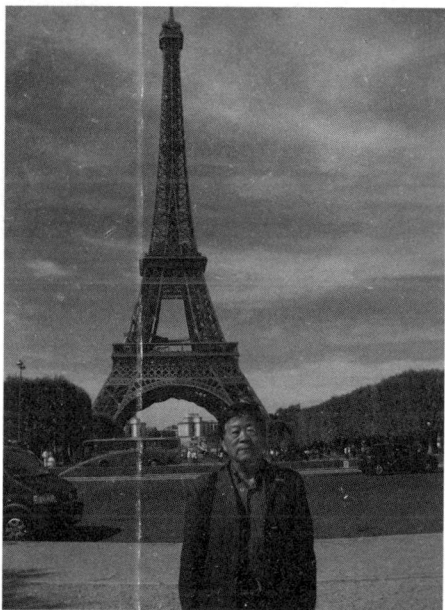

雄伟的埃菲尔铁塔

光。俗话说百闻不如一见，能够亲身感受那里的自然和人文风光，开阔视野，也算圆我大学时代一个美丽而遥远的梦想。

第二个目的，我较长时间从事青海旅游资源及其开发研究，其中关于旅游资源的评价（定性、定量评价），是一个让人比较困惑的问题。同一类型的旅游资源，它的量和度如何判定经常让人感到拿不准，定性评价往往底气不足，因为没有亲眼见过国外的知名景点，如果只听别人介绍，或者只看文字介绍、凭借自己的想象力，是远远不够的，大都脱离实际，缺乏真实感，还是百闻不如一见。正如毛主席说的："你要知道梨子的味道，亲口尝一尝。"

不同的评判者，因各自的专业、学识水平、思想修养、经历不同，即便是对同一旅游个体的认知、感觉还是有很大差别的，"没有调查就没有发言权"，我是抱着亲自去调查、亲自感受的态度去旅游，只有这样才能有真正的发言权。

通过过去老师给我讲的和根据大量文献资料介绍得知，美国的科罗拉多大峡谷是排名世界第一的大峡谷。后来我开始研究西藏旅游资源，亲自去雅鲁藏布江大峡谷考察，使我感到很震撼，通过对这两个大峡谷相关资料分析比较，我对科罗拉多大峡谷世界第一的观点发生了动摇。

科罗拉多大峡谷

2012 年我到美国旅游，不顾年事已高，乘坐直升机从空中鸟瞰科罗拉多大峡谷，心中更有底了。科罗拉多大峡谷是干旱荒漠区，风蚀雅丹地貌，气势异常雄伟壮观，几乎没有任何植被，谷底部有一条小河，水量很小，含沙量大，自然景色单调。雅鲁藏布江大峡谷比科罗拉多大峡谷长 130 公里，相对高差还高近 3900 米，雅鲁藏布江滚滚奔流，大峡谷内地貌、生物、水体景观多姿多彩，极为壮观。

科罗拉多大峡谷发现得早，在当时堪称世界第一大峡谷是可以理解的。雅鲁藏布江大峡谷是 20 世纪 90 年代，我国科学家考察所发现，它的整个体量的壮观度远超过科罗拉多大峡谷,它将替代科罗拉多大峡谷,成为世界第一大峡谷是当之无愧,也是毋庸置疑的。

又如尼亚加拉大瀑布,那种万马奔腾的宏大气势,一直存留在我的脑海中,绝对是世界独一无二,让人震撼。俄罗斯北部绵延数千公里的泰卡林景观,世界绝无仅有。欧洲建筑、雕塑、绘画艺术精美绝伦,充分展示西方文化,成为西方文明的重要组成部分。

第三个目的,学习旅游业发达国家先进的旅游发展理念。欧美国家旅游业兴起,比我国要早几十年,他们旅游开发的先进理念,值得我们学习和借鉴,如旅游开发模式的探求,旅游服务配套设施的建设,旅游景区点的规划,旅游商品的开发等,把国外旅游开发的成熟经验引入到我国,使我们的旅游发展少走弯路。

国内更多专家学者宣传旅游是一个无污染产业,其实国外旅游所产生的污染早有教训,由此生态旅游在国外开展起来。旅游生态足迹法的研究,也是从国外引入我国的,这方面我们必须向国外旅游业发达的国家学习经验。

又如,美国乘坐直升机从空中鸟瞰科罗拉多大峡谷景区,将使游客获得很理想的旅游效果。科罗拉多大峡谷景区地域广,风蚀雅丹地貌异常奇特,如果选择地面小范围内去观赏,只能看到一个小区域的景观,大峡谷气势磅礴、雄宏壮观的氛围无法展现。我国西部地区地域辽阔,很多景区游人难以进入,如果乘坐直升机游览观光,虽然价格昂贵,但很有刺激性,我国直升机游览有广阔的发展空间。

旅游见闻

因为我的外语水平差,不能同外国人进行必要的语言交流。再说,各国民风习俗各异,旅游中会遇到许许多多预料不到的事情,赴国外旅游比国内旅游困难更大,所以我出国旅游选择了参加旅行团。

跟着旅行社去国外旅游,最让人不满意的是,游客必须一直要跟在导游后面跑,一个景点还没有看够、看明白,想拍的照片还没有拍好,导游下达命令赶快走,说是时间来不及,也就只好带着遗憾离开这个景点。一旦不注意同导游失联,麻烦事可大了,只好原地等待导游来接你,引起旅行团团友们的不满,这样的事我曾发生过两次,搞得心里很紧张。

国外旅游在获得精神、心里愉悦的同时,比国内个人游要紧张和疲劳得多,我每次参加国外旅游回来,需要一段时间的整休才能缓过气来,所以赴国外旅游不仅要花一大笔钱,更重要的是必须要有好的身体。

欧洲十四国游

我是在 2010 年 9 月进行的欧洲十四国游,让我留下深刻印象、认为值得一游的国家是法国、意大利、荷兰。

从我所学地理专业角度讲,欧洲旅游之行对阿尔卑斯山脉十分向往,阿尔卑斯山脉是欧洲最大的山脉,也是欧洲的象征,整个欧洲深深打上了阿尔卑斯山脉的烙印。

瑞士琉森湖风光

这条山脉呈弧形东西横贯欧洲中南部,长 1200 公里,宽 130 公里至 260 公里,有 128 座山峰海拔在 4000 米以上,最高的勃朗峰海拔 4810.45 米。意大利、法国、瑞士、列支敦士登、奥地利、德国、斯洛文尼亚等这些国家,其全境或一部分,是在阿尔卑斯山脉这个区域之内。

瑞士位于阿尔卑斯山区,享有"高山之国"美称。雄伟的山势,旖旎的湖水,浓密的植被、幽静的环境,被称为世界上自然风光最美的国家。我们游览了一处雪景和琉森湖,景色令人陶醉。

阿尔卑斯山脉以南、地中海北岸,有意大利及梵蒂冈、圣马力诺两个微型小国,典型的地中海式气候,果林和葡萄业发达。

意大利首都罗马,是一座拥有两千八百年历史的文化名城,被称为艺术宝库。众多古建筑如罗马角斗场(又叫罗马竞技场、罗马斗兽场)、凯旋门、罗马柱、威尼斯广场、万神殿、特莱维喷泉等保存完好,整个城市好似一处原汁原味的历史博物馆,在这里真实地看到了古老欧洲的文明。

威尼斯是世界著名的"水上都市",圣马可教堂建筑雄伟、富丽堂皇,其建筑、绘画、雕塑、歌剧等在世界上有着极其重要的地位和影响。

梵蒂冈,位于罗马城西北角高地上,全球最小的国家之一,是全世界天主教的中心,圣彼得大教堂是全球最大的教堂,被称为艺术宝藏。

梵蒂冈留影

法国位于欧洲平原中心地带,沃野千里,历史悠久。首都巴黎有"浪漫之都"之称,是旅游、购物的天堂。这里有世界顶尖级的旅游风景名胜,如埃菲尔铁塔、卢浮宫、凡尔赛宫、枫丹白露、巴黎圣母院、凯旋门、协和广场、塞纳河等。巴黎的香水、服饰世界一流。

埃菲尔铁塔是世界上最高的建筑物之一,塔高 320 米,塔身重量 8000 吨,由 10000 多个钢材组件,200 万个铆钉联结而成,是巴黎的标志性建筑,法国的象征。

卢浮宫是世界四大博物馆之一,珍藏文物多达 40 余万件,历经八百年建成,以收藏丰富的古典绘画和雕塑闻名于世。凡尔赛宫是法国国王路易十四兴建的皇家宫殿,连同宫殿后面的王室花园,构成了一座完美的人工园林。

布鲁塞尔是比利时的首都,欧洲联盟总部所在地,有欧洲的首都之称。这里有著名的原子球塔,是欧洲的标志建筑,高 102 米,重 2200 吨,是放大了 1650 亿倍的铁原子结构。位于大街上的撒尿小孩铜像 1619 年建成,闻名于世。原子球塔和撒尿小孩铜像是布鲁塞尔的标志性景观。

荷兰是我这次欧洲旅游中,位于最北面的一个国家,从南面意大利首都罗马到荷兰首都阿姆斯特丹,气温降低了很多。荷兰最大特点是围海造田,全国三分之一国土面积在海平面以下,荷兰人利用风车发电把海水抽到堤外。郁金香为荷兰的国花。风车和郁金香是荷兰国的象征物。

阿姆斯特丹是世界著名的港口城市,航海业发达,世界各地船只往来频繁。有世界最早的红灯区,性商店、性博物馆、性表演厅,我们中国游客参观后大都接受不了,有的女游客索性不看,这可能是由于东西方文化差异所造成的。

比利时原子球塔

到德国首都柏林参观游览,是我们这次欧洲十四国游的最后一站,重点参观了柏林墙。这墙高约 3 米,厚约 40 厘米,质地非常坚硬。上学时老师讲过,德国分为两部分,德国东部(称东德)是社会主义国家,德国西部(称西德)是资本主义国家,首都柏林也分为东柏林和西柏林,中间有一堵墙把一个国家、一个城市分开来,让人不可思议、很奇怪,这次旅游更有真实的感觉。

第二次世界大战后,美国和苏联,为了各自的利益,把德国人为地分为东德和西德,并于 1961 年 8 月 13 日筑起长 155 公里的柏林墙。四十一年后的 1990 年 6 月,德国人民拆除柏林墙,结束了德国的分裂状态。

欧洲之旅结束了,我深感欧洲是一块历史悠久、文化灿烂的文明之地。欧洲人善良、质朴、友好,我们所到之处,更多的欧洲中老年人,知道我们是中国人,向我们频频微笑,有的从很远处招手致意,表示一种亲切感。他们的生活安静、闲适、简单、富足,慢生活的理念,值得中国老年人效仿。

美(国)加(拿大)游

2012 年 10 月我到美国加拿大去旅游。从北京乘机直飞十七个小时,抵达旅游目的地纽约,从东半球飞到了西半球,环绕地球一半。当我们早晨开始新的一天时,美国即将进入夜间。下了飞机腰痛腿酸,走路感到很吃力,有人说:"旅游,真是拿钱买罪受啊！"

　　我从小对美国的印象特深，主要还是不好的印象，这是政治因素所造成的。以后随着年岁和知识的增长，有了一个全面、理智的认识，美国是世界上经济最发达、科技和军事势力最强的国家，虽然我不盲目崇拜美国，

自由女神像

但至今仍怀有几份神秘之感，美国之旅成为我今生梦眛以求的一件事。

　　美国是一个年轻的国家，15世纪末，西班牙、荷兰、法国、英国等欧洲国家，向北美移民。1776年7月4日费城《独立宣言》，宣告美国诞生，迄今美国已有二百多年的历史。费城是美国的古都，是这个国家的诞生地，有早期国会、独立宫、独立广场、自由钟。

　　纽约是美国最大的城市，我们参观游览了自由女神像、华尔街、联合国大厦底楼、时代广场、第五大道，观看纽约夜景，目睹9·11世贸大厦恐怖袭击残状。

　　在首都华盛顿，我们游览总统府白宫、华盛顿

尼亚加拉大瀑布

纪念碑、国会大厦、林肯纪念堂、杰弗逊纪念馆。国会大厦建在一处高地上，显得异常雄伟高大，又呈白色，我过去一直误认为这是白宫，这次总算明白了。华盛顿的上述景观，加上纽约自由女神像，连同费城古都，算是美国最精华的景观了。在美国除了土著民族印第安人外，在这里找不到古老文明的痕迹。

　　尼亚加拉大瀑布，位于加拿大和美国之间，为世界七大奇景之一，湖水从180米高处流入安大略湖，惊心动魄，水势汹涌澎湃，宛如万马奔腾。乘坐"雾中少女"

号游船穿梭于波涛汹涌的加拿大马蹄瀑布及美国瀑布之间,近距离体验尼亚加拉大瀑布的巨大水流,异常雄伟壮观。这是我今生看到的、在世界上最震撼的自然景观。

在美国还游览了著名的赌城拉斯维加斯、科

张学良将军墓园

罗拉多大峡谷、洛杉矶好莱坞电影之都、旧金山唐人街和夏威夷。给我留下深刻印象的,在夏威夷目睹震惊世界的珍珠港事件的发生地。

在夏威夷我来到了张学良将军墓园,他于2001年10月15日病逝夏威夷檀香山,享寿一百〇一岁。他对中华民族的解放事业有过卓著贡献。默哀三分钟,表达我对他的无比敬仰之情。

此行还游览了加拿

白求恩大夫的母校

大最大城市多伦多,多伦多位于加拿大南部安大略湖西北岸。参观了多伦多大学,这是国际主义战士白求恩同志的母校,世界著名的医科大学之一;参观 CN 塔(146 层,塔高 553.3 米),加拿大最著名的标志,是多伦多市区最亮丽的风景线,也是世界最高的独立建筑。

俄罗斯游

俄罗斯游是在 2013 年 6 月中,6 月是俄罗斯最美的季节。俄罗斯联邦(简称俄罗斯)是世界上面积最大的国家。这次我们的旅游目的地,是圣彼得堡和莫斯科这两座大城市。

圣彼得堡市,位于俄罗斯西北部波罗的海沿岸,是俄罗斯第二大城市,有三百多年历史。1712 年彼得大帝迁都彼得堡,直到 1918 年的二百多年间,是俄罗斯政治、经济、文化的中心。

圣彼得堡名胜古迹众多,有狮身人面像、瓦里西岛古港口灯塔、打响十月革命第一枪的阿芙

世界四大博物馆之一的冬宫

乐尔号巡洋舰、冬宫、夏宫、彼得堡罗要塞、斯莫尔尼宫、滴血大教堂等。斯莫尔尼宫,1917 年"十月革命"期间,布尔什维克党军事革命委员会设在这里,为十月革命司令部。1917 年 11 月中旬至 1918 年 3 月列宁曾在这里办公和居住。

涅瓦河从圣彼得堡市中心淌过,被誉为圣彼得堡的母亲河。乘船游览涅瓦河两岸风光,船上有俄罗斯民族歌舞表演,有丰富地方特色的名吃招待,还可同漂亮的歌舞演员合影留念,河两岸是富丽堂皇的欧式建筑。圣彼得堡有"北方威尼斯"、"桥梁博物馆"美誉。

冬宫原为俄国沙皇皇宫,是世界四大博物馆之一,有 270 万件艺术品。收藏世界各国的艺术品,其中古希腊的瓶绘艺术、古罗马的雕刻艺术和西欧艺术三部分藏品,在世界收藏界声名显赫。夏宫,位于芬兰湾南岸的森林中,占地近千公顷,是历代俄国沙皇的郊外离宫,豪华别致,有"俄罗斯的凡尔赛"之称。

从圣彼得堡乘火车到莫斯科,沿途没有看见一座城镇或定型的居民区,没有一片荒山秃岭,穿过 800 多公里的林区,树木郁郁葱葱而纤直,高 15 米～20 米,成片分布,大都纯林。我突然意识到,这是在大学时老师讲过的,分布于北半球寒温性针叶泰加林区,这种森林景观我平生第一次见到。

中华人民共和国刚成立时,我国一穷二白,当时苏联老大哥向我国伸出了援助之手,对我国的建设给予了支持和帮助,全国人民感激他们。我到大学念地理系,课本大都也是苏联编的,我外语学的也是俄语。所以,苏联首都莫斯科、红场、克里姆林宫、列宁墓、莫斯科大学等等,在我的脑海中打上了深深的烙印。后来苏共走修正主义之路,中苏关系恶化,又后来苏联解体,但我对俄罗斯民族一往情

深,到俄罗斯旅游的决心一直没有改变。

莫斯科是俄罗斯联邦的首都,是俄罗斯政治、经济、科技、文化及交通中心,有八百余年的历史。主要风景名胜有:

红场,世界著名广场之一,与克里姆林宫相毗连,是重要节日举行群众集会和阅兵的地方,西侧

无名烈士墓

是克里姆林宫,北面为国立历史博物馆,是莫斯科历史的见证。

列宁是世界第一个社会主义国家苏联的缔造者,于 1924 年辞世,遗体被保存在位于红场克里姆林宫宫墙的列宁墓内,用现代防腐技术处理后,安放在陵墓水晶棺内,我去瞻仰凭吊,用中国人的礼节三鞠躬。

克里姆林宫,始建于 1156 年,二十多座塔楼、参差错落地分布在三角形宫墙边,宫墙上有五座城门塔楼和箭楼,远看似一座雄伟森严的堡垒。克里姆林宫是俄国历代帝王的宫殿,如今是俄罗斯总统办公所在地,与红场浑然一体,构成了俄罗斯民族最负盛名的历史丰碑,也是全世界最美丽的建筑群之一。

无名烈士墓,为纪念在伟大的卫国战争中牺牲的军人而修建,1967 年 5 月 8 日开放。墓前有一个凸型五星状的火炬,中央喷出的火焰,从建成时一直燃烧到现在从未熄灭,它象征着烈士的精神永远光照人间,墓旁每小时一次的换岗仪式,是莫斯科城市观光的一大亮点。

澳大利亚—新西兰游

澳大利亚—新西兰十二日游,我是在 2016 年 3 月去的。

大洋洲面积 879 万平方公里,是世界七大洲中面积最小的一个洲,人口约 2900 万,是除南极洲以外人口最少的一个洲。包含国家和地区 25 个,独立国家 14 个。

澳大利亚联邦、新西兰是大洋洲最主要的国家。其中澳大利亚面积占大洋洲

面积的近九成,人口占大洋洲总人口的三分之二。游览了澳大利亚、新西兰,可以说是游览了大洋洲。

澳大利亚风景名胜:

从北京乘飞机,中途在香港转机,约六七个小时到达南半球澳大利亚的凯恩斯。刚下飞机一股热浪涌来,同北京的寒冬是两个世界,这里是南半球,是夏季,又处在赤道附近,于是立即进卫生间换上了夏季的服装。

凯恩斯有世界典型的热带雨林景观,绵延2000多公里的世界最大的活体珊瑚礁群,形成无数的珊瑚岛和大陆山脉沉降后形成的小岛。我们到大堡礁游览,那里景色优美,景致变化无穷,被列入联合国世界文化和自然遗产名录。

悉尼歌剧院和港湾大桥

在野生动物园里,与澳大利亚本土野生动物考拉、袋鼠零距离接触,抱着可爱的考拉拍了照,是难得的旅游体验。

悉尼是大洋洲最大的城市,也是世界著名的国际大都市。悉尼歌剧院和港湾大桥等标志性建筑闻名遐迩。悉尼歌剧院于1973年建成,被列为世界文化遗产,音乐厅可容纳2679名观众。

距悉尼市区1.5小时车程的黄金海岸,环境幽雅,空气清新。那里有

美丽的黄金海岸

柔软的沙滩、清澈的海水和旖旎的海湾,游人尽可在这里享受垂钓、游泳、独木行

舟和扬帆海上的愉悦。

新西兰风景名胜：

新西兰位于大洋洲西南部，主要由北岛和南岛组成，以库克海峡分隔，是世界上畜牧业最发达的国家之一，鹿茸、奶制品、羊肉、粗羊毛出口均为世界第一。

我们从澳大利亚的悉尼直飞新西兰南岛，第一站是皇后镇。该镇坐落在周围被南阿尔卑斯山包围的小型盆地内，是一座非常美丽的小镇，盆地底部是蒂卡波湖。夏季蓝天艳阳，秋季为鲜红与金黄的叶子染成缤纷多彩的面貌，冬天的气候清爽晴朗，还有大片覆盖着白雪的山岭，而春天又是百花盛开。

我们到皇后镇的晚宴设在山顶部豪华餐厅，新西兰的牛排别有风味。从山底部到山顶，是一片绿油油的斑斓色彩。

第二个旅游景点是米佛峡湾国家公园，世界著名峡湾之一。由于地壳运动，峡谷下沉，河流

美丽的皇后镇

向内陆延伸 22 公里，就形成了现在的景观。在所有的山涧几乎都能见到大大小小的瀑布，在峭壁上，大小瀑布叮咚或者轰鸣作响，汇成动听的天然交响乐。最著名的瀑布是苏瑟兰瀑布，总落差 580 米，居世界前列。

第三天直飞新西兰北岛的奥克兰市，新西兰最繁华的大都市，也是经济商业中心。奥克兰人酷爱扬帆出海，因而奥克兰享有"千帆之都"的美誉。

前往新西兰北岛游览地，距奥克兰有两三个小时的车程，沿途地势平坦，公路两旁是草地。偶见地势起伏平缓的小丘，相对高度也不超过百米，羊群撒满在绿草如茵的山坡上，还有花白奶牛，很少见到农作物，显然这里是以畜牧业为主的农业经济。

参观游览的第一个景点，是一个畜牧场，场部都是平房，显得简陋，产品陈列厅的建筑还算可以，这里展示该牧场生产及相关的产品。按规定时间，由拖拉机改装的观光游览车九点整到达场部，每辆车可乘坐三十名游客，配备一名华人导游。

观光游览车在牧场内穿行，看到羊、牛所展示的一些不雅举动，导游风趣的解说让大家捧腹大笑。我们看到了世界日产牛奶最多的白花牛、最牛的种羊，一次能产许多小羊羔的母羊，获得了从未听到的畜牧业知识。

观光游览车在一处停了下来，导游让我们下车观赏这些似羊又不是羊，似骆驼又不是骆驼的动物，我看好像是"四不像"。导游说这叫羊驼，又称驼羊，偶蹄目骆驼科，一只体重七八十公斤，高一米左右，长一点五米。

可爱的羊驼

我们每个人手掌上放着加工的驼羊精饲料，驼羊一个个跑过来抢着吃。驼羊很可爱，也很温顺。据导游说，"驼羊的毛很珍贵，肉也很好吃"，看来发展驼羊养殖很有前景。

观光游览车行走二十多分钟，在一处种植园门口停了下来，导游让我们下车品尝园内猕猴桃，我们大家起初懒洋洋不以为然，跑这么远的路来尝猕猴桃，太不值得吧！我看这里的猕猴桃比国内的小，有核桃那么大，我不太经意地摘了一个品尝，甜绵中带有一定酸味，味道比国内的要好吃得多，我一连吃了好几个。

导游说："新西兰人1904年从中国引进了猕猴桃，改良成为优良的猕猴桃品种，现已成为欧美餐桌上的'美味'。一个只有十多万农业劳动力的新西兰小国，每年仅种植猕猴桃挣到几亿美元的外汇，是个奇迹。"

猕猴桃种植园的对面是一处野生鹿场，用铁丝网栏得严严实实。导游说："新西兰气候好，适宜发展野生养鹿业，鹿在这里没有豺狼虎豹、毒蛇等天敌。鹿肉是美味佳肴，其价值在牛羊肉之上，鹿茸是名贵的营养滋补品，养鹿业在新西兰仅次于养羊和养牛业。"

导游提醒大家："野生鹿很凶猛，大家距铁丝网远点不要靠近。"这时，我看到一位女游客，手中拿着一样东西在铁丝网外逗鹿，这个鹿向她猛扑过来，从铁丝网伸出来的鹿角把她推倒来了个仰面朝天，好危险啊！

我问导游："新西兰是如何饲养羊？"导游说："这是一个专业性很强的问题，不过说开了也挺简单。"他说："关键两个问题一定要解决，第一是牧场老板根据草场面积大小，确定生产规模，即可以养多少只羊。在新西兰搞畜牧业，非常注重科学，盲目放牧肯定要失败的。"

紧接着他讲了第二个问题，是根据这里的气候，牧草生长 21 天，是牧草营养价值最好的时期，最能保证羊肉质量，老板把牧场草地分为 21 块，用铁丝网围栏隔开，每个网围栏有自动开关的门。每个网围栏草地放牧一天，第二天新的网围栏草地自动开门，羊进入后旧的网围栏草地自动关门，这样羊每天都可以吃到新鲜的嫩草，并能保证草地不被踏坏，一个循环 21 天。这个方法我们可以效仿，但必须结合当地实际，一定要按科学规律办事。

参观游览的另一个景点，是毛利人的民俗文化村。毛利人是新西兰的土著人，是这片土地最早的主人，有数千年的文明史。19 世纪欧洲殖民者入侵前，整个大洋洲毛利人约有 20 万。殖民者入侵后，对毛利人进行残

毛利人的歌舞

酷的镇压、屠杀，人口锐减，毛利人同殖民者进行过殊死搏斗，发生过战争，争取了本民族生存权利。

毛利人人口占新西兰总人口的 15%，对人热情、纯朴、好客、豪爽。新西兰政府对毛利人的文化、传统及习俗加以保护，对毛利人的权益给予充分尊重，与现代文明格格不入的陋习不断被摒弃。

毛利人有文身的习俗，而且纹在脸上，表示他在部落里的位置，记录他在一生中发生过的重大事情。

当我们进入到毛利人文化村，浓浓的民族气息扑面而来，文化村的建筑风格及装饰，体现出毛利人的文化风韵，从到处悬挂着的众多古朴或精致的雕刻、编织的手工艺品、身上的服饰中，可以了解到毛利人的历史、文化和传统。

欣赏独特的毛利歌舞表演，为首的赤膊光足，系着草裙，脸上画了脸谱，手持

长矛,一面吆喝,一面向客人挥舞过来,并不时地吐舌头。临近客人时,将一把剑或是绿叶枝条投在地上。这时,客人必须把它拾起来,恭敬地捧着,直到对方舞毕,再双手奉还。这是最古老的迎宾礼,也最为隆重。碰鼻礼,鼻尖对鼻尖。表演原始、粗犷,具有很强的震撼力。

歌舞表演后,表演者从游客中挑选几位游客上舞台,手把手地教如何跳毛利舞,怎样使舌头伸得更长,怎么放开嗓门吆喝,怎样伸开手掌敲打胸部和腿部更有利于健康。他们是那样认真负责、一丝不苟。我也被邀请上了舞台,和一位四十多岁的男表演者碰了鼻,接受了毛利人最高的礼节。

我们在返回奥克兰宾馆途中,导游指着车外草地上排至少二十米长队的花白奶牛,让大家猜猜这是干什么的。好半天没有一个人能猜得出来。又过了一会,看到了排队更加长的花白奶牛,足有百十个,气势很壮观,大家提起精神,一定要搞清楚这到底在干什么。

导游说:"奶牛一般是圈养,便于挤牛奶。新西兰畜牧业发达,奶牛在野外放任自流,这样的奶牛心情宽广,太阳光照射得多,牛奶质量高。但碰到一个具体困难,挤奶难度大。于是每头奶牛身上安装了自动装置,控制奶牛到该挤奶的时间就主动到指定地点去挤奶,现在的这些牛是在排队去挤奶的。"原来是这样,新西兰畜牧业科技水平太先进了。

皇家加勒比量子号邮轮赴日游

2017 年 4 月中,我们大学同学在上海聚会,大家都是年近八十岁的老头、老奶奶们,但个个精神饱满。聚会结束后,腿脚还较灵便的同学,乘皇家加勒比量子号邮轮赴日本游览观光。邮轮旅游近几年在我国蓬勃兴起,皇家加勒比量子号邮轮是目前世界最豪华的邮轮之一,深得我国旅游者的青睐。

首先邮轮体量大,长约 180 多米,宽近百米,一次可容纳游客 5000 人。邮轮服务设施一流,有世界最大且最先进的客房,每个客房都可观景;风格各异的餐厅,可以品味到世界各地的美味佳肴。丰富多样的娱乐活动,如各国不同风格的舞蹈、歌唱、体育、杂技表演。轮船最上层甲板上享受日光浴、游泳、健身、美容、喝咖啡聊天、散步、观海;琳琅满目的购物……邮轮成为海上漂浮的度假村,让人们在海上如此享受生活,优雅、闲适、自由的旅行,终生是难以忘记的。

　　我出生在内陆腹地,工作后多次到大海边游览,眺望大海的无边无际,给我留下无限的遐想,很有神秘感。这次乘巨轮进入大海的怀抱之中,产生从未有过的新奇感。人们用大海比喻一些伟人宽广的胸襟,领悟到其中的深刻含义,到浩瀚的海洋去寻访我们的历史,去寻找我们的未来。

　　下了邮轮去日本南端的长崎、熊本、宫崎三城市游览。其中长崎市"国际平和公园"游览,给我留下极为深刻的印象。

　　第二次世界大战期间,长崎市人口约30万,1945年8月9日11时,美国在长崎投下继广岛之后的第二颗原子弹,居民死伤14万之多,三分

长崎国际平和公园

之一的市区被毁。1949年长崎市人民在投弹中心地修建了"国际平和公园",表达日本人对战争的控诉、祈求世界和平的强烈愿望。

　　平和公园面积不大,典型的日式庭院建筑,各种树木、花卉,精美的雕塑,给人一种舒心的感觉。正值4月中,公园内数千株樱花竞相开放,阵阵香味随风飘来,伴随着和煦的春风,让人陶醉其间。

　　这个公园有很多名人雕刻,围绕"平和"主题的雕塑品,以及最值得游人仔细观赏品味、最引人注目的"平和公园雕塑铜像",1955年原子弹爆炸十周年纪念日之际完工,高9.7米,重达30吨,花了五年的时间,成为公园的标志性建筑。铜像是一个体魄健壮的日本男士,气势雄浑,左脚正坐,右手指向天空表示原子弹从天而降,左手平伸的姿态,表示祈求人类和平,双目静闭是在为死难者同胞祈祷。每年的8月9日为原子弹爆炸纪念日,长崎市民在这广场隆重举行祈求和平仪式。我和同学们在雕塑铜像前留了影,悼念在原子弹爆炸中的死难者。

迪拜游

阿拉伯联合酋长国简称阿联酋,是中东地区一个很重要的国家。面积 8 万多平方公里,位于波斯湾南岸,热带沙漠气候,夏季气温多在 40℃ 以上,是世界经济最活跃地区之一。迪拜是这个国家最大的城市,这里千奇百怪的建筑物创造了世界上多个唯一,还有这里奇异的自然和人文景观,让我特有神秘之感,吸引着我到这里游览观光,零距离感受异国风光。2018 年元月 21 日我随旅行团,开始迪拜 8 日游的活动。

从西宁曹家堡机场起飞,乌鲁木齐地窝堡机场转机,共用时八小时抵达迪拜。走出机舱灿烂阳光扑面而来,清新的空气、适宜的气温,显然是旅游的最好时机。极目远望一片沙海,同机场周围形成强烈的反差。现代化的交通工具,把西宁和迪拜紧紧连在一起。

迪拜是中东地区经济和金融中心,又被称为中东、北非地区的"贸易之都",也是全球性国际金融中心之一,同时是东、西方各资本市场之间的桥梁,重要的物流、贸易、交通运输、旅游和购物中心。

迪拜有一大批世界一流的建筑

迪拜帆船大酒店

物,如世界上第一家七星级酒店——帆船酒店,又叫阿拉伯塔酒店、"阿拉伯之星"或伯瓷酒店,建造在珠迈拉海滩人工岛上,外形似帆船而得名,56 层,321 米高,被认为是世界上最棒的酒店;世界最高的摩天大楼——哈利法塔,又称迪拜大厦或比斯迪拜塔,投资超 15 亿美元,166 层,总高 828 米,加上周边的配套项目,总投资超 70 亿美元;还有全球最大的购物中心、世界最大的室内滑雪场、迪拜国际金融中心,世界最高的住宅楼"公主塔"等。迪拜是世界上最奢华的地方之一,吸引了全世界的目光,各国来迪拜的旅游者络绎不绝。

阿联酋是阿拉伯国家,伊斯兰教是国教,绝大部分居民是穆斯林。这里众多富丽堂皇的清真寺,供穆斯林礼拜之用,其中阿布扎比清真寺是世界著名清真寺之一,伊斯兰建筑风格,建寺耗资 55 亿美元,仅黄金就用去了 46 吨,装饰用的汉白玉、波斯地毯、千万只镀金黄铜水晶吊灯,全

阿联酋阿比扎布清真寺

球所罕见,更多精美的雕刻来自中国工匠之手,是阿联酋的标志性建筑,于 2007 年的古尔邦节竣工,历经三年建成,一次性能容纳四万穆斯林做礼拜。它也是阿联酋唯一一座对外开放的清真寺。前来参观的游客必须脱鞋入内,女士还必须穿上阿联酋妇女的传统黑色衣服。

我漫步在迪拜大街上,甚至回到家后,迪拜街道两旁一幢幢摩天大楼,人工栽培的精美花草树木,一直浮现在眼前。迪拜是热带大沙漠深处的一处精美世界,是世界所罕见的奇迹,我为迪拜人"人定胜天"的英雄气概所敬佩。

按照地球行星环流系统,迪拜处在副热带高压下沉气流区,夏季高温、极端干旱、荒沙滚滚、极度缺水是自然环境的本底,所以过去生活在这里的人们极其贫困,可以说是在死亡线上挣扎。自从这里开采出石油后,一夜之间形成今日繁花似锦之景象,迪拜人成为世界上最富足的人,他们似乎是在做梦一样。

石油是不可再生资源,采一点就少一点,总有一天是会枯竭的,迪拜人赖以生存的资源也终将不在,现代高科技水平也许会延缓衰落的脚步,但迪拜随石油开发不断减少而日趋衰落是任何人也抵挡不住的,它会像我国新疆的楼兰古城一样,从地球上消失。这是我在迪拜旅游后,同旅友们饭后茶余谈点感想,最后还是让结果来说话吧!

旅游感受

退休以后,我先后到国外一些国家去旅游,这些国家除越南外,都是经济发达的国家。通过国外旅游,我开阔了眼界、增长了见识、陶冶了情操,特别是对我这个学地

美国国会大厦

理旅游专业的人来说,感受多多。归纳起来,主要有如下三个方面:

第一感受,学习国外先进旅游经验,加快我国旅游业的快速发展。

1841 年 7 月,英国人托马斯·库克创办世界上第一家旅行社,西方旅游业发展有一百七十余年的历史,欧洲和北美洲成为世界旅游业的策源地。

20 世纪初,西欧、北美的一些国家,生产力水平提高、财富大量积累、商业贸易发展、拥有便捷的交通工具、城市化水平加快,极大地促进了旅游业的发展。而旅游业又带动了交通、信息、餐饮、房地产等许多相关产业的发展。这使旅游业取代石油、汽车产业,位居世界最大新兴产业的地位,旅游收入在这些国家的国民经济中占有极其重要地位。西方国家在旅游业发展中积累了丰富经验,有不少经验值得我们学习和借鉴。

我赴国外旅游的国家中,在美、法、意、荷、澳等国,旅游业收入已成为这些国家国民经济收入的重要组成部分,吃、住、游、购、行全面配套发展,有一流的旅游服务基础设施,优质的服务水平,给游客提供的旅游产品货真价实,很少发现假冒伪劣情况,让游客很放心、很满意。

尤其让我感受最深的是,这些国家生态环境质量优良,到处青山绿水,百花争艳,天空清朗,流水清澈,适宜人类居住,我很羡慕。相比之下,我国的旅游生态环

境质量差,很多城市和旅游地的空气、水质污染没有得到有效控制,存在脏、乱、差等生态污染问题,严重影响了我国的旅游形象和旅游业的健康发展。

我国旅游业兴起于 20 世纪 80 年代初,迄今有近四十年的发展历史,比西方欧美国家晚了近百年,要使我国旅游业快速发展,必须认真学习国外成功经验,少走弯路。这次我赴国外旅游,亲眼看见这些国家旅游业的发展状况,颇受启发,如户外休闲度假旅游,在欧洲是一种老少皆宜非常普及的旅游方式,登山、自行车赛、冰雪运动等体育旅游遍布欧洲各国。

挑战极限体育登山旅游,最早起源于 18 世纪中欧洲阿尔卑斯山区,是一种刺激性强而安全性差的旅游项目,为确保体育登山挑战极限旅游活动的安全性,由国家、全社会层面共同建立完整的安全保障系统,这方面我们国家至今还未建立起来,而西方国家这方面有成功经验可供借鉴。

科罗拉多大峡谷异常壮观,如果仅在一处观景点观赏,或用望远镜观景,大峡谷旅游效果就不尽人意,如果乘坐小型直升机,在空中数百米处鸟瞰大峡谷方圆数十公里范围内的景观,大峡谷的磅礴气势一览无余地呈现在眼前,使游人达到不枉此行的震撼的旅游效果。

我国有不少旅游景点可进入性差,如青藏高原因地势高亢,缺氧、低温、大风等不利条件,不少极富神秘色彩的旅游景区点游人难以进入,如喜马拉雅山脉、雅鲁藏布江大峡谷、三江并流奇观、三江源区、柴达木盆地风蚀雅丹地貌区及我国喀斯特地貌区、东北林海雪原区、塔克拉玛干大沙漠等,在这些区域可乘坐小型直升机从数百米高空鸟瞰,以达到理想的旅游效果。

第二感受,我国是世界上旅游资源最丰富的国家。

在我没有去国外旅游之前,对国外旅游风光总有神秘之感,听别人讲的,从画片、电视上看到的,特有诱惑力,促使我一定去国外转转看看。

近几年的国外旅游,我第一感觉是不虚此行,那些地方值得去游览观赏,不去将会留下终生的遗憾。欧洲奇异的建筑风格,雕塑、绘画艺术之美达到完美无缺的地步,法国卢浮宫、凡尔赛宫,俄罗斯冬宫,是神话世界,汇聚世界艺术之精华。尼亚加拉大瀑布令我震撼,地中海风光令人陶醉,埃菲尔铁塔令我佩服得无体投地,荷兰人围海造田创造人间奇迹。还有非洲野生动物大世界、南美洲巴西热带雨林、南北极冰雪风光等,这么多世界唯一的风光,难道我们不该去欣赏吗?

第二感觉,和国外旅游风光相比较,上述这样的旅游风光我国不具备,但我国更多的奇异风光,为世界其他国家所没有,堪称世界第一、非我莫属,我国是世界上旅游资源最丰富的国家,这种提法我认为并不为过。

我国是世界上的大国之一,面积 960 万平方公里,仅次于俄罗斯和加拿大。从北纬 4 度至北纬 53 度,从北向南包含有寒温带、中温带、暖温带、亚热带、热带,南北纵跨 5500 公里,因水热条件差异大,自然景观呈现出多姿多彩的特点。

从东向西横贯 5200 公里,跨五个时区,当最东端的人们吃完早饭准备上班时,最西端的人们还在梦境之中。另外,由于距海远近不同,从东向西依次是湿润、半湿润半干旱、干旱极干旱气候类型,依次形成森林、茫茫草原、荒漠戈壁等千姿百态的自然景观。

我国有很多特殊的地质构造,地形地貌类型复杂多样,有世界上高旷博大的青藏高原,世界独有的黄土高原、云贵高原喀斯特地貌、广阔的盆地和大峡谷。众多的江河湖泊,辽阔的森林、草原,珍稀野生动物等,都是我国丰富的自然旅游资源。

我国历史悠久,有五千年的文明史,是世界文明古国之一,保存有相当多的珍贵文化古迹。我国有 56 个民族,各民族人民共同创造了灿烂的文化,民族风情绚丽多彩,宗教文化古老神秘、灿烂夺目。

美国、加拿大、澳大利亚等国家,是欧洲殖民统治者入侵建立的国家,只有二三百年的历史。殖民统治者为了掠夺土地,对当地印第安人、毛利人等土著居民,进行血腥镇压,土著居民失去生存环境,加上瘟疫疾病,而人口锐减,土著文化随之散失。所以,这些国家偏重自然风光游,人文旅游资源极其匮乏,除了所谓的现代文明,文化旅游几乎无从谈起。

综上所述,我国不仅有十分优美的自然旅游资源,而且人文旅游资源更为丰富多彩,我国旅游资源种类多、品位高,世界上没有一个国家可与之相比拟,这为我国旅游业的发展提供了坚实的物质基础。

第三感受,中国将会成为世界旅游大国。

中国是一个历史悠久的文明古国,从古至今,在中国人眼里,旅游是一种时尚活动。古代是在社会上流中进行,如夏时大禹治水,疏浚九江十八河,走遍神州大地;周穆王周游中华大地,传说他到青海湖畔同西王母会面,竟到了乐而忘返的地步;秦始皇曾率文武百官五次出巡,周游全国,在第五次巡游途中死去;隋炀帝在隋大业五年,率文武百官 10 万余人,赴青藏高原征讨吐谷浑,一位爱妃死在西征途中。清朝皇帝乾隆从 1751 年开始六次下江南游玩等。

商贾、文人墨客、宗教信徒的旅游活动更是屡见不鲜。如汉朝张骞出使西域，开通了"丝绸之路"；明朝郑和"七下西洋"，打通了中国与南洋、西亚、北非间经济、文化交流的通道，比欧洲航海家还要早数百年。西汉司马迁撰写巨著《史记》，明代大医学家李时珍撰写世界医学名著《本草纲目》，明代旅行家徐霞客撰写的《徐霞客游记》等，还有古代李白、杜甫、白居易等诗人所作的脍炙人口的诗篇，都是在周游之后写成的。

以朝觐、求法为目的的宗教旅游更显神秘色彩，历史上曾出现一批伟大的宗教旅游家，如东晋法显长途跋涉，到天竺（印度）学经十五年，途中经过很多国家，沿途所见所闻写成《佛国记》，是世界上最古老的游记。唐朝僧人玄奘从长安出发，穿越浩瀚沙漠、崇山峻岭，历经千辛万苦到印度学习讲经十七年，回国翻译大量佛经，撰写的《大唐西域记》成为世界文学名著。唐朝僧人鉴真，双目失明，第六次东渡日本成功，把佛教律宗传到日本，在日本建寺，弘扬佛法，是中日友好往来的象征。

我国古代隋、唐、宋时期，经济、文化繁荣，国泰民安，规定各级官员平日有休息日，寒食、清明、中秋、冬至等这些民俗节日还要放假，让官员探亲访友。宋代公务员带薪休假 110 天，官员、平民南来北往访友、游览观景、经商等活动频繁，促进了旅馆业、餐饮业的发展。

宋仁宗皇祐二年（1061 年），杭州太守范仲淹为赈济灾民，在风光优美的太湖举行划船比赛，号召官员平民出游，收入的款项用于救助灾民，这比 1841 年英国人库克开创旅游还要早八百年。

中华人民共和国成立初期，由于特殊的政治历史背景，"旅游"被视为资产阶级生活方式，旅游业在国民经济发展中处于空白。

进入 20 世纪 80 年代，东亚、太平洋地区经济迅猛发展，出现国际旅游业从西方向东方转移的新格局，西欧、北美主宰世界旅游市场的局面已被打破，形成了欧、美及亚三足鼎立的新格局。在亚洲旅游格局中我国占据有绝对优势。

1978 年十一届三中全会，我国实施全方位对外开放政策，国家十分重视旅游业的发展，出台了一系列支持旅游业发展的政策，提出把旅游业发展成为国民经济支柱产业、广为人民群众服务的现代服务业，激发了全国发展旅游业的积极性。从此旅游业在中华大地迅猛崛起，中国成为世界旅游舞台上的后来居上者。

国际旅游发展经验证实,当人均 GDP 达到 3000 美元时,将可进入大众旅游消费快速发展阶段。2008 年我国人均 GDP 为 3267 美元,以后呈逐年上升态势,2015 年人均 GDP 达 8000 美元以上。经济收入和闲暇时间的增加,释放出强烈的旅游消费需求。

我国自实施黄金旅游周以来,国内旅游潮成为极其独特的人文景观,取得了十分可喜的经济效益,但有些景区由于组织安排不周等多种原因,出现人满为患的场面,这从另一个侧面反映出,不断富裕的中国老百姓旅游欲望很高,旅游已经成为我国广大人民群众重要的生活方式。

我国是世界人口最多的国家,2016 年达到 13.8 亿(不包括港、澳、台),占全球总人口的五分之一,国力不断强大,国际货币基金组织 IMF 预测数据,其 GDP 经济总量将仅次于美国居世界第二,随着人民生活水平的不断提高,老百姓可支配收入大幅度上升,中国出境旅游人数超过 1 亿人次、消费达 1020 亿美元,均居世界第一。每年入境旅游人数达到 1 亿人次,中国将成为世界第一大入境旅游接待国和全球最大的国内旅游市场,中国旅游业必将为世界旅游业的健康发展做出应有的贡献。2016 年国内旅游总收入 3.9 万亿元。

笔者近几年赴国外旅游,顺便作了些粗略的调查。赴欧洲、北美的中国游客一年年在增加,现在欧美游客中,中国游客占绝大多数。美国科罗拉多大峡谷景区的一位华裔主管说:"该景区平均每天接待游人 500 人至 2000 人不等,其中 90% 以上是中国大陆游客。"

法国埃菲尔铁塔 80%、意大利罗马 60%、威尼斯 50%,梵蒂冈 40% 的游客是中国大陆游客。在威尼斯旅游时,一位好心的宾馆老板提醒我们:"在这里流浪的吉卜赛人很多,他们现在把猎取的目光盯在中国游客钱包上,他们认为中国游客多,中国人有钱,中国人的钱好偷。"去年 3 月赴澳大利亚和新西兰旅游,70% 以上的游客来自中国大陆。

我们所到之处的购物店,似乎是专为中国人开设的,广告牌有英、日、中文三种文字,外国老板专门从中国招聘年轻漂亮的小姑娘、小伙子当导购员,他们一口流利的普通话。我们进入购物店,老板、服务员格外忙碌起来,态度如此之热情,远超过国内的服务员。

出国之前,旅行社的导游让我们提前兑换外币,说是人民币在别的国家不能用。所以我们到欧洲兑换欧元,美国兑换美元,俄罗斯兑换卢布,澳大利亚兑换澳元,新西兰兑换扭比,越南兑换越南盾等,可实际情况绝非这样。

　　我们在欧洲比利时首都布鲁塞尔旅游,导游说撒尿小孩铜像旁边有个买巧克力小店,那里的巧克力很有名,我们旅游团特地去购,大家准备回国给亲朋好友带礼品,买得不少,有的人花光欧元之后还想买,这时老板发话了:"人民币也可以买。"于是游客们又买了不少。这样的情况我在日本也碰到过。在越南买东西,老板说:"你最好给我人民币。"越南盾还不如人民币吃香,在我们看来似乎是一件怪事。上述事实说明,随着我国国际地位不断上升,人民币的国际地位也在不断攀升,这是国家繁荣昌盛的表现。

身无曲处有劲节，枝入凌云总虚心

——记我的导师张忠孝教授

陈　蓉

在青海师范大学优雅的校园里，你经常会看到一位两鬓斑白但却精神矍铄的老人，他或在教室诲人不倦地为学生授课，或在家中孜孜不倦地伏案写作，或在省内外各类会议上慷慨激昂，为青海旅游地理事业的发展而奔走。岁月的风霜磨蚀不了他不断进取的精神，病痛的磨炼让他斗志弥坚。

他，就是青海师范大学生命与地理科学学院的张忠孝教授。张教授是我校首席硕士研究生导师、享受国务院特殊津贴的专家。他也是在国内有相当影响力的旅游地理学者、青海省著名的旅游地理学权威专家。

20世纪60年代从北京师范大学地理系毕业后，四十多年的从教生涯中，张老师兢兢业业地奉献在教学第一线，求实创新，敢于拼搏，勇于奉献，团结协作，凭着强烈的事业心和严谨的治学态度，摸索出独特的教学方法，为国家培养了大量的地理学和旅游学基础人才，"桃李满天下"的张老师在教学之余，还勤奋地在科研道路上不断进取、探索不止，取得了令人瞩目的成就。

早在20世纪80年代初，国内地旅游业发展和旅游学研究尚处于起步阶段，张老师就已敏锐地洞察到"旅游地理"这个学科的前景，并预见到旅游业将在我国进入发展高峰。于是，他不畏困难，积极地投入青海省旅游资源的调查工作，通过艰辛的实地调查，在1992年出版了国内第一本《青海旅游资源》。在这部专著中，第一次对青海省旅游资源数量、类型、级别进行了普查说明，对青海旅游资源的成因、特点进行了分析，对青海旅游资源评价、旅游区划研究和青海省旅游业发展战略进行探讨，填补了国内外青海旅游研究的空白。

此后，张老师还撰写出版了《世界屋脊—青海游》、《青海旅游指南》、《青海旅游线路精选》、《指西海以为期》、《环青海湖国际公路自行车赛旅游指南》、《青藏铁路旅游指南》等旅游地理学著作;同时,他还担任台湾《桃园观光》杂志大陆撰述委员,在该杂志上发表介绍青藏高原自然和人文风光的文章六十余篇,为吸引台湾游客来青藏地区旅游做出了巨大的贡献。

近二十年来,张忠孝教授承担了多项青海省及国家级课题项目。如:"青海省旅游资源调查及开发研究"省级项目;"青海南部高原藏区自然灾害调查与环境对策研究"国家自然科学基金项目;与"日本国立极地研究所"合作研究"可可西里环境变迁"项目;他还参与了西宁市、果洛州、海北州、坎布拉等地区的旅游业发展规划等项目。

就区域地理环境、旅游资源及其发展研究撰写发表学术论文五十余篇。他还撰写了第一部全面、系统反映青海自然和人文地理景观的论著《青海地理》,这本著作凝集着他本人后半生对青海地理研究的全部心血,全书 67.8 万字,由中国科学院院士、青藏高原首席科学家郑度教授作序。《青海地理》得到青海省科技厅出版经费资助,于 2004 年 6 月由青海人民出版社出版,2005 年获青海省教学成果一等奖,2006 年获青海省哲学社会科学一等奖。2009 年,由国家科学出版社再版发行。

张教授的学术生涯与他的个人成长经历也是传奇而跌宕起伏的。张忠孝教授出生在青海民和官亭镇的黄河边,黄河的涛声激励着他在人生的道路上不断进取,大学毕业后,辗转新疆二十余年,但他对家乡的山水充满着无比深厚的情感,于 20 世纪 80 年代,毅然放弃相对优裕的生活条件,回到家乡青海。

多年来,他时时关注着青海的旅游业发展和旅游资源的保护,为青海旅游业和基础地理学科的发展做着自己的奉献。张老师的血液里,流淌着吐谷浑祖先的勇猛、豪放和不屈。1996 年,在他五十五岁时,他曾经不畏艰险,登上了海拔 6000 米的高度赴珠穆朗玛峰脚下进行科考研究,其后,他又先后几次进藏,对青藏高原的旅游地理进行深度研究。

"身无曲处有劲节,枝入凌云总虚心",2007 年 6 月,他申请的国家社科基金项目"青藏高原旅游资源开发研究"获得批准,很快,在六十六岁高龄之际,他又带着研究生和课题组成员进入青藏高原腹地,克服高原缺氧的困难,为他热爱的青藏旅游地理事业积极探索,研究成果《青藏高原旅游开发研究》于 2013 年由国家科学出版社出版。

在取得丰硕学术成果的同时,张老师还担任青海师范大学地理系领导工作,带领全系老师对地理学科教学内容和方法进行改革创新。鼓励教师在完成教学任务的前提下积极参与科研,以科研促教学;注重培养青年教师深造,鼓励他们不断提高专业理论水平;激励学生德智体全面发展,在完成正常学习任务前提下,专派教师指导他们参与科研工作,在他的倡导和关心下,地理系学生在全国大学生"挑战杯"论文大赛中获得过优异成绩。

地理系在青海师范大学最早开办了"旅游管理"、"环境保护"两个非师范专业。由张老师在任期间创造的良好学术氛围的影响下,通过全系老师们共同努力,地理系的教学、科研、学生管理等工作在全校有明显优势。经多年努力,原地理系近一半教师考上博士进一步深造。1999 年,青海师范大学被评定的五个硕士点,地理系就有两个;2013 年,自然地理博士授权点获批,地理科学为省级重点学科,成为全国高校特色专业建设点。地理系的发展历程中,凝聚着张老师的心血。

在研究生培养过程中,他通过言传身教,启发学生积极探索,主动学习,扩大自己的视野范围,完善自身知识结构。他尽自己最大努力为学生提供便利的学习和科研条件。他不仅无私为学生传授着学识,还引导学生做一个意志坚强、乐于进取、正直善良、敢于承担社会责任的有用之人。

作为他的硕士研究生,能有缘在青藏高原一隅,与张老师成为师生,是我人生莫大的幸运。也是在张老师的影响和教导之下,我开始突破安身立命的小我思想,逐渐向科研道路靠近,人生开始有另外一种升华。与张老师交谈,时时能感受到他强大的精神力量,以及老一辈知识分子强烈的使命感和责任感,每每会备受鼓舞,豁然开朗。世之良师,他当之无愧,国家社会之脊梁,他亦当之无愧。

在张老师自传付梓之际,我安坐书斋,深深为他老人家的健康祝福!

这篇文章是 2016 年我当他的研究生时,应师大宣传部的要求写的。这次张老师出版他的自传,想把这篇文章收入进去,这是张老师的信任,对此表示感激。

后　记

退休后走下二尺半的讲台,回家颐养天年,享受天伦之乐。我的职业是教师,肩负着培养教育下一代的重任,长期以来职业所养成的习惯,完全闲下来还很不习惯。从而萌生写回忆录,用自己的亲身经历来教育下一代。所以,我把写回忆录作为退休后的一项重要任务,这是我职业生涯的再延续。

回忆录的写作过程中,碰到了不少困惑,如有些事年代久远,一下子回忆不起来,或者记得不太清晰准确;有的事情发生的前后时间顺序记得不准,要和当事人进行核实。还有些重大事件要搞清楚它的来龙去脉,必须要一番调查了解。涉及一些政治上的问题,必须要保持清醒的头脑,旗帜鲜明地站在党和人民的立场。

撰写回忆录,更多的内容是要谈到个人的成长过程,涉及更多人与人之间发生的复杂关系和是与非。有些是非可以绕过去,但有些是非想绕也绕不过去,人们往往对号入座,出现伤感情的情况,甚至惹出许多麻烦来,我认为端正态度是写好回忆录的关键。

一本较高价值的回忆录,体现在它的真实性和科学性,科学性建立在真实性的基础上。首先,加强自身的思想修养,必须坚持实事求是,是在没有任何偏见、公开透明的环境下,完整准确地去展示事物的本来面目。其次,必须要有与人为善的态度,不能借写回忆录之机发泄私愤,诋毁贬低丑化他人,甚至进行诽谤、诬蔑、攻击别人等不正当行为。只有与人为善写出来的回忆录,才能对社会、对广大读者产生较强的教育意义。

我写回忆录的时间段，从记事起至撰稿截止的七十多年间，分为前半段和后半段两个时间段。后半时间段从 1976 年"文化大革命"结束，至 2009 年底退休回家乡生活的四十多年，这期间的前三十多年，全身心地投入到教学、科研、管理工作中，后来赴国内外旅游。有一说一，有二说二，脉络清晰，写起来自然感觉很轻松。

前半时间段是从记事起，至"文革"结束的三十多年间，其间经历过七八年的旧社会生活、上学、大学毕业不久后"文革"开始，经历了土改、农业合作化、反右派、"大跃进"、"文化大革命"等，这些有的亲眼见到，有的亲身经历，那时尚处在青少年时代，思想还很单纯，也很不成熟。

经过较长一段时期工作实践锻炼，思想比青年时代成熟了许多。对同一个问题人们有不同的看法，如 1957 年至"文化大革命"之间发生的一些事情，几十年过去了，虽然上面定了性，有关领导讲了话，但人们还在议论，我认为这是一件很正常的社会现象，也充分体现了我们国家的言论自由。

现在为什么还有一些人，对那段特殊历史时期耿耿于怀，因为它太让人刻骨铭心，有些事至今还没有一个令大家心悦诚服的说法，事情太复杂了。我是从这段历史中走过来的一个人，把亲眼看到的、亲身经历的、亲耳听到的，不加评论，尽量用质朴的语言在回忆录里展示出来，只有这样才能不失回忆录的真实性和科学性，才能让人们站在客观、公正的立场上进行评判，让我们的下一代从中得到启示和教育。

在这部回忆录的写作过程中，任聚善、骆长录老先生在病榻上对我的书稿进行认真修改，纪永红、祁雪晶同志对书稿提出了宝贵的修改意见。青海省著名书画家李贤德先生题写书名，青海师大王锋同志作了封面设计，在此一并向他们表示衷心的谢意！

2017 年 12 月于北京

参考文献

1. 张忠孝. 青海地理. 科学出版社. 2009 年.

2. 崔永红、张得祖等. 青海通史. 青海人民出版社. 1999 年.

3. 蒲文成. 甘青藏传佛教寺院. 青海人民出版社. 1990 年.

4. 张忠孝. 青海旅游资源. 青海人民出版社. 1992 年

5. 张忠孝. 世界屋脊——青海游. 青海人民出版社. 1997 年.

6. 张忠孝、祁永寿等. 青藏高原旅游开发研究. 科学出版社. 2013 年.

7. 徐秀福. 土族民俗文化大观. 青海民族出版社. 2014 年.

8. 吕建福. 土族史. 中国社会科学出版社. 2002 年.

9. 鲍义志. 河湟情怀. 青海人民出版社. 2013 年.

10. 卢云亭. 现代旅游地理学. 安徽人民出版社. 1988 年.

11. 王昱. 青海历史文化与旅游开发. 青海人民出版社. 2008 年.

12. 青海省志编纂委员会. 青海历史纪要. 青海人民出版社. 1987 年.

13. 张忠孝. 托素湖"外星人遗址"应有科学说法. 柴达木开发研究. 2003 年 01 期.

14. 张忠孝. 青藏高原自然地理环境对藏文化形成的作用. 青海师范大学学报(哲学社会科学). 1998 年 03 期.

15. 张忠孝. 我的人生之旅——从灵童到教授. 中国土族. 2006 年 04 期.

16. 张忠孝. "丹霞文化浅析". 第四届丹霞地貌旅游开发学术讨论会论文集. 经济地理 1998(18)

17. 单之蔷. 青海的三面孔. 中国国家地理(青海专辑上). 2006.2

18. 卢云亭. 旅游研究与策划(我国丹霞地貌区丹霞古文化研究). 中国旅游出版社. 2006 年.